Carl Ludwig Schleich

Es läuten die Glocken

Verone

Carl Ludwig Schleich

Es läuten die Glocken

1st Edition | ISBN: 978-9-92500-180-4

Place of Publication: Nikosia, Cyprus

Erscheinungsjahr: 2016

TP Verone Publishing House Ltd.

Reproduktion des Originals in Großdruckschrift.

Carl Ludwig Schleich

Es läuten die Glocken

Fantasien über den Sinn des Lebens

Meiner Frau Hedwig ge-
widmet

I.

Am Tor der Wunder

Ihr stillen Försterhäuser in aller Herren Länder seid gegrüßt! Ihr friedlichen Wohnungen der Wächter der Wälder, dieser Wiegenhüter der noch winzigen Urenkel altehrwürdiger Tannen, Buchen und Eichen seid gegrüßt! Eure efeuumrankten, morschen Mauern fangen die geheimnisvollen Laute des Waldes auf, saugen das Rauschen der Zweige, das heilige Schweigen der Jahrhunderte überdauernden Stämme ein. Sie hören die Lockrufe des Wildes und das Balzen der nistenden Schaukler der Äste und geben mit ihrem Echo beides, die Sprache des Waldes und sein Verstummen, geheimnisvoll zurück. Die Pilger des Lebens, Wälder durchschreitend, Spielleute, Fuhrmänner und fahrendes Volk – wie gerne rasten sie an einem schattigen Plätzchen in euren Lauben und erquicken sich mehr noch als an den landfrischen Gaben der schmucken Försterfrauen an dem Hauche eures Friedens! Wie kleine Waldkirchen, verborgene Kapellen für den Sonnen-Gottesdienst der

Natur, zwingt ihr uns alle in den Bann eurer Weltflucht und Waldeseinsamkeit!

Um solch eine, gleichsam von einem gewaltigen Heere alter Baumrecken belagerte und eingeschlossene, einsame Menschenveste spielten sich vor langer, langer Zeit viele wunderbare und merkwürdige Begebnisse ab, die sich wie Bernsteinstückchen oder Perlen um einen Faden, so um ein Ereignis, das Eingreifen des Unsichtbaren in die schlichte, sichtbare Welt reihen lassen, und die ich erfuhr von – ja, von wem? Von Menschenmund nicht und nicht aus Büchern oder Dokumenten! Sie lagen an jener friedlichen Stelle der Weltferne gleichsam in der Luft. Die alten Wände des Hauses raunten sie dem Lauschenden zu, aus den versteckten Ecken begannen sie zu flüstern, und der alte Nussbaum rauschte sie hernieder in vielen geheimen Stunden, wenn die Traum- und Märchenschiffchen durch das blaue Luftmeer gleiten und Sehnsucht die einzig echten Schätze des Lebens vor unserm Auge dahinschweben lässt. Wenn alte Mauern reden, so raschelt es von Geheimnissen, dann leben längst erstarrte Echolaute auf, und wenn die Sonne durch eine Bodenluke ihre goldenen Stäbchen schiebt, leuchtet der Staub, die Spinngewebe glitzern und zittern vor Begier, das, was sie einst von der Spreu des Lebens abgefangen und erwischt haben, mitzuteilen und dem Nachdenklichen sonderbare Rätsel aufzugeben.

Auf einer kleinen Insel im Pommernland an der Ostsee liegt ein Häuschen, grau und bröcklig vor Altersschwäche. Aber was tut's, dass seine Wände schon Risse zeigen und nicht mehr ganz lotrecht stehen – sind doch die vier größten Maler der Welt, Lenz, Sommer, Herbst und

Winter, unermüdlich am Werke, die Spuren seines Alters zu übertünchen und die schiefen Linien zu vertuschen! Vor ihm dehnt sich der fast die ganze Insel umhüllende Wald aus, mit seiner Rückseite schaut es zur See, von ihr getrennt nur durch eine weidenbestandene Wiesenfläche, die steil und abhangartig zum hellen, weißen Strande abfällt.

Hier lebte in alten, alten Tagen ein unwirsches, unzufriedenes Elternpaar, das sich gar nicht in den stummen Frieden dieses Waldes schicken konnte. Sie litten beide, Förster und Försterin, an der Stille und Abgeschlossenheit, an der Kargheit des Gehalts und der amtlichen Bezüge und waren mit aller Welt zerfallen. Sie hatten ein einziges Töchterlein, Else, die Traumelse genannt, wegen ihrer in sich gekehrten, hinbrütenden Sinnesart. Schlecht, herzlich schlecht hatte es das arme Kind. Der Vater, barsch und rau, hatte nur Sinn für Jagd, Holz und Landwirtschaft und kümmerte sich kaum um dieses der Schonung so bedürftige Reis des Waldes, ja er ging mit jeder jungen Baumpflanze geduldiger und zärtlicher zu Werke, als mit seinem eigenen Sprössling. Er sah das Kind eigentlich nur, um mit ihm zu zanken, wenn die herben Scheltworte der Mutter scheinbar nicht genügten, um den verträumten Sinn der Kleinen zu rügen. Elselein hatte nichts als ihr gutes Herz. Sie war wirklich ein wenig langsam, so sehr sie sich auch bemühte, sorgsam und fleißig zu sein, aber es missglückte ihr beinahe alles. Ach! Wenn nur die Schule nicht gewesen wäre! Nicht, dass sie geklagt hätte, wenn sie täglich stundenweit bei Wind und Wetter, in Schnee, Regen und Kälte ins nächste Dorf pilgern musste, – aber Lesen, Schreiben und namentlich Rechnen schienen ihr nur erfunden, um sie zu quälen. Sie hätte sich eher getraut, ein ganzes Kornfeld allein zu mähen oder den dichten Garten umzupflanzen, als dass sie je gehofft hätte, zu lernen, was anderen Kindern nur so zuflog.

Allmählich wurde sie traurig und gramerfüllt: Mehr Tränen rannen über ihre bleichen Wangen als Regentropfen über ihr Köpfchen. Sie sah nur in sich selbst die Schuld an allem, fand sich durchaus ungeschickt und redete sich schließlich ein, sie sei gar kein wirklicher Mensch, sondern irgendein verzaubertes Wesen, und träumte immer von Erlösung und Befreiung. Sie fand es aber nur gerecht, dass die Strafen niederhagelten, wenn sie Tassen, Teller, Geräte fallen ließ, Gerichte verdarb, Kleidchen, Strümpfe und Schuhe zerriss. – »Geh in Lumpen, alte Schmutzliese!«, sagte dann wohl die Mutter, »dir noch etwas anzuschaffen, freilich, das würde sich lohnen!« – So, furchtsam geworden, mied sie auch Gespielinnen und Weggenossen, und hätte doch gern dem ersten Besten, der freundlich zu ihr wäre, ihr ganzes, kleines goldenes Herz geschenkt. – Nun ging sie einsam oft durch Flur und Feld. Es war etwas in der Stille des Waldes, das ihrem eigenen Schmerz verwandt schien, und sie bildete sich ein, Bäume und Blumen, die Geschöpfe des Waldes und die Tiere des Hofes seien die einzigen Wesen, welche ihr Leid verstünden und sich in ihrer Art Mühe gäben, ihr einigen Trost zu spenden. Sie glaubte, dass die Rosen blasser würden, wenn sie ihnen tief in die Kelche schaute, und dass die Laubzweige sich senkten, um sie zu streicheln, wenn sie die Ärmchen hilfeflehend zu ihnen emporstreckte. Es fiel ihr auf, dass

Tauben geflattert kamen und die Hühner das Gackern ließen, wenn sie weinte. Wolf, der Jagdhund, schmiegte sich oft dicht an sie und sah der Weinenden traurig-stumm und unverwandt ins Gesicht und gab ihr mit der Pfote Zeichen hilflosen Trostes. Der alte Schimmel Hans weinte oft wirklich mit ihr, und die Kühe Lisa und Trud ließen das Fressen und sahen sie mit rückgewandten großen Augen unsäglich mitleidig an, sobald sie in den Stall kam, um sie zu melken. Die alte schrumplige, wackelnde Köhlerfrau, die im Geruch eines Bundes mit bösen Geistern stand, und, wie man sagte, der Voraussicht aller Begebnisse kundig sei, hatte eine merkwürdige Art, sie höhnisch zu begrüßen:

»Ah! Da kommt ja des Wegs unser süßes, kleines Prinzesschen Sonnenblick! Schönen Tag, Euer Gnaden, Lichtkindlein! Vergesst nur die alte Möller nicht in Glanz und Glück! Hi! Hi! Ich sehe was, ich fühle was! Prinz des Lichts! Hi! Hi!«

Und noch lebte in unserem Elselein eine stille, frohe Hoffnung – bis zu der Stunde, wo ihr das Ärgste widerfuhr.

Der Förster hatte Geburtstag, und Elselein sollte, als es Abend ward über dem goldenen Herbsttag, aus der Küche eine große Kanne Punsch dem Vater in die Stube bringen. Sie trug den dampfenden Trank und bat noch alle guten Geister, ihr zu helfen, dass sie ja nichts verschütte. Da trat sie an der Schwelle fehl und dem lauernden Wolf auf die Pfote. Dieser springt heulend auf, fährt ihr zwischen die Beine, und in weitem Bogen fliegt der Punsch dem harrenden Förster zu Füßen. Der wurde entsetzlich jähzornig, packte die um Vergebung wimmernde Else beim Schopf, schleppte sie zum Weidentor des Hauses und stieß sie hinaus in die dämmernde Nacht. Fluchend schloss er hinter ihr alle Türen ab.

Da stand sie allein auf der weiten Wiese, verwirrt, vom Schmerze betäubt, schuldlos-schuldig, und starrte in den Sternenhimmel. Alles kam ihr so geheimnisvoll still vor, dass sie gewaltsam das Schluchzen unterdrückte, als störe ihr wehmütiger Erdenlaut das heilige Schweigen der Nacht. Nur Tränen ließ sie rinnen; die rauschten nicht, sie perlten still hernieder zu ihren Tauschwestern in das Gras. So schleppte sie sich zu einer hölzernen Bank am Waldesrand, von wo man das weite dunkle Meer und den Himmel mit seinem ausgespannten Sternentuch überblicken kann. Das Letzte, was Else sah, waren Tausende von kleinen Glühlichtern, die im Grase und zwischen den Farnwedeln aufleuchteten, so dicht, als wenn sich die sternengeschmückte, alte Nacht heimlich im Spiegel der dunkelgrünen Rasenfläche einmal selbst bewunderte. – Else sank in die Knie, lehnte ihr Köpfchen auf die Bank, hörte noch einen Augenblick die Wellen klagend zu der Höhe heraufrauschen, belauschte das Wiegenlied des Seewindes im Laube – dann fiel sie in einen tiefen, tiefen Schlaf, aus dem sie zu hohem Glück erwachen sollte.

Traumelse hatte ganz recht gesehen, als ihr trotz der Tränenblitzerchen ihrer Wimpern auffiel, wie ungewöhnlich zahlreich die Glühwürmer in dieser Nacht herumflatterten. Hier war die Stätte einer sonderbaren Begebenheit. Else war gerade am » *Tor der Wunder*« eingeschlafen, an einem Pünktchen der großen Mutter Erde, wo die Vorsehung Wirklichkeit und Geisterweben zur innigsten Berührung zwingt. Gerade, als sie die Augen schloss, begann nicht weit entfernt von ihr ein wimmelndes Leben im Gras und Gestrüpp des Waldes. Kleine Erdgeister in buntestem Gemisch trugen allerhand festliches Gerät, Speisen und Tränke zu unzähligen kleinen und großen Pilzen, deren flache Platten zu Tafeln herhalten mussten. Andere deckten Tischzeug aus Spinnweben und Blütenweiß gewebt über die Pilzkronen. Kleine Musikanten schlugen emsig mit Reiserchen auf die freihängenden Glocken blauer Blumen. Das gab ein feines Klingen, wie von Silberharmonika und von tönendem Glasrand, während andere auf kleinen Lilienblüten Trompetchen bliesen und auf Doldenpauken herumtrommelten. Das ließ sich im Schein der Glühlichter gar feierlich an.

Und wirklich, hier war auch heute ein Weltfesttag! Die vier Wichtelkönige gaben sich an dieser Stelle, ihr alle hundert Jahre wiederkehrendes Stelldichein! – Eben war mit Tausenden zierlichen Kaleschen und Equipagen, die winzige Rubinenfenster und Diamantenlaternchen trugen, der Wichtelkönig der Erde eingetroffen. Sechsspännig war er gekommen, von gelben und ockerfarbigen Wieseln mit zierlichen Silbergeschirren gezogen. Da hielt noch die Galakarosse, der eben der kleine König der Erde entstiegen war und in goldenem Sammetmantel, umwimmelt von seinem Gefolge von Käfern, Grashüpfern und vielem Bodengekreuch, zu dem Zeltdach eines zum Throndach geschmückten Farnes heranschritt.

Alsbald rauschte es unter endlosem Jubel vieler Tausender kleiner Erdwesen herauf vom Meere, wie von springenden Wellen und singenden Tropfen, und über den Abhang schoss ein von Strudelrädern getragener Muschelwagen in allen Regenbogenfarben heran; der trug den Wichtelkönig des Meeres in schwerem blauen Königsmantel, hinter ihm ein Heer von Bernsteinwägelchen und Kristallschiffchen.

Während sich die beiden Könige begrüßten, wurde es plötzlich taghell, denn aus tausend Spalten der Erde züngelten unzählige Elmfeuer und Irrlichtflammen, Moorlichtchen und Weidenkerzen auf, und inmitten all der jubelnden Helle aus einer Garbe von Glut schritt der Wichtelkönig des Feuers in scharlachrotem Mantel heran, eine Krone aus unaufhörlich zuckenden kleinen Blitzen auf dem Haupte. Auch er küsste und begrüßte die beiden harrenden Fürsten der Elemente und fragte nach dem König der Luft, indem er eine kleine Uhr mit Zeigern aus zwei Sonnenstrahlen hervorholte.

Aber da schossen schon aus der Höhe Tausende von Sternschnuppen herab und waren im Nu zur Stelle: allen voran ein blendend weißer Kometenwagen mit Rädern aus kleinen kreisenden Monden. Hei! Wie der Silbermantel blitzte, indes sein königlicher Träger zu Land glitt und auf die drei kleinen Majestäten zueilte. – Nun waren sie beisammen, und die Beratung konnte beginnen. – »Geistergruß und Harmonie, meine königlichen Brüder!« – so begann der Gastgeber, der Erdkönig. – »Wieder hat uns der Wegweiser der Ewigkeit, wie alle Jahrhunderte einmal, zusammengeführt! Heut gilt unser Wirken der Erde! Ein nie Dagewesenes werde Tat! Was soll es diesmal sein? Habt ihr Vorschläge?«

»Mitnichten!« »Rate du!« »Es ist an dir!«, riefen die drei durcheinander. – »So will ich's erproben! Die Menschen gehn bald hundert Jahr im wachsenden Dunkel über meines Reiches Boden. Ihre in den letzten Erdjahrzehnten bekundeten Gesinnungen strotzen von Aberwitz und Naseweisheit. Denkt euch, sie wollen das Leben aus ihrem armseligen Einmaleins, aus dem Alphabet und aus der Formel der Entwicklung begreifen! Sie haben das heilige Wundern, das Erschauern, die demütige Ehrfurcht vor dem Webstuhl des Ewigen verlernt! Die Welt des Geheimen scheint ihnen durchschaubar wie eine klappernde Maschine! – Daher möchte ich ihnen einmal ein Wunder wiederschenken – wenn's sein muss, durch Sintflut, Kometenkatastrophe – Bersten der Erdkugel – Bruch des Firmamentes! Wäre es nicht –« Hier stockte der Erdkönig, der sich ganz in Zorn geredet hatte, denn er sah, wie plötzlich der König der Luft erblasste, mattgelb und lichttrübe wurde. Auch die anderen Majestäten blickten auf ihn. – »Ich weiß nicht,« sagte, stockend und erregt um sich blickend, der Befragte. »Es muss etwas in der Nähe sein – ich habe das schmerzliche Zuckgefühl, an dem ich öfter leide! Hier muss irgendwo, vielleicht ganz nahe, ein weinender Mensch sein!«

Alle sprangen auf. Geführt vom Luftkönig schlüpften sie durch das Gras gegen den Strandabhang, und standen plötzlich vor der schlafenden Else. Schnell und behutsam kletterten sie von allen vier Seiten auf die Bank und begannen nach Wichtelmännchenart dem armen Elselein hinter die Stirne zu sehen. Denn diesen Geisterchen ist es ein Leichtes, in die Gedanken und Träume jedes Menschenkindes zu schauen und darin zu lesen wie in einem offenen Buche aus lauter kleinen leuchtenden Buchstaben. O, was standen da für Kummerzeilen! Wie überheizt und glühend war die kleine Tränenmaschine, und wie viel kalter Reif lag auf dem Edelkristall eines ganz reinen Menschenherzens! »Sehe ich recht?«, wisperte leis der Erdkönig. »Erkennt ihr das Siegel am Herzen?« »Ja,« antworteten die andern. »Es ist von Seiner Hand!« »Eine Geweihte!« – »Mir schwant etwas,« sagte der Herr des Feuers. »Ein Fingerzeig, eine Fügung. Nun brauchen wir uns nicht fürder unsere königlichen Köpfe zu zerbrechen: Das hohe Gebot! Dies Erdenkind soll unserm Schutz empfohlen sein! Ich will sie in eine Feuersbraut verwandeln!«

»Ich führe sie ins Reich meiner Edelgesteine!«, rief der Erdkönig. – »Bruder,« sagte der Meeresfürst, »ein Kind der See bring' ich in meine kühlen Kristallschlösser!«

Da meinte ernst der König der Luft: »Geziemt euch Selbstisches? Habt ihr nicht genug an euren Undinen, Melusinen, Dornröschen und Schneewittchen – soll sie sich ewig zu Menschen sehnen? Lasst sie bei Ihresgleichen! Hier auf Erden soll sie teilhaben an unserm Lebensglück, das sie Märchen nennen ... bis sie ihr eigenes findet. *Ich gebe ihr den jüngsten meiner Söhne, den Prinzen Aldebaran, auf zehn Jahre zu Schutz und Schirm und zum Propheten!*«

»So sei es!«, riefen alle. Der Luftkönig winkte einen kleinen Kometenpagen heran. »Verbinde mich mit Aldebaran!« – Der trat an ein hohes Riedgras, kurbelte daran herum und siehe! Ein Strahlenbündel schoss hoch in die Nacht hinaus. Der Luftkönig lauschte am Stängel.

»Hier Prinz Aldebaran!«

»Komm sofort! Richtung Süd-Südwest!«

»Kann nicht! Die Windsbräute sind nicht zu halten!«

»Lass sie zum Nordpol!«

»Schon gut. Auf Wiedersehen!«

Eine Minute danach stand der strahlende Prinz unter den Majestäten und beugte seine Knie.

»Mein Sohn«, sagte der Wichtelkönig der Erde, »der heilige Wille befiehlt dir durch uns, dieser hier schlummernden, jetzt elenden, aber auserwählten Menschenknospe getreu zu dienen. *Sei ihr ein steter Begleiter und lehre sie alles in einer ihr verständlichen Sprache! Hörst du?* Alles! Mache sie sehend mit unsern seligen Augen! Langsam und Schritt für Schritt führe sie in unsere Heimlichkeiten ein! Sei ein Sternenjahr, ein Erdenjahrzehnt ihr Freund, ihr Ritter, ihr Lehrer! Verwandle dich in den, nach dem sie eben ihre Seelenärmchen reckt. Sei ein Menschenjüngling, schön und wohlgestalt, kraft der Gewalt!

> Bei Sternen, Mond- und Irrlichtschein
> Spinn dich in Menschenhülle ein! –
> Eins, drei und fünf und sieben –
> Die Sternenflitter stieben!«

Da war das Reich der Kleinen verschwunden, die dunkle Nacht verschluckte das bunte Bild. Elselein erwachte. Eben hatte sie von einem blauen Prinzen mit Schwanfederbarett geträumt, der sie zu erlösen kam – da stand er leibhaft vor ihr:

»Erschrick nicht!«, sagte zu ihr, die Stirn lind strei-
chelnd, Aldebaran. »Ich bin dein bester Freund. Du
trittst von nun an auf den Pfad des Glückes. Vertraue
mir ganz! Niemand darf wissen, dass ich immer bei dir
bin, niemand außer dir kann mich sehen oder hören. Gib
deine Hand! Wir schreiten zu deinen Eltern. Dein lieber
Gott hat mich gesandt.«

Wie wurde Else so wunderbar warm ums Herz! Nie
hatte ein Wesen mit so sanfter Stimme zu ihr gesprochen. Sie stand auf. Dann gingen sie Hand in Hand dem
Försterhause zu.

II.

Die Glockenläuter-Gesellen

Der Förster saß unwirsch am Tisch und
starrte qualmend in den Lampenschein. Ihm
war nicht behaglich zumute. Der neu bereitete Punsch hatte die leise erwachte und be-
ständig summende Stimme des Gewissens
nicht zu betäuben vermocht. Immer von Neuem kreisten
die oft verscheuchten, aber wiederkehrenden unbe-
stimmten Sorgen um einen Punkt seines Herzens wie ein
Schwarm verflogener Tauben über dem vom Sturm jäh
geschlossenen Schlag. »Lass sie ein, Förster, die lieblichen Boten einer zarteren Welt der Lüfte, die Sendlinge
des Himmels, deren aller Brust zugleich aufleuchtet im
Sonnenglanz, wenn sie wie auf Kommando schwenken
gegen das Licht im seligen Fluge! Lass sie ein, Förster, in
dein hartes Herz! Sie haben dir etwas zu gurren und zu
surren!« – immer lebhafter stürmten weichere Gedanken

auf den harten Mann ein und umschwirrten ihn immer wieder aufs Neue, wie er sich auch dagegen wehrte. Da war es ihm plötzlich, als riefe etwas ganz leise in seiner Brust den Namen seines verstoßenen Kindes. Er sprang auf. Der Taubenschwarm aller guten Geister stieg jubelnd auf und nieder. Er eilte zur Tür und schob eilig den Riegel zurück. Da kniete schon Elselein vor ihm und küsste ihm die Hand.

»Vater! Vergib mir!« – Aldebaran aber, von ihm ungesehen, machte ein heiliges Zeichen über seinem Herzen und siehe! – dem Förster wurde absonderlich weich zumute. Er hob das Kind empor und drückte es an sich. »Es ist schon alles gut, Else«, sagte er mit einer von dem Kinde süß empfundenen Innigkeit seiner rauen Stimme. Hinter der Türe aber stand die Mutter und wischte sich die Augen. Die beiden Eltern fühlten eine ihnen bis dahin ganz unbekannte Rührung. Sie haben es sich später oft gestanden, wie sonderbar sie der Augenblick durchschauerte, in dem zugleich mit Elselein das helle Mondlicht wie ein lebendiges Wesen voller Glanz in den Flur geflossen kam. Es sei gewesen, als hätten sie ganz deutlich in der Bahn des Strahles eine frohe Botschaft, eine Ankündigung von kommendem Glück und großer Freude gelesen. – Die Mutter küsste das Kind, streichelte es über Haar und Wangen und sah ihm immer wieder in die großen, blauen, verweinten Augen, aus denen es so sonderbar hell leuchtete, und wendete sein Köpfchen forschend hin und her, so lieblich umwehte ihr Kind der Glanz des Glückes, den Aldebarans Zauber spann. – »Nun geh, in dein Bettchen! Schlaf' dich aus, mein Kind!«

»Aber mit mir muss – –,« o weh! – fast hätte sie sich verraten und Aldebarans Name wäre ihr entschlüpft, wenn dieser nicht schnell ihr die Lippen geschlossen und ernst mit dem Finger gedroht hätte. Dann nahm er sie bei der Hand und führte sie die Treppe hinauf zu ihrem Bettchen. Seine Hand fest in die ihre schließend, lag sie still und nachsinnend. Aldebaran nickte dem Vorspiel ihrer Träume zu.

Seine neugierigen Sternenbrüder aber sahen schon die ganze Zeit über mit langgestielten Äuglein durch das kleine Fenster in die Bodenkammer hinein und wollten so gerne beobachten, was Aldebaran nun beginnen würde. Der zupfte auf ihren, wie silberne Saiten gesponnenen Strahlen ein leises Lied vom kommenden Glück. Dann machte er sich allerhand zu schaffen. Erst klopfte er auf das harte Stroh und den rauen Bettsack aus Segeltuch. Da wurden sie weich und zart wie schaumige Wolkenballen, und Elselein war es im halben Traum, als trüge sie ein weißer Wanderwolkenkahn still über ein blaues Meer; dann schüttelte er leis ihr Kopfkissen und allsogleich flatterten unzählige weiße Schmetterlinge um ihr Köpfchen, die sagten mit Flüsterstimmchen alles, was sie wissen sollte, Zahlen, Namen, Religionsgeschichten und Gesangbuchverse, die sie niemals sonst behalten. Ihr war's, als flögen ihr die klugen Gedanken nur so zu wie kleine Falter und spielten in der blauen Luft Wechselspiel von Frage und Antwort. Da gab es nichts mehr, was sie nicht auch hätte beantworten und hersagen können. Nun machte sie plötzlich ein trauriges Gesicht. Gleich einem dunklen Vogel fiel in ihre lichten Reigen der schwere Gedanke, dass sie vergessen habe, wie allabendlich ihr bei Tag zerrissenes Gewand, ihre Strümpfe und die Schürze zu flicken. Fast wäre sie vor Schreck erwacht. Aldebaran aber, der in ihren Träumen las, drückte sie sanft in die Kissen zurück, nahm ihre zerfetzten Kleidchen und nähte alles langsam und bedächtig mit Sternenseide, setzte Flicken und Latzen aus blauem Himmelssammet und Rasengrün. Da lachte Elselein im Traum und schlief bis zum frühen Morgen.

Aldebaran weckte sie. Die Stunde war gekommen, der Mutter in der Wirtschaft zu helfen. Wie erstaunte sie, als sie ihre Sachen nahm. Kein Löchlein, kein loser Faden war daran. Und die Röckchen! Wie sauber geflickt und fein gefaltet und alles so frisch und neu, wie eben aus der Stadt gekommen! »Das hast du gemacht, ich hab' es wohl gesehen, Alde – Alde – ja wie heißt du doch? Ach! Ich habe deinen Namen vergessen!«

»Aldebaran« –

»Das ist furchtbar schwer zu behalten!«

»Nenne mich nach dem Liebsten, was du kennst!«

»Mein Liebstes heißt Peterchen!«

»Wer ist das?«

»Die schöne Katze!«

Aldebaran nickte –

»Darf ich dich mein Luftpeterchen nennen?«

»Mir ist es recht, Else. Ich bin und bleibe also dein Luftpeterchen. Sprich diesen Namen aber nie vor anderen aus! Kein Mensch darf ohne meinen Willen wissen, dass ich bei dir bin!«

»Luftpeterchen! Luftpeterchen! Liebes Luftpeterchen!«
rief Else und klatschte in die Hände. »Ich muss jetzt hinab! O weh! Wenn ich nur nichts zerbreche!« – »Lass
mich nur machen, Else, ich gebe acht!« Da ging ihr alles
von der Hand, und wenn sie ja einmal mit einer Tasse
oder Kanne schwankte, oder ein Topf fast schon am Boden lag, griff ihr unsichtbarer Knappe schnell zu und
rückte alles in die Reihe. So gewann sie schnell Zutrauen
zu sich und ließ die Furcht vor ihrer Ungeschicklichkeit:
Das ist der halbe Weg zur Meisterschaft in allen Dingen.
Wie sie die Mutter so hantieren sah, stieß sie den Förster
heimlich an und sagte ein über das andere Mal: »Sieh
nur die Else! Wie die schaltet und waltet! Das Kind ist ja
wie ausgewechselt!« »Soll mir schon recht sein«, meinte
der Förster. »Mir hat zudem geträumt, die Else bringt
uns Ehr' und Gold ins Haus!«

Nun war es Zeit, zur Schule zu wandern. Eines schönen Herbsttages Sonnengold leuchtete durch den Wald;
der Weg war gefleckt mit Lichtaugen und überstreut mit
bronzenen Blätterscheiben. In den Gräsern und Halmen
blitzten die Steinchen aus dem Diamantenschmuck der
schönen, morgenjungen Erde auf, und die Blätterharfen
sangen leise das Lied vom werdenden Tage. – Ihr Ränz-
lein auf dem Rücken, schritt Else dahin.

»Wie schön ist's heut!«, sagte sie.

»Ja, Kind, des Tages Spinnstuben sind aufgemacht«,
erwiderte Luftpeterchen. »Die Sonne hat viele goldene
Schlüsselein! Sie schloss die Blütenkelche auf wie den
Vöglein die Augen, sie rührte an schlafende Spinnen,
Käfer und bunte Fliegen mit vielen, feinen, kleinen Fin-
gern, nun summt es und surrt es in Luft und Boden.

Jetzt pumpen die kleinen Pflanzengeisterchen die köstliche Feuchte in Gräser und Stämme empor, nun wandern Ameisen zur Arbeit, und die Vogelmütter fliegen auf Beute. Alles geht ans Werk. Nicht nur ihr Menschen, auch die Natur, auch alle Geister arbeiten! Die ganze Welt hat ein und dieselbe Morgenglocke: die Sonne!«

»Aber Peterchen! Die klingt doch nicht!«

»Du wirst sie schon noch einmal hören! Wart' nur!« –

Nun bogen sie aus dem Waldweg in die Chaussee ein, die sich weit vor ihnen ausdehnte wie ein weißes Band.

»Ich fürchte mich immer sehr vor der Schule, Luftpeterchen!«, begann Else, in die Ferne blickend, wo sie weit, weit dahinten die Stätte ihrer größten Leiden gleichsam auf sich warten fühlte.

»Von nun an wirst du gerne zur Schule gehen!«, erwiderte Aldebaran, »du wirst bald einsehen, welche Schätze das einfachste Wissen vor dir ausbreitet! Schau einmal her!«

Er setzte sich auf einen Chausseestein, nahm ein trockenes Reis und zeichnete etwas in den Sand. Das sah so aus:

»Sieh', Else! Mit diesen vier Linien ist es eine geheimnisvolle Sache. In ihnen ist jede Zahl und jedes Wort, jegliche Ordnung und jeglicher Sinn, jeder Name, jeder Satz, das Höchste und Herrlichste, das Schlimme wie das Gute enthalte«.«

Elselein machte ein verblüfftes Gesicht.

»Gleich wirst du es erkennen!«, fuhr Luftpeterchen fort. Ich ziehe nur noch ein paar Querlinien in das Viereck, – schau her:

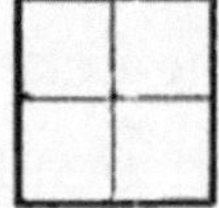

»Hier stehen alle Zahlen, die es gibt: von 1–9!«

»Wie das?«, fragte Else.

Luftpeterchen zeichnete in den Sand:

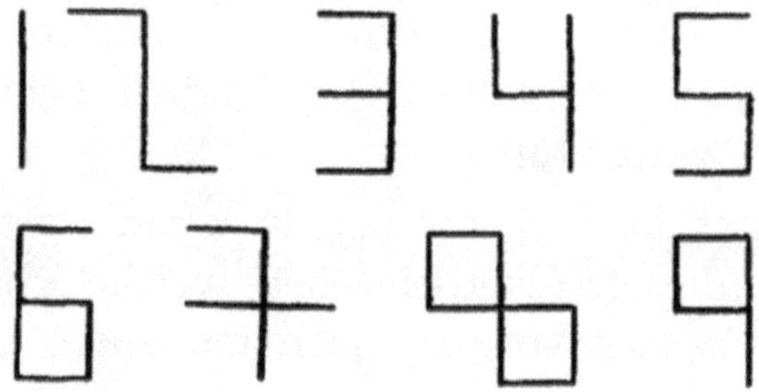

»Sieh! Jede dieser Zahlen kannst du im Viereck finden und ihre Linien nachziehen, jede Zahl ist buchstäblich ein Teil des einfachen Vierecks.« Jetzt zog er jede Zahl in den gegebenen Strichen nach:

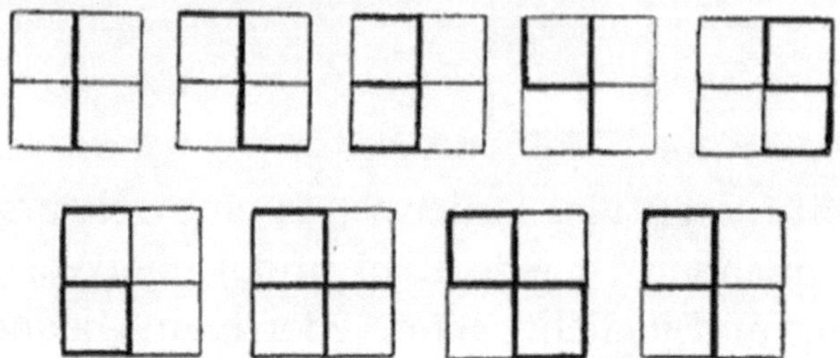

»Ach! Ist das nett! Aber wo ist die Null?« fragte schnell Else.

»Das ganze Viereck ist die Null. Das ist ja das Wunder, dass in der Null schon alles ist. Alle Geheimnisse stammen aus dem umgrenzten Nichts, wie hier die Zahlen aus der Null! Das wirst du aber erst später begreifen. Bleiben wir bei den Zahlen. Hier die Zehn:

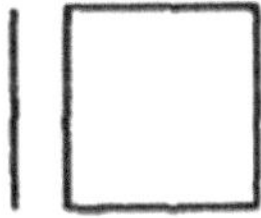

Und so weiter!«

»Lass mich das auch mal schreiben!«, rief Else. Sie tat's. – »Nun merke weiter auf, Elselein! *Auch alle Namen sind in diesem Viereck!*«

»Wie das? Auch ich und du?«

»Schau her! Was steht hier?« fragte er, indem er schrieb.

Else klatschte vor vergnügtem Erstaunen in die Hände.

»Lass mich nur noch einige Hilfslinien ziehen, so steht das ganze Alphabet in meinem Zauberkästchen. Schau einmal her! Du wirst jetzt jeden Buchstaben und folglich jeden Namen, Anfang, Ende, Welt, Gott, Tod und Leben in diesem Rahmen finden!«

Erst malte er sie nebeneinander in die weiche Chaus-
seeerde, dann suchte er die Buchstaben einzeln im
Quadrate auf.

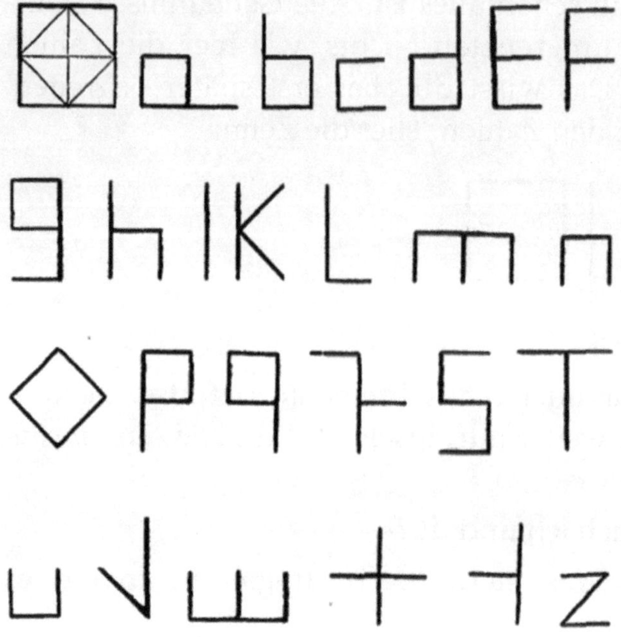

Nun wollte Elselein alles in den Sand nachzeichnen. Luftpeterchen half ihr dabei und zeigte ihr, wie durch Abrundung und Verkürzung alle Zahlen und Buchstaben aus einfachsten Eckformen des Quadrates entstanden waren. Dabei gingen sie weiter. – »So, Elselein,« sagte er im Wandern, »jetzt haben wir ein kleines Guckloch aufgemacht, durch das du einen ersten Blick tun konntest in den Zusammenhang der Dinge. Wie dies kleine, anscheinend so leere Viereck, ist jedes Ding auf Erden ein kleines Schatzkästlein von Geheimnissen. Überall wirst du im letzten Grunde Sinn und Ordnung finden, Schönheit, Harmonie, Ideen und ihre Gestaltung. Wenn schon dies armselige Netz von vier Strichelein in sich Laute und Zahlen, alle Mittel des Ausdrucks und des Geistes enthält, was meinst du wohl, was alles in dieser kleinen Feldblume hier – er beugte sich zu einer Blume am Chausseerande – von Gedanken und Geheimnissen niedergelegt ist. O, glaube nur nicht, dass ihr Menschen allein das Schreiben und Rechnen gepachtet habt, auch die Natur selbst schreibt, zählt, dichtet, erfindet und träumt. Ach, sie hat eine viel erhabenere, herrlichere und wunderreichere Sprache als die Klügsten unter euch ahnen. Die Bäume, die Blumen, der Sternenhimmel, die Wellen, das Wolkenheer und die Welt der Geschöpfe sind ihre Schrift und tragen ihre unerschöpflichen Gedanken. All ihre Werke sind von einem Geist. Sieh seine wohlgeschwungenen Zeilen in Zweig um Zweig, im Kelch der Blumen, im Gefieder der Farne, im Wiesenrain, im Wolkenreigen, in den Schaumkronen am Strand, in den Windungen des silbernen Baches, im Sternenflimmern und Sonnenleuchten, ja in dir selbst und deinem Wunderbau! Du wirst durch mich schon lesen lernen in dieser stummen Welt wie in einem ungeheuren Buche, das die Natur schreibt und nimmer endet! Drum gib nur ruhig acht auch in der Schule! Ein ernster Sinn ist im Geringsten!

Und nun lass dir ein kleines Geschichtchen erzählen, während wir weiter wandern.

Es waren einmal drei Gesellen, der Buchstabe, der Laut und die Zahl. Die gingen zusammen auf die Weltwanderschaft. Lange konnten sie keinen Herren finden, der ihre Dienste hätte schätzen und nützen können. Da kamen sie eines Tags gesprungen und fanden einen Hirtenknaben, der an einer Weidenflöte mit seinem Steinmesserchen schnitzte. Sie boten ihm ihre Hilfe an, denn er mühte sich gerade vergeblich, für seine Freundin, das

Gänsemädchen, Zeichen zu ersinnen, an welchem Ort,
zu welcher Stunde sie ihn geheim vor anderen finden
könnte. Flugs lehrten sie ihn in die Rinde eines Baumes,
an dem sie des Abends ihre Herde vorübertrieb, ein
Herz, den *Mond* und eine *Flöte* einzuschneiden. Das sollte heißen seine Liebe, die Stunde der Zusammenkunft
und seinen Namen, denn er war berühmt wegen seines
Flötenspiels. Nun wollte es aber das Unglück, dass sie
von der bösen Zauberin des Dorfes belauscht wurden,
und so erfuhr die Alte die Macht der Buchstaben und
zwang die drei Gesellen durch geheime Sprüche in ihren
Dienst. Da mussten sie Jahrhunderte lang Fronarbeit
leisten für die vielen Zauberinnen in allen Völkern, die
auf geheimen Wegen sich gegenseitig Kunde zutrugen
von dem, was die Volksmannen und Krieger sich zuraunten, ohne dass die wissenden Frauen ein Wort miteinander zu sprechen brauchten. Eines Tages aber ver-
riet solch eine weise Frau das Geheimnis einem mächtigen König. Der ließ seine Ratgeber kommen und diese
nahmen von nun an die drei Gesellen in Fürsten- und in
Priesterdienste. Da mussten sie allen Menschen fronen
und sind allmählich zu immer größerer Macht gekommen und haben stets neue Wege gefunden, über Meer
und Land zu fahren; sie haben die Menschen gelehrt, sie
auf Steinen, Wachstafeln, Leder, Bast und Papyrosstrei-
fen weithin zu verschicken; bald werden sie lernen, auf
Drähten zu fliegen über den Erdball, durch das Meer,
und es wird eine Zeit kommen, in der sie ohne alle Fäden und Drähte frei durch die Luft über Tausende von
Meilen springen und mit unsichtbaren Wellen die ganze
Erde überfluten. Es wird durch Arbeit und Gedanken

dazu kommen, dass jeder Mann seine kleine sprechende Zauberdose wie eine Taschenuhr bei sich trägt, aus der er auch in weiter Ferne den trauten Stimmen der Heimat lauschen kann. Dann wird es erst wirklich lebendig in der Luft: Unsichtbare Schwalben werden sie durchschwirren zu Millionen und mit ihrem Zwitschern Herz und Ohr der Menschen finden!

Sänger, Dichter und Gelehrte sind ewig in dem Dienst der drei Gesellen. Sie tragen die herrlichsten Gedanken durch ihre Reigen und bewahren das Schöne, das Befreiende, das Lied, das Wunder in pergamentenen Truhen. Schöne Bücher mit prächtigen Einbänden sind ihre Hütten, in Palästen sind sie zu Hause, und hochgeehrt ist, wer ihnen Hilfe leistet.

So sind sie bald zu einer gewaltigen Macht der geistigen Waffen geworden, die drei Königspagen der Gedanken, Laut, Zahl und Buchstabe!«

»Ist denn die Bibel auch von ihnen geschrieben?«, fragte Else verstohlen. »Das ist ein Buch«, sagte Luftpeterchen, »von ihnen gesetzt in des großen Meisters Namen. Das wird wohl am längsten leben von allen Büchern der Erde!«

»Ist alles schön und gut«, meinte Else, »aber sag' mir, liebes Luftpeterchen, wie kann so ein armes, unwissendes Menschenkind wie ich nur alle die schönen Dinge, die sich die drei Gesellen ausgedacht haben, begreifen oder gar behalten? Mir macht die Fibel doch schon Schwierigkeiten!«

»Nun, die Fibel, Else, ist auch ein heiliges Buch, bei dem die drei Gesellen sich große Mühe gegeben haben.

In ihm erzählen sie ihre eigene Geschichte, aber es kommt, wenn die drei Gesellen wollen, auch alles andere Schöne in dein kleines Köpfchen! Du musst nur wissen, dass ihr Menschen eigentlich gar nichts behaltet, sondern alles, was euch einmal bewegte, jedes Wort, jedes Erlebnis – immer wieder von Neuem entstehen lassen könnt. Und das geht so zu:

In jedem Köpfchen ist ein wunderbares, feines Glockenspiel von Tausend und Abertausend kleinen Silberklingelein, die so sind, dass ein Stecknadelkopf gegen jedes gehalten so groß ist wie die mächtige Kirchenglocke zu Köln am Rhein. Die Glöckchen sind frei schwebend, alle dicht beieinander aufgehängt, wie die Krönchen der Glockenblume. Viele solcher kleinsten Klingeldolden reihen sich dicht beieinander in Millionenzahl in lauter kleine Sternenbündel. Die drei Gesellen haben nun unzählige Strickchen in ihren Zauberhänden; damit können sie alle Glocken leise in der Halle deiner Seele spielen, wie euer Lehrer die Orgel in der Kirche. Wenn da »Liebe Mutter« erklingen soll, so greifen sie nach einem Bündelchen von seinen Fäden, die laufen dir gerade übers Herz, und dann läutet es mit wundersüßen Glocken kaum hörbar in dir, wie von Heimat, Himmel und Erde zusammen, sodass dir wohl und warm wird von dem schönen inneren Gesinge. Wenn sie aber »böse Hexe« klirren, dann gibt es einen scharfen Klang, und dir wird eiskalt, denn diese Stricklein zerren zugleich am Klingelzug deiner Angst; dann schrillt es wie eine Feuerglocke durch dein Seelchen, und deine Beinchen spüren Lust, davonzulaufen. Greifen aber die drei Glockenläutergesellen die feinsten Seilchen an, die dein

ganzes Wesen durchziehen wie köstliche goldene Drähtchen ein schönes Gewand, dann tönt es heilig, weihevoll
und du denkst: »Gott!«

So wissen sie, die kleinen Spielleute deiner Seele, all
und jedes Ding in dir zum Läuten zu bringen. Ist aber
erst einmal ein kleines Lied aus vielen Klängen fertig gesungen, dann lernst du, es schließlich aus eigener Kraft
tönen zu lassen, dann brauchst du keine Glockenschlä-
ger-Knaben mehr, dann tun es die Heinzelmännchen in
dir ganz allein, immer fort und immer wieder von Neuem. Das ist Erinnerung und Gedächtnis, Traum und die
kleine Spielorgel des Wissens, das ist das Glockenspiel
der Fantasie! Übung, Herzlein, ist alles! Die Sonne, die
Steine, der Mond und alles, was du siehst, kann spielen
auf der kleinen Silberharmonika in deiner Seele, jedes,
auch das kleinste Ding findet sein Fädchen, mit dem es
deine Herzensglöcklein zittern macht. Es weiß den Weg
zu finden durch das Ohr, durch das Auge und durch alle Sinne. Aber, das ist das Wunderschöne daran, alles,
was du einmal empfunden, gewusst, gedacht hast, das
bleibt in dem Wunderkästchen deines Köpfchens aufbewahrt für immer und alle Zeiten: Du brauchst nur
dieselben zitternden Glöckchen noch einmal tönen zu
lassen, und es ist wieder da. Sie bringen ihn wieder zurück, den fernsten, flüchtigsten, versunkenen Augenblick, er taut von Neuem auf wie ein gefrornes Lied!
Nichts ist euch unvergessen. Da ist nichts zu behalten
und zu verwahren, es kann zu jeder Zeit aufs Neue in
dir wach werden. Viel und oft werde ich dir noch erzählen von diesem Widerschein und Spiegelbild der Welt in

deinem Seelchen, von deines Herzens Glockenspiel, mein Elselein!«

Aldebaran hatte sich bei diesem Aufrollen eines seiner Geheimnisse selbst in einige Erregung geredet und stand hoch aufgerichtet, hingerissen von den Wundern seines inneren Schauens, vollbeschienen von der leuchtenden Sonne vor der atemlos lauschenden Else.

In solche und ähnliche Gespräche vertieft, gelangten sie in die Nähe des Dorfes. Die kleine Kirche grüßte von Ferne mit ihrem grünen Kupferdach, das goldene Turmkreuz blitzte in der Sonne. Am Waldrand lugte ein Reh um die Ecke. Luftpeterchen winkte, und ohne Scheu kam es heran. Elselein bebte vor Freude, als sie das Tierchen so zutraulich herbeihüpfen sah, und legte die beiden Arme um den Nacken des furchtlosen Wildes. Das Reh schaute hellen Auges auf Aldebaran, schnupperte und bewegte unaufhörlich das Mäulchen hin und her! »Ach, Peterchen!«, rief Else, »das sieht ganz so aus, als wollte es sprechen!«

»Es spricht auch«, sagte Luftpeterchen, »gib nur acht!« Er pflückte eine Lilie vom Wegrand und steckte sie Elslein heimlich ins Ohr. Sie wäre vor Staunen fast umgesunken: Durch den kleinen Schalltrichter hörte sie das liebliche Tier mit feiner, meckernder Stimme Folgendes sagen:

»Die Köhlerfrau, die Köhlerfrau
Braut Enzian und Bärenklau,
Mondstrahl und Irrlichtflammen
Die ganze Nacht zusammen!

Sinnt bis zum ersten Hahnenschrei
Auf Hinterlist und Teufelei!«

»Schon gut! Hab' Dank für deine Warnung! Ich gebe acht,« rief Luftpeterchen. Da trollte das Reh mit munteren Sätzen in den Wald zurück. »Es hat recht«, meinte Elses Begleiter, »uns droht Gefahr, wir müssen auf der Hut sein. Die Alte weiß vieles. Es soll ihr aber nichts gelingen!«

Sie gingen weiter und standen endlich vor der Tür des kleinen Dorfschulhauses.

III.

Heilig ist der Augenblick

Viele kleine Mädchen in groben Kleidchen und Holzpantoffeln waren schon in dem niedrigen, ein bisschen finsteren Klassenzimmer versammelt, schnitten sich ihre Federn – damals schrieben alle noch mit Gänsekielen – und sahen nach ihrer aus Lampenruß bereiteten Tinte, wischten ihre Schiefertafeln, rutschten auf den Bänken ausgelassen auf und ab, schwatzten und lachten durcheinander. Elselein, von wenigen kaum mit Kopfnicken begrüßt, nahm ihren Platz ein – natürlich den allerletzten auf der letzten Bank. Aldebaran kletterte auf die Rücklehne und harrte des für ihn ganz neuen Schauspieles, denn er war noch niemals in einer Mädchenschule gewesen. – Jetzt trat der Lehrer ein, und augenblicklich verstummte das vielstimmige Gesumme in diesem von der Behörde gebauten Käfig aller der kleinen Elstern, denen das freie Schnabelplappern zu wohlgesetzter Redeweise gewandelt werden sollte – und das mittels der Dressur des Herrn Schulmeisterleins und Kirchenkantors Johannes Piepkorn, eines kleinen, schmächtigen, bebrillten Männchens mit gutmütigem, aber pfiffigem Gesicht. Die damaligen Schullehrer sahen ganz anders aus wie die heutigen. Johannes Piepkorn war ein sehr würdiges Mitglied dieser Gärtnergilde der Pflanzer und Pfleger kleiner kindlicher Blumenseelen und trug stets bei sich zwei Zauberstäbe zum Erwecken aller geistigen Triebe innig gesellt unter dem linken Arm: den Fiedelbogen und den Rohrstock. Und er hatte eine merkwürdige Geschicklichkeit, je nach Bedürfnis das eine oder andere Zauberlockmittel in blitzschnelle Anwendung zu bringen. Er trug eine Perücke mit kurzem, steifem Zopf und ging mit Kniehosen und Schnallenschuhen.

Die Schulstunde begann.

»Also – Abraham – wir sind bei Abraham! Müllers Marthe! Wohin ging der Herr mit Abraham in voriger Religionsstunde, ich meine am vorigen Montag?«

»In den Hain Mamre!«

»Falsch, das war ja schon vor vier Wochen! Anne Krill!«

»Nach Sodom und Gomorrha!«

»Richtig. Was war Abraham von Lot? Rieke Polzow!«

»Der Bruder,« – »Der Vater,« – »Der Sohn,« – »Der Herr.«

Alle Aufgerufenen antworteten falsch.

Piepkorn fragte verzweifelt: »Wer weiß es?«

Da stand unsere Förster-Else auf und sagte mit klarer Stimme:

»Abraham war der Oheim Lots, denn Lot war das Kind seines Bruders Haran!«

Die Wirkung dieser Antwort, die natürlich Elselein von Aldebaran allen unhörbar vorgesagt wurde, war unbeschreiblich. Die Kinder drehten sich mit offenen Mäulchen nach der sonst immer stummen Sprecherin um, und Lehrer Piepkorn kam nach einer kurzen Pause der Verblüffung herbeigeschossen, um Elselein ganz erstaunt zu betrachten.

»Ei, ei! Richtig, Else. Richtig!« Ein fürchterlicher Verdacht stieg in ihm auf. »Richtig! Aber sag', mein kluges Kind« – dabei nahm er ihr das Religionsbuch fort –, »wenn du das so schön weißt: Wie hieß denn Abrahams Vater?« Else sagte prompt: »Tharan«, und fügte getreu nach Luftpeterchens unhörbarer Anweisung hinzu: »Tharan lebte in Chaldäa und stammte aus Sems Geschlecht. Derselbe hatte drei Söhne: Abraham, Nahor und Haran. Haran starb vor seinem Vater und hinterließ einen Sohn namens Lot!« Piepkorn war fassungslos. Er sah unter die Bank, ob sie da vielleicht noch ein Buch versteckt habe, aus dem sie ihre Weisheit schöpfte, er blickte, in seiner Vermutung getäuscht, in die Luft, ob es irgendwo an der Decke oder an der Wand stünde – unglaublich! Das Kind wusste die ganze, so kniffliche Namensgeschichte. »Elselein! Jetzt pass aber auf! Jetzt kommt es ganz schwer! Wen versuchte Lot, von den Engeln gewarnt, vor dem Untergang von Sodom und Gomorrha noch außer seinen Kindern und seinem Weibe zu retten?« »Die Bräutigams seiner zwei Töchter!«, sagte Else prompt. »Aber sie gingen nicht mit, denn es war ihnen lächerlich.« – »Lächerlich? Else? So ein Wort gibt es in der ganzen Bibel nicht.« Else wurde verwirrt. »Doch!«, flüsterte Luftpeterchen. »Doch!« wiederholte Else mit großer Sicherheit. Piepkorn sprang auf das Katheder, legte Rohrstock und Fiedelbogen beiseite und blätterte im heiligen Buche. Wahrhaftig, da stand es, genau wie Else es gesagt hatte. »Setz' dich zehn hinauf, Else! Ei, ihr faulen Kinder, da nehmt euch ein Beispiel dran. Elselein hat schön und brav gelernt!« Aber es sollte noch toller kommen. Jede Frage beantwortete Else mit ihrem allwissenden Helfer im Rücken wörtlich nach dem Bibeltexte. In der folgenden Stunde aber gab sie so erstaunliche Proben einer nie da gewesenen Rechenkunst, dass der alte Piepkorn ein über das andere Mal sich an den Kopf fasste, mit den Händen in der Luft gestikulierte und vor Staunen hin und her rannte. Als aber Else vielstellige Zahlen aus dem Kopfe richtig addierte, multiplizierte und dividierte – Summen, die Piepkorn erst mühsam an der Tafel nachrechnen musste – da war es aus mit seiner Fassung, er stürzte aus der Klasse und kam wieder mit seinem Eheweibe, einer würdigen und sehr rundlichen Haubendame, die die Röcke hochgeschürzt und um die Taille zu einer dicken Rolle gewulstet hatte und die nackten Arme herausfordernd in die Seite stemmte. Hinter ihr schritt der Pfarrer, ein hagerer, bartloser Mann.

»Höre einmal zu! Hören Sie, Herr Pfarrer!« rief eifrig mit vom Laufen gerötetem Angesicht der atemlose Piepkorn. Er fragte die Else kreuz und quer. Sie war nicht zu verwirren. »Nein, so was –«, sagte das Eheweib.

»In der Tat! Ein Wunderkind!« meinte der Pfarrer. »Lassen Sie mich einmal fragen, Piepkorn«, sagte er. Er ließ sie das Glaubensbekenntnis, die zehn Gebote, die Schöpfungsgeschichte, Gesangbuchverse hersagen. Alles war richtig. »Sing' einmal, Else!«, sagte Piepkorn und begann auf seiner Geige einen Choral zu spielen, zu dem Else mit einer so lieblichen Stimme harmonisch begleitete, dass allen Zuhörern ganz weich ums Herz wurde, denn es klang überirdisch schön. Else sang bald die Melodie und bald die begleitende Stimme. Nun war aber Piepkorn ein schwärmerischer Musikus und intonierte nacheinander Volkslieder und Arien und schließlich spielte er frei, was ihm gerade einfiel, und Else und schließlich auch Luftpeterchen fast unhörbar sangen so schön und rührend mit hinein, dass es ein förmliches Konzert wurde. Die gutmütige Lehrerfrau wischte sich die Augen und der Pfarrer faltete die Hände. Ganz entgeistert schritt endlich Piepkorn auf das Kind zu, streichelte ihm das weiche Haar und küsste es auf die Stirn. Das war ein Triumph für Else – die missachtete, übersehene, zurückgesetzte – der sie völlig übermannte. Ihre Augen standen voll Tränen, und in Demut schritt sie aus der Tür und machte sich auf den Nachhauseweg.

»Warum bist du so traurig, Elselein?«, fragte der sie begleitende Aldebaran. »Weil das ja alles nicht wahr ist!«, schluchzte Else. »Wir betrügen ja die Leute! Von jetzt ab weiß ich alle die schönen Dinge nicht mehr!« »Doch, mein Kind!«, sagte Luftpeterchen. »Zuvörderst denke, ich sei du selbst, dir zugehörig. Viele Leute haben so einen Luftpeter bei sich, wie du, sie sehen ihn nur nicht so vor sich und halten seine Stimme für die ihres

Gewissens, ihrer bösen oder guten Doppelseele. Ich kenne welche, die sprechen über ihre Absichten ganz laut mit ihrem Luftpeter; ist er dagegen, so sind sie dafür, und umgekehrt, und so kommt vieles zum Ausruhen und zum Gleichgewicht der Seele. Es sollte jeder genau wissen, welcher Art sein geheimnisvoller Mitwanderer und Schrittmacher ist. – Was ich dir einmal gesagt habe, vergisst du nie wieder! Soll ich die Probe machen?«

Und da zeigte es sich zu maßloser Freude des Kindes, dass sie alles getreu behalten hatte, die Rechenexempel, die Religionsgeschichten, die Verse, die Lieder. Da wurde sie froh und heiter und schritt rüstig aus auf der Chaussee, die sie schon längst erreicht hatten.

Der Himmel war verfinstert, die Natur lag still und verschüchtert, kein Blatt regte sich in den Birken, die den Chausseeweg umsäumten. Auch der angrenzende Wald lag wie im Bann, als halte er den Atem an. Als Elselein sich einmal wie zufällig umdrehte, gewahrte sie in der Ferne eine hohe Staubwolke, wie wenn eine Reiterschar heranjagte. Sie achtete dessen nicht weiter und war daher umso erstaunter, als unmittelbar danach unter lautem Getöse von klappenden Hufen und schnaubenden Pferden ein sonderbares Gefährt blitzschnell herankam und mit einem plötzlichen Ruck just neben ihnen anhielt. Es war eine große, mit Gold und Silber reich verzierte, altmodische Equipage, gezogen von vier Feuer sprühenden Rappen. Ein kohlschwarzer, riesiger Mohr im Turban lenkte die schnell geöffnete Karosse. Als dem Kutschenschlag ein sehr blasser, vornehmer Kavalier mit Glanzhut, Frack und gespornten Stulpenstiefeln entstieg, erblasste Aldebaran und sah ihm starr ins Gesicht. Elselein hörte deutlich, wie er murmelte: »O weh! Du arbeitest schnell und sicher, alte Hexe! Das ist das Werk der Köhlerfrau!«

Der elegante Herr warf einen drohenden und triumphierenden Blick auf den tief Erschrockenen und sprach: »Heute hast du verspielt, Aldebaran!« Dann sagte er zu Elselein gewandt, mit einschmeichelnder Stimme: »Mein liebes Kind, steig' in diesen Wagen! Für kurze Zeit sollst du meiner schönen, aber kranken Tochter Gesellschaft leisten; du nur kannst sie gesund machen. Lass meines Sohnes Bitte die meine unterstützen!« – Aus dem Wagen sprang jetzt ein etwa zwölfjähriger, bildschöner Knabe mit Sammetjackett und Spitzenkragen. Elselein war wie gebannt von der Schönheit dieser tiefblauen Augen, aus denen sich etwas wie geheimes Leid flehend hervorzuringen schien. Der Knabe trat artig heran und nahm Else mit vollendetem Anstand eines kleinen Herrn von Welt bei der Hand.

»Nicht wahr? Du kommst zu uns. Nicht weit von hier. Auf das Schloss. Wir wollen die schönsten Spiele ausdenken, meine arme Schwester, du und ich!« Else trat unwillkürlich einen Schritt vorwärts zur Wagentür; da rief Aldebaran: »Else, halt ein! Tu keinen Schritt! Es ist dein Verderben!« – Dann breitete er beide Arme hilfeflehend gegen den Himmel, indes der blasse Fremdling ein heiseres Lachen hören ließ. »Licht! Sonne! – Ach, einen Strahl ihr himmlischen Mächte!« Aldebaran war in furchtbarer Aufregung. Eben setzte die ganz verwirrte Else einen Fuß auf den Wagentritt, schon hatte der kleine Kavalier einen Arm um sie gelegt, der grinsende

Fremde fasste nach der Tür – da brach ein voller Sonnenstrahl fast senkrecht durch eine Wolkenlücke. Aldebaran jauchzte laut auf, ergriff blitzschnell das goldene Licht wie einen Stab, brach ihn in zwei Stücke, legte sie zum Kreuz zusammen und schlug ohne Erbarmen damit dem Fremdling vor die Stirn. Ein furchtbares Gekrache folgte dem Hieb und im Nu waren Karosse, Pferde, Kavalier, Prinz und Mohr verschwunden. Nur eine dunkle Wolle zog durch die Luft. Am Waldrand aber schrie es auf mit kreischender Stimme, und Else sah ganz deutlich, wie die alte Möller, ihre Krücken in die Luft schwenkend, blitzschnell durch die dunklen Tannen sprang. Von Zeit zu Zeit schrie sie während der rasenden Flucht laut auf. Luftpeterchen aber drückte Else jubelnd an sich und sagte: »Es war die höchste Zeit. Das war des Wichtelkönigs Gnadenwerk. Ohne ihn und diesen Sonnenstrahl wären wir verloren gewesen!«

»War das der Böse?«, fragte Else ängstlich.

Aldebaran lächelte. »Kannst du den Schatten böse nennen, weil er an das Licht gekettet ist? Merke: Schatten ist das Maß des Lichtes, eine Probe auf seine Helle. Ich werde dir noch oft Geschichten erzählen, die dir berichten sollen, dass gerade das hellste Licht die tiefsten Schatten haben muss, und wie oft auf sonderbaren Umwegen sich dies Gesetz erfüllt. Es ist das, was ihr Menschen »böse« nennt, eine Prüfung, ein Versuch. Aber ihr könnt nicht sehen, dass das so angeordnet ist, nicht als ob das wahrhaft Gute je schlecht werden sollte, sondern damit das Böse versucht werde, sich zum Guten, zum Ausgleich, zur Harmonie zu bequemen. Der Fürst der Schatten ist mächtig wie sein leuchtender Bruder, der

Helle. Von Anbeginn der Welt sind sie beieinander. Ihr Ringen um die Alleinherrschaft ist die Ursache, dass alles sich bewegt. Nur Licht, nur Schatten wäre ein heller oder ein dunkler Tod, ein leuchtendes oder ein trübes Nichts, aber Tod oder Nichts in jedem Falle! Nur Licht, nur Schatten, beides wär der Untergang! Ein bunter Wechsel ist das Leben. Sieh! Alle Farbe, alle Form, ja jeder Gedanke stammt aus diesem Spiel. Das vom Schatten gepeitschte Licht ist weiß, schwarz ist verschlucktes Licht, dazwischen ist das bunte Farbenheer ein Spiel des Ringens zwischen schattenhaschendem Licht und lichtjagendem Schatten! In dem Spiel der Farben ist Lust und Trauer oder, wie ihr Menschen sagt, Gutes und Böses. Das ist ein Bild von allem, auch von eurem Menschenherzen. Was wäre euer Glück ohne Qual, was euer Lachen, wenn ihr nie jemand hättet stöhnen hören! Wohl ist's ein Kampf, und jede Kreatur leidet unter diesem wirbelnden Zwiespalt auf zum Licht und nieder zur Finsternis, aber jeder kann seinen Schritt zum Ausgleich tun, der ihn auf höhere Pfade führt!«

»Aber, ich wäre doch beinahe mit dem schönen Knaben gegangen«, sagte Else treuherzig. »Dann hätten wir einen großen, schmerzensreichen Umweg machen müssen, und es hätte vieler Sonnenstrahlen bedurft, dich zu dir selbst zurückzuführen. Komm in den Wald, ich will dir etwas zeigen, Elselein,« sprach Luftpeterchen und ging in die dunklen Tannen.

Bald standen sie vor einem breiten, pechschwarzen Wassertümpel. Seine Fläche war wie ein dunkler Spiegel, klar und blank.

»Nun merke auf, Else«, sagte Aldebaran, nahm eine große Kreuzspinne aus den Zweigen und setzte sie mit ihren langen Beinen auf die Wasserfläche; wo sie hin und her lief, mengte sich Licht und Schatten, und ein bewegtes Bild entstand. Staunend sah Else, niederkniend im Gras und den Blick fest auf die spiegelnde Flut gebannt, die ganze Szene von dem Untergang Sodoms und Gomorrhas von der Spinne gezeichnet und zum farbigen Her und Hin getrieben.

Da war die brennende Stadt, die hastenden und mit Flammengarben überschütteten Menschen, die bebenden Berge, der fliehende Lot mit seinen Töchtern und das Weib Lots, die stehen blieb, sich umsah und mit Lava überschüttet wurde.

Die Spinne kam zurück zu Aldebaran – das Bild war verschwunden. Der trieb sie vorwärts und der Turm zu Babel entstand im Bilde; die verwirrten Völker fluteten durcheinander, überall Zwietracht, Kampf, Vernichtung. Else sah staunend auf das Bild. – Wieder kam die Spinne gelaufen und wieder hieß sie Aldebaran Licht und Schatten mengen. Da wurde eine Riesenstadt im Bilde. Ein Volksaufzug. Eine große Bildsäule trugen sie, unzählige Leichen Enthaupteter am Wege.

»Das, was du jetzt siehst, geschah vor kurzer Zeit in Frankreich. Sie schaffen Gott ab. Da ist die Göttin der Vernunft, ihr Götzenbild. Schau, Else! Das waren einige Umwege, die die Völker machten!«

»Ist denn das alles aufbewahrt?«

»Ja, Else, heilig ist der Augenblick! Gewebt aus kleinen Blitzlichterchen der Zeit, erstickt in den Grabtüchlein der Schatten, die für kurze Frist unterbrochene, zuckende, lebende und sterbende, die sich aufbäumende und zurückprallende Ewigkeit, das ist der Augenblick! Alles Geschehene ist ein Kind des Lichtes und des Schattens. Nichts ist ungesehen und unbewahrt! Schlimm für das Böse, herrlich für das Gute, wird alles aufgenommen im Buch der Welt: die Spinnen schauen's, die Pflanzen haben Lichtäugelein, die Wolkenfedern, die Regentropfen, die Schneekristalle, die Sonnenstäubchen selbst haben lichtempfindende Seelchen zu Abertausenden in sich, sie fangen alles auf und behalten es gut. Einst werden, in wenig mehr als hundert Jahren, auch die Menschen lernen, mit Silbernetzen den heiligen Augenblick zu erhaschen und den nur scheinbar flüchtigen ewig festzuhalten. Was auch geschieht werden sie im bewegten Bild Enkeln und Enkelkindern wieder zeigen, und staunend – wie du in diesem Wassertümpel – werden sie der Väter Taten wiederkommen heißen auf großen weißen Flächen in allen Straßen; in wunderbaren Schaustätten werden sie entzückt zuschauen dem gefangenen Augenblick, dem gefesselten Spiel von Licht und Schatten! Der heilige Augenblick, er ist ein großes Wunder!

Denke ein bisschen nach! Während wir sprechen, ist dieser Augenblick, wie ein Lidschlag der Zeit, scheinbar für immer dahin, eingereiht vom Hirten der Ewigkeit in die große Herde seiner Milliarden Brüder vor ihm, kein Verirren, kein Verlaufen gibt's, sie werden alle zurückgefordert ins Meer der Zeiten, und doch ist nichts verloren, immer wieder kann es neu entstehen! Der Augenblick ist ein Fensterchen und ein Steinchen nur in dem Tempel der Ewigkeit; diese große Stumme kennt allein den Sinn der Zeit; aus dem Augenblick begreift man ihn nicht, ebenso wenig wie ein Menschendasein allein den Sinn des Lebens offenbart. Auch Leben ist nur ein Durchgang zum Geheimnis, das der Tod umklammert hält, wie die Ewigkeit die Zeit! – Was diese Spinne tat, tut jede spinnende Seele: Sie spinnt ein Netz vom Gewesenen und Werdenden mit den Gedanken der Gegenwart! Es ist der Zauber eurer Menschenseele, euch Vergangenes wie Zukünftiges als Gegenwart empfinden zu lassen! Was auch geschah, die Seele des wirklich Lebendigen war stets dabei und er kann Kommendes nicht anerkennen, ohne dass er in dessen Mitte steht. Erinnern führt zum Wissen, Vordenken zum Entdecken, zum Schöpferischen. So konnte, was du heute gelernt, die Zauberspinne in deinem Köpfchen auch alles wieder erzeugen: Du hast es eben behalten!

Jetzt aber lass uns heimgehen! Deinen Eltern ist eine große Freude widerfahren.«

IV.

Die Bernsteinstadt

Else, komm nur schnell, und sieh', was der Vater am Strand gefunden hat! Bernstein – über hundert Taler wert!«

So empfing die Förstersfrau die aus der Schule zurückkehrende Else und schob sie eiligst durch die Tür. Else gab sorgsam acht, dass Luftpeterchen zwischen ihnen zum Eintritt in das Zimmer Platz behielt, und sah den Förster ein doppeltfaustgroßes Stück Bernstein mit froh-schmunzelnder Miene hin- und herwenden.

»Ein prachtvolles Stück! Das bringt Geld ins Haus. Es ist wie ein Wunder. Es lag frei am Abhang neben dem großen Stein im Sande. Und klar wie Goldwasser! Sieh', zwei Tierchen eingeschlossen, eine Mücke und eine Libelle!«

Aldebaran, den Else fragend ansah, sagte leise: »Ich fand das Stück heute früh am Strande und trug es zum Stein; da musste dein Vater es bemerken, wenn er morgens nach angetriebenem Strandgut spähte. Komm, lass uns zum Strand absteigen! Vielleicht ist noch mehr zu finden.«

Else sprang eilig über die Wiese und rutschte in allerbester Laune den lehmigen Abhang hinab in den weißen Dünensand. Da, wo der lockere Flugsand vom Wellenrinnsal fester war, schritten sie her und hin und achteten sorgsam auf das frisch angespülte grüne Moos. Nicht lange, da blitzte in der Tat ein Stückchen goldenen Bernsteins in der Sonne auf. Es war so groß wie ein Hühnerei. Aldebaran begann zu singen:

>»Weiße, weiße Wassermaid,
> Schüttele dein Spitzenkleid!
> Schüttle Kronen aus und Spangen,
> Lass uns goldnen Bernstein fangen!«

Da rollte eine lange, flache Welle schaumbrausend gegen Elses Beinchen an und warf mit grünen Algen und runden Steinchen, Muscheln, Seesternen und Quallen Hunderte von Bernsteinstückchen auf den schimmernden Sand. Die Welle floss, noch leise prustend, in die Brandung zurück und grüßte aus ihren Schaumaugen mit aufgefangenen Sonnenstrahlen. Laut aufjauchzend und mit fiebernden Händchen heimste Else Stück um Stück die reiche Ernte ein. Sie betrachtete aufmerksam jeden der goldfarbenen Kiesel und hielt die dunkleren gegen die Sonne. Da bemerkte sie im Bernstein eingeschlossene Tierchen: Seekrebse, Spinnen, eine kleine Vogelfeder, ein feines Pflanzenblättchen, einen winzigen Farnwedel und Abdrücke von Kiefernnadeln, Laubblättern und eingeschmolzene Tierhaare.

»Wie kommt das alles da hinein, Luftpeterchen?«, fragte Else.

»Mein liebes Kind«, sagte dieser, »hier schrieb mit eigener Schrift eine vergangene Welt ihre Geschichte. Wenn ich nicht wüsste, wie es dazumal hier herum in deinem Heimatlande ausgesehen hat, ich könnte dir, in diesen goldenen Perlen lesend, eine ganz genaue Beschreibung machen von der Welt, die hier einst gelebt und geatmet hat im Licht der Sonne, im Odem der Luft und nun hinabgesunken ist ins Meer. Sieh', das Meer kämpft einen ewigen Kampf mit dem Land, jede Welle ist ein Stürmer gegen seine Feste. Schau den Abhang hinauf, die stürzenden Tannen, die herabrollenden Sandfluten – das Werk der Wellen und ihrer leise nagenden Zähne! Ein anderer Wald stand hier vor tausend, tausend Jahren. Bernsteinbäume erhoben hier die Häupter, wie eure Lebensbäume und Eistannen anzusehen, die hatten dicke fleischige Blätter und ihre Hülle war von lauter träufelnden Bernsteintropfen weißlichgrau wie mit Raureif und Eiszapfen bedeckt. Das schmolz in der Glut der Sonne und troff in Strömen vom Baumstamm herab oder fiel von den Zweigen, schloss hier ein Tierchen, dort ein Blatt, eine Feder, ein Haarbüschel einer hängenden Fledermaus ein und nahm sie mit sich in den großen Strom von goldenem Harz.

Dieser so dem Urwald von Saftbäumen entflossene Strom sammelte sich zu großen Seen von Harz, die allmählich von Staub und Erde bedeckt wurden, erstarrten und immer tiefer, wie Adern von Gestein unter der Erde verschwanden. Ein Riesenweltbrand entstand, die Bäume verkohlten, das feurig geschmolzene Harz drang immer tiefer in die Erde und endlich riss die nimmer ruhende Flut den sterbenden Wald in die See und mit ihm die im goldenen Harz aufbewahrten Bilder seines Lebens. Schau her, Elselein! Die kleine tote Fliege hier in diesem Stück, die so frisch aussieht, als sei sie soeben erst hineingeschlüpft in ihr ewiges Grab, ist über tausend Jahre schon in dieser Hülle von Topas, und doch kündet sie beredt von vielen, vielen Lebewesen, die mit ihr gleichzeitig durch die Wälder ihre glasfeinen Flügelchen jauchzend in die Luft schlagen ließen. Sie wird dem Fragenden zu einem kleinen Propheten einer verschollenen Welt, sie spricht zu mir und dir wie ein Großsiegelbewahrer der Vergangenheit. Wie dies Stück Bernstein etwas in sich schließt, was die Geheimnisse des Vergangenen aufbewahrt wie Pergament in einer goldenen Truhe, so ist nichts auf eurer Erde, im Leib der Tiere, in eurer Menschenseele, das nicht Spuren trüge seiner Vorzeit und Entwicklung, dem Kundigen lesbar und ausbeutbar, und ich werde dir, mein Kind, mit der Zeit ein Schlüsselchen feilen, mit dem du alle diese kleinen

Kammern der vergangenen Geheimnisse wirst öffnen können. Die Menschen nennen dies Schlüsselchen die Fantasie; dir aber wird gegeben sein, alles von Angesicht zu Angesicht zu schaun!«

»Woher kommt aber jetzt der Bernstein?«, fragte Else, indem sie die noch immer wasserfeuchten Stückchen durch die Hände gleiten lieh.

»Das kann ich dir nicht erzählen,« sprach Aldebaran, »das musst du sehen! Hast du Mut, mit mir in die Tiefe zu fahren?«

»Ich gehe mit dir, wohin du willst, ins Meer, zu den Wolken, zu den Sternen, Luftpeterchen!«

»Nun gut!« – Aldebaran machte ein Zeichen auf einem flachen Stein und warf ihn so geschickt über die Wellen, dass er, zehnmal und mehr aufspringend, in langen Sätzen die Wogenkämme überflog, ehe er in die Tiefe sank.

Nicht lange, da geschah etwas Wunderbares. Ein kleines, gläsernes Boot ohne sichtbares Steuer oder Ruder kam durch die Wellen und bohrte sich tief in den Sand, gerade bis zu der Stelle, wo Aldebaran und Else am Strande lagerten. In allen Regenbogenfarben glitzerte es um das wie ein gläsernes Oval gebaute und allseitig geschlossene Gefährt. Nahe herangeführt von Aldebaran erkannte nun Else im Innern des kristallenen Schiffchens Bänke und kleine Sessel, einen glühenden handgroßen Kasten, der zuckte unaufhörlich wie ein lebendiges Herz. Von ihm aus zogen feurige Drähte im Boden des gläsernen Kahnes zu zahlreichen silbernen Schaufeln, die sich bohrend in den Sand wühlten.

Aldebaran trat nahe an das leise wie ein Lebewesen summende und schnurrende Kristallschifflein heran und schob seine Decke mit leichter Hand zurück; die bog sich auf wie eine halbe Muschel, schön geschwungen und breit gerillt, der herrlichste Kutschenschlag, den man sich denken konnte.

»Wart' noch ein wenig, Elselein!«, sagte Aldebaran und winkte einer umherflatternden Möwe. Die umkreiste dreimal dicht Aldebarans Haupt, flatterte dann zum Waldrand empor und kam wieder mit einem Tannenzweig im Schnabel, den ihr Aldebaran abnahm.

»Den brauchen wir für dich, Elselein«, sagte er, ihn sorgsam in den Kahn auf eine Bank legend, »der atmet für dich in der Tiefe. Ihr armen Menschen braucht das Feuergas, das euch die Pflanzen spenden. Diese eure treuesten Diener, die Bäume, die Gräser, habt ihr auf Erden immer bei euch. Aber in das Wasser können sie euch nicht folgen. Habe gut acht auf deinen Tannenzweig. Es wäre schlimm, wenn du ihn verlörest. Jetzt aber, steig' mutig ein! Die Fahrt kann beginnen!«

An Aldebarans Hand kletterte Else behutsam an Bord und setzte sich fiebernd vor Erwartung, aber im Herzen fest auf Aldebarans Macht vertrauend, auf die Glasbank. Auch er bestieg den leichten Kahn und schob den Muschelschlag behutsam zurück. Ah! Wie drollig das war. Nun saßen sie selbst wie zwei Fliegen in so einem hellen Bernsteinkästchen und schauten vergnüglich in die Welt von Licht und Sonne. Jetzt hob Aldebaran einen starken gläsernen Hebel vom Boden des Gefährts auf und stellte ihn vor sich hin. Ein Druck der Hand, und jetzt begann ein Rattern und Knattern wie von lauter kleinen unsichtbaren Raketen; der glühende Kasten hüpfte auf und ab, die silbernen Seitenflossen wirbelten und rumorten her und hin, und siehe da – das gläserne Zauberboot wühlte sich aus dem Sande und durchschnitt leicht wie ein großer Fisch die Flut. Staunend sah Else Strand und Küste schwinden, die Wellen an dem Schiff vorüberjagen, Möwen es umflattern und von ihrem Sitze aus durch die allseitig durchsichtigen Glasplanken tief, tief ins grüne Meer. – »Jetzt pass auf, Else!« rief Aldebaran, »wir gehen unter Wasser!« Ein Kurbeldruck, die Spitze des Bootes senkte sich; einen Augenblick ratterten die hinteren Silberflossen draußen am Schiffchen frei in der Luft – dann tauchten sie unter. Kein Himmel mehr, kein Land war zu sehen, rings nur die grünsilberne Flut, klar, hell, leicht leuchtend, unabsehbar wie eine gläserne Ewigkeit. Hei! Wie lustig die kleinen Wasserflügel Wirbel schlugen, wie sich das Kielwasser zu einem schaumigen Band verdichtete und der abwärts gesenkte Bug sich wirbelnd einbohrte in die endlose Tiefe.

»Sieh' einmal hinter dich – nach oben, Else!« sagte Aldebaran. »Die goldene, farbig umkreiste Riesenscheibe, das ist das Auge der Sonne! Sie schaut uns nach. Die bunten Farben sind des Weltenauges Brauen und Wimpern. Luft und Wasser sind ihre Augenlider. Begreifst du jetzt, dass sie hinabreichen muss, lebenweckend, lebenerhaltend bis in die tiefste Tiefe! Sieh', wie hell sie leuchtet, als spendete sie nur unserer Fahrt ihr ewiges Licht!«

Unaufhörlich blickte Else um sich. Immer Neues gab's zu schauen. Da kamen Fische, groß und klein, silbern, goldig, rot und braun gefleckt, lange glashelle Aale, Seebarsse und große runde Kopffische mit glotzenden Augen, alle wie erstaunt beiseite schnellend, hüpfend, springend, sich überschlagend und neugierig dem nie geschauten dahinbrausenden Wesen nachrudernd. Quallen, mit großen Glasglocken und langen Silberbärten behangen, grüne, blaue, rote Blumenzeichen in ihrer Kuppel, schossen an ihnen vorbei, streiften die Schiffswand und saugten sich an, sodass Else staunend die schönen bunten Kreise in ihrem kristallhellen Leibe bewundern konnte; grüne Inseln von Tang und Algen schwammen an ihnen vorbei, aus denen Luftperlen aufblitzten und wie silberne Seifenblasen leuchtend in die Höhe stiegen. Manchmal war es, als führen sie dicht über eine weite, grüne Wiese, deren Gräser wie im Wind daher wehten, und aus denen Silberfischlein-Schuppen, Muscheln und kleine Krebse aufleuchteten wie Tauperlen in Halmen. Welch ein Gewimmel von Pflanzen und Getier, reicher und mannigfaltiger noch als oben auf der fernen, fernen Erde! Und noch tiefer unten Felsen, von hohen Bäumen bestanden, deren Wipfel purpurn schimmerten im gedämpften Sonnenabglanz, Wälder, wie im Herbst durchleuchtet von Gold und Rot und Violett!

»Jetzt, Elselein, merk' auf! Wir sind an der Bernstein-Insel!«

Langsamer lenkte Aldebaran sein Schiffchen, und Else erkannte deutlich eine hohe goldene Felsenwand mit tiefen Rissen, in denen Moos und Algen herabhingen wie die Zweige hoher Trauerweiden.

»Das ist die versunkene Insel. Ihr Leib ist aufgebrochen und aufgenagt von See- und Pflanzenarbeit! Sieh', wie

die Stücke abbröckeln und goldige Tropfen in die Tiefe
fallen! Nur eine einzige Schicht der übereinander zu
Adern gefalteten Erde, aber breit, mächtig und die ganze
Küste entlang. Da hast du das Bergwerk des Bernsteins,
da schau die Flut und die Strudel wie Bergmänner am
Werke, wie sie unaufhörlich bohren, rütteln und zerstückeln an diesem Gold der See! Denk', welche Schätze
hier einst waren und wie ein ganzes Volk einst lebte von
ihrem Ertrag, als diese Schicht noch nicht hinabgesunken war ins Meer! Da fuhren unzählige mit Bernstein ge-
füllte Schiffe über die Flut, und Gefährte trugen das
kostbare Harz über Land bis in den Orient, nach Grie-
chenland, Rom und Phönizien vor vielen Hundert Jahren. Da war eine Stadt, so reich, dass jeder ihrer Bewohner sich einen Krösus dünkte, und Luxus und Begier
überhandnahm, sodass sie sich gegen Gott und alle Vernunft auflehnten. Zu Sünde und Wohlleben spendete
unaufhörlich die unermessliche Bernsteinader die allzu
reichlichen Mittel. Da – eines Tages, als sie in frevelhaf-
tem Übermut ihre Kirchen schlossen, traf sie das Strafge-
richt. Die See hatte die Stadt unterwühlt, und gerade als
die brüllende und vom Wein berauschte Masse zu den
Kirchen zog, um sie zu verschließen, eben als der letzte
Küster das Tor der Marienkirche verschlossen und den
Schlüssel ins Meer geworfen hatte, barst das Land, und
die ganze Spitze der Insel sank mit einem Schlage in die
Tiefe der See. Dort steht noch die Stadt unversehrt, kein
Stein vom andern verschoben, die Häuser wohlgereiht
mit ihren Straßen und Märkten, und die Menschen im-
mer noch lebend und grausam büßend für ihre Freveltat.
Ihre Seelen behielten zur Strafe des Leibes Hülle; fried-

und ruhelos verschollen und doch nicht tot, müssen sie ein Scheinleben im Meeresgrund führen, bereuend und doch frevelhaft, bis sie erlöst werden!«

»Willst du nun auch die Bernsteinstadt schauen, Elselein?«

Von leisem Grauen durchbebt, nickte Else dennoch.

Das Glasschiff schoss weiter in die Tiefe. Da schlugen dumpfe Glockentöne an Elses Ohr; tief im Grunde ragten Türme auf und Kuppeln, ein Meer von Dächern war zu schauen. Hoch über dem Markte hielt Aldebaran an. Da zogen in fahlem Lichte durchscheinende Schatten unruhig treibend hin und her, in altmodischen Trachten eilten Mann und Weib gespensterhaft durch die Gassen. »Fahr' tiefer! Lass mich ihre Gesichter sehen!« flüsterte Else.

Schon waren sie mitten überm Markt, aber unreichbar den Geisterhänden. Mit entsetzlich verzerrtem Antlitz blickten Tausende zu ihnen empor; sie rannten in die Häuser, auf die Dächer, Männer kletterten an Laternen und Turmspitzen in die Höhe und winkten und flehten mit überspannten Gliedern zum gläsernen Kahn hinauf. Ein dumpfes Schreien scholl zu Else. »Sie rufen um Erlösung, Else!«

»Wie können sie erlöst werden?«

»Wenn ein reines Menschenherz unter sie tritt, den versunkenen Schlüssel aufhebt und St. Mariens Kirchentür damit aufschließt, so sind sie erlöst!«

»Luftpeterchen!«, sagte Else, indem sie dicht an Aldebaran heranrückte, »bin ich ein reines Menschenherz?«

»Ja«, sagte ernst Aldebaran.

»So lass mich aussteigen und den Armen helfen!«

»Es ist Gefahr dabei«, warnte Aldebaran.

»Können sie erlöst werden, auch wenn ich stürbe?«, fragte mutig Else. Aldebaran nickte stumm.

»So will ich es wagen. Wo ist der Schlüssel?«

»Siehst du das Rathaus dort. In seinem mittelsten Türbogen steht ein Altar, auf ihm eine goldene Truhe, darin ist der wiedergefundene Schlüssel. Sie harren schon tausend Jahre, dass jemand käme, ihn zur Kirchentür zu tragen!«

»Lass mich hinab!«, flehte Else.

Aldebaran sprach: »Nun gut! Aber eins bedenke! Nimm hier den Tannenzweig und halte ihn fest mit der Linken am Munde. Du musst ersticken, wenn du ihn verlierst!« Dann schob er die Muscheldecke des Glasschiffes zurück. Else drückte fest mit der Linken den Tannenzweig an den Mund und konnte trotz der heranbrausenden Flut ruhig atmen. Aldebaran hob sie über Bord und ließ sie sanft hinabgleiten auf den Grund. Tausend Arme hoben sich flehend und segnend der Herabschwebenden entgegen. Jetzt stand sie mitten auf dem Markte, schritt schnell zur Rathaustür, entnahm der goldenen Truhe den großen schweren Schlüssel und schritt eiligst zur Kirche, den Tannenzweig immer fest an die Lippen gepresst. Schon stand sie, gefolgt von vielen Tausenden, vor St. Mariens Tor. Der Schlüssel stak im Schloss – er war schwer zu drehen. Im Eifer nahm Else die linke Hand zu Hilfe – der Tannenzweig entfiel ihrer Hand, aber das Schloss sprang auf. In demselben Augenblick waren Kirche, Markt, Stadt und alle Verzauberten verschwunden; ein einziger, gewaltiger, dumpfer Schrei der Erlösung umbrauste noch Elses Ohr, dann sank sie wie tot allein auf dem Meeresgrunde um.

Wie ein Blitz war Aldebaran aus seinem Kahn, riss Else die Höhe und tauchte fast in demselben Augenblick mit ihr überm Meere gerade an ihrem Heimatstrande auf. Else atmete noch ganz schwach, war aber eiskalt. Schrill pfiff Aldebaran in die Luft. Zwölf Möwen kamen geflattert und deckten mit ihren heißen Brüsten und Flügeln das arme Elselein zu, um es zu erwärmen. Endlich schlug sie die Augen auf. »Wo bin ich?«

»Zu Hause!«, sagte Aldebaran. »Und nimm in deiner Schürze auch allen gefundenen Bernstein mit! Du hast geträumt, mein Kind!«

V.

Des Feurigen Spielwarenfabrik

 Nun war Aldebaran schon viele, viele Tage Elses steter Begleiter gewesen. Unermüdlich hatte sie den schier Allwissenden gefragt nach Grund und Sinn unzähliger Dinge, die ihnen begegnet, und immer wieder erzählte ihr Schutzgeist lehrreiche und unterhaltsame Geschichten von Welt und Leben. Wie gern hörte sie ihm zu bei ihren Schulgängen oder wenn sie sich im Grase oder auf einem Stoß gehäufter Baumstämme niederließen; wenn sie über die abgemähten Kornfelder schritten oder am Strande über das Meer hinwegschauten. Die ganze Welt gewann für das Kind allmählich ein anderes Aussehen,

50

auch dem Kleinsten und Winzigsten wusste ihr kundiger Lehrer die anmutigsten Beziehungen zum Ganzen abzulesen. So saßen sie wieder an einem schönen Herbstabend gemeinsam auf der Bank, neben welcher ihr zuerst Aldebaran erschienen war, und blickten in die unendliche Ferne, wo vor Kurzem die goldene Sonnenkugel in ihr violettes Wolkenbett versunken war. Eben zogen die Sterne herauf, diese unabsehbar fernen Friedenswächter der Nacht. Da fiel eine Sternschnuppe über den See.

»Ist das ein Stern, der niederfällt?«, fragte Elselein.

»Es sind verirrte Sternkinder, Elselein, die sich im Weltall verloren und sich ihre Lichtäugelein ausgeweint haben in der großen Einsamkeit im Äthermeer. Kommen sie nun der Erde nah, angezogen von dem matten Licht eurer sonn- und mondbeschienenen Heimat, so leuchten sie vor Freude auf; im Glauben, ihre Mutter wiederzufinden. Aber ach! Die Erde hat ein dichtes Schaumnetz um sich gezogen, das wird ihr feuriges Grab, an ihm verbrennen sie zu Staub. Aber alles Sterbende wird Saat, auch in ihnen sind Keime neuen Lebens. Es ist ein großer Säemann am Werke! Der wirft mit nimmermüder Hand von seiner Sternenwiese immer neue Saat nicht nur auf eure Erde, auch auf die vielen, vielen Tausend Leuchten, die dort oben, jetzt noch Sterne, einstens Erden werden!«

»Luftpeterchen!«, sagte Else, »ich möchte eine Frage tun. Du musst mich aber nicht auslachen. Sie ist gewiss sehr dumm. Aber sag' mir: Du hast mir verboten, nach den Sternen zu fragen und hast immer: ›Später! Später!‹ gesagt. Noch gestern meintest du: ›Lass uns zuvor nur auf der Erde bleiben.‹ Sieh' mal, meine Katze, unser Schimmel, die Kühe Lise und Trud, Vater, Mutter, der große Nussbaum und alle Riesen des Waldes, die Sträucher und Blumen im Garten – die sind doch alle lebendig, nicht wahr? Du hast mir einmal gesagt: Alles hat seinen Vater und seine Mutter. Nun möchte ich gern wissen: Woher stammten die ersten Eltern von allen Pflanzen, Tieren und Menschen? Ist es so, wie es in der Bibel steht?«

Aldebaran sah ernst vor sich hin. Dann sagte er: »Es ist beinahe so. Man kann es auch so aussprechen. Aber wir Geister sehen es etwas anders. Vielleicht ist auch unser Wissen nur ein Gleichnis. Lass dir eine Geschichte erzählen:

Es war einmal ein großer Weltenkönig. Der wohnte ferne, fern unter ganz anderen Sonnen als diese eben versunkene; dessen Reich umfasste noch viel Mal mehr Millionen Sterne, als wir sie da aufleuchten sehen am großen Vorhang zwischen dem Meere dieser Erde und dem Mantelblau des ewigen Himmels. Der hatte drei Söhne: den Sinnenden, den Liebenden und den Feurigen. Die waren seinem Vaterherzen gleich lieb und wert, aber sehr verschieden nach Wesen und Sinnesart. Der Liebende wollte mit seinem Himmelsherzen alles in Güte und Ausgleich umfangen, der Sinnende strebte nach ewiger Ruhe und wollte nur immer verharren in stummem Anschauen der Herrlichkeit seines Vaters und aller seiner Werke. Der Feurige aber war trotzig, stolz und zum Auflehnen gegen des Vaters Majestät geneigt. Er glaubte, alles ebenso gut und manches besser zu verstehen als sein königlicher Vater, der anfangs mit Milde und Nachsicht des Sohnes wildes, aufrührerisches Feuerherz zu leiten suchte. Vergeblich. Schon hatte den Jungen sein unruhiger Geist verleitet, Zweifel, Einspruch und Hohn an des Vaters Tun zu üben, ja, er hatte sich nicht gescheut, Anordnungen des Herrn der Heerscharen direkt zu durchkreuzen oder fürwitzig abzuändern. Da war freilich großes Unheil entstanden. Sterne waren aus ihrer Bahn gekommen, weil er ihr Umlaufswerk mutwillig anders gestellt, als es der Vater angeordnet, gewaltige Zusammenstöße waren erfolgt, Sonnen zerbarsten und verloschen, Weltenbrände entstanden und Wirbelstürme und Feuerorkane wüteten im Reich. Da, einmal, als alle Ermahnungen des guten Vaters nichts mehr fruchteten, fasste den Mächtigen ein großer Zorn, und er führte den Rebellen auf einen einsamen Stern nicht fern eurer großen Sonne, woselbst er keinen Schaden anrichten konnte.

»Du Feuerspieler!«, rief er mit fürchterlicher Donnerstimme, »hier magst du dein Glutenherz austoben! In dieser öden, noch nicht gewordenen Sonnenwelt, die nur das Feuer noch kennt, bleibe einsam, tu, was du willst, und spiele mit Sonnenstrahlen!«

Da lag der Feurige auf glutenheißem Felsenboden und grollte sehr. Tagelang ballte er drohend die Fäuste zu seines Vaters fernem Thron und starrte in die nahe, glühende Sonne. Gefurcht war seine Stirn, heiß der Blick seiner Augen, finster die Miene, und Bitterkeit lag über seinen Lippen. Er sann und sann auf Rache. Aber kein Ausweg, keine Flucht, keine Rückkehrmöglichkeit tat sich vor ihm auf. Ins Weltall wollte er springen von einem hohen Berg aus, aber sanft schwebte er nieder in das tiefe Tal auf den Platz, wohin ihn der Vater verbannt. Rastlos durchwanderte er den Stern und fand keine Brücke, keinen Pfad zum väterlichen Sternenpalast zurück. Da lachte er auf in ohnmächtiger Wut. »Spiel mit Sonnenstrahlen!«, dröhnte ihm des Vaters verächtlicher Ruf in die Ohren. Da kam ihm plötzlich ein Gedanke.

»Bin ich nicht ein Schaffender wie er? Nicht ein Gewaltiger wie meine Brüder? Vielleicht schaffender, liebender, sinnender, als sie alle zusammen? Lass sehen! Mit Sonnenstrahlen spielen? Warum nicht? Ich will's versuchen! Vielleicht! – Vielleicht!«

Gefasster und durchleuchtet von einem reineren Trost gewollter Träume blickte er auf zur Sonne. Fast herausfordernd brannte sie ihm in die Augen mit tausend, tausend lockenden Strahlen.

»Ja, wenn man euch fangen könnte, ihr Millionen Feuerseelchen, die ihr endlos lange Fäden spinnt! Ihr Milliarden kleiner Glutenteufelchen! Ihr solltet mir schon dienen und mir gefügig sein!« – Er weinte, halb im Schmerz und halb im Zorn. Wie in spielerischem Grimm langte er greifend nach einem Strahl, und siehe! Er blieb an seinem Finger hängen, ein unendlich feines, nur seinem Gottesauge sichtbares Fädchen. Schnell rollte er es zu einem winzigen Knäuel zusammen, aber es schoss hin und her, flüchtig und blitzeilig, und suchte ihm zu entfliehen. Er griff mehrmals nach dem Entschlüpfenden, schloss es endlich in seine Hand wie eine gefangene leuchtende Fliege und sah hilflos um sich nach einem Etwas, womit er es einsperren könne. Da griff er mit der Linken in den Sand. Eine Träne war in den trocknen

Kieselstaub gerollt. Schnell knetete er einen kleinen Brei zusammen, tat das Sonnenknäuel hinein, drückte es eilig in die weiche Masse und schloss das kleine Gefängnis des Sonnenstrahls, indem er das feuchte Kieselklümpchen zu einer winzigen Kugel mit den flachen Händen zusammenrollte. Da war es gefangen, ein kleines Sonnenkindchen, noch matt durch die trübe Hülle hindurchleuchtend. Lachend legte er sein erstes Kunstwerk vor sich hin. »Fang' Sonnenstrahlen!«, rief er triumphierend. Der Anfang war gemacht. Ein leichter Regen fiel hernieder. Der kam ihm gerade recht. »Nun brauch' ich keine Tränen mehr«, dachte er und begann in gleicher Weise noch Hunderte von Sonnenstrahlen einzufangen und sie in feuchte Kieselkügelchen einzuschließen. Das war ein lustiger Zeitvertreib. Und wie winzig das ganze Häufchen war, kaum so groß wie ein Fingernagel.

»Morgen mehr!« so dachte er und legte sich zur Ruh'. – Als er erwachte, sah er voller Erstaunen vor sich hin. Das Häufchen von Sonnenstrahlen war ein kleiner Berg geworden, und rings um ihn her lagen unzählige, ebenso geformte kleine Sonnenstrahlkäfige, genau dem Bilde derer gleich, die er mit eigener Hand geformt. Nur waren die Kügelchen mit allen nur denkbaren Farben durchleuchtet: rote, grüne, blaue, gelbe. Das war ihm wie ein Wunder. Sollte der allwissende Vater das alles vorausgesehen haben? Immerhin – es war seiner eigenen Hände Werk. Nun wollte er schon weiterspielen. Er ordnete die kleinen Kügelchen wie liebliche Bausteinchen in große gleichfarbige Gruppen, fügte sie mit Kristallspangen aneinander, übereinander, durcheinander, versuchte dies und das, formte liebliche kleine Gebilde,

wie Blättchen, Rispen, Stänglein und Dolden und machte sich kleine, anfangs formlose, später graziösere Püppchen aus seinem Sonnensteinchenmaterial. Tag und
Nacht sann er und webte selbst in den Träumen Pläne
von zierlichstem Spielzeug, und die Luft ging ihm nicht
aus, da wie durch einen Zauber sich aus den alten, urersten Sonnenstrahlkäfigen immer aufs Neue Abkömmlinge bildeten, sodass er nur selten an Regentagen aus
den Augenblitzen der erstaunt zuschauenden Sonne
neue Fangnetzkugeln zu bilden brauchte. Er lachte hell
auf vor Lust. Er hatte gelernt, die Sonne einzufangen mit
aller ihrer Zauberkraft. Eine unendliche, nie empfundene Freude kam über ihn. Eine Welt des anmutigen Formenspieles wollte er schaffen. In ihm war alles fertig.
Formenschönheit, tiefster Sinn, Harmonie und unzählige
Veränderung schwebte ihm vor. Für tausend, tausend
Tage der Einsamkeit gab es nun genug zu tun. Er sang
laut in die Sterne:

»O Einsamkeit! Du Wiege der Gedanken!
Nun lass dich preisen!
Du reiner Flammenherd zukünftiger Wonnen,
Du stiller Altar schöpferischen Betens,
Lass dich preisen!«

Nun baute er aus großen zusammengetragenen Felsstücken, die er einst in ohnmächtiger Wut gegen seines
Vaters Palast in den Weltraum zu schleudern versucht
hatte, ein großes Haus mit vielen, vielen Kammern, in
denen er die über Tag gezimmerten Bildwerke aufbewahrte. Aus einfachsten Formen gestaltete sein schöpferischer Griff nun allerhand Wundergestalten, winzig

klein und riesengroß, dunkle, schwarze, weiße, bunte. Er ersann wunderbare kleine Vorrichtungen aller Art zur Verbindung und einer erträumten Tätigkeit unendlich vieler solcher kleinen Sonnenarbeiter, die er eingefangen und eingereiht hatte zu unausdenkbar mannigfaltigen geheimen Leistungen und Aufgaben, die ihm alle deutlich vorschwebten wie eine ferne, schöne und berauschend herrliche Möglichkeit. So schuf er ungezählte Formen einer gedachten Selbstbewegung seiner Geschöpfe, im Meer, in der Luft, im Glutensande, in Schnee und Eis. Er träumte Organe zu ihrer Erhaltung und Wiedergeburt – alles das allein aus vollendetstem Gebrauch seiner unzähligen kleinen Bausteine. So entstanden aus hellen, silbern glänzenden Plättchen kleine und große alabasterne Flügel zum Leben in der Luft, gefiederte Schwingen, Krallen, Greiffüße, Schwimmflossen, Rüssel und Stacheln und alle denkbaren Formen von Schutzvorrichtungen, Waffen, Hüllen und Panzern. Die größte Sorgfalt verwandte er auf die Vollendung der Welt im Kleinsten. Hier war gleichsam der Tummelplatz einer künstlerischen Verschwendung von Silber und Gold und allerherrlichster Färbung sowie ein Wunderfeld schönster Formengebung und Wechselgestaltung. So entstanden Algen, Moose, Farne, Blattpflanzen, Blumen mit sammetleuchtendem Kelch, kleinste Pilze, winzige Flügelwesen, Ringelwürmer, Eidechsen, Schlangen, Riesenflügelwesen und jede Form von Bildwerken, die die Fantasie eines Königssohnes nur erdenken konnte. Modelle gleichsam von allen Formen, die heute unzählige Sterne und Erden bevölkern, wunderbarer, zahlreicher und kunstvoller, als sich Menschen träumen lassen.

Und am letzten Tage seiner Arbeit ein Ebenbild seiner selbst: der Mensch, und über ihn hinaus göttergleiche Wesen! Alles stand wohl gereiht in seinem großen Hause – aber alles nur als Puppe, als Bildwerk, als Spielzeug – unbewegt und starr, leblos, nur leuchtend in allem Schmelz des Lebens, farbenfroh und feuerprächtig, glutbereit und schöpferkühn – aber tot und unbeseelt. Da ergriff ihn eine große Trauer. Spiel! Nichts als vergeblich Spiel! Ein Götterspielzeug wohl, ein Titanenzeitvertreib, Kohle, geformte Asche, Sonnengräberchen, aber kein Leben! Seine armen, im Stoff erstickten Gedanken!

Da sank er, vom Schmerz vollends überwältigt, in die Knie und betete voll großer Inbrunst und erster wahrhaftiger Reue zu seinem Vater und zu seinen Brüdern.

»Kommt, ihr Gewaltigen, ihr nun Geliebten zu mir Einsamem! Helft mir in meiner großen Not! Kommt und steht mir bei! Aus Ohnmacht flehe ich und aus großer Sehnsucht!«

Da brauste eine stolze Wolke heran: Ihr entstieg der Vater mit dem Sinnenden und dem Liebenden. Sie umarmten ihn in Inbrunst und trockneten seine Tränen. Dann führte er alle in seine Spielwarenfabrik. Es war des Staunens kein Ende. Von Anfang enthüllte er ihnen seinen Plan, sein Geheimnis. Voll heiliger Ergriffenheit überblickten sie die weite Welt der Ideen, die in diesem Spiel gefesselt war. Aus dem Einfachsten in einer fortlaufenden Kette aufsteigend zu wunderbarsten, in Erfinderüberfluss schwelgenden Harmonien, unendliche Variationen eines ureinzigen, seligen Schöpferliedes – war hier durch des Feurigen Bildnerhand ein Weltenwerk geschaffen.

Sie priesen ihn laut. Er aber sprach traurig:

»Ich habe es viel herrlicher gedacht. Alles sollte leben und jauchzen im Licht. Ich habe meinen Kopf zermartert, meine Seele durchrungen, die Hände im Staube zerwühlt. Ich habe alles an mein Herz genommen, um es zu erwärmen, es angehaucht, es mit meinem Blut getränkt – es bleibt tot. O Vater! Erhabner! Kröne mein Werk!«

Der aber sprach:

»Du forderst viel, mein ungestümer Sohn! Soviel Leben, wie ich hier erwecken soll, und soviel Freuden du den Armen zugedacht, soviel Tod und soviel Leid müssen wir ihnen mitgeben! – Freilich! Freilich! Es ließe sich weiter bauen. Es könnte alles nur ein Durchgang sein, ein Tor zu noch Höherem, Befreiterem! Da müsst ihr später mithelfen, du, Sinnender, und du, Liebender! Es ist ein schwerer Entschluss, wenn ich all der Tränen gedenke, die ich mit ihrem Leben wecke! – Doch, es sei! So aber, wie du es von Herzen wünschest, mein Sohn, alles dies fertig zum Leben zu rufen, das ist unmöglich! So weh' es dir tun mag: Erst muss ich alles dies wieder zerstören und in seine einzelnen kleinen Bausteine, die du so wunderbar ersonnen, wieder auflösen! Mag es sich dann einst selber wieder zusammenfinden nach deinen kühnsten Ideen, die sie in sich lebendig erhalten sollen! Dafür vermag ich zu sorgen. Aber, wenn ich alle diese köstlichen Spielzeuge deiner Fantasie fertig hinabbrächte auf irgendein Gestirn – sie müssten fast alle zugrunde gehen und mit ihnen müssten deine Träume sterben. Sie sollen sie strebend und ringend wiederfinden!

Schaut dort auf den kleinen verloschenen Stern. Er heiße von nun ab ›die Erde‹, und auf jenen und jenen, die
um jene Sonne kreisen. Dort sollen deine gefangenen
Sonnenstrahlen Leben, Heimat und Erlösung finden!«

Da schlug er mit seiner gewaltigen Hand das riesige
Haus mit allen Spielwerken in Stücke. Alle Kinder aus
des Feurigen Hand sausten, zu feinsten Steinchenstaub
zertrümmert, wie ein Blütenregen in den Himmelsraum
hernieder.

Da – Elselein! Fielen viele Millionen kleine und große
Sonnenzellen auf die Planeten und auch auf deine Erde.
Die war gerade erloschen, und die ersten Meere hatten
sich gebildet. Vieles fiel in die Flut, vieles auf das Land.
Von dem gewaltigen Schwung der unendlichen Fahrt
durch den Äther begannen die Sonnenknäuel in ihren
Käfigen sich zu drehen und zu bewegen, all die vom
Feurigen vorgedachten kleinen Maschinchen und Apparate des Lebens begannen zu zucken und zu kreisen, zu
hämmern und zu laufen und gewannen ihre Fähigkeit,
sich Zelle um Zelle zu vermehren, in ihrer ursprünglichen Gestalt wieder. Alle wurden zerrissen, zersprengt,
aneinandergepresst und zu neuen Formen vereint; viele
blieben in der Luft, unzählige im Meer, manche stiegen
an das Land, und – – das Leben, das große heilige Leben
begann.

Nun suchen seit unendlich langen Zeiten alle die kleinen gefangenen Sonnenknäuel sich allmählich wieder
zurückzufinden und sich zu vereinigen nach den Plänen
ihres großen Meisters, soweit es ihnen die Natur ihrer
neuen Heimat, Kampf und Widerstand erlaubt. Immer
noch sind sie dabei, sich zu Gestalten wiederzufinden,

die einst der Feurige sich ausgedacht, und niemals – Elselein, wird dieses ewige Suchen, Sichfinden, Sichverlie-
ren und Zugrundegehen, um aufs Neue hineinzuwach-
sen in die gotterträumten Formen, aufhören ...

Das ist das, was mir Geister vom Leben wissen. Doch
kann ich dir später noch viel Schönes davon, Herrliches
und Trauriges berichten.«

VI.

Kommt ein schmucker Bursch gegangen

Eine Naturoper

Einmal erzählte Aldebaran:

»Istar, die gewaltige Göttin der Erde, die alles wohlgeordnet hatte im Reiche der lebendigen Wesen, beschloss, ihnen die Liebe zu
schenken, auf dass sie sich mehrten und fruchtbar seien.
Denn bisher hatte sie von allen unendlich zahlreichen
Wesen immer nur ein einziges nach ihren Plänen hergestellt, sodass es in jener Zeit nur einen Löwen, einen
Schmetterling, einen Adler und einen Menschen im Paradiese gab, das über die ganze Erde ausgebreitet lag.
Da bemerkte die hehre Göttin, die aller Schönheit Maß
im Busen trug, dass ihre Geschöpfe eine seltsame Veränderung überfiel. Sie hatte es in ihrer Weisheit wohl
kommen sehen, dass ein Verlangen von Genoss zu Genoss in den Seelen keimen würde, aber sie hatte nicht
gedacht, dass diese Sehnsucht mit so plötzlicher Gewalt
und in so erschreckendem Umfange die Kinder der Erde
überfallen würde. Viele verachteten Speise und Trank

und entbehrten des Schlafes, sahen mit wehmütigen Blicken in die Sternennacht und brüteten des Tages in Höhlen über schmerzlichen Gefühlen; andere gebärdeten sich wie toll, rannten gegen die Bäume und Felswände, durchwühlten die Erde, schlugen Purzelbäume und führten so unsinnige Tänze auf, dass die gütige Istar sich entschloss, ihnen durch Liebe zu helfen. Zuvörderst aber wollte sie zu erproben suchen, welches Getier denn nun das Würdigste sei, der höchsten Gabe der Natur, der wunderreichen Liebe, sich gewissermaßen als Vorbild für die anderen zu erfreuen. – Da kam sie auf den Gedanken, einen großen Wettbewerb um die Liebe auszuschreiben, bestimmte Jahr und Stunde und ließ in allen Landen verkünden, dass jedes Wesen sich bis zum Termine des Wettstreites der Liebewürdigsten nach bestem Gutdünken und eigenem Ermessen von Neuem zu schmücken habe. Es sei jedwedem überlassen, sich selbst die Eigenschaften auszusuchen, mit denen er glaube, einer Artgenossin Herz zu rühren; dabei seien der Fantasie des Einzelnen durchaus keine Schranken gesetzt. Sie selbst werde an einem schönen Maitage – Ort und Stunde waren ganz genau bestimmt – die Entscheidung treffen. An demselben Tage noch oder, falls der Wettbewerb sich lange hinziehen sollte, in derselben Nacht würde der Sieger ein Weibchen in seinen Armen halten.

Da ging ein Arbeiten los in den Schneiderwerkstätten, Kürschnereien, Federläden und Farbfabriken der Natur, dass es eine Lust war. Täglich liefen die von frohester Hoffnung getragenen Geschöpfe zur Anprobe und peinigten sich und die Schneider mit Nörgelei und Abänderungsvorschlägen. Die Wehr-, Waffen-, Schwert- und Elfenbeinwerkstätten hatten alle Hände voll zu tun, ganze Ballettschulen probten Pas und Pirouetten, Fechter, Boxer, Turner, Jongleure machten ihre Exerzitien, und in stillen Hainen übten die Tenoristen und Bassisten ihre Arien ein. Glaubte jeder doch zu wissen, dass es ihm nicht fehlen könne. Denn geht es um die Liebe, so hält man sich jeden Siegs gewiss und die Eitelkeit ist ein gefährlicher Spiegel, der alle Ecken zum sehr erfreulichen Ganzen rundet.

Ehe man sich's versah, war der große Tag gekommen und mit ihm erschienen von allen Seiten ganze Völkerzüge von Geschöpfen aus allen Himmelsrichtungen der Erde. In langen Tagemärschen waren, je nach den Bedingungen ihrer Gangart und der Entfernung, die Liebeskämpfer herbeigeströmt über das feste Land, über Meer und Fluss und durch die Luft. Eine große Bühne auf einem Felsplateau war auf Istars Geheiß errichtet worden, die in sehr sinnreicher Weise auch den Tieren des flüssigen und feuchten Elementes gestattete, alle ihre vermeintlichen Vorzüge in das rechte Licht zu setzen. Während oben auf der Bühne sich die Tiere des Landes frei in der Luft produzieren sollten, war den Geschöpfen des Wassers ein großer gefüllter Kristallbogen überlassen, der etwas tiefer als die Schaubühne gelegen, von einem abgeleiteten Sturzbach mit klarstem Quellwasser gespeist wurde. Über diesem großen Wasserbogen hing frei in der Luft schwebend eine runde Glocke, deren kieselhelle Kugelwand allen Wesen der Luft unter Umstanden mit Vergrößerung den Aufmarsch gestattete. Das hatte Istar so angeordnet, weil sie nicht gern das Opernglas gebrauchte. Übrigens gab die Sonne, die seitlich Wasserbogen und Glocke genügend beleuchtete, der Lieberichterin reichlich Gelegenheit, die einzelnen Wesen auf das Genaueste zu mustern. Unter der Hauptbühne und den Wasser- und Luftbühnen war ein sehr umfangreicher Orchesterraum abgesteckt. Einen Vorhang gab es nicht, dagegen waren die Wolken berufen, des Amtes der Kulissenschieber zu walten und für den richtigen Landschaftshintergrund zu sorgen, je nach der Heimat der Preisbewerber. Was hatten sie nicht alles mitgebracht aus ihrem alten Requisitenkram: große Schneelandschaften mit weiten Flächen und Hügeln, Wüstendraperien vom schönsten Gelb, Gebirgslandschaften, deren Kuppeln wundervoll bemalt waren mit Sonnen-Auf- und Untergangsfarben, fantastische Schluchten und Dekorationsballen mancherlei Art. Das lag ja alles in ihrem Metier, und der alte Wolkenschieber, Meister Wind, wollte heute einmal seine himmlische Verwandlungskunst von der großen Weltbühne auf diese Festvorstellung übertragen und zeigen, was er könne. Das Orchester war sorgfältig ausgesucht aus ersten Meistern, sodass jeder Einzelne ein Künstler war, der sich dann später auch als Solist hören lassen musste. Die Mücken und Zikaden spielten die Violinen, die letzteren mit richtigen Geigenbögen ihrer Flügel, von denen der eine auf dem anderen munter umherfiedelte, während sie mit andern kleinen Alabasterflügeln die Luft durchwirbelten. Größere Heuschrecken spielten auf eigenen Bauchleisten wirkliches Cello und sehr sorgfältig ausgewählte Knarrhähne und Grunzschweine hatten der Bässe Grundgewalt übernommen. Das Chor der Holzbläser stellten Häher, Rohrdommeln und Spechte, von denen einige auch zum Trommelchor beordert wurden, und die Blechinstrumente waren durch Tritonenhörner, Tapire und die Stabstrompeter Hahn und Enterich vertreten. Die Elefanten bliesen ihr gewaltiges Bombardon, und bei einigen schauervollen Stellen wurden die gedämpften Trompetenstöße des Esels mit verblüffender Wirkung verwandt. Sanfte Trommelwirbel waren dem fernen Murmeln des Baches zuerteilt, kleine Paukenschläge führten herabrollende Granitblöcke aus; bei den Stellen heißer Leidenschaft musste sogar das Echo rollender Lawinen heran und der grollende Donner ferner Gewitter. Auf das Lieblichste aber wurde das ganze Stimmgewirr gemildert durch das Schlagen unzähliger Kastagnettenblätter der Bäume, das feine Orgelflöten, mit denen die Luft in Schilf und Rohr spielt, sowie durch ein sanftes Bassgeigen hoher Baumstämme, die sich im Windesgleichtakte bewegten, während sie im Walde rings um den Festplatz die Ehrenwache hielten.

Die ganze Musik zu der Vorstellung hatte der damals noch jugendliche Kapellmeister, Herr Sonnenfleiß, erfunden und eingeübt; eben begann seine langsam lockende Ouvertüre, die er eigenhändig mit einem ganz feinen, langen Sonnenstrahl dirigierte. Denn soeben trat die gewaltige Königin Istar ein, allein und unbegleitet, und ließ sich auf einem reich mit Rosen geschmückten, mit Palmen überschatteten Orchestersessel nieder: Wie alle Majestäten genoss sie am liebsten ein Kunstwerk ganz allein. Ein ungeheures Vivatgeigen, Blasen, Trompeten. Donnern und Trommeln unterbrach den Strom der wohlgesetzten Musik. Dann begann auf ein Zeichen der Königin der Erde der Wettstreit, der sich genau wie eine Oper mit Aufzug und Szenenwechsel, Handeln, Dulden, Kämpfen und Siegen in wahrhaft ergötzlicher Weise abspielte. Jeder nach Anordnung und Reihenfolge des Kapellmeisters antretende Bewerber, sei es als Solist, sei es in Gruppen von Chor und Reigen, tat sein Möglichstes. Denn jeden durchglühte die Sehnsucht nach dem Preis: Es galt, eine Lebensbraut zu erringen!

Da kamen zunächst die Männchen, die da glaubten, durch Lockenschmuck und Bärtetragen, Künstlertollen und Mähnen als Symbol der Körperkraft und Geistestüchtigkeit der Niegeschauten Herz zu rühren. Es schritt der Löwe auf die Bühne, indes die Wolkenkulissen Wüstengelb und Wüstenlandschaft stellten. Er schüttelte die Mähne her und hin, zeigte Sprünge von unglaublicher Kraft und brüllte fürchterlich, um der künftigen Gemahlin die Schreckhaftigkeit seiner Stimme zu zeigen, mit der er sie vor Angriff treu bewahren könne. Ihm nach der nackte Mensch mit Lockenhaupt und Bart, den, stolz auf seinen Kinnbart, der Ziegenbock begleitete, und während im Wasserbassin der Seelöwe sein Schnurrbarthaupt über Wasser hielt und in der Luft Bartgeier und allerhand Geflügel mit besonderem Bartschmuck des Kopfes herumsegelten, schwammen Fische mit Kiemenschleiern, die herabhingen wie Silberfäden oder Regenbogensträhnen, und leuchteten hell in der Sonne durch den Kristallstreifen des hochgeleiteten Baches. Sie alle glaubten, dass die Allgewalt des schönen Haarschmuckes durchaus geeignet sei, des Liebchens Herz zu erregen, wie noch heutzutage Künstler stolz sind auf gewelltes Haar und Mähnenschmuck.

Dann kamen andere Züge auf die Bühne. Die hatten sich sogar mit Orden behangen; Kostümhelden, die viel auf seinen, engen Sitz der Kleider sahen, weil sie hier eine Schwäche der edlen Weiblichkeit vermuteten. Da kam der Strauß in prall angezogenem Rosatrikot der Schenkel, andere große Vögel mit lackierten Stulpenstiefeln und Sporen und ein Heer von Pinguinen mit schwarzem Talar und festansitzendem, schneeweißem Priesterhemd, die kleine, enge Küsterkappe auf dem runden Mönchsschädelchen. Wie eine Schar von kleinen, feisten Pastoren watschelten sie über die Bühne, wozu das Orchester mit seiner Ironie einen leisen Choral blies.

Im Wasser zeigten im vollen Licht des Sonnenglanzes dazu Karpfen ihre perlartigen Behänge und schöne Wanderfische ihre purpurnen und feuerroten Rückenkämme. Wie im Ordensstolz wackelten mit ihren bunten Lappenfortsätzen und Hautanhängen die Puter, Kasuare und die stolzen Hähne dahin, während Glockenvögel aus Südamerika und Hornfasanen vom Himalaja sogar gekommen waren, um ihre Erfindung von Lohengrinhelmen und Bischofsmützen zu produzieren, die sie vom Schlunde aus über ihrem Kopfe hochaufblasen konnten, und damit sicher vermeinten, der Zukunftskönigen ihres Herzens ein holdes »Ah!« zu entlocken. Während im Wasser die Robben ihre aufblähbaren Klappmützen als Liebeslockmittel anpriesen, wollten die Insekten, denen dieselbe Idee des Liebeswerbens eingefallen war, nicht nachstehen und stürmten wetteifernd in die Hohlkugel, um ihre Hörner, Geweihe Halsschilder und großen Zangen zu zeigen: Herkuleskäfer, Nashornkäfer, Mistkäfer und viele andere. Dabei hob Istar öfter ihr Opernglas, wenn die Tierchen so klein waren, dass selbst die Sonne nicht alles deutlich zeigen konnte.

Nun aber kam ein Höhepunkt des Schaustückes. Wie in wildem Schwarm eilte alles auf Luft- und Wasser- und Erdenbühne, was durch eine berauschende Erfindungskraft in Zusammenstellung bunter Seiden, bunter Federn, bunter Schuppen, in Flittergold und Silberblitzen, im Wetteifer mit allen Edelsteinkristallen und den reinsten Farben des heiligen Regenbogens hoffte, das Gemüt des Weibchens wie im Taumel durch die geschauten Herrlichkeiten einfach zu überrumpeln! Da kamen die Pfauen mit ihrem prächtigen Purpurblau und Smaragdgrün, metallischem Alabasterglanz und Goldorange des Gefiederkleides und schlugen, wie um die eigene Schönheit noch durch Form und Farbe zu übertrumpfen, ihr Venusrad mit buntem Sonnenauge in jeder Feder, indem sie ihre grüne Schleppe plötzlich hoben. Das war ein schönes Bild, als da wohl an die fünfzig verschiedener Pfauenmännchen auf der Bühne wie zu einer Apotheose sich reihten, indes in der Luft Goldfasane, Kolibris, Papageien, Buntspechte, Edelfalken ihre Flattertänze wie ein Götterschwarm lebendig gewordener Urfarben aus Sonnengold, Wolkenglühn und Meeresfunkeln vollzogen.

Da stürmte, diesem Vorsprung der Schönheit nacheifernd, das bunte Volk der im Wasser blitzenden Farbenträger, der Fische, heran. Sie wollten doch noch überbieten, was den Luftgeistern an weicher Schönheit des Farbensamts und Federflaumes eigen, durch das bunte Sprühn und Metallleuchten unzähliger Schuppen. Die waren meist aus der heißen Gegend herangeschwom-

men mit ihrem Hochzeitskleid aus feuerroten, meer-
blauen, dunkelvioletten, purpurnen, blassgrünen, stahl-
blau funkelnden, kleinen zitternden Flittern: ein Farbenspiel, das in der munter schnellenden Bewegung noch
lebhafter wurde und oft den ganzen Leib der lebenden
Silber- und Goldschiffchen, wie ein züngelnder Strom
von vielfarbigen Bändern durchlief. Die Königin war
nahe dabei, dieser wunderbaren Verherrlichung der
Farbe, zu der die Musik wie im Rausch überquoll und
Wonne brodelte, in lauten, vielleicht parteiischen Beifall
auszubrechen – da hielt sie an sich. Denn jetzt wurde all
diese Schönheit fast noch übertrumpft von einer Szene
der Paradiesvögel, die vieles in den Schatten stellte, was
sie bisher gesehen. Die Pfauen, Fasane, Goldhähne usw.
traten ab und heran schwebten aus den Wolken, deren
Kulissen sich zu Kristallbogen, Feuerzinnen und leuchtenden Gottestürmen zusammenschoben, wie Boten aus
anderer Welt, Hunderte von Königs-Paradiesflatterern,
sämtlich in glänzendem Karmoisinrot, unten weiß wie
Schnee, um die Kehle tief smaragdengrün, an den Flügeln eingerollte Außenfahnen, tief goldgrün, mit bronze-
farbenen Steuerfedern. Und andere: sammetschwarz, ins
Purpurblaue überstrahlend, mit metallgrünem Brustkragen, stahlblauem Nacken und Hinterhals, darüber
glänzend bronzefarbene Mäntel. Dann die allerschöns-
ten, die Strahlenparadiesvögel, mit flammend goldenem
Brustkragen, aber an jeder Seite außer dem ganzen Far-
bengewimmel ihrer Artbrüder mit einem Büschel schöner, langer, weißer Federn und wunderbar ringelnder,
segelnder, kleiner Endfahnen. Das im ganzen sammetschwarz wirkende Gefieder löste sich dann manches

Mal plötzlich im Lichte auf beim Steigen und Schwenken und zerstrahlte in ein Wolkenmeer von Farbenflöckchen, während die Brustbüschel aufgerichtet wie eine hüllende Federwolke und ein Zauberschleier die bunten, schwebenden Linien umwallte.

Und als wollte die Natur zeigen, dass keine Steigerung der Schönheit ihr zu hoch sei, wenn's um die Liebe geht – schwirrte da eine Schar der schönsten Riesenfalter durch die Luft und deckte fächerartig ausschwärmend, immer steigend, eins über das andere, den ganzen Himmel und selbst den Schwarm der Paradiesvögel zu. O, wie viel trunkene Farbenlust loderte hier in zierlichen, der Luft verbrüderten, seligen Steuerflügeln des Äthers auf! Alle die satten Violetts, Rotgelbs und Ultramarine, das Stahl-, Himmel-, Wasserblau und die Scharlachrots! Wie viel Dukatengold und Silbergrün, Aurorafeuer und nächtlicher Dunkelsammet! Und während oben in der Luft die ganze Fülle von Faltern dahinschwebte, zog immerfort ein einzelner Liebesflatterer still in der Glaskugel seine Kreise, um im Einzelnen noch den Prunk seiner Brüder oben in ihrer Hochzeitszier bewundern zu lassen. Als nun mit zierlichem Wogen sich die Bühne leerte, da gab es einen kleinen Augenblick der Stille, nur eine Vorbereitung zu der Schlussapotheose des ersten Aktes: denn auf einem schwebenden Muschelkahn aus Rosenblättern gefertigt, schwebte der Wagen der Schmetterlingskönigin daher: der duftige Geist der Schönheit. Eine kleine, nackte Venus, aufrecht in dem Rosengefährt, lenkte zwölf große, bunte Falter, weiß und blau und schwarz und gelb, an kleinen Leinen aus silbernem Spinngeweb' und Seidenfädchen, warf unaufhörlich Handküsschen zu der großen Schwester Istar und zog langsam über die Bühne dahin.

Da hielt es den einzigen Menschen nicht, der solche Wunder schauen durfte – er kniete ganz unvorschriftsmäßig nieder und hob die sehnenden Arme überschwänglich hingerissen zur kleinen schwindenden Göttin – –

Das war der erste Akt.

Nun kam die Abteilung, der man Kraft und Gewandtheit als Überschrift hätte geben können. Dazu gehörten Fechter, Paukanten, Athleten und Jongleure, die glaubten, dass nichts der Richterin über die Liebe so gefallen könne, als Kampf, Sieg und Geschicklichkeit. Da traten Hirsche an und rangen um Tod und Leben; während Hähne nach ihrem Herzen stießen und Federschilde um die Hälse breiteten, Bären sich balgten und Kängurus boxten. – Im Wasserbogen suchten Krebse einander die Scheren abzukneifen und Libellen die Flügel abzubeißen. In der Luftkugel schwirrten stahlblaue Panzerinsekten und Kriegsschmetterlinge umeinander und suchten sich in ikarischen Spielen zu besiegen auf Tod und Leben. Dazu spielten alle Musici immer neue Gladiatorenmärsche, und immer reichlicher zog das Heer der todgeweihten Fechter mit Stoßwaffen, Degen, Sägen und Hellebarden heran.

Dann kam eine Wettluftschifffahrt; um mit der Kunst des seligsten Fluges den süßen Preis zu gewinnen, stiegen Schnepfen in wundervollen Schraubentreppen der Luft in lichte Höhen, um sich dann, plötzlich abstürzend, wie ein Meteorsteinchen herabfallen zu lassen. Solches Sichtodstellen vor Begierde musste doch der Liebsten Herz rühren! Andere Vögel versuchten es wieder mit Seiltänzerkunststückchen in der Luft, überschlugen sich, machten allerhand drollige Purzelbäume ohne Draht und Balanzierstange, stülpten sich im Salto mortale die Ballettröckchen förmlich über den Kopf zusammen und taumelten wie flugberauscht von allen Seiten hin und her, den von den Winden gepeitschten Tanz der Blätter nachahmend. Finken mit langen, bunten Schwänzen schwangen sich überschlagend gegenseitig durch ihre langen Federreifen und machten Pirouetten und Luftkaskaden, während Papageien und kleine Äffchen Turn-Wellen um Äste wirbelten. Schwanwolken stiegen auf, in wundervoll geschlungenen Schraubenbahnen drehten Störche sich in die Höhe, und über allem spreiteten der Aar, der Kondor und der Albatros ihre seligen Fittigarme aus!

Nun kamen Zauberer, Beschwörer, Maskentänzer, Baumeister von Zaubernestern und Brutpalästen herbei – die Gauklervögel, welche Scherben, Blumen, Knöpfe, Mauersteinstückchen, Kleidfetzen usw. heranschleppten und sich duckend allerlei Zauberei und Taschenspiel verübten, ja schließlich selbst hinter ihren Federschleiern verschwanden und wieder plötzlich emportauchten. Mit solchen Fakirwundern glaubten sie gewiss, die Aufmerksamkeit des vielleicht gleichgültigen und unwillfährigen Liebchens zu erregen. So wundersam war alles ausgedacht, dass einmal mitten hinein in die kuriosen Tanzsprünge und Koboldkapriolen des Auerhahns, zu denen die alte Kulissenschieberin Wolke eine prachtvolle Schneelandschaft auf den Hintergrund gezaubert hatte, die hehre Istar lächelnd in die Hände klatschte und ganz für sich allein ausrief:

»Ei! Was nicht die Liebe tut!«

Nun waren die Tänze vorbei, und der Gesang kam zu seinem Recht. Ganz leise wurde die Musik, nur die Sordinogeigen der Insektenschwärme wisperten leise Melodien zu dem sanften Schlafliedermurmeln des Baches; der Mond stieg langsam zur Höhe, und auf die Bühne trat der kleine, unscheinbare, aber konkurrenzlose erste Tenorist der Weltbühne, der holde, viel umschwärmte Sänger der Liebe, Herr Nachtigall, und sang seine schluchzende Arie, dass alle Wesen den Atem anhielten und selbst Frau Istar sich ein Tränchen aus den Augenecken wischte. Der Mensch aber, der überall ein bisschen überschwänglich und aufdringlich mit dem Übermaß seiner Gefühle war, schlug sich ans Herz und schrie:

»Gib ihm den Preis! Mutter! Kröne den Sänger der Liebessehnsucht!«

Istar saß aber schon wieder da mit strenger Richtermiene und hörte aufmerksam das Lied der Drosseln und Stare an und sah der Lerche nach, die sich singend um einen Sonnenstrahl in die Höhe tirilierte. Ja, selbst aus der Rohrdommel schauerlichem Gespensterschrei, aus dem Meckern der Bekassinen, dem Trommeln der Schwarzspechte hörte sie nicht minder die ehrliche Absicht heraus, wie aus dem Schrei der Füchse, dem Stöhnen der Hirsche und dem wenig melodischen Liebesgrunzen der Brüllaffen. Als aber Kater und Gibbon, die beide eine ganze Oktave von Radquietschen und Wetterhahnkreischen virtuos beherrschten, sich zu einem kurzen Duett vereinten, da kamen vor Schreck die Musiker aus dem Takte und der Kapellmeister bekam einen, Gott sei Dank! Nur kurzen Ohnmachtsanfall.

Das war der zweite Akt. Aber noch hatten die Feuerwerker und Nachtwächter, die ja die Dunkelheit abwarten mussten, noch nicht das Wort gehabt und hofften unverzagt auf den Sieg ihrer ganz anderen Methode des Liebeswerbens. Sie schritten denn auch bald hervor als leuchtende Käferlein, Fliegen, Glühwürmchen in Farnen und stiegen zu Millionen und aber Millionen wie lebendig gewordene Sternchen plötzlich gleich einem Lichtschnee über die Bühne. Die kleinen, zu Milliarden erschienenen winzigen Meeresnachtlichte, die einen ganzen Ozean in Glut versetzen können, und die Istar nur mit dem Opernglas einzeln erkennen konnte, erhellten Bäche und Wasserfälle ringsum; die alten Weiher fingen an zu phosphorleuchten und die sehr fantastisch geballten Wolken zeigten Kulissen mit Mondsilberbeschlag und Sternenfranzen. Es war ein wundervolles Bild von mildem Glanz und schwülem Zauberlicht.

Als aber nun der völlig schönheitstrunkene Mensch auf die Bühne stieg und hinausschrie in die Welt, vor Istar niederkniend: »O, gib uns die allmächtige Liebe!«, da machte diese Feindin jeglicher Sentimentalität das Schlusszeichen.

Die große Oper war aus. Nun harrte alles schweigend der Entscheidung Brust an Brust, ein Völkermeer von klopfenden Herzen. Istar aber erhob sich schnell. Sie wollte ein Ende machen, ehe das Mondlicht sank, und sprach:

»Ich kann niemand den Preis geben! Ihr habt euch alle gleich redlich bemüht. So sollt ihr alle gleich belohnt werden. In dieser Stunde schenk' ich euch *allen* eure Braut!«

Und sie hob die gewaltigen Arme und schüttelte die flutenden Gewänder und siehe! Aus den Falten ihres Mantels stolperten, krochen, flogen, glitten und sprangen Millionen Weibchen: für jede Art ein passendes. Aus ihrem Haupte flatterten Schmetterlinge, von ihrer Brust hob sich die Eva, unter ihren Fußgewändern krochen Löwinnen, Jaguare, Tigerinnen hervor. Und alle, alle sanken dem harrenden Geliebten beseligt ans Herz.

Von da ab rauscht es in jeder Nacht von Liebesschwüren und Küssen durch die Dunkelheit, die der Mantel alles Geheimen ist – – –«

Elselein zeigte nach dieser Geschichte am andern Tage Aldebaran einen Zettel Papier, darauf hatte sie geschrieben:

»Alles um das Weibchen!«

Naturoper in drei Akten von Aldebaran, Musik von Lutzi Sonnenfleiß.

Personen:

Der Fürst der Liebe – Herr Nachtigall

Kriegsminister – Herr Löwe Kiki, der unbeständige Krakeeler Herr Hahn

Ein alter Störenfried – Herr Adam Mensch

Die Schmetterlingskönigin – Fräulein Fantasie (sonst kommen keine Damen vor).

Regie, Kulissenwerk, Malerei, Ausstattung besorgt die Welt-Firma: »Wolke und Wind«.

VII.

Elselein wird kein Wunderkind

Viele Monate, fast zwei Jahre weilte Aldebaran nun schon bei Else. Im Hause des Försters waren große Veränderungen vorgegangen. Der Wohlstand wuchs nicht nur, weil Aldebaran des Öfteren große Bernsteinstücke den Suchenden in die Hand spielte, er hatte ihnen auch sonst wachsende Quellen einer reichlichen Einnahme erschlossen. So zeigte er Else eines Tages auf freiem Felde ein Stück schön weißen Kalkes und sagte:

»Auf diesem Boden, über den wir wandern, ruhte einst das Meer, und in ihm schwebten Milliarden ganz kleiner Muscheln- und Schalentiere, so viele, dass Jahrtausende hindurch die Meere davon erfüllt waren wie mit Kalkschlamm, und im Sonnenuntergang, im Widerschein aller der kleinen Kalkspiegelchen ihre Wellen wie wallende Rosenblätter hoch in die Luft schlugen. Dieses ganze, in seiner unendlichen Masse geradezu unausdenklich weit und tief das Meer beherrschende Volk wurde einer der größten Baumeister des Lebens. Sie bauten auf steinigen Grund sich selbst ein feierlich heiliges, ungeheures Grabmal in den Grund der See. Jedes Tierchen ein Steinchen, jedes Steinchen ein Bröckelchen, eins zum andern bis zu unaussprechlichen Zahlen geschichtet, entstanden hier unterirdische, weiße, erstarrte Meere anstelle der abgeflossenen, teils verdunsteten, teils verschobenen und durch Bodenhebung verlegten See. Oft so mächtig, dass man hineingrabend in diese weißen Truhen der Erde meilentiefe Höhlen bauen könnte, in denen die schneeigen Wände emporragten wie weiße Riesenblätter eines Buches, in das die Natur wundersame Geheimnisse, manch Wiegenlied ihrer Geschöpfe, aber auch die traurigen Sagen vom Untergang und Tod gewaltiger Vorwelten geschrieben hat.

Wollen wir solch eine unterirdische Wunderwelt herausschaffen, Elselein? – Bring' dies Stück Kalk vom Acker deinem Vater! Er ist ein erdkundiger Mann, er wird schon wissen, was damit anzufangen ist.«

Und so geschah es. Eines Tages fuhr der Förster in die Stadt und kaufte ein großes Stück Ackerland, nachdem er mit vieler Mühe in diesem Teil des Feldes durch Bohren in erhebliche Tiefen das Kalklager abzugrenzen suchte. Dann kam eine staatliche Kommission, die gab ihm die Bohrgerechtigkeit und die Erlaubnis zur Anlage einer Kalkgrube, die sich im Laufe der Jahre zu einem gewaltigen Bergwerk ausbildete, in der Hunderte von Arbeitern mit der Hacke aus der weißen Erde ihr Brot gruben. Viele Reihen von Wagen förderten den weißen Bausand zu einem großen Feuerofen, in welchem der Kalk gebrannt wurde und so sein Baumeistergewerbe aus uralten Zeiten wieder aufnahm an der Hand der Menschen.

Denn also gebrannt, kam er in Tonnen auf einer Flottille kleiner Jachten verladen weit ins Land. Hochberühmt wurde der Inselkalk, der mit Wasser und Steinsand gemischt den erstarrten, felsigen Kitt der Bauziegel und Mauersteine bildet.

»So lernen die Menschen überall«, sagte Aldebaran, »die naturgegebenen Fähigkeiten der Erde zu ihrem Vorteil und Glücke auszunutzen. Sie heben all die kleinen Zwergbaumeisterchen, die sich scheinbar längst zum ewigen Todesschlaf in den Leib der Erde niedergelegt und ihre Kampfschildchen aus Kalk zu Gebirgen übereinander gehäuft hatten, zu neuem Leben, ja zur Vollendung ihres unsterblichen Willens und erwecken sie aufs Neue zur Erfüllung ihres Geistes zur Arbeit. So ist der Mensch in allen Schichten der Luft, des Meeres, des Wassers, selbst des Feuers herumspähend, ein Weckeprinz der Fähigkeiten und Vollstrecker geheimster Gedanken und schlummernder Möglichkeiten der Natur geworden.«

Es sprach sich natürlich herum im Lande, dass Else das Kalkstück gefunden und Anregung zum Bau der reichen Grube gegeben hatte, und die Bewohner der umliegenden Dorfschaften wollten sie alle gesehen haben, um sie auf ihre Gehöfte zu führen und sie suchen zu lassen, ob nicht auch ihnen das Schicksal irgend so eine Glücksquelle im Geheimen unter den Füßen sprudeln ließe. Sie besuchte mit Aldebaran viele Bauern der Insel und, wenn sie auch nicht überall Bergwerke entdeckte, so wusste sie mit Aldebarans Hilfe doch für beinahe jeden einen guten Rat, sei es für Wasserversorgung, Quellenentdeckung, Viehkrankheit und Tragfähigkeit der Felder, sei es für Hof- und Gartenverbesserungen.

So ward sie bald berühmt.

Die schlichten Leute des Landes sahen in ihr einen Segen für ihr Land und liebten und verehrten das immer schöner und stattlicher heranwachsende Elselein von ganzem Herzen. Namentlich seitdem der Pastor aus Seldin, der anfangs etwas misstrauisch den außergewöhnlichen Kenntnissen Elses gegenüberstand – Pastoren wittern leicht eine von ihnen arg überschätzte Macht des Teufels – nach einer langen Unterredung sie als eine »herrliche kleine Menschenblüte und von rechtem Glauben« befunden hatte. Aldebaran, der ihr Herzchen und Seelchen wie zwei willige Schwäne an goldenen Zügeln lenkte, wusste es schon so einzurichten, dass, wer mit ihr in Berührung kam, das Gefühl einer stillen Weihe, ja der wundersamen Andacht und mancher Herzerquickung empfand.

Aldebaran selbst aber war überrascht, als er eines Tages ihr die ersten Lektionen über das Wesen der Musik an Piepkorns großer Kirchenorgel gab.

Sie hatten sich in Abwesenheit des Dorfkantors einmal auf die Orgel geschlichen, und Else hatte mit Staunen die dreiteilige Klaviatur, die blinkenden Säulen der gereihten Orgelpfeifen erblickt und die Pedale, diese tiefen Trittbretter der Tonriesen zum Aufschwung in das himmlische Reich bewundert. Aldebaran machte ihr alles verständlich und ließ sie niedersitzen auf dem Querbock, von wo aus Else den alten Piepkorn so oft bei der Lithurgie beobachtet und dabei stets gemeint hatte, Piepkorn schwämme seligfroh auf einem verlorenen Brett im Meer der Töne und rudere, mit Armen und Beinen unaufhörlich schaufelnd, irgendeiner Insel der Seligen zu. Nun saß sie selbst auf der kleinen Kommandobrücke – aber die See vor ihr lag still und ernst und zeigte ihr den tiefen Grund, aus dem die Tasten wie weiße und schwarze Steinchen und die Pfeifen wie ein Röhrenwald von silbernen Schachtelhalmen emporblinkten.

Indem Aldebaran hier und da ein paar Tasten niederdrückte, um ihr schnell kraft seiner Geistereinsicht das im Grunde einfache Gesetz der Tonverbindungen klarzumachen, war es, als wenn ein leise einsetzender Wind über das Meer fege; bald sprangen viele der aus allen Ecken gescheuchten Windgeister mit hinein und plötzlich, als Aldebaran mit überirdischen Fingern den Grund dieses Meeres durchwühlte – wie eine liebende Hand das Lockenhaar – war es, als brause ein Orkan über die Tonflut und mache den heiligen Wald der Säulen in der alten lieben Dorfkirche erbeben. Else konnte der Lust nicht widerstehen und machte es Aldebaran mutig nach. Da aber erstaunte dieser eben auch bis in sein Herz: denn Else, die einen tief eingewurzelten Sinn für Musik hatte – was man so Talent nennt, ist ja der Ausdruck dafür, dass manche Leute von selbst können, was andere nie so recht lernen – spielte frei und ganz richtig mit den schwarzweißen, singenden Fähnchen der schwebenden Luft, dass es ordentlich lieblich klang, wie sie die kleinen Geister der Töne zum Reigentanz antrieb. Nur ihre noch zu kurzen Beinchen und die gestreckten Füßchen erreichten nicht die Leitern der Tiefe. Da musste Aldebaran mithelfen und den richtigen Bass finden. Das ist auch beinahe das Schwerste in der ganzen Musik; auch der Geist der Musiker gebraucht dazu lange und wohl zu setzende Beine, um bis zur Fundgrube des besten Geschmacks vorzudringen.

Als Else nun grade in vollem Spiel war, ging die Kirchentür auf und Piepkorn starrte zur Orgel. Vom hohen Chor konnte er zunächst niemand erblicken; als er aber die mit Sammetdecken belegte Kanzeltreppe atemlos hinaufgelaufen war und Else erkannte und mit mächtigem Staunen ihren schönen Kinderliedern lauschte – wobei er besonders die herrliche Führung des Basses wohl bemerkte – da brach dem kinderlieben Mann beinahe das Herz vor großer Rührung. Er betete. Dann kam auch der Pastor gelaufen und die beiden Frauen und schließlich schob sich vieles Dorfvolk in die Kirche; selbst der alte Karrengaul des Handelsmannes Aßmann, der die Dörfer bereiste, steckte schnuppernd die Nüstern in die offene Kirchentür; es war ihm zu verwunderlich, dass der alte Knabe endlich einmal in die Kirche ging und ihn hier, ohne die Stränge zu lösen, allein stehen ließ. Das war beides noch nicht vorgekommen die zwanzig Jahr, die er bei seinem feilschenden Herrn im Geschirr ging. Der verwunderte Gaul sah durch die Spalte alles, tief ergriffen von dem schönen, schlichten Spiel Elses. Der Pastor kam, als sie schließlich aufhörte, dem Wunder noch am nächsten, indem er Piepkorn zuflüsterte:

»Nicht wieder find' ich hier die Erdenspur –
Hier führt ein Höherer die Hand, sie folgt ihm
nur!« –

Das war nun ein Ereignis, welches Elses Ruhm noch mehr zu steigern wohl geeignet war, und der Schulmeister riet dem Förster ernstlich, das Kind in die Stadt zu geben, es ausbilden zu lassen, auf dass sie eine Meisterin

in der großen Welt werde. Eben jetzt durchziehe alle
Lande ein Geigenkönig, [1] dem Gold und Ehren nur so
in Strömen zufließe, ein Mann, der den Hexensabbat
und das Hohe Lied der Engel zugleich auf der Violine
spielen könne. Seiner Meinung nach würde Else die
höchsten Höhen der Kunst ersteigen können, denn solch
eine natürliche Begabung sei ihm noch niemals vorgekommen. Sie sei ein Wunderkind.

Da spannte Aldebaran einen von ihm oft gebrauchten
kleinen Mechanismus in seiner Seele an, welchen Menschen manchmal, aber selten, höhere Wesen jedoch immer bei sich haben, der wie eine strahlende Platte Fun-
ken sendend auf Antrieb der kleinen Ingenieurgeister-
chen hinter dem Vorhang seiner lichten Gedanken
schnurrte und kurbelte. Dann wirken Gedanken wie
Brieftauben in die Ferne und vom Taubenschlag der einen Seele zu dem einer anderen. Eben schlugen die kleinen Gespensterflügel an des Pastors Schaufensterchen
des Verstandes – da sprach er auch schon ihre Geheim-
schrift nach:

»Lieber Förster! Folgen Sie nicht dem gut gemeinten
Rat Piepkorns! Wunderkinder sind kein Segen – für
niemand! Sie gehen fast immer zugrunde. Solche Dinge
sind zu selten einer Steigerung fähig, sie zeugen von zu
früh erklommenen Höhen. Die Wunderkinder sind alle –
frühe Greise. Sie erreichen das Höchstmaß ihrer Fähigkeiten – übrigens auf dem Wege von Bildungsfehlern im
Mechanismus ihres Seelenschalters – allzu frühzeitig,
man kann sie ebenso wohl ›frühe Alte, Wundergreise in

---

1 Piepkorn meint Paganini.

Jugendgestalt‹ nennen. Habt acht, Förster! Folgt dem braven Piepkorn diesmal nicht, es gibt sonst eine Enttäuschung! Else ist euch hier mehr zunutze, – denkt nur an das Kalklager! – als in der großen Welt auf dem hohen Seil und dem Parademarkt.«

Das war so überzeugend gesprochen, dass der Förster dem Pastor dankte für den guten Rat und Piepkorn kopfschüttelnd davonging.

VIII.

Der Theateracker

»Else«, sagte Aldebaran an einem unwirschen Herbstabend, »höre, was der Rabe aus der Kiefer krächzt!«

Er legte ihr die Hand vor die Stirn und da konnte sie es verstehen:

»Die Köhlerfrau, ich weiß es genau,
Ging heute Nacht auf Geisterschau.
Sie sammelte Kräuter und fahles Laub,
Ging durch die Gräser auf Blütenraub.
Sie wird wohl brauen die ganze Nacht,
Bis Flamme schreit und Tiegel kracht!«

»Nun, so ist's recht!«, meinte Aldebaran, »da können wir ihr vielleicht für immer das Handwerk legen. Schleich dich um halb zwölf, heute Nacht, ganz leise in den Garten! Wir wollen der garstigen Alten einmal einen Besuch machen und ihren bösen Gedanken den Weg sperren. Das wird für dich ganz lehrreich sein.«

Und so geschah es. Punkt halb zwölf stand Else bei Aldebaran und sie machten sich auf den Weg. – Hu! Wie war der Wald so schwarz, in den sie einbogen. Er war wie ein einziges dunkel-grausiges Nichts.

»Es ist ein bisschen unheimlich, Aldebaran«, flüsterte Else, sich dicht neben ihm haltend – »diese Finsternis zu schauen, – hu, zu denken, dass sie voller Leben, voller Bäume, Sträucher und Lebendigem ist und doch leer liegt wie ein verschlossener Sarg! Wärest du nicht bei mir, ich würde mich tüchtig graulen.«

»Elselein«, sagte Aldebaran, »ihr Menschen grault euch immer, wenn ihr in das Leere schaut, ihr fühlt eben erschauernd, dass es keine Leere gibt, dass alles insgeheim erfüllt ist. Der leere Himmelsraum, in den ihr euren unsichtbaren Äther setzt, macht euch in seiner Unergründlichkeit nicht weniger gruseln, als dieser dunkle Vorhang der Nacht, eben weil sie den Inhalt verhüllen. Aber sonderbar, sobald ihr den Raum erfüllt seht mit seinen ungezählten Wundern, die ihr doch erst recht nicht zu deuten vermögt, werdet ihr still und ruhig! Nur die Griechen kannten auch das Grauen im Licht. Mittags, wenn die Sonne schwer wie eine glühende Platte über allem lag – dann sagten sie, indem sie leiser gingen: ›Weckt ihn nicht, der große Pan schläft!‹ Den meisten ist das Licht der Mut, die Nacht die Angst.«

Es knackte leise, bald rechts bald links im Geäst, ein Huschen ging in den Zweigen umher wie Flüsterrufen von Diebsgesellen und Weglaurern; in dem Gras raschelte es schnell und drohend wie anspringende oder sich duckende Hinterlist. Es blitzten Lichtpunkte auf – das konnten ebenso gut ein paar harmlose Glühwürmchen gewesen sein, aber es waren gewiss die grünlichen Augenspalten wilder Katzen oder verzauberter Wölfe. Da brach ein Ast – schrill klang einer Wildtaube Schrei so weh und erstickte so herzzerreißend in der Ferne oder im gefallenen Laub, dass es nur Todesrufen sein konnte. Irgendeine im Schlaf erschrockene alte Krähe begann über die Störung grob zu schelten. Windstöße umwirbelten die Stämme, und manchmal klopften Äste an Äste wie die Rachegeister ans Tor oder wie die Wächter zu einem Kampf mit Waffen.

Für kurze Zeit, als sie die Chaussee passierten, wurde es ein bisschen heller über dem Weg, der den Wald durchschnitt; aber in dem tiefen Grau, das der dunkle Himmel niederwarf, erschienen die helleren Chausseesteine wie Totenköpfe, die die Straße säumten, und der alte Wegweiser war ein Galgen. Allen Mut musste Else zusammennehmen, um nicht Aldebaran merken zu lassen, wie sehr sie im Bann der Geisterwogen stand.

Aldebaran, in dessen Plan es lag, ihr schaurige Höhen und Tiefen der Menschenbrust zu offenbaren, nahm anscheinend gar keine Rücksicht auf das Gruseln Elses, erzählte ihr erst ein paar graulige Geschichten vom Leiermann auf dem Meilenstein, der an seinem abgeschlagenen Kopf Drehorgel spielte, vom Bübchen mit dem Klippklapp-Schädel, der sich von selbst öffnete, wenn er etwas nicht begreifen konnte, und die Geschichte vom klappernden Skelett, das hinterm Mühlrad saß – und als Elselein so recht ins Schuddern kam, da nahm er sie fester an sich und sprach im Weitergehen:

»Das alles, diese Geschichten, die Märlein, dieses Fadendrehen am Unheimlichen, schleicht nur wie ein fast wesenloser Schatten, den die euch verborgene Welt der wirklichen Geschehnisse und das ferne Rollen des Zukünftigen sowie das Ausschwingen des Rades des Vergangenen in eure Menschenbrust wirft. Es ist wie ein Bemerken ohne Aufmerksamkeit, ein Echo ohne Laut, ein Schweben ohne Segel und Steuer, wenn ihr im Banne der Wirkung von Mächten seid, die ihr nicht kennt. Im Grunde dem Lichte sehr verwandt, spielen sie auf eurer Orgel im Gehirn wie Geister um Mitternacht in der verschlossenen Kirche. Verwandt dem Traum und seinen Schwanenschwingen, rennen solche Gedanken blitzschnell im Käfig eures Kopfes ängstlich hin und her wie tausend weiße Mäuse in der Falle. Es braucht nur die Sonnenzone eurer Seele, die das Gegenwärtige beleuchtet und euch erkennbar macht, abgedämpft oder geblendet zu sein, da huschen, wie ja auch im Traume, die unglaublichsten Gestalten und Begebnisse hinter der Gardine eures Bewusstseins hin und her! Kein Mensch hat seinen Traum, solange er träumte, schon einmal für unwirklich gehalten; im Gegenteil, er kann sogar wissen, dass er träumt und sieht doch die inneren Spiegelbilder seiner Fantasie für volle Wahrheit an. Jedes sogenannte Wunder verliert seinen verblüffenden Reiz, wenn es sich oft wiederholt; die Gewohnheit mordet das Wunder, die scheinbare Erklärbarkeit würgt die schönen Rätsel. Der Regenbogen dünkt euch deshalb nur so schön, weil er so selten und immer noch wieder verschwunden ist, und wenn ihr zu wissen glaubt, wie er zustande kommt, wie die Lichtreiterchen in ihm sich in bunte Schwadronen aufteilen – so hat er schon etwas eingebüßt von seiner zauberhaften Schöne. Die Menschen, welche gar nichts

wissen wollen von all den dummen Berechnungen eurer
Gelehrten, brauchen nicht alle Tölpel zu sein: Es gibt viele feine Seelen unter ihnen, die das Schöne und Gute so
herzlich lieb haben, dass sie gar nicht wissen mögen, wie
das alles zusammenhängt. Es ist sehr sinnreich, dass der
Schwanenritter Lohengrin davongehen muss, weil Elsa
wissen will, woher er kam der Fahrt und wie sein Nam'
und Art. Der Zauber stirbt am Fragen. – Immerhin, über
die geheimnisvollen Dinge, die hässlich sind, schädi-
gend, verwirrend wirken und im Dienst des Schlechten
nach Erlösung schmachten, musst du das Nötigste wissen. Wie im Traum der Schläfer alles für ganz wahrhaftig nimmt, so gibt es auch andere Zustände, Halbschlaf,
Traumwachen, Schweben der Seele zwischen Aufmer-
ken und Versunkensein, die die Menschen schon sehr in
Verwunderung und Entsetzen gehetzt haben. Die armen
Wesen, welche als erste Offenbarer solcher abweichen-
der Seelenzustände von der immer aufs Neue summen-
den alten Spinnerin Natur in die Welt gesetzt wurden,
haben als Opfer fallen müssen: als Hexen, als Unholde,
als Teufelsbündler. Dann kommt die Zeit, wo man sie
wie Kranke behandeln wird, bis man erkennt, dass auch
sie den Menschen neue Wunder bringen, und dann wird
wieder, sobald man sich's klarmachen kann, das Wunder zur Alltäglichkeit entthront. Denn es wird eine Zeit
kommen, wo Dinge, wie zweites Gesicht, Geisterer-
scheinen, Voraussagen usw., gar nicht so ungeheuer selten sein werden wie heute, und trotz vieler Betrogenen
und Betrüger wird sich zeigen, dass in ungeheuren Zeit-
läufen der Mensch sich zunächst an einer Stelle unauf-
haltsam steigert: im Geistigen.«

Sie kamen an eine große Lücke im Wald. Brachland lag nach rechts ansteigend da, das im fahlen Licht der Nacht wie eine große Platte Blei erschien.

»Jetzt, Else, setz' dich, merke auf und fürchte dich nicht! Ich treibe dich jetzt in einen Zustand, dass du dich hier ganz körperlich am Waldrand sitzend fühlen wirst – und mich neben dir; du kannst mich und dich sprechen hören und fragen, und doch wirst du in Wirklichkeit schlafen. Das macht ein bisschen Saft von dieser Beere hier, die ich im Grase pflückte. Iss sie! Und schau vor dich: Dort ist die Bühne deiner Träume! Hast du's verschluckt? – Ein Weilchen, ich spann' schon deiner Träume schöne Schmetterlinge und Sammetfalter an den Nebelwagen. Steig' ein!«

Das Gift fing an zu wirken. Das Licht überm Acker zog sich zu kleinerem Kreis zusammen, aber groß genug, um für eine Riesenbühne zu gelten.

Aldebaran gab nur ein Stichwort.

»Die Köhlerfrau!« – –

Da sah Else plötzlich im Bilde die Alte hocken über Dreifuß und Pfanne, die welken Lippen wisperten, die dürren Hände rührten Reisig und Löffel, die kleinen Mausäuglein stierten in den aufsteigenden Dampf.

»Geh' zu ihr!«, flüsterte Aldebaran.

Wie erstaunte da aber Else und rief: »Aldebaran, ich stehe ja in ihrer Stube und bin doch dicht bei dir! Gibt es denn zwei Elsen?«

»Still, gib ihr das Gold!«

Else im feuchten Gras, Else, die Aldebaran neben sich sah, Else, die fortblickend vom Zauberrahmen des Ackerfeldes jeden Baumstamm unterschied, die nach ihrem Schürzchen, nach ihren Beinchen, nach Kopf und Nase fasste und alles an Ort und Stelle fand, dieselbe Else sah sich im Lichtfeld über den Bodenkrumen stehen, mitten in der alten Möller Braustube und sah sich ihr eine Handvoll Goldstücke in die Runzelhände legen.

Noch nicht genug des Wunderbaren! Else, die Aldebaran sagen hörte: »Sie spricht!«, hörte auch schon die Alte rufen:

»Ei, du kleine Lichtbraut! Hab' ich dir's nicht vorausgesagt, mein Goldspindelchen, mein Lockenschwänzchen, – der Prinz wird kommen und die alte Möller muss katzbuckeln und demütig bitten um Gunst und Gnade! Ah! Du kommst mich zu besuchen? Schon recht, schon recht! Was willst du sehen?«

»Lohengrin,« – flüsterte Aldebaran, und sofort hörte Else sich mit eigener Stimme das Zauberwort der Alten wiederholen. Die Alte rührte in dem Tiegel, dass hoch der Dampf aufschoss, und als er sich legte, war's ein Fluss mit bergesgrünen Ufern, eine Halde, bedeckt mit einem Heer von gepanzerten Edlen, der König auf dem Throne und Elsa vor ihm betend. Nicht lange – ein Schwan und im Nachen aufrecht in silbernem Harnisch und Schild der Gralgesandte!«

»Schluss!«, rief Aldebaran. – Das Bild war dahin.

Ohne Pause rief der zaubernde Freund:

»Paradies!« – –

Mit einem Schlage wuchsen Palmen aus dem dürren Plan, sanft schwellende Wiesen breiteten sich, schöne Agaven schatteten, hohe Blumenstauden standen um einen Bach. Tiger, Lämmer, Löwen und Rehe glitten durcheinander, die werdend, jene ihre Jungen fütternd. Ein nacktes Weib stand im Fluss und schöpfte Wasser hoch; aber ohne Eimer. Die Finger hielten schwebend die kristallene Kugel, am Bachesrand reckte ein Mann die Hände nach dem zauberhaft geformten Nass.« – –

»Christ stirbt«, flüsterte Aldebaran. – – Das schöne Bild war dahin. Drei Kreuze schwebten hoch überm Acker. Inmitten Jesus mit blutender Stirn. Aus seiner Seite troff sein Leben. Rechts und links die schrecklich leidenden Bereuer. Kriegsvolk. Die Frauen. Eine schöne Stimme, weich wie Abendglockensummen durch die Dämmerung, sprach: »Wahrlich, ich sage dir, noch heute wirst du mit mir im Paradiese sein!«

Fort war das Bild.

»Siehst du, Else!«, sagte, sie aufrichtend und mit ihr weiter wandelnd, Aldebaran, »so könnte ich dir die ganze Welt in Bildern zeigen. Durch dies Beerengift ist dein Köpfchen merkwürdig verändert, deine Fantasie rollt wie auf Zauberrädchen immer genau dahin, wohin ich sie mit meiner goldenen Peitsche treibe. Ich spiele auf deinem Gehirn; trotzdem du zu wachen glaubst, leite ich deinen Traum. Doch ich kann nur aus deinen eigenen, winzigen Bausteinen der Erinnerungen den kleinen Guckkasten da drinnen beleben; die Bilder bleiben aber nicht wie im Traum bei dir da drinnen, sondern sie fielen aus deinen Äuglein auf jenen Acker wie auf eine belichtete Wand. Dein eigenes Glockenspiel der Fantasie spielt, nicht das meine, und so kommt's, dass das, was du für Frau Möllers Zimmer hieltest, es gar nicht war! Wir werden ja heute noch schauen, wie anders es ist. Es erschien dir nur, wie du es dir denkst, nicht wie es ist. Aus Brocken spinnt die Fantasie, wie die Spinne ihr leuchtendes Netz. Ja, sie ist Netz und Spinne zugleich, und ganz andere Teile deiner Seele zeigen dir doch dabei noch die Außenwelt der Gegenwart. Das ist der Dämmerschlaf zwischen Gegenständlichem und Gedachtem, ein ewig Brückenschlagen und Berühren, ein Traum, den du für wahr nimmst und kannst doch dabei schwören, dass du wachst. Dann laufen eine Zeit lang Wirklichkeit und Fantasie nebeneinander: ein Karrengaul und ein Pegasus, die sonst immer umschichtig und wechselnd sich auf dem Weideland deiner Seele tummeln. Wer dies Geheimnis kennt und weiß, wie diese Gifte wirken, kann viele Menschen betrügen, nasführen, fanatisch und verwirrt machen. Denk' an die indischen Fakire, die geheime Dünste kennen, aber auch die mit Speise und Trank verschluckten Fantasiegifte, welche die Register deiner Seele (Real und Ideal werden sie genannt von gelehrten Orgelspielern) durcheinanderschieben. Da brauchen die Gaukler denn die also Vorbereiteten nur mit Vorstellungsrichtungen und -anfängen (der gelehrte Orgelspieler sagt mit Motiven) geistig anzurühren, und die armen dreimal Klugen sehen alles, was sie nach Maß ihrer Einbildungskraft sehen können. Noch andere vermögen vielleicht auf rein seelische Weise mit einer besonderen Stärke ihres Willens ohne Hilfe von Giften oder Dämpfen solche Brillenverschiebungen zu erzwingen: Ich sage dir aber, selbst wir Wissenden sind nicht ganz sicher, ob nicht auch dabei ein bisschen versteckter Hokuspokus ist. So kann man viele Fakirkunststücke auflösen in Fantasiezwang beim vorbereiteten Verschieben von Wirklichkeit und Traum. So ging einmal ein spindeldürrer Fakir durch einen dicken englischen Major hindurch spazieren. Der hatte ebenso wie ein Dutzend den Fall beschwörender Zeugen von scheinbar harmlosem Abendbrot des Inders gekostet. So spielte ein Matrose einst mit einem Schiffsarzt, die beide vom indischen Haschischgift geschluckt hatten, mit Sonne und Mond und allen Sternen Gummiball überm Meer als wie über einen Parkettboden, und so wächst wohl ein Baum durch die Mauer eines Indiers, wenn er nämlich vorher den Zuschauern heimlich gelöste Säfte in ihre Gedankenschalen gab, aus der die bunten Blasen steigen.

Ja, die Fantasie, diese Regenbogenkönigin – man weiß nicht, ist sie mächtiger am hellen Tage oder im Schatten der Nacht! Sie ruht nimmer. Denn sie ist die Gespielin des Gedankens und die Weggenossin des Nichtdenkens. Sie springt, beide zu bedienen, diese Königstochter im Hofhalt der Seele; kann doch mit ihrer Hilfe das Geistige Gestalt annehmen! Man nennt sie krank, die armen Wesen, welche beim Gedanken an eine Biene schon ein geschwollenes Auge bekommen oder gelähmt werden in dem Augenblick, wo man ihnen sagt, ihre Freundin habe plötzlich eine Lähmung erlitten – aber hier ist doch nur die Fantasie eingebrochen in die Zäune ihrer Leibesgewebe und hat, schöpferisch, wie sie ist, das Körperliche gewandelt. So wird man einst noch zugeben müssen, dass das Geistige sich trotz aller Zweifel verkörper-

lichen kann, und ehe das nicht alle begriffen haben –
Beweise dafür sind immer nur sehr spärlich und andeu-
tungsweise vorhanden gewesen – wird man auch das
Wunder der Welt nicht verstehen: Es ruht in der Macht
einer Gottesfantasie, die wesenlos das Wesenhafte gestalten konnte. – Ihr Menschen müsst erst durch und
durch die Welt der Erscheinungen ausstudieren, ehe ihr
an diese schwere, gefährliche Stromschnelle von Unsinn
und Tiefsinn gelangt, aber auf dem Wege dahin wird
schon genug geschehen zum Augenaufreißen und
Mundaufsperren. Lernt ihr erst die unsichtbaren Lichtgeister kennen, so werdet ihr schon begreifen, dass auch
von Gehirn zu Gehirn Wunsch und Wille, Gedanken
und Empfinden reicht, wie ein luftig unsichtbares Flui-
dum; dass es geistige Schnürchen gibt, die Seele in Seele
bannen und oft zusammen erzittern lassen, wie es goldene Nabel-Stricklein gibt, die Mutter und Kind für
ewig zusammenhalten. So wirkt die Treue und alles
Geistige über Tod und Grab.

»Halloh! Jetzt sind wir vor dem alten Köhlerhäuschen.
Schau' einmal ins Fenster!«

Da sah Else die Alte wahrhaftig am Herde stehen; aber
es sah alles ganz anders aus, als sie's sich gedacht und
wie es ihre Fantasie ihr auf dem Theateracker gewirkt
hatte.

Aldebaran sagte: »Bleib' hier stehen, Else! Ich gehe zu
ihr. Du kannst durch die schlecht schließenden Fenster-
flügel alles hören, was ich ihr zu sagen habe. Ich muss
mich verwandeln.« – Da sah Else einen alten Pilgers-
mann zu der Köhlerfrau ins rauchige Stübchen treten.

Als die Frau ihn kommen sah, erschrak sie sehr und sank in die Knie.

»Ja, Marthe, ich bin's!«, hörte Else den Greis sagen, »ich komme in meiner Todesstunde zu dir. Ich habe ausgebüßt. Es ist doch wahr. Ich habe den jungen Förster erschossen und auch den Juden im Tann erschlagen. Ein höherer Richter macht die Zuchthaustüren auf. Lass du all deine Gaukelei und mach' die Menschen nicht dumm! Brau' deine Kräuter und hilf den Kranken! Sprich Trost und lindere ihre Leiden! Ich flehe dich darum an um deiner Seele willen.«

Er küsste ihr die Stirn. Die Alte schluchzte am Boden. Aldebaran kam zurück und war wieder bei Else – ein Fürstensohn des Lichtes.

Seit jener Zeit ging eine große Veränderung mit der alten Möller vor.

IX.

Die Lichtreiterchen und ihre unsichtbaren Knappen

Aldebaran saß weit später an einem leuchtenden Sommertage mit Else in der schönen schattigen Laube, die dem Walde zu geöffnet war und aus deren weinlaubumrankten Zeltwänden schöne Herbstblumen ihre bunten Kelche herabhängen ließen. Er sah still sinnend auf seine kleine Freundin, die ihr Köpfchen stützte und den Waldweg entlang spähte, auf dem sie ihren Vater von seinem Rundgang um die Forstreviere zurückerwartete. Nicht lange, da bog in der Tat dort, wo die tiefsandige Wagenspur sich in der Ferne nach links zur größeren

Heerstraße wendet, jemand um die Tannen. Es war aber nicht der Förster, sondern ein großer, hochaufgerichteter Mann, in langem braunen Reisemantel.

Die schwere Hülle konnte trotz gefaltetem Schulterkragen doch nicht die hehre Figur des Wanderers verbergen. Der trug den weichen, breiten Schlapphut neben einer Reitgerte in der Hand und ließ die frischen Winde mit seinem gelichteten, aber noch gewellten Haar spielen. Schon aus ziemlicher Entfernung leuchtete darunter eine hochgewölbte Stirn. Der Herannahende trug Stulpstiefel, oben weiß umrandet und mit Sporen versehen. Else fiel es auf, wie stolz und gewichtig des Mannes Gang war. Als Aldebaran den Heranschreitenden erblickte, sagte er schnell zu Else: »Heute erhalten wir ganz erlauchten Besuch. Dort kommt ein Liebling der Götter. Wir wollen ihn überraschen. Sing' mir, während er daherschreitet, ein kleines Lied genau nach! Es wird dem alten Liedermacher gewisslich wohltun.« Else ahmte sein leises Lied getreulich nach und über den Waldweg, sanft untertönt durch den Rückprall der Laute von der dunklen Tannenwand, klang es dem Fremden entgegen:

> »Sah ein Knab' ein Röslein stehn,
> Röslein auf der Heiden.«

Der Daherschreitende hob den Kopf, öffnete weit die großen, prüfenden Augen, ging eiliger und stand mit deutlicher, innerer Bewegung vor Else. Still legte er ihr die Hand aufs Köpfchen, während sie, Aldebarans Strophen zu Ende singend, aufstand. Ein unwillkürlich tieferes Knickschen als sonst – dann gab sie dem adelvornehmen Herrn die freundlich dargebotene Rechte. Nun sah sie erst wie groß, wie schön, wie sonnenhaft des Besuchers Augen waren, über denen sich in mächtigem Bogen geschwungene Brauen legten wie ernste Torwölbungen über Tempeleingängen. Alt, aber recht alt musste der Mann schon sein, denn sein hochgerichtetes Haar schien in der Nähe fast weiß und viele Schattenlinien lagen wie Schlepptau-Furchen des Leids, doch fein gezogen, um Auge, Mund und Kinn. Er sprach zuerst:

»Grüß dich Gott, artiges Kind! Aber sag' zuvor, wie kommst du zu dem Liede, das mir hier entgegensprudelte wie ein heimatliches Bächlein und von Jugendzeiten murmelt?«

Else antwortete auf Aldebarans Schelmenblick: »Ach! Das Liedchen' – Ich kenne es schon lange – ich fand es wohl in Wald und Feld; die Glockenblumen klingen's an und Vöglein singen es nach – und ich habe es wohl von den Vöglein gelernt.«

Da schmunzelte der Greis und auf die Schalkhaftigkeit der Kleinen eingehend, rief er fröhlich: »Ganz recht, so hab' ich es wohl auch einst gefunden!«

»Jetzt aber singen wir's auch in der Schule!«, meinte Else aus sich heraus, die Aldebarans fromme List vor diesem Blick aus Königsaugen ein wenig mildern wollte. »So, so«, meinte der Fremde. »Aber sage, mein Kind, bist du das Wunderelselein, von dem man jetzt so viel in deutschen Landen spricht, das Rätsel aller Neunmalweisen, ein Orakel im Pommernland und – in so lieblicher Gestalt?«

»Ach! Die Leute reden so viel,« sagte Else, während sich Aldebaran, sehr neugierig, was sich jetzt begeben würde, auf den Tisch setzte.

»Ich weiß es nicht, was sie an mir haben; ich weiß nur eines, dass das Wenige, was ich ihnen zu ihrem Erstaunen sage, mir einfach scheint und gar nicht von mir kommt. Es denkt wohl etwas an meiner Statt in mir und ich schnurre es ganz unwillkürlich herunter und es kommt mir dann alles glasklar und sonnenhell vor.«

»Also dann, kleine Gedankenspinnerin, hör' mich an! Die Zeit drängt. Meine Pferde halten auf der Chaussee mit meinen Kurieren; ich muss in kurzer Frist zurück in die Heimat – eine alte oder eine neue.« Er lächelte wehmütig. »Ich habe, bewegt und beunruhigt von den sonderbaren Berichten über das nordische Wunder im Forsthause, mich auf den Weg gemacht. Auch treibt mich eine Ahndung an. Jetzt, wo die letzten Strahlen des himmlischen Lichtes mit sehr Beglücktem und Hochgeklommenen schon wie zum Willkomm goldene Hände reichen, wo ich fühle, dass das Leben und sein wunderlicher Strom langsam verrinnen, habe ich mich entschlossen, nichts unversucht zu lassen, über *eins* Auskunft zu erlangen, das mich mein reiches Leben hindurch ganz ergriffen hat zu Leid und Freud'. *Das ist des Lichtes und der Farben sonnenfrohes, schattentrübes Wechselspiel.* Wohl nirgends habe ich der Natur so tief ins Auge geschaut – aber man will es mir nicht glauben, was ich der sich ewig Offenbarenden und ewig sich Verhüllenden abgelauscht und entrissen habe. Nun es zum letzten Aufstieg geht, möchte ich es herzlich gerne wissen. Du hast viele Wunder getan, Gelehrte verwirrt, in Dunkelheit Tappende erleuchtet kraft deiner Sehergabe – so hat mich eine Sehnsucht mächtig hergetrieben – ich komme, ein lebensmatter, aber wahrheitstrunkener Mann, zu dir; sag' mir, wenn du es ahnst, was ist es um Licht und Farbe?«

Da sprang Aldebaran auf und führte Else zur Bank. Auch der Besucher nahm Platz. Dreimal strich Aldebaran über Elses Stirn. Da sank sie halb im Schlaf hinten über; ihr wundersam schönes Köpfchen wurde gehalten vom Gitter der Laube und war umrankt mit Weinlaub und Windenblättern. Erstaunt über ihre plötzliche Veränderung, fast erschreckt sah der Gast auf sie. Da sprach mit geisterhafter, fernher tönender Stimme Aldebaran durch des Kindes Mund:

»Meister von Weimar! Es ist kein Ding im Himmel und auf Erden, gewaltig oder winzig, dem nicht eines Tages sein Prophet erstünde, der ihm nicht die letzten Masken seiner geheimen Bestimmung herunterzöge. Unter vielen ward dir der Ruf des Lichtes und der Farben. Vor allen warst du erwählt, mit deinem Sängermunde der Farben Lebens- und Leidenslied zu singen, ja den Roman des Lichtes zu schreiben. Auch andere vor dir, so der große Brite, dein Gegner noch nach seinem Tode, der englische Weise der Zahl und der Linien, [2] war berufen, aber nicht auserwählt – er fand das Alphabet; du aber setztest das Lied. Es wird dich freuen, was ich dir sage, es wird dich glücklich machen, aber frohlocke nicht, du musst diesen Blick in Zukünftiges, allen noch Verschlossenes, den ich dich tun lasse, teuer bezahlen,

---

2 Gemeint ist Newton.

denn du wirst Nachgebornen es überlassen müssen, deine verachtete Lehre erst in Jahrhunderten wieder aufzubauen. Es ergeht dir wie so oft den Vorausgeeilten: Eben weil sie besser steigen, stehen sie bald allein auf Bergeshöhen. Aber die Glocken, die ein Offenbarer läutet, klingen doch einst nieder ins Tal und wecken die Schläfer!

Licht – Meister, jauchze auf – ist Einheit! Weiß ist sein Strahl und es ist nicht wahr, was jener Engländer glaubte, es sei zusammengesetzt aus den Farben, die er im Regenbogen und in dem Winkelglas in ihnen verborgen zu finden glaubte. Farben sind gedämpfte Schatten, getrübtes Licht; aber höre: Sie sind gar nicht an den Dingen selbst, sie sind in unseren Menschenaugen und in denen der Tiere, sogar in jedem Einzelnen etwas anderes als in seines Nachbars Augen. Was die Dinge färbt, ist eine Bewegung, die sich durch die Sonnenwirkung an ihnen vollzieht und die sich auf die kleine Wunderkammer unter unserer Stirn fortpflanzt, um eben den Eindruck des Gefärbten zu machen. Licht und Farbe sind also Eindringlinge, die mit Geisterfingern an das Tor unserer Gedanken klopfen, dass wir sie erkennen und uns umsichtig benehmen in diesem sonst so rätselhaften Irrgarten des Lebens. Du sagst es ja selbst, sie geben allem Form und Inhalt, Sinn und wechselndes Bedeuten. Es entspricht also unseren inneren Bewegungen, dem, was wir Farbe nennen, ein äußeres Bewegen, das nicht Farbe ist, sondern nur ein Wogen und Wallen des unsichtbaren, ätherischen Meeres, dessen Gespensterfluten alles durchwogen: unser weiches Auge mit seiner Lichtharfe nicht minder als den Kristall und den härtesten Felsen;

Wolle sowie Stahl, Feuer, Gas und Luft nicht weniger wie den leeren Raum des Himmels oder die tiefsten Adern der Erde. Dies Allgegenwärtige, ja Allmächtige ist der Gott aller Erscheinungen, auch des Lichtes: Er hebt und regt sich – und es leuchtet, es fließt vor und zurück – und es tönt. Bewegung ist alles; sie ist der geheime Sinn aller gegenständlichen Dinge.

Unendlich ist die Möglichkeit rasender Ätherbewegung, vorwärts, kreisend, zuckend, pendelnd, rollend, strichelnd, spiralig: soviel Bewegungsformen, so viel Erscheinungen: Licht ist Ätherwellenschlag im unschaubaren Meer des Alls: ein unaufhörlich Wogen winzigster Fluten auf und ab, so schnell, dass, während eine Wasserwelle uns in Sekunden über den Fuß rollt, eine einzige Ätherwelle dieses Meeres den Raum von vielen, vielen Tausenden von Meilen durchzischt und schier alles durchrinnt!

Und nun, Meister von Weimar, lass dir ein Märchen erzählen und gib gut acht, dass du es nie vergisst, denn es ist zugleich Märchen und wahr, wie alle Märchen eine Wahrheit sagen, wenn auch in Masken und Verkleidungen. Dazwischen will ich es dir selber deuten, frag' auch, wo du mich nicht verstehen solltest, denn ich spreche manchmal den Blick auf dir völlig Unbekanntes oder Zukünftiges gerichtet. – –

Es fliegen Millionen Lichtreiterchen auf feurigen Pferden aus der Sonne großem Stall unaufhörlich, unerschöpflich. Es sind Boten des Alls, der Gottesgedanken, Allerweltswirker, Kämpfer, Sieger, Staaten-, Stern- und Lebensgründer – sind blonde Göttersöhne, Feinde der Finsternis, Freudenfürsten, Todbringer der Dunkelheiten, tragen aber auch Vernichtung in ihren allzuhellen Köchern. Sie reiten vom Tor der Sonne in die Fensterchen aller Dinge, in alle Lücken, alle Spalten, in Tier-, Pflanzen- und Lichtaugen. Siehst du sie in einer Reihe herankommen wie eine Kavalkade Heller Kürassiere mit silber- und goldgeschmückten Panzerschilden auf der Brust, so wirkt das wie ein Strahl, ein leuchtender, ein zündender auf dein Auge, da in seinen Labyrinthen überall kleine offene Brücken, die sie passieren können, zum Schloss deiner Gedanken führen. Kommen zu viel Reiterchen und allzu direkt in dein Auge, so stauen sich die Anstürmenden auf den Schlossbrücken, der Brückenwächter zieht die Ketten hoch und du fühlst dich geblendet und betäubt. – Nun denke dir, Meister, eine solche Schwadron Lichtreiterchen käme über eine glatte Flache geritten, etwa eine gefrorene Wiese. In vollkommener Paradestellung galoppiert sie heran, und wir wollen uns so stellen, dass wir sie schräg von vorne heransprengen sehen. Sie schießen auf dem Eise dahin und sind bald an dem ein wenig höheren Sandufer. – Ah! Was geschieht? Das Sandufer ist nicht so glatt wie das Eis, und da die Luftreiterchen links kleine Ponys und rechts immer größere Pferdchen reiten, die auf dem rechten äußersten Flügel sogar wahre Riesenpferde sind, so kommt eine ganz natürliche Verschiebung zustande. Die uns zugewandten Pferdchen werden in ihrem Galopp stärker gehemmt als die großen auf der anderen Seite: Folglich macht die ganze Front eine Schwenkung, und nun sehen wir die ganze Linie schräg von der Seite. Wie wunderbar! Jetzt ist die Linie nicht mehr hellweiß vom Glanz der Kürasse aus Silbergold, sondern wir sehen die schräge Linie rot, orange, gelb, grün, blau, indigo, violett. Das kommt daher, weil all die kleinen Lichtreiterchen in Gruppen unter den seitlich offenen Kürassen von rot bis blau verschieden gefärbte Wämse haben, die bei den in gerader Front anreitenden kleinen Dragonern von den Lichtkürassen verdeckt werden. Die Lichtreiterchen sind eben nur von vorne Panzerreiter, seitlich sind sie Dragoner! Solche Wegschwenkungen machen die Reiterchen vor jedem Hindernis, sie biegen ab, manchmal so, dass die farbigen Flanken sichtbar werden, manchmal so, dass die Front weiß leuchtet. Sie wenden sich etwas beim Ritt durch die Luft, so wie sie durch Eis oder Wasser reiten oder durch Regentropfen, Glaskanten, Muschelschuppen oder andere, Hecken gleichen Hindernisse, die sie zwingen, aus der Richtung zu biegen und einmal buchstäblich ›Farbe‹ zu bekennen.«

»Mein Kind!«, fragte hier der atemlos lauschende Fremde, »ich verstehe dich wohl: Du meinst die Brechung des Lichtes in den Gegenständen. Aber du sagst: Die Reiterchen hätten, wenn auch nur seitliche, Eigenfarbe! Das sagt ja der alte Engländer auch – so hätte ich unrecht?«

»Lass es mich nur erst so darstellen, es ist ein bisschen anders. Die Lichtreiterchen sind eigentlich kleine Chamäleons, sie ärgern sich grün und gelb, blau und rot, wenn sie auf Hindernisse treffen, sie bekommen die Farben erst, wenn sie gehemmt werden; aber lass uns erst ruhig die Fehler des alten Griesgram-Rechners mitmachen, wir kommen ihm desto sicherer auf die Sprünge! – Wenn nun also die Reiterchen gegen eine Fläche mit größerer Dichte ansprengen, so kann es ihnen passieren, dass sie gleichsam tief in den Sand geraten, ein bisschen verschwinden und etwas später in gewohnter Eile wieder zurückreiten. Das tun sie gleichfalls, wenn sie von glatten spiegelnden Flächen abgewiesen werden, als seien alle Tore geschlossen, sie reiten dann in gleicher Schwenkung, wie sie herangeritten kamen, nach der anderen Seite auch wieder heraus.«

»Reflektiert!«, murmelte nickend der Alte von Weimar.

»Geraten sie aber gleichsam in Flugsand oder lehmigen Grund, in dem sie stecken bleiben, so versinken viele von ihnen, und nun kommt meist nur eine bestimmte Art von Pferdchengröße aus den angerittenen Flächen, Dingen, Gegenständen heraus. So reiten sie z. B. in vollem Galopp alle gegen eine Rose an, aber der Palast der Rose ist so merkwürdig in seinem inneren Gefüge gebaut, dass alle Reiterchen mit blauen, grünen, violetten und orangenen Wamsen in die Kellerluken des Rosengelasses hineinfallen: Türen schlagen zu und die farbigen Reiterchen sind gefangen. Nur die roten Reiter können sich retten; sie passen nicht in die Kellerluken und Drahtgitter vor den Türen und Fensterchen der Rosenburg; stolpern wohl, aber sie wenden eiligst zur Flucht – auch in unser Auge – und *so erscheinen uns Rosen rot*. Genau so ist's mit den gelben, bei denen gerade die gelben Lichtdragoner davonlaufen können und alle andern in die Fallen passend sinken: Ebenso ist es mit jedem gefärbten Ding, ob es ein Stein ist oder ein Teppich; jede Eigenfarbe sagt uns: Soundso viel Lichtreiterchen schmachten im Kerker, nur die eine Art – also eine

der farbigen Gruppe – ist gerettet und flieht ins Sonnen-
hafte.

Ist aber das Hindernis, gegen welches unsere Reiterchen anreiten, sehr vielmaschig und flach, dünnsplitte-
rig und weniger hemmend, als Unordnung schaffend, so
kommen die Reiterchen nach der Passage alle leicht
durcheinander, sie mischen sich, zerstreuen sich: So ist
es namentlich bei ganz dünnen Scheibchen, wie bei Seifenblasen; bei aufeinanderliegenden Gläsern; wenn Öle
dünn auf dem Wasser schweben – genug, wenn die Reiterchen zweimal oder mehrere Male hintereinander ein
Hindernis passieren und nicht Zeit haben, sich ordentlich zu gruppieren. Dann kommt es wohl, dass sie
sich gegenseitig aus dem Sattel heben und dunkle Stellen zwischen sich lassen, wo sonst die durcheinander-
gewürfelten Reiterchen farbenberauscht ihre Wämse
zeigen.«

»Interferenz«, flüsterte der Alte.

»Dann gibt es Lösungen, in denen gerade die Reiterchen, welche von der Flüssigkeit abgefangen worden
sind, wie kleine Brandstifter wirken. Sie stecken die
Kammern, in denen sie gefesselt werden, gerade mit der
ihnen eigenen Wamsfarbe in Brand. So können die Gefangenen ihre Zellen je nach der Art ihrer Entzündbar-
keit bald grün, bald blau oder anderswie illuminieren
und bengalisch beleuchten. Das ist natürlich nur auf der
Seite zu sehen, wo die Fensterchen offen sind, nach der
anderen Seite behält das Gefangenenhaus seine eigene
Farbe. So ist Erdöl (Petroleum) für gewöhnlich gelblich-
hell, wenn aber ein Lichtstrahl es durchreitet, so entzün-
den einige blaue Reiterchen ihren Käfig mit blauen Fa-

ckeln so lange, wie sie in ihm festgehalten werden; die übrigen Reiter der Kavalkade kommen mit hellen Brustpanzern heraus, wie sie hineingesprengt sind.«

»Fluoreszenz –« bestätigte leise der Lauschende.

»Andere Stoffe aber, wie z. B. deine Erlkönig-Weiden, Meister, das sind noch sonderbarere Käfige für die Lichtreiterchen. Die fangen sie des Tages ein in dem dunklen Keller und lassen sie erst beim Eintritt der Nacht in die oberen Etagen, wo sie in der Dunkelheit ihre Fackeln anstecken, und die leuchten nach, obwohl die Kavalkade schon lange vorbeigeritten ist.«

»Das wären gar artige Ausdeutungen«, sagte der Alte, »von dem, was die Gelehrten ›Interferenz‹, ›Fluoreszenz‹ und ›Phosphorleuchten‹ genannt haben und wovon ich selbst einige gar schöne Fälle erlebt habe. Also das liebliche Glühwürmchen, wie das Wesen, welches das Meerleuchten macht, bezieht sein Wunderlicht von deinen Reiterchen: Sie werden gefangen gehalten und müssen nächtige Arbeiter sein. Das ist ein liebliches Bild. Auch für die Farbenringe der Eisblumen, Mond- und Sonnenhöfe – kann ich mir nun ganz gut die Verwirrung der mehrmals auf kurzer Strecke aus Reih' und Glied gebrachten Hindernisreiter vorstellen mit ihren Jockeyjacken und Kürassierpanzern!«

»Ganz recht«, sagte Else; »überhaupt haben die Reiterchen nach einmaliger Passage von einem Hindernis etwas von ihrer Panzerhelle eingebüßt, weil es immer einige Nachzügler gibt, und manchmal, namentlich in Schlössern von Kristall, verlassen sie, selbst wenn sie frei passieren, die offenen Tore in einer ganz anderen

Marschroute, wie sie ankamen, wodurch sie eine senkrechte Schwenkung zu machen gezwungen sind. Die Wissenschaft nennt solche Reiterchen ›polarisierte Strahlen‹. In fein geschliffenen Kristallen, wie beim Diamanten, kann es wohl passieren, dass die Reiterchen fast ganz zurückgehalten werden und hier ein oft magisches Feuerwerk entfalten, weil immer alle gleichsam in blitzender Paradestellung verharren! Das ist totale Brechung!

Jetzt aber musst du nicht glauben, dass die Gefangenen untätig sind. Im Gegenteil, sie steigen sofort vom Pferdchen und fangen an, in den kleinen Gefängnissen wie Sklaven zu rumoren, dann zu dienen und schließlich nützlich zu arbeiten. Sie schicken sich drein und machen Gefangenenarbeit. Um ihren Aufenthalt in ihren Zellen ganz zu verstehen, muss ich nun aber etwas nachholen, was ich zu sagen vergessen habe – aber aus guten Gründen.

Alle Lichtreiterchen haben unsichtbare Knappen bei sich, Heizer, Erwärmer, Karrenschieber, Packer usw., die alle in der Front neben den Roten reiten, nennen wir sie einmal die ›Ultraroten‹, und ebenso unsichtbare Feuerwerker, Sprenger, Bohrer, Bergwerker, Sieder und Schmelzer, neben den Violetten, das sind die ›ultravioletten‹ Lichtreiterchen. Beide ›Unsichtbaren‹ sind nur in ihrer Hauptmasse an den Frontenden wie unsichtbare Strahlenbündel, sonst aber auch allen andern beigesellt und sitzen ihnen hinten auf. Diese ›Unsichtbaren‹ sind nun die eigentlichen Erlöser der Lichtreiterchen, die sich nie ohne ihre Wärmeknappen und chemischen Pioniere in die Welt hinauswagen. Sie wühlen, bohren, brauen,

schmelzen, bis in veränderter Form doch die Lichtreiterchen dem Himmel wiedergegeben werden und in ihr
Sonnenparadies zurückkehren können.

Jetzt ist mein Märchen beinahe aus, Meister von Weimar, jetzt kann die Deutung beginnen,« sagte Else.

»Nun frage!«

X.

Aldebaran und der Alte von Weimar im Gespräch

Mein Kind,« sagte der Alte, »du hast mir da
eine artige Geschichte des Lichtes und der
Farben gegeben, und es tut mir leid, dass mir
dein Märchen von den Lichtreiterchen nicht
selbst in den Sinn gekommen ist.

Aber ihre unsichtbaren Knappen? Was sind denn das
für dunkle Gesellen? Und wie hat man die zu deuten?«

»Großer Meister!«, erwiderte Aldebaran in Elses Seher-
traum. »Jede Zeit hat eine Brille, deren Hornbügel den
Blicken Grenzen setzt, wie dem Bilde der Rahmen. Das
Kommende erst sprengt die Grenzen. Die nach uns werden wissen, dass mit dem Licht auch Wärmestrahlen
und magnetische Ströme in unser Auge dringen und
dass diese drei zusammen erst das erzeugen, was wir
Farben nennen. Ihr gemeinsamer Strahlenbüschel aus
Licht, Wärme, Magnetischem (Elektrischem) gibt je nach
ihrer verschiedenen Mischung das, was die Seele für
Farben empfindet. Diese drei Zauberhändchen nehmen
eben die Netzhaut für ein Klavier und hämmern durch-
und miteinander auf den Tasten dieser Strahlenharfe,

und was wirken sie in der Seele? Ein buntes Spiel! Sie drücken in Wirklichkeit wie auf einer Orgel nur die Tasten herunter mit ihren gemengten Fingerlein, und dann braust die Seele durch die Tasterlücken ihren Strom von Farben und wirft die Wellen zurück an die Stelle ihrer Bewegungsquelle.

Nun will ich dir den letzten Schleier lüften vom Geheimnis des Lichtes und der Farbe.

Der Quell der Farben ist die Dreifarbigkeit des Menschenblutes selbst.

Wir Menschen haben alle Farben in uns selbst; die Natur hat keine, sie bekommt sie erst durch die drei bunten Scheiben, die in unseren Adern enthalten sind. *Rot* ist des Blutes Zustrom, in dem alle winzigen Gasbällchen kreisen, die sich in der Lunge vollgesogen haben mit dem Feuergas der Luft. – *Blau* ist das Blut des Abstroms, die Farbe der Kugelscheibchen, die aus den Werkstätten des Lebens das Kohlengas zum Wechsel in der Lunge mit den dunklen Adern dahintragen. – *Gelb* ist der Strom der Blutwellen selbst, die beide tragen, das sogenannte Blutwasser. In den Schlagadern fließt der rote Saft vom Herzen zum Auge, in den Saugadern das Blaue zum Herzen zurück, beider Strombett hat Bernsteinfarbe im Blutwasser. Du begreifst, dass du mit dieser Dreieinigkeit die Bausteine zu allen Farben hast.«

Else zeichnete auf ein ihr vom Alten gern gereichtes Blatt Pergament folgende Figur:

»Mischungen von Rot und Gelb geben Orange, von Rot und Blau Violett, von Gelb und Blau Grün. Da hast du aus den drei Urfarben die sechs Grundfarben leicht entwickelt. Du siehst schnell ein, dass also im Blute alle Farben durch Mischungen seiner drei Elemente zu erhalten sind. Nur fehlen Weiß und Schwarz. Wie sie entstehen, sage ich dir zuerst. Denke dir das Blut wie einen zarten Vorhang mit gläsernen Wänden, alles ganz dünn und durchsichtig, vor der Klaviatur der Netzhaut ausgespannt; dieser Vorhang, in dem stets eine seine Blutschicht kreist, wird mit dem edlen Saft der Geheimnisse von allen Seiten gespeist vom Zustrom roten Aderblutes und immer fließt dunkler Saft nach allen Seiten durch die Saugadern ab. Beide Ströme durchflechten sich aufs Innigste und ihre Strombahnen reichen sich die Hand in feinsten Stromschnellen, die genau nur so breit sind, um ein Blutscheibchen nach dem andern, wie zu Geldrollen aufgereiht, hindurchzulassen.

Nun ist im Auge ein wunderbarer Tastapparat, eine kleine Doppelorgel für Licht, die alle Nuancen der drei Mischungen von Strahlen, Licht, Warme und Magnetismusbündeln aufs Feinste registriert und damit die Stromschnellen am Rande des Vorhanges vor der Schaubühne unseres Auges bedient. Strömt das Sehbare in der Anordnung von Sonnenstrahlen, d. h. in Geraderichtung aller Arten Lichtreiterchen mit ihren Knappen in schönster Ordnung heran, so werden alle Gefäße, Zustrom und Abfluss von Rot und Blau gesperrt, ja durch Zusammensetzung der kleinsten Haargefäße selbst verschwindet auch das Gelb, und das, was gleichsam beim Niederdrücken aller Tasten, bei höchstem Reiz der

Fangnetze der Sehhaut zur Seele gemeldet wird, ist: *weiß*, das grelle Licht, das Blendende, die Zusammenziehung, die starre Leere, das mächtig Reizende. Und diese Helle wirft das Auge zurück auf jene Stelle, woher die Lichterchen so wohlgeordnet herangesprengt kamen. Ein weißer Fleck ist also eine Fläche, die in ihrem Widerspiegel auf dem Vorhang der Scheibchen des Lichtes alle Farbenquellen des Blutes, blau, rot, gelb absperrt und gleichsam die leere Durchsichtigkeit des unbemalten Vorhanges uns zu Gemüt führt. Umgekehrt, wenn aller Reiz entfernt ist und alle Schleusen weit geöffnet sind, so wirkt das dicht gehäufte und gestaute Blut der blauen Venen, in denen sich die blauen Scheiben prall durcheinanderballen, wie *schwarz*. Schwarz ist also die Lähmung, die Stauung, die höchste Dichtung und Überschichtung aller Farbelemente des zarten Blutvorhanges. Es ist die gänzliche Entspannung aller Zugregister, die Stockung des Blutes, die absolute Ruhe, die Finsternis, die Seele ohne jede Reizempfindung. Und wieder wirft das Auge aus dieser Brille der dunklen Ruhe ihre Schatten nach der Quelle dieser Reizlosigkeit, und jene Stelle ohne Licht erscheint uns schwarz. Das Helle, Grelle, Weiße ruft den Schleusenwächtern (Nerven) zu: ›Sperrt alle Ströme ab, das Licht kann töten!‹ Und das Schwarze, Finstere ruft: ›Macht alle Schleusen auf und staut die Flut für künftige Schnellen, ruht euch aus!‹ Lässt aber der Schleusenwächter ein bisschen hinein von dem Flüsschen ohne Schiffchen, weder rote noch blaue Wimpelträger, so strömt es bernsteinhelle, und die Seele fühlt ein Gelb und wirft es auf die Rufer am Strom, und wir sehen nun die Blümlein gelb, die um die Ufer stehen.

Und sind sie rot, so rufen sie: ›Schleusenwächter, lass rote Schiffchen fahren!‹, und sind es blaue Winden, so rufen sie: ›Der Adern blaue Fähnchen will ich sehen!‹ – Du verstehst mich jetzt ganz, hoffe ich, du Mann mit den hellsten Augen! Es ist also doch, wie du es meintest. Das Blaue bedeutet den ersten Schritt des Dunkeln in das Reich der lichteren Schatten. Und gelb ist doch der erste Schritt des hellen Weißen in das Trübe des Schattenhaften. Es scheint der unbedeckte Himmel blau, weil das eisige, ewige Schwarz des Weltenraumes, der dunklen Fahne der Ewigkeit, vom matten Licht der lebenduldenden Atmosphäre ins wärmere Blau gedämpft wird, und das Unerträgliche des absoluten Sonnenweißes, die Pfeile des Apoll, mildert die gleiche Hülle unserer schleierwallenden Mutter Erde zum goldig Gelben.

Das werden dir, der du zuerst zu diesem Urphänomen kräftig vorgedrungen bist, du Liebling des Lichtes, einst alle die bestätigen, die lange nach uns beiden in die Lüfte steigen wie Adler. Des Himmels Blau wird immer schwärzer, die Sonne immer weißer, je mehr sie vorwärts dringen. – Noch mehr gedämpft, erscheint das Gelb der Sonne orangerot und schließlich wohl, wenn sie am Rand des Horizontes steht, in Purpurviolett. Denn bedenke, dass stets die dichtere Schicht auch die Harmonie der drei Strahlenbündel ›Licht, Wärme, Magnetismus‹ mehr zueinander verändert. Das Violett hat die kältesten und das Gelb die wärmsten Strahlen, Weiß hat die meisten hellen, Blauschwarz die wenigsten Lichtstrahlen. Jenseits sind die meisten elektrischen Strahlen und reichen übers Violett hinaus. Die drei Arten verlaufen zwar nicht in denselben Linien, sondern in parallelen, aber voneinander gerückten Abständen.

Zum Zug an den Orgeltasten gehört aber immer eine Mischung der drei Arten Lichtfingerchen: der strahligen, der wärmenden, der elektrischen – und je nach ihrer Gemeinschaft im Einzelfalle ziehen sie die entsprechende Taste, die alle feinsten Nuancen der Farbe erklingen lässt mit den Millionen Tönen vom Rot bis Blau und zum Purpur!«

»Wie wohl, du liebes Demoisellchen, tust du mir altem Fechter in der Arena des Lichtes, du unbegreiflich Tiefgedrungene, du rätselhaft Wissende – du, aus deren Seele gewiss ein Engel seine Fittiche hebt, um mich müden Lebenskämpfer weit hinwegzulocken. – Sind diese Fernblicke, die ich tun darf weit voraus in das Licht der Zeiten – Offenbarungen mir Sonntagskinde oder sind es Blendungen, Visionen, die mir den Weg verkürzen wollen? – Ich fühle mich beglückt; so war ich doch auf rechter Fährte?«

»Gewiss«, sagte Else. »Du sahst das Urerscheinen, das Wesentliche am Vorgang des Lichtes in deinem trübenden Schatten.«

»So sind Farben moderierte Schatten?«

»Ja. Denn Schatten an sich ist Fernsein von Licht, von Wärme und von magnetischen Strömen. Treten aber bei einigem Lichtmangel Wärmestrahlen und magnetische Flüsse zugleich zum Auge, so spielt die Orgel farbige Schattentöne, der Vorhang des Blutes ruft gefärbte Dunkelheiten oder beschattete Lichter auf das Netz der Sehnerven.«

»So hätte der alte Brite doch unrecht – der Sonne Licht ist nicht wie mit Bajazzolappen zusammengeflickt aus allen Farben der Elemente, die dort oben brennen, sondern – *du bist, himmlisches Licht, wie ich ahndete, rein und ungetrübt und weiß; frei von allem Schattenhaften und ohne Menschenzier strahlt dein priesterlich Gewand!* – Aber wie könnte man seinen Irrtum erweisen?«

»Auf viele Art. Er zwang das Licht zu einem dünnen Strahl zusammen durch einen Spalt in dunklem Zimmer und setzte vor den hellen Strahl seinen gläsernen Sargdeckel, das Prisma, das auch die Lampenkronen ziert. Wie diese gab es nun, auf einem Schirm aufgefangen, das schöne, regenbogengleiche Farbenband vom Rot, Gelb, Grün, Blau und Orange und Cyanenblau dazwischen. –

Nun sagte er: Folglich besteht das weiße Sonnenlicht aus den geschauten Farben, sie setzten es im Strahl also erst zusammen. Das weiße Licht bestünde daher aus farbigem Gemenge. – Das war mehrfach falsch und voreilig geschlossen! Denn, wenn die Welle des Meeres sich am Gestade zu Schaum bricht – kann man da sagen, dass die Flut aus lauter Schaum besteht? Als sie sich brach am Felsen oder Strand und weiß versprühte, da mischte sie sich in ihrem Tropfentanz mit Luft, denn Schaum ist Wasser, das mit Luft sich mengt. Zwar gibt auch Schaum zu Schaum wieder Wasser, aber es hat zuvor etwas *erduldet*, ist mit fremdem Element, der Luft, gepeitscht, und – abgestanden, teilen beide sich: Die Wassertröpfchen werden Flut, die Luft entweicht. Wasser besteht aus Tröpfchen, nicht aus Schaum. So ist das helle Licht, durch die Sargwände des Kristalles gedrängt, durchs Netz des Glases in sich *verschoben*. Anders als zuvor mengen sich die drei Elemente der Lichtreiterschar, die Wärme-, magnetischen und Ätherstrahlen, und *weil sie nun in anderer Folge auf den Schirm fallen, trifft unser Auge von dort auch eine sehr verschiedene Reizung.* Wir fühlen das veränderte Gemenge und ihre verschobene Reiterordnung in anderer Tönung als zuvor, und unsere Strahlenharfe spielt Rot bis Blau auf jene Fläche zurück: Aus einem Ton wird nun die Tonleiter erkennbar, wie ja auch der eine Klang seine Obertöne, die Terz, die Quint, die Septime, die Quarte, Sexte und Sekunde in höheren Lagen enthält.«

Da fragte der Alte: »Wer aber leitet dies sinnreiche Schleusenspiel, das uns so recht die Wunder der kleinen Mittel zu dem Größten in der Hand der Allmutter Natur zeigt.«

Else sagte, immer noch vom Traum umfangen: »Der leitet es, der leidet, der mitfühlt, der Mitleidsnerv Sympathikus, der allen Betrieben vorsteht. Ritze deine Haut am Vorderarm mit einem Fingernagel. Sie erblasst in langem Strich, weil der Reiznerv allen Adern sich zusammenzuziehen befiehlt. Aber nicht lange, so ist der Streifen rot. Der Nerv liebt die Extreme, die Gegensätze. Wie er eben alles verengt im Stromgebiet, so lässt er nachher alle Schleusen sich öffnen. Das ist nicht anders im Auge. Hier meistert auch der Reizvermittler und mengt, je nach dem Rufe der lichten, warmen oder magnetischen Strahlen, die Scheiben des Blutes und seinen Saft in vielfacher Weise. Dazu hat er unzählige Klingelzüge und Register und seine kleine Lichtorgel ist kunstvoller als das Riesenorgelwerk der Kirche von St. Peter in Rom, vor dem du einst so staunend standest!«

»Ach!«, rief der Alte bewundernd aus, »jetzt löst sich auch das Geheimnis der *Gegenwirkung der Farben.* Hab' ich einmal recht ins Rot geschaut, so behalte ich ein grünes Nachbild im Auge, weil dein Schleusenwächter nun hernach die Gegenregister zieht, um den Ausgleich zur Ruhe vorzubereiten. So fordert Weiß ein schwarzes Nachbild, schwarz ein weißes, Blau Orange, Violett Gelb. Das also ist das Geheimnis. Wie göttlich einfach, Kindern offenbar, ist doch die letzte Wahrheit! Zeigte uns ein Gott seine Wunder, würde nicht jeder rufen: wie schlicht, wie augenfällig? – Ich staune, und wie Schuppen fällt es von den Augen!«

»Ja«, traumechote Else, »und auch das Farbenblinde offenbart sich nun. Bei diesen Armen zieht der Leidende am falschen Ende, grün, wenn rotes ist, und rot, wenn grünes leuchtet. So färben kranke Säfte, farbenarme Scheiben alles ganz verändert. Das Grün der Galle und ihr beigemengtes Gelb, der Mangel an rotem Blut, zu viel der weißen Blutscheiben bei den Bleichen – das alles gibt ein abgeändert Farbenspiel. Nun wirst du mir wohl glauben, dass Tiere ganz andere Farben sehen als wir, und dass es Wesen gibt, wie Ameisen, die sich am Dunkel ihre Wege tasten, wie wir am Hellen. Das Prisma steckt im Auge. Lichtwellen, Ätherwellen, alles, wie sie gemengt sind und gemischt, so wirken sie als eine ganze Schar von Engelsfingern das wunderbarste Farbenspiel.

Das Prisma zeigt uns nicht den Ursprung des Lichtes aus Farben, sondern es zeigt uns, dass das farblose Licht zum farbigen Schatten wird durch Bewegungsschwankungen in der Kolonne der drei Lichtreiterscharen und durch verschiedene Arbeit des Schleusenwärters Sympathikus. – Würde der große Brite es wohl anerkennen, wenn man behauptet: Aus sieben Irrtümern besteht die Wahrheit? Und doch hat er so geschlossen.«

Hier lachte der Alte grimmig in sich hinein.

»Wohl kann man alle Prismafarben wieder zur Einfarbigkeit vereinen. Bis jetzt ist es nur bis zum Grau gelungen, und unsterblich ist dein Wort: dass zehn graue Esel noch keinen Schimmel geben! Doch es wird gelingen; durch Sammellinsen zurückgeordnet wird das bunte Band ein wirklich Weiß ergeben – nun ja, durch neue Sammlung können warme, magnetische und Lichtreiterchen wieder wohlgereiht werden zu ihrer Anfangsstellung, und mit hellem Panzer reiten die zuvor zerstreuten Kürassiere zum Tor hinaus.

Der kluge Engländer hat einen seltenen Fall, der in der Natur nicht häufig ist und Ausnahmen bildet, wie der Regenbogen, der auch nie von Bestand ist, allzu vorschnell ins Allgemeine übertragen. Wie du ihm tüchtig eingeheizt: Er hat den reinen Sonnensohn, den Strahl, gequält, gepeinigt und vexiert, drum hat er ihn und Tausende nach ihm zum Besten gehabt und in ein Labyrinth von Irrtümern gelockt. Er machte im Prisma Kapriolen, und diese Kapriolen hielten sie für seine gewöhnliche Gangart. *Du* hast recht! Die übereinander gelagerten Bildchen der Sonnenscheibe, ihr Schattenrand, geben Prismafarben. Sein Strahl gab nicht des Spaltes Bild, wie er meinte, sondern Sonnenscheibenbilder, die sich deckten.«

»Nun atme ich mit tiefen Zügen der Wahrheit frische
Luft! Jetzt ist mir alles klar. Dein blaues Auge, Wunderkind, zeigt mir seine dunkle Tiefe ins Bläuliche durch
die helle Irisscheibe erhellt; mein Auge, das man bräun-
lich nennt, hat seine Farbe durch eine Mischung des roten Blutes mit ihrem grünlich gelben Unterton auf dunklem Grunde; ist der kristallhelle Inhalt des Auges leicht
getrübt, so scheint ein Auge rot, weil die rote Aderhaut
hindurchleuchtet, und das alles nur, weil jede Mengung
von Wärmestrahlen und Lichtbündeln und magnetischen Strömen in anderer Art auf der feinen Harfe meiner Augen spielt. So hat der Brite doch aus einem her-
ausgerissenen Fetzen nicht den bunten Vorhang des Lebens deuten können!«

»Doch musst du ihm nicht seine Arbeit schmälern. Irr-
tümer von Riesen im Geiste sind immer fruchtbarer als
die Weisheiten der Zwerge!

Ich weiß, in der Rechenkunst und Mathematik warst
du kein Held, auf der Schulbank nicht und nicht als Mi-
nister; wohl, weil dir die berauschende Ahnung des Unerforschlichen, die stille Ehrfurcht im Glauben immer
mehr galt als der Beweis; aber du hast nicht erkannt,
welche unendlich tiefen Gesetze dein Gegner selbst am
irregeleiteten Strahl entdeckte. Sie werden nun, bei-
spielsweise sei es dir verraten, dazu führen, dass Menschen aus dem Prisma einst berechnen können, welche
Flammen aus fernsten Sternen leuchten und wie sie gebaut sind, ja, diese Berechnungen werden zu unerhörten
Auffindungen neuer Elemente des Lebens führen, und
schon jetzt musst du ihm im Innern etwas abbitten.«

Der Alte sprach: »Somit tu' ich es! Aber wie ist es um die mir so verschlossene Mathematik?«

»Die Mathematik«, sagte Else, »ist eine ungeheure Waffe, sie hat nur einen Fehler; ihre *allzu* große Korrektheit. Sie ist allzu richtig und *zu* logisch für irdische Verhältnisse und kalt. Beinahe logischer als der liebe Gott, der darum auch manchmal über sie lächelt, genau wie du! Sie ist das Knochengerüst aller Begebenheiten, ein Skelett selbst der Melodie und der Lichtreigen. Hier hat dir immer ein wenig gefehlt. Und das ist der Grund, warum du auch niemals eigentlich was von Musik verstandest! Das wird man dir einst tüchtig aufnutzen! Du hast einen Zwergen von Berlin über den Titanen von Bonn gestellt!«

»Mein himmlisch Kind«, meinte der Alte, »diese Rüge sei in mein Herz tief eingegraben! – Nun noch das Eine. Du bist müd. Die Augen ziehen ihre Engleinflügel vor ihr helles Scheibchen, aber lass mich nun noch das eine wissen. Wie stehen Töne zu Farben?«

»Sie sind beides Ätherkinder; die winzigen Mücklein des Lichtes mit Silberflügeln kommen kreisend auf und ab, die Töne gehen wie Schifflein geradeaus. Die Töne stoßen an das Wehr der Stille mit gerade gerichteten Schnäbelchen, die Lichtgeisterchen kommen in geschwungenen Wellenlinien angeflogen. Jene schießen auf Scheiben, diese umkreisen flatternd die Glöcklein des Lichtes im Auge. Aber es gibt doch wunderbare Verwandtschaften und Gegensätze.

Man wird Menschen finden, die Töne als Farben und Farben als Töne empfinden, weil sie sich auf den Wegbahnen zur Seele kreuzen; beiden ist so etwas wie die unsichtbaren Gesellen zuerteilt, den Tönen heimliche Obertöne, den Farben unsichtbare Wärmestrahlen und elektrische Ladungen. Je reicher beide Segler der Lüfte an Passagieren sind, desto schöner ist ihr Erscheinen, desto willkommener ihre Ankunft an der Insel der Seele.

Man kann die größten unter uns einteilen in Propheten des Auges und in Verkünder heimlicher, säuselnder Zusammenhänge vom Webstuhlgleiten der Wunder, die nur das Ohr vernimmt. Du bist ein Mensch des Auges, arbeitsamer Mann, Licht war dein liebstes Handwerkszeug. Es war dir allzeit dankbar, Liebling der Götter; sie führten dir die Hand, es in dem größten aller deiner Werke, der Lehre von der Farbe, in der du nahe bis zu seiner Wiege vordrangst, zu besingen und laut zu preisen!

Nun wird mir sehr traurig zumute! Du musst, was ich dir mit Willen eines Geistes, der die Zukunft kennt, sagen durfte, schwer erkaufen. Du kannst sie nicht mehr verwerten, die vorgeschauten Bausteine des Wissens, und musst verzichten, dich zu rechtfertigen! Ihr irrtet beide etwas, du und der Brite, obwohl ihr beide nahe daran wart, der Natur gerade in das Auge zu schauen: Ihr kanntet beide eben die Sonnenreiterchen und ihre unsichtbaren Knappen noch nicht! -

Mach' dich auf den Weg! Es war deine letzte Reise. Lebe wohl, erhabener Wanderer, Lichtkämpfer, Göttersohn – lebe wohl!« – –

Groß, ohne Furcht, aber voller wehmütiger Ergriffenheit über diese Weissagung, war des Meisters von Weimar Helles Auge auf Elselein gerichtet. Die war erwacht aus ihrem Gespensterschlaf und lief mit ausgestreckten Armen auf ihn zu. Der Alte neigte sich und küsste sie dreimal auf den Mund. Else war es, als beuge sich etwas Göttliches zu ihr herab. Dann ging er sinnend, mehr gebückt als bei seiner Ankunft, am Waldrande dahin.

Elselein stand am Zaun und winkte unaufhörlich mit ihrem bunten Tüchlein. Als er, noch einmal rückblickend, um die Biegung des Weges verschwand, sank sie – sie wusste nicht warum – schluchzend in die Knie. Aldebaran aber trat leise zu ihr heran, kühlte ihre Stirn und sprach:

»Viele Mädchen- und Frauenaugen haben um ihn geweint. Vergessen konnte ihn keine, er kommt nicht wieder. In wenigen Tagen ruft ihn der da droben.« –

Als sie zur Laube zurückgingen, fanden sie auf dem Tisch das große Blatt pergamentenen Papiers. Auf seiner Rückseite stand mit festen, großen, deutschen Lettern geschrieben:

>»Bliebe ewig mir zur Seiten,
>Solchen Kindes froh' Geleit –
>Schwalbe der Unsterblichkeiten,
>Heroldin der Ewigkeit!«

Aldebaran aber sagte Else noch vieles über Licht und Farben und zeichnete ihr nebenstehendes Bildchen auf das Pergamentblatt.

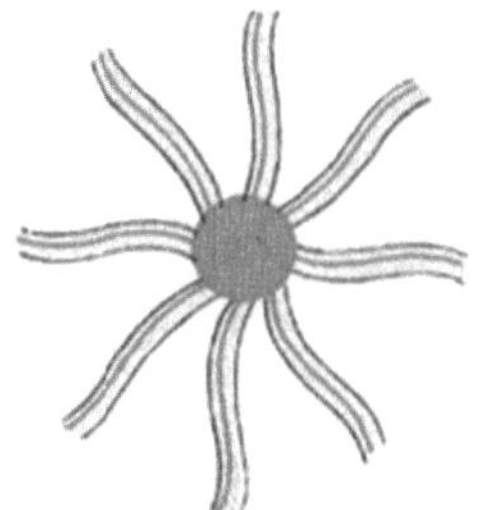

Gesperrte Schleusen
Rote Blutkörperchen

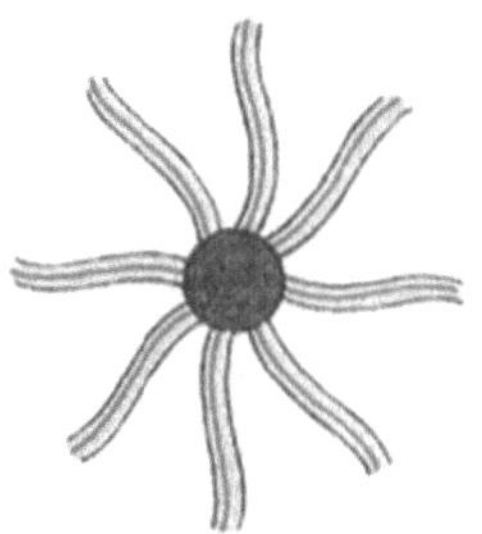

Gestaute Schleusen
Blaues Venenblut

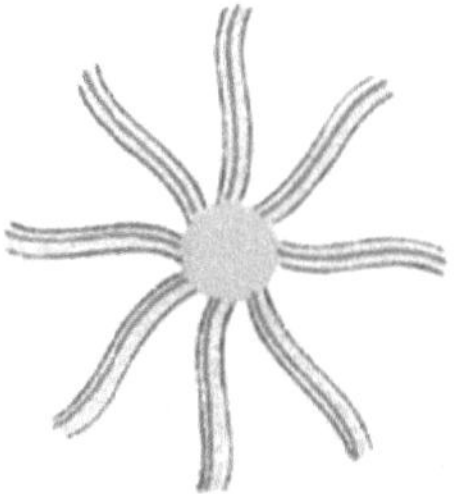

Nur Blutwasser wird hin-
durchgelassen, Gelb

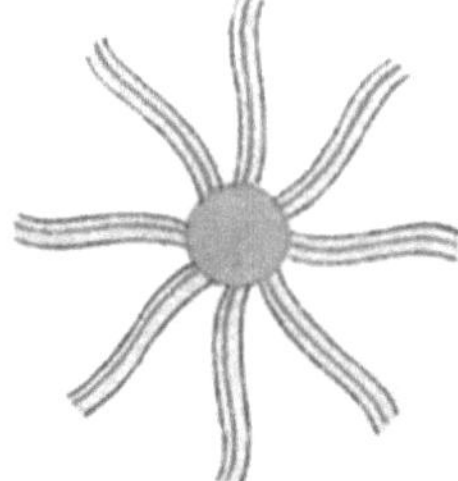

Blutwasser und Schlag-
aderblut, Orange

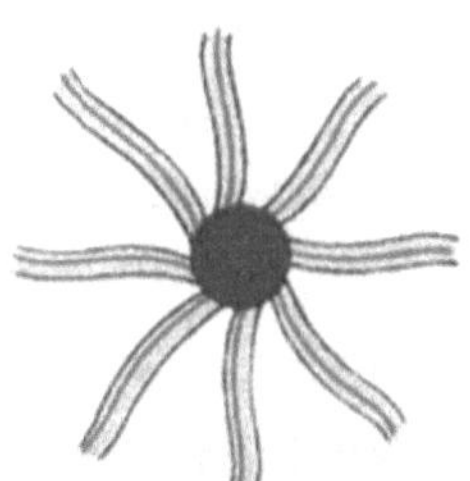

Gemengt aus:
Venenblut und Schlag-
aderblut, Violett

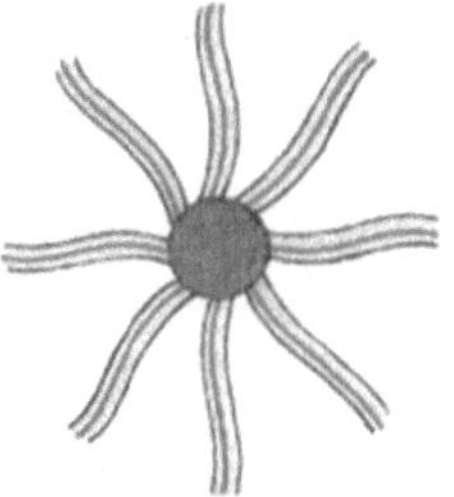

Blutwasser und Venenblut,
Grün

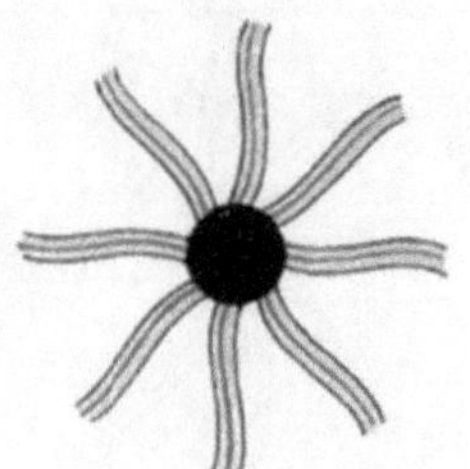 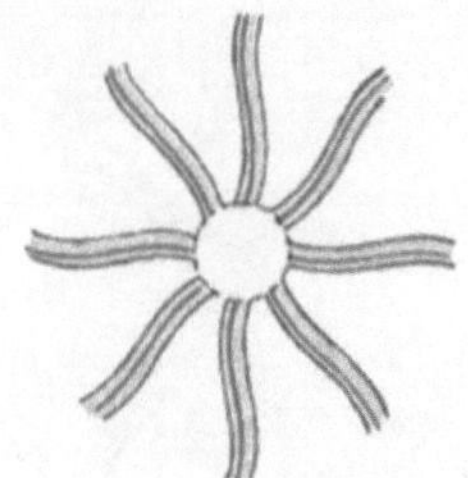

Schwarz, gemengt aus allen   Weiß, wenn erst alle abge-
        dreien   sperrt sind

<h2 style="text-align:center">XI.</h2>

<h3 style="text-align:center">Der Weltallsdenker zu Königsberg</h3>

»Nun zu den Sternen!«, sagte Aldebaran.

»Nun soll dir, die du oft gefragt, was dort auf dunkler Wiese wohl für Blumen blühen, die tags erblassen und jeden hellen Abend einen neuen Frühling des Lichtes heraufführen, die Antwort werden! Sind es Leuchten am Pfad, den ewige Geister schreiten? Sind es edelsteinbesetzte Diademe, die Götterstirnen zieren? Sind es helle Scheiben vor einem Meer von Feuer, das in unermessenen Fernen hinter dunkler Wand glüht? – Wer seid ihr, Steine? O, wie viel Menschenseelen fragen jeden Abend hinein in diese Wüste aus leuchtendem Sand, in diesen Flammenstaub am dunklen blauen Mantel der Unendlichkeit und können nicht glauben, dass sie alle, die an ihrem Himmel wandeln und wie eine ewige Heimat grüßen, Geschwister sind von Sonne, Mond und dieser festen Erde! So starr, so still, so trostvoll in ihrer Ruhe und doch das alles in rasender Fahrt, im Wirbelsturm von Massenglut und Wolkenfeuer! Ein Mückenschwarm und Bienenvolk

122

viel ungesehener dunkler Leiber, die alle goldene Kronen tragen, Bilder des Winzigsten und Allgewaltigsten zugleich – du Flammenalphabet vom Buch der Ewigkeit: Was kündest du?– – –

Vor noch nicht gar so langer Zeit saß in seinem stillen Gelehrtenstübchen zu Königsberg bei spärlich leuchtendem Licht ein hagerer noch wenig ergrauter Mann. Ein Lehrer der Jugend, die ihn nicht verstand, aber ob seines milden und rechtlichen Wesens und aus vorahnender Ehrfurcht liebte, war er seinen Genossen der Hochschule ein Mann, der vermutlich sein Fach verstehe, schlicht und recht, wie jeder der ihren eben auch, nicht mehr und nicht weniger. Doch dieser Mann war ein Auserwählter. Er war ein Genius und Prophet der menschlichen Vernunft und ein Gesetzgeber der Gedanken, wie ihn die Erde schwerlich wieder sehen wird. So eingespannt in das Uhrwerk der Alltäglichkeit und doch erfüllt vom Feuer und Bewusstsein prometheischer Gedankenkraft, hielt er die ungleichen Rosse seines irdischen Streitwagens in der Arena der Gedanken doch mit der redlichsten Energie einer ziemenden Bescheidenheit und mit eisernen Zügeln im Gleichtakt. Freilich, je mehr er sah, dass seine Worte, welche Ewigkeitskeime ausstreuten, vorbeiwehten an den Ohren seiner Zunftgenossen und Schüler, ergriff ihn ein tiefer Unmut und die schlimmste Prüfung eines Einsamen im Geist: der langsam herankriechende Wurm des Zweifels an dem eigenen Wert – eine Qual der Edlen, bei der so einer wohl Gebäude zusammenkrachen und Gebirge wanken fühlt. – Da sah er einst ganz verlassen und in sich schwer bedrückt von seinem Dachfensterchen hinauf in die Sterne.

Wie schon so vielen, zitterten sie auch ihm mit ihrem stillen Lichtgesang ein Wiegenlied der Schmerzen zu; er aber erwies sich ihnen dankbar in einer ganz eigenen Weise. Er wollte ihnen ein Lied singen, einen Heldengesang ihrer Heimat und ihrer königlichen Geburt. Das sollte auch zugleich ihm selbst und aller Welt eine Probe sein, ob es denn wahr sei, dass Gott und Natur ihm hellere Augen gegeben habe als so vielen. Er wollte sehen, ob ihm, der hoch von seinem Können dachte – weil er es viel Höherem verdanke – nicht möglich sei, das Rätsel der Sternenwelt zu lösen, was niemandem bisher gelungen.

Ein Apfel hatte dem großen Engländer die Erdanziehung und das Gesetz der Bewegung der Sterne zugerufen – diese goldenen Nüsse da droben sollten ihm schon noch tiefere Wunder künden! Da war er dazu gekommen, über die Sterne zu denken und alte Folianten zu wälzen und, ohne je der Zunft der Sternkundigen zuzugehören, ihre bisherigen Errungenschaften unter sein Denkerauge zu rücken. Tief saß er so mit dem wilden Wunsch, Unerhörtes zu ersinnen, vor seinen Büchern. Nur ab und zu, wenn fast Verzweiflung ihn erfasste vor dem Chaos der einzelnen Beobachtungen und dem Wirrwarr der Meinungen, fragte er die Sterne selbst um Rat, und ehern pochte dann die Faust einer gigantischen Sehnsucht an das dunkle Tor der Weltenburg, die durch unzählige, fest verschlossene Schlüssellöcherchen dennoch vom hellen Leben hinter ihr verkündete. Vergeblich! Es sprang kein Schloss und keine Brücke fiel.

Da sank er wie in Schüttelkrämpfen umhergeschleudert in dies papierne Meer von Irrtümern und Narrheiten und schlug sich Stirn und Brust.

»Zwölf!«, rief da die Glocke der alten Schlosskirche ihm zu. »Geh schlafen, Alter! Es bleibt, so wie es ist. Ich lasse sie gehn, die Zeit, lass du auch den Raum da droben, lass ihn gehn!«

»Nein!«, schrie er in unbeugsamem, wildem Trotz.– –

Da sprang die Türe auf und vor ihm stand ein schwarzes Riesenweib, umwallt von Nebelschleiern und mit einer Sternenkrone geschmückt.

»Ich bin die Unendlichkeit!« sprach eine Stimme, dunkel wie Glockenklang und weich wie Sammet der Nacht.

»Folge mir! Mir ward der Auftrag, dich durch mein Reich zu tragen. Lass deine Hülle hier! Nur deine Seele kann mich begleiten.«

Da fühlte der alte Mann deutlich, wie er sich selber von seinem Leibe löste. Er sah sich selbst dort über Pergamenten gebückt, ganz leiblich, starr und unbeweglich sitzen und doch fühlte er sich dieser Erscheinung, sie neugierig musternd, gegenüber, sodass er unwillkürlich an sich heruntertastete. Er sah sich nicht, er fühlte sich nicht an. Hier, wo er stand und dachte, genau wie stets, war er nun seelisch, leiblich nicht. Seine Hülle sah er dort am Tische gleichsam über den Folianten festgebannt. »Das also ist Seele«, dachte er, »leiblos und doch ein Leibgefühl, unsichtbar und doch mit allem Empfinden von sich selbst.«

»Hülle dich mit ein in meinen Mantel! An meinem Gürtel halt' dich an! – So ist es recht! Du sollst das Weltall sehen!«

Frei, ohne dass ein Hindernis, ein Raum, ein Gegenständliches bestand, durchschwebte er mit dem Engel der Unendlichkeit die Zimmerdecke, das Dach und lag eine Weile staunend über den Lichtern der Stadt, die er unter sich sah. Und immer hatte er deutlich das Gefühl von sich und seiner unbeschädigten Persönlichkeit. Er sprach zu sich, doch hörte er sich nicht, und doch antwortete der Engel ihm verständlich, wenngleich er ihn gleichfalls nicht eigentlich hörte. Es war, als vernähmen sie ihre Gedanken und keiner von beiden bedürfe dazu der Worte. So floss es ihm im Schweben zu:

»Wir fahren mit der Geschwindigkeit des Gedankens. Auch seine Flugschnelle wechselt und gehorcht dem reinen Willen. Wir können in eines Lidschlages Frist am Sirius sein, und sind schon wieder zurück.«

Es war kein Traum, sie hatten soeben ein unendliches Lichtmeer aufblitzen sehen, als wäre alles in Weißglut, und doch schwebten sie schon wieder über dem alten Königsberg. –

»Du bist jetzt nur Gedanke. Du bist überall, wo du sein willst. Du bist wie Äther – allgegenwärtig. – Sieh, was der Küster dort in der Schlosskirche treibt!«

Schaudernd fühlte sich der stille Gelehrte augenblicklich in den Grabgrüften des Domes und sah den Küster mit Laterne und Hacke, kniend in den Gewölben, nach alten Schätzen graben. – Doch schon war er wieder in des Engels wallendem Mantel.

»Staune nicht! Du bist nur Wille. Dem ätherischen Willen ist nichts undurchdringlich, nichts unerreichbar. Wir steigen jetzt empor. Sieh', wie die Wolken unter uns sich legen wie große Ballen Schaum! Bläuliche Terrassen bilden sie, die abwärts führen in ein dunkles Meer. Die Spitze dort, die mondbeleuchtet wie eine Inselklippe in dies Meer hineinragt, das ist der Montblanc; ein Stückchen gegen Osten: sieh', des Himalaja goldene Zacken! Hier ist schon Sonnentag! Sieh', flammenden Rosenkranz um sie, wie erstarrender Wellenschaum, der das Felsengestade umarmt! Immer höher! Jetzt würden Menschen sagen, »wie dünn die Luft wird«. Jetzt ist nur Licht um uns. Tief da unten die Erde, wie in einer Schachtel mit geschüttelten Federn. Wie weiß die Sonne wird und scheinbar kleiner ihre Scheibe! – So schwarz die Finsternis im Raum!«

»Wo ist des Himmels Blau?«

»In den Augen deiner Brüder dort unten. Farben sind Gaukelspiel ihrer Augen! Noch höher: Jetzt müssten Menschen sterben. Ein feiner Lichtdunst, kalt und eisig. Jetzt schon kristallen.« Ein Ruck! »Die Atmosphäre ist durchbrochen. Wie anders hier die Sternenwelt, in allen Größen glühen bunte Leuchten. Jetzt siehst du erst die wahren Diademe. Die Atmosphäre lügt und schafft Masken. Der Äther nur ist wahr. Nun übersiehst du vieles schon. Die helle weiße Scheibe ist die Sonne. Ist eures Planetenrades Achse. Doch dieses Rades geheime Speichen sind besetzt mit vielen Hundert lichten, vielen dunklen Nägeln. Sieh', meist in einer Ebene! Die größeren kennst du schon! Schau' ihres wilden Ganges Wettlauf an! Sieh'! Jenen Fernen dort. Neptun! Schlägt seinen

Rundbogen um die Sonne in 165 Jahren, Uranus, Saturn, Jupiter, Mars, Erde, Venus und Merkur, der Reihe durch, in 84, der Saturn in 29 Jahren, und so fort. Die Erde in einem Jahr und Merkur viermal in einem Jahr! Und mitten in ihren Bahnen die Sonne, die sie alle jetzt umgehen wie viele Zeiger auf einem unendlichen Zifferblatt, die mit Diamanten besetzt sind. Sieh' auch die vielen dunklen Körper, die die leuchtenden Brüder begleiten! Es sind schwarze Weltenlappen, die den hellen Zeltern nachgaloppieren. Und sieh'! Ein grelles Aufleuchten von Sichelform und Halbscheiben, sie tauchen aus einem Meer von Dunkelheit, das sich um die Planeten ringelt! Es ist ein Rad das Ganze, wenn du in Gedanken Speichen ziehst.

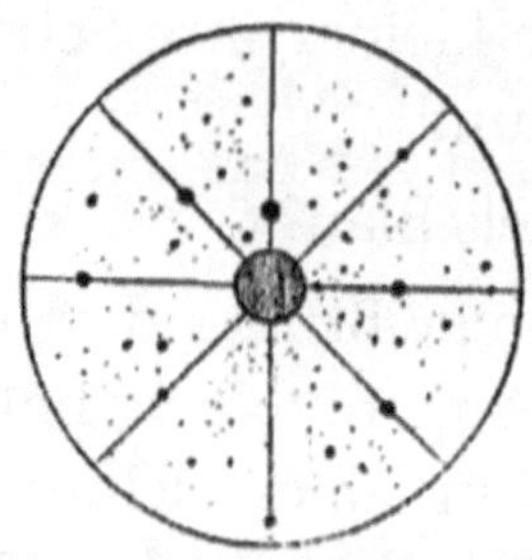

Wir sehen diesem Rad – es gibt solcher unzählige – von oben her auf die Speichen! Komm' jetzt zurück an seinen Rand, wir wollen seitwärts schweben. Was siehst du jetzt? Eine Linsenform von Licht mit einem hellen Kern!

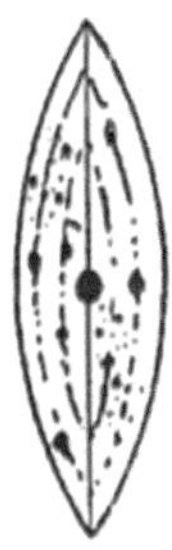

Du siehst dasselbe Rad von vorne laufen!

Nun denke tausend, tausend Räder in jeder Stellung um eine Mittelnabe kreisend in allen Richtungen, die es gibt, fern voneinander, nur sich hier und da benachbart – und alle sich drehend um eine Zentralglut, einen Bruderstern gleich eurer Sonne, auch einem Kern nur, der seine goldbesetzte Schleuder rings um sein Glutenhaupt schwingt, so weißt du auch, wie ungezählte Welten sind von solcher Art! – Komm' weiter in dem Glanz von Licht – durch Millionen Speichen schlüpfen wir, durch viele, viele Räder frei hindurch, die alle rollen und gemeinsam den Wagen tragen, auf dem die Gottheit schlummert. Komm' ihm voran! Denn, wohin des Ewigen Gefährt steuert, da jauchzen neue Räder freilaufend mit ihm, Sonnen, goldene Naben und Planeten, der Sternbesatz der Speichen! Und rollt und rollt weiter! Alles säet sein Traum: Ordnung, Schönheit, Leben in tausend Formen! – – Jetzt sollst du eine Welt entstehen sehen, ganz ähnlich eurer Erdenwelt, sollst mit anschauen, wie solch ein Rad sich um eine Sonne bildet!

Sieh'! Scheinbar leer und kalt ist jener weite Raum. Milliarden Jahrmillionen wogt doch schon in ihm der unsichtbare Äther. Äther ist Weltallsodem, der dem wandelnden Gott voranrast.

Vom Odem deines Erdenmundes selbst geht ja ein Nebelschleier, so du im Winter durch das Feld wandelst. Und sollte nicht von seinem Odem eine Welt von jauchzenden Kristallen entstehen? Er schaut ihn an, den hellen Reif der Ewigkeit, – Blick ist Gedanke, Gedanke Traum, Idee und Plan! Und schon ist Äther, der Bildungsstoff von allem vor seinem Odem! Er ordnet sich im ersten Aushauch seines Willens. Da bilden sich im unendlichen Raum Verdichtungen.«

»Verdichtungen? Woher?«

»Des Äthers erste Ordnung ist Kristall. Kristall ist die glitzernde Bildungsleiter des Lebendigen, auf seinen Sprossen steigt das Leben! Zu Gas und flüssiger Glut streckt sich das Kristallene in himmlischem Gefüge. Wo sich Kristallkerne bilden, stürzt sich der Äther herzu wie Wirbelwind. Ein Wirbel ist an dieser Stelle dort, schau hin!

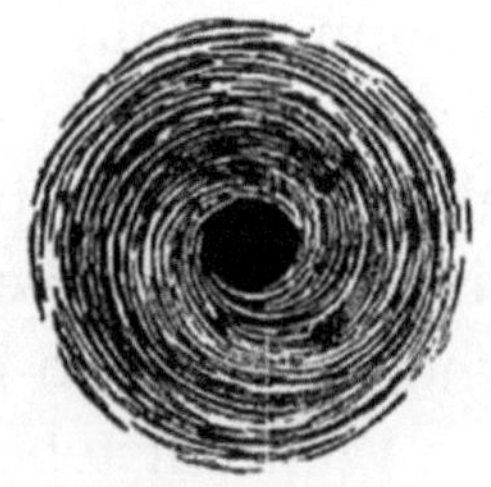

Im Innern glüht ein Diamant. Die Äthermassen lassen die himmlischen Kristalle glühen. Aufprall und Gegenstoß, Pressdruck in ungeheuren Massenstürmen. Der Glutkristall fängt an zu kreisen. Er reißt die ganze Umwelt mit in seinen Strudel. Die kleineren Kristalle aus dem Äthermeer stürzen ihm brausend angezogen ins Herz und schüren seines Herdes Glut. Sieh' jetzt schon den ungeheuren Feuerball mit immer tollerem Rasen kreisen, wohl in Sekunden hunderttausend Meilen! Denk', wie das schwingt und nach seinem Umkreis trägere Mengen abzuschleudern strebt! Da fliegen goldene Glutenbälle wirklich ab.

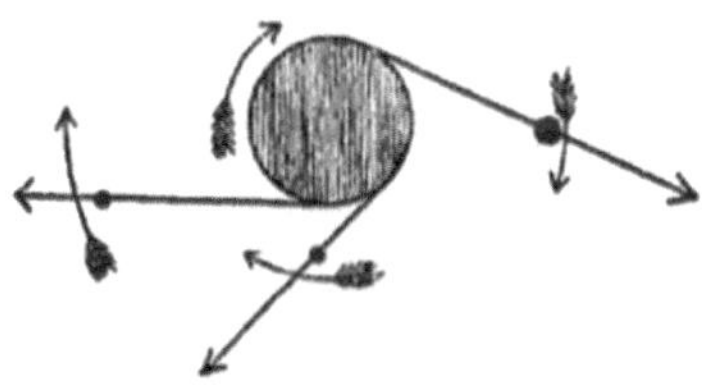

Und kreisen doch noch um den Kern, des Zwergenkinder sie doch bleiben. Drei Speichen gleichsam hat dieses Rad und drei Planeten zieren sie, noch viele werden folgen, alle in derselben Ebene. Von Söhnen, Töchtern schwingen Enkel ab. Hier sind es Ringe vieler Enkel auf einmal.

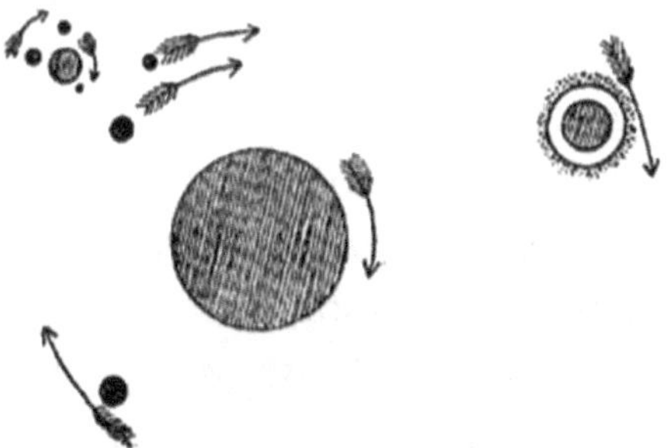

Dort drei, vier Monde auf einmal und dort ein Söhnchen ohne Mond. Und alles schwingt am Rad in gleichem Sinne, nur wo im ungeheuren Anprall einmal ein neuer Tochterball der Schwester Monde trifft und sie zur

Umkehr zwingt, da kreist wohl einmal auch ein Mond im Gegenlauf auf Zeiten von nur hunderttausend Jahren um seine Mutter.

Nun sieh' von vorne solches Rad! Und wieder ist's die Strahlenlinse.

Der Äthermassen Schönheitsdrang, sich gruppenweise zum Kristall zu formen, sich zum Kerngedichte zu verengen und so das runde Leben aus dem toten Einerlei und dem starren Nichts zu wecken – das ist der erste Anstoß aller Sternenwelten, aller, aller Räder Antrieb. Er stammt von Gottes Odem und ist Ursprung aller Nebelschleier, aller Linsen und Spiralen, aller der Milliarden Feuerseelen, die Strahlen leuchtender Milchflut und glühende Wellen bilden. Doch jedes Körnchen bleibt im Rad für sich, wenn auch Kristallsplitter und abgerissene Feuerkugeln noch umherirren, unsicher, welchem Rad sie zugehören, weil viele sie in ihren Busen locken (ihr Menschen nennt sie dann Kometen) – wenn auch dunkle Schwärme solcher Bröckel vom Schweife manches Spiralnebels ausgeschleudert werden, sie sind doch Stäubchen nur, die emporstrudeln und fortrasen, wenn die unzählbaren Räder des Gotteswagens dahinrollen. Sie prallen an ihrer Radreifen Atmosphäre und siehe: Sternschnuppen, Lichtblitze zerstäubter und entzündeter Gase, Nordlichtflammen und magnetisches Meerleuchten der Weltmeere bilden Kronenschmuck und Diademe, Halsbänder und Sonnenhaupt und Planetenköpfe! - - -

Noch mitten durch der Sonne Glutball ging die Reise, die Randfackeln der Königin aus Gasausbrüchen sah er leuchten, die dichten Metalldämpfe, die ihr Tribut an das Dunkle sind – und alles schien belebt von fackeln-

den, züngelnden, schwebenden, handelnden, leidenden
Feuerseelen – durch manchen Planeten ging's mitten
hindurch, er sah Himmel mit vier Monden, Sternennäch-
te mit einem Regenbogenring von gefärbtem Mondlicht-
seidenband, einem breiten Mondesgurt um den Leib eines anderen Planeten. Er sah die Mondlandschaft der
Erde als letzten Rest erkalteter Sonnenenkel eisig starr
mit marmornen Amphitheatern liegen, mit aufgerissenen Löchern seines Leibes, Gebirge, die wie Mauern
Schatten geben, sah Meteorfelsblöcke in den Leib des
Mondes schießen, dass sein Blut hochspritzte wie ein
Brei und sah des längst Gestorbenen fahle Wunde klaf-
fen –

Plötzlich stand er wieder mitten in seinem Stäbchen,
sah sich noch immer über den Sternbüchern gebückt. Da
hieß ihn der Geist der Unendlichkeit still sein irdisches
Gehäuse suchen – dann war der Gewaltige verschwunden, und in demselben Augenblick schlug der Grübler
die Augen auf – blickte verwirrt um sich, rieb sich die
Stirn, sah dann lange zum glitzernden Mantel der Nacht
empor. Nach tiefem Sinnen schritt er zu seinem Schreibtisch, nahm eine Schwanenfeder und schrieb auf ein
großes Blatt in festen Lettern die Überschrift zu einem
der größten Menschenwerke, das er unverzüglich fertig-
stellte:

»Theorie des Himmels und Versuch von der Verfas-
sung und dem Ursprung des ganzen Weltgebäudes.«

Nicht lange, da hielt der große Preußenkönig dieses
Werk seines Königsbergers in der Hand, las die demüti-
gen Worte der gedruckten Widmung und den prophetischen Titel und – warf das Buch lächelnd in den Papier-

korb. Fünfzig Jahre später erst wurde es erkannt als einer der größten Triumphe des Menschengeistes.

»Ihr Menschen seht nicht die Genies, die unter euch dahinwandeln wie Euresgleichen. Sie werden verdunkelt von dem Schwarm der Alltäglichen und Mittelmäßigen, und der Erfolg gehört dem, der dem lärmenden Augenblick genügt, der Ruhm aber dem, der sich um Ewiges gemüht!« – –

»Nun eins noch«, sagte Else, »lass mich fragen, Aldebaran! Wie kann man sich die Ewigkeit denken?«

»Darauf will ich dir mit den Worten eines alten Sternsehers antworten, der sagte:

»Denke dir ein Tintenfass im Quadrat, jede Seite so groß wie von hier bis zum Monde und eine Gänsekielfeder, die einen Liter Tinte fasst, und schreibe damit soviel Zahlen hintereinander, wie du schreiben kannst, bis das Tintenfass leer ist, dann multipliziere die Zahl, die du bekommen, mit einer kleinen Trillion, dann hast du – immer noch keine Ahnung von der Unendlichkeit!

Und der Gigantin Zwillingsschwester, Else, ist die Ewigkeit!«

XII.

Der Schneckenkönig und seine Königin

Nun war schon Jahr um Jahr verflossen, seit die gute Else ihren unsichtbaren Begleiter auf Geheiß der Wichtelkönige erhalten hatte. Langsam war ihr mit seinen unerschöpflichen Ausdeutungen und immer netzartiger sich verknüpfenden, von ihm spielend aufgedeckten Beziehungen zwischen den Dingen ein stilles, wundersames Gefühl von Glück ins kleine Herz geflossen: Eine Seligkeit der Sicherheit im Leben ward ihr Teil, eine frohe Heiterkeit und ein Gefühl des Getragenseins, wie es wohl der im Äthermeer schwebende Vogel haben mag, oder wie sie selbst es manchmal schon im Traume durchkostet hatte. Trotzdem befiel sie bisweilen eine geheime Furcht, dass eines Tages Aldebaran von ihr gehen würde, und zuzeiten fragte sie ihn ein über das andere Mal, ob es eine Möglichkeit gäbe zu ihrer Trennung. Dann tröstete sie Aldebaran mit den prophetischen Worten: »Ich weiche nicht von dir – es sei denn, ich könnte dir ein großes Glück bescheren, vor dem du mich vergessen würdest.«

»Das wird nie geschehen, Luftpeterchen!«

»Wer weiß es!«, erwiderte Aldebaran. »Wie ihr Menschen von zwei Schmerzen nur den größeren empfinden könnt, wie ein jauchzender Schrei einen Geigenton erstickt, so erstickt auch das höchste Glück vor der Glut eines noch höheren! Die Jahresringe am durchschnittenen Baum zeigen, dass immer der neue Frühling einmal ringsum die ganze Pflanzenseele eingeschlossen und sie völlig umfasst hat. Sieh'! Hier liegt der Rumpf einer quer durchsägten Eiche, groß genug ist der Durchmesser, um einen Esstisch daraus für eine kleine Familie zu schneiden. Nun zähle, wie viel Frühlinge dahinein ihre Brautringe versenkt haben, wie in eine schöne, hölzerne Merktafel, und immer kam ein neuer Frühling mit all seinem schwellenden Blühen und Verlangen, und immer eine neue Liebe, die die alte, wenn nicht begrub, so doch immer tiefer in die Schreine der Erinnerung rückte. So werde auch ich einst im Museum deiner Lebenssammlungen aufgebaut sein unter anderen Raritäten, vielleicht wie ein seltener Stein, aber stelle mich hübsch, Else, und gib mir einen guten Platz!«

Wenn Aldebaran so sprach, bekamen Elseleins Augen einen feuchten Glanz.

Dann rief Aldebaran:

>»Elselein! Lach' schnelle,
Und sprich ein lustig Wort,
Es schwimmen mit der Welle
Dir sonst die Augen fort!« – –

»Aldebaran«, sagte Elselein nach einer Weile, »du sprachst vorhin von den Brautringen des Frühlings und von der Liebe, die er weckt. Was ist das eigentlich mit der Liebe?«

»Es gibt so viele Formen der Liebe, dass beinahe jedermann seine eigene hat, und weil nun alle nur von der eigenen sprechen, so ist es damit wie mit dem Turm zu Babel: Man baut und dichtet, deutelt und spintisiert daran herum, aber der Turm wird nicht fertig, und die Leute reden aneinander vorbei. Ich habe dir einmal gesagt, als ich dir kündete, die Sonne sei eine Morgenglocke und du meintest: »Die tönt doch nicht?« – dass du sie schon einmal hören würdest. Wenn man liebt, so tönt die Sonne von tausend, tausend Opfertoden der Liebe, da ungezählte Sternenwesen hineinstürzen in ihr Feuerherz, das Rauschen dieser opferseligen Schwingen hört

der Liebende allein und weiß, dass im Opfer die Heimat
der Liebe ist!«

»Fordert denn die Liebe immer Opfer?«

»Ja, Elselein, Liebe ist Opferbereitschaft. Lass dir ein
Geschichtchen erzählen:

Es war einmal ein Schneckenkönig, dem hatte sein Vater ein weites, weites Reich hinterlassen. Das blühte unter seinem Friedensszepter zu nie erlebter Herrlichkeit
und Größe. Immer zahlreicher wurden die einzelnen
Familien, ohne dass der Wohlstand sank, weil soviel
Land des Königs Eigentum war, dass er nur die Aus-
wanderung der Nahrungslosen in ein Nachbargebiet zu
bestimmen und zu befehlen brauchte, wenn die Kräu-
termagazine und Futterspeicher einmal leer waren. Er
übersah eben von seinem alten Weidenthron auf einem
Hügel ganz leicht sein gewaltiges Reich. Als gerade
einmal sein Geburtstag war, führte die Kriegerschar des
Morgens ein gefangenes Schneckenmädchen vor seinen
Thron. Sie war im nächtlichen Dunkel durch den Grenzzaun des Reiches gekrochen und hatte das Erstaunen
der Zollwächter und Festungswachen erregt ob ihres
ganz wundersamen Aussehens. Ihr Leib war schnee-
weiß, goldig ihre Fühlhörnerchen und kornblumenblau
ihre Stieläugelein, perlmuttrig ihr kleines Rückenhaus.
Als sie all die fremden und dunkelhäutigen Krieger vor
sich sah, erschrak sie so, dass ihr kleines Häuschen bis
oben in die zierliche Turmkuppel erbebte. Sie senkte flehend ihre Fühlerärmchen zu den Mannen empor und
diese beschlossen, es dem König zu überlassen, wie sie
weiter zu behandeln sei und was mit ihr zu geschehen
habe. Schnecken sind böse Nachbarn, weil sie nie erlau-

ben, dass eine andere Nation zwischen ihnen weidet; sie bestrafen das Überschreiten der Grenze mit dem Tode. Die Vorposten am Grenzzaun führten aber den Ankömmling (war es wirklich ein Schneck oder ein höheres Wesen?), ohne es anzurühren, zum Königsthron. Es war etwas an ihr, das den rauen und einfachen Schilderhausschleppern Zurückhaltung einflößte. Der König richtete sich sehr erstaunt auf unter seinem Thronbaldachin, als er den Trupp heranrücken sah.

»Wer bist du? Und woher kommst du?«

»Ich bin eine Prinzessin, Haliotis, Spross des Königshauses der Patelliden, und bin hier fremd. Meine Heimat ist sehr weit von hier, wo ewige Sonne ist. Sieh', das Zelt, das ich mit mir trage, kündet dir das Bild des leuchtenden Farbenbogens! Sei mir gnädig, König Arion.

Das Schicksal trug mich, von einem bebrillten Menschen behütet, bis hierher. Ich entfloh meinem Käfig vor zehn Tagereisen. Ich bin matt und elend vom Wandern, ein schreckliches Heimweh macht mich zittern, Frost klappert mit den Fensterscheiben meines Wohnhäuschens!«

Da fühlte der König Arion zum ersten Male die Liebe. Er glitt vom Thron, richtete sich steil auf und sagte:

»Haliotis! Hier wird deine Heimat sein. Denn ich mache dich zu meinem Weibe!«

Als Haliotis errötete und zögerte, sich ebenfalls aufzurichten – das ist die Liebesgebärde der Schnecken –, nahm König Arion ein paar Pfeile aus seinem Köcher und warf sie gegen das Perlmutterschild der Prinzessin im lustigen Her und Hin. Da klang im Gewinde ihres

Häuschens, vom König Arion mit den Liebespfeilen wundervoll gespielt, das Lied von der alten Heimat der See, aus deren paradiesischen Palästen die Schnecken einst vertrieben wurden, deren Rauschen und Raunen, Singen und Klingen die Harfe ihrer Rückenkrönung für immer aufbewahrt. Kein Haus einer Schnecke ist ohne ein solches Glockenorgelspiel. Gott, der alles wohl geordnet hat, baute ja auch den Menschen ein winzig Schneckenhausgewinde, eine Spiralharfe tief ins Ohr, und ohne sie hätten sie keine Musik, und die süßen Worte der Liebe spielten nicht so berauschend das alte Lied vom Paradiese, das eben der Schneckenkönig der noch zaghaften Haliotis auf ihren Panzerschuppen mit kleinen Kalkpfeilchen und Kieselhämmerchen heruntermeisterte. Als die Prinzessin das alte Schlaflied der Furcht, den Liebesgesang, erklingen hörte, war sie besiegt und sank dem König in die Arme. Da wurde Hochzeit gehalten mit allem Prunk, – aber sonderbar, seit diesem Ehebündnis ging es bergab im Schneckenreich. Hungersnöte häuften sich, die Zahl der Schneckenkinderlein, die täglich geboren wurden, sank sehr schnell. Auch blieb die Königsfamilie ohne Prinzen oder Prinzesschen. Ein dumpfer Bann der Sorge lag schwül über dem Lande. Der König sann und hielt Rat mit seinen Ministern und Thronnächsten. Keiner wollte recht heraus mit der offenen Bekundung des einzig Notwendigen, der bitteren, letzten Wahrheit. Da fasste der König sich ein Herz, und in einer Notstandssitzung sprach er das Wort, das keiner sich zu sagen getraut hatte: »Wir müssen eine neue Heimat suchen, wir müssen wandern!«

Da klangen Trompeten durchs Land, und allsobald ordnete sich der Zug, ein meilenlanger; der König und die Königin in der Mitte. Immer weiter führte der Weg, immer schlechter wurde es mit dem Volke der Schnecken. Feinde beunruhigten die Märsche. Die Nahrung am Weg reichte lange nicht, das zahllose Heer zu erhalten, der Hunger machte, wie immer, den Seuchen die Häuser auf, und siehe, bald glich das arg zusammengeschmolzene Volk nur einem einzigen großen Zuge von kranken Pilgern, die heilige Grabstätten suchen. Nur der König und die Königin, denen alle gefundenen Nahrungsvorräte zur weisen Verteilung vorgelegt wurden, blieben fest und stark im Glauben an eine bessere Zukunft. Aber schwer fiel es dem König Arion aufs Herz, als eines Tages gemeldet wurde, dass vorn an der Spitze des meilenweiten Zuges ein tiefer, tiefer Bach schäume, der nirgends eine Furt oder Brücke darböte. Das war schlimm. Ratlos standen die weisesten des Volkes und sahen keinen Ausweg. Da meldete sich ein wohlgestalteter Jüngling, ein Harfenspieler und Sänger, im Königszelt. Er kenne eine alte, weissagende Menschenhexe in den Bergen. Er getraue sich, zu ihr zu gehen und sie um Rat zu fragen, was das Schneckenvolk beginnen sollte, um dem sicheren Untergange zu entrinnen. Froh billigten der König und die Königin den Plan des jungen Dichterschnecks. Aber als seine Augen die der jungen Königin suchten, da übergoss Purpurröte ihr Antlitz: Er war ein Kind ihres Volkes, der ein Maskenhäuschen trug. Blitzschnell hatte beim Herantreten der Jüngling seine Maske um ein weniges gehoben: Sie sah die Irisbogen ihrer Heimat unter dem übergestülpten Häuschen eines gefallenen Kriegers aufleuchten.

Wochen, Monate vergingen. Inzwischen war der Bote des armen Wandervolkes hinaufgeklommen in die Berge und kroch behutsam in das Haus der Hexe. Die saß am Herd und braute ihre Zaubertränke und murmelte etwas Fremdartiges den unter dem Kupferkessel hervorleckenden Flammen zu. Plötzlich sah sie die aufgerichtete Schneckengestalt am Boden demütig auf sie hinstarren.

»Nu, nu! – Was gibt's? – Kleiner, krauchender Wanderer und Blätterfresssack! Was willst du bei der alten Mutter Nat-Ur, die sich immer bemüht und bald für eine Hexe verschrien, bald wie eine Heilige gepriesen wird. Hexe, wenn sie Unheil nicht verhindern kann, Engel, wenn alles gut abgeht. Aber sprich – was soll's, Söhnchen?«

Nun trug der Schneckenjüngling sein Anliegen vor. Die Alte kraute sich hinter den Ohren.

Endlich sagte sie: »Es gibt nur eins: Macht es wie die Menschen! Sie bauen mit sich selber Brücken der Ewigkeit!«

»Was heißt das?«, fragte wenig erbaut der Schneckenjüngling.

Da wurde aber einmal die Alte bös: »Naseweiser, hinaus mit dir, Frechling! Soll man euch alles um das Maul schmieren? Könnt ihr Kriecherseelen denn euer bisschen Grips nicht anstrengen? Marsch! Hinaus, Bube, Fürwitz! Mir ringst du nicht mehr ab, als gerade nötig ist. Hinaus! Hinaus!«

Da krachte es in allen Fugen der Hütte und überall züngelten kleine Flammen auf, sodass der Schneck so schnell wie er konnte die Schwelle überkroch.

Bei seinem langen Rückmarsch überlegte er hin und her, was wohl das dunkle Wort zu sagen habe. Aber er kam, unfähig, es zu deuten, im Lager an und verkündete vor allem Volk das Wort der Wahrsagerin:

»Macht's wie die Menschen, sie bauen mit sich selber Brücken der Ewigkeit!«

Alle Gelehrten des Reiches zerbrachen sich umsonst ihre Köpfe. Niemand wusste dem dunklen Rat einen Sinn abzuringen. Das Volk stand verzweifelt am Ufer und starrte in die Fluten des hohnlachend talab rauschenden Baches, der ihnen den Weg für ewig sperrte. Die Edlen bemühten sich unaufhörlich, vergebens – niemand wusste, was zu tun sei.

Da, in einer schönen Sommernacht, stand die junge Königin im Mondschatten eines Lattichs und sah zu den ewigen Sternen. Im Gras wisperte ein kaum hörbares Säuseln, und sie sah ihren jungen Landsmann, den Träger der dunklen Botschaft, auf sich zueilen. Der beugte seine Knie und sagte:

»Königin! Ich hab's! Ich weiß den Sinn. Ich könnte es verschweigen. Es ist eine fürchterliche Wahrheit, aber ich will sie dir künden, weil ich dich liebe; ich bin deinesgleichen!«

»Sprich! Schnell! Ehe der König kommt.«

»Die Menschen sind die Erfinder der opfernden Liebe! Wenn sie etwas lieben, so erreichen sie es, wenn auch Tausende für diese Liebe sterben.

Sie lieben das Meer und trachten, es zu erobern. Tausende ertrinken, bis ein Gefährt entstehen wird, das Millionen ihres Geschlechtes sicher über Ozeane führt.

Sie lieben freie Luft in der Höhe. Sie lieben die Aussicht und das Schauen in die Ferne so sehr, dass sie sterben in Eis und Gletscherspalten, nur um den ersehnten Anblick einmal gehabt zu haben und Nachlebenden den Weg zu weisen.

Sie sehnen sich nach Polhöhe und Wüsteneinsamkeit. Sie lieben das Wissen so sehr, dass sie erfrieren im Eis oder ersticken im Glutensande, aber sie finden den Weg, ob es tausend Menschenleben kostet.

Sie lieben das Schweben in der Luft. Sie finden das Rätsel des Fluges, bauen Flügel, die sie tragen, und erobern die Höhe, *wie alles, was sie gemeinsam wollen, ob viele ihrer Brüder darüber hinsterben.* Und das ist herrlich. Würden nicht auch ohne diesen Opfermut dieselben Millionen einmal sterben, dann aber nutzlos und ungerühmt? Der Opfertod des Einzelnen ist ein Liebestod für die Nachkommenden, für die Ewigkeit!

Das ist der Sinn der Worte, die die große Ersinnerin Nat- *Ur* mir ins Gesicht geschleudert hat!

Was folgt daraus? Wir müssen sterben im Bach, damit die Überlebenden über unseren Leichen das Jenseits erreichen! Wenn nur wenige hinüberkommen, drüben ist Weideland und Heimat, drüben ist die Ewigkeit unseres Geschlechtes.«

Überwältigt von seiner flammenden Begeisterung sank ihm Haliotis an die Brust. Er aber sprach sein Lied von der Brücke der Ewigkeit noch einmal und weit ausführlicher im Rat des Volkes, und er entzündete einen solchen Sturm der Hingerissenheit mit seinem Sängermunde, dass eine blitzhafte Bewegung des Entschlusses und ein einziger Schrei: »So sei es!« durch die Reihen ging.

Dann schloss er begeistert: »Wenn alle sterben, seien der König und die Königin die letzten, die über uns das Land gewinnen!«

Sprach's und stürzte sich, sein falsches Schild abwerfend, aufleuchtend in allen Farben der schönen Ewigkeitsbrücke zwischen Himmel und Erde – als erster in die Flut. Vieltausend ohne Zögern ihm nach.

Als die vielen Schneckenleiber still und fest gerammt von den Körpern unzählig Geopferter im Bache sich stauten und eine begehbare Furt von lauter kleinen Kalk- und Kieselquadern bildeten, da schritten als letzte der König und die Königin stolz über die aus den treuen Leibern und Seelchen ihrer Untertanen gebildete Brücke zum Jenseitsufer –

Drüben aber gebar die Königin sehr bald vier Prinzen und drei Prinzesschen, von denen das Erstgeborene ein Irisschildchen auf dem Rücken trug, was den König sehr nachdenklich machte. Die vermehrten sich bald in dem schönen Lande, und so wurde Haliotis die Stamm-Mutter aller Schnecken, die noch auf Erden sind. Denn jede Mutter kann die Mutter eines ganzen Volkes werden!

Das, Elselein – schloss Aldebaran – ist die eine große Form der Liebe: Die Liebe zum Bestand der gleichen Art, die viele Opfer fordert. Von der anderen, der Liebe von

Herz zu Herz, spreche ich ein andermal, sie ist nur eine
Maskerade jener höheren!«

XIII.

Im Reich der Zwerge

In dem etwa eine Stunde vom Försterhaus
fernab gelegenen Dörfchen, an einem großen
Binnensee, den nur ein winzig schmaler Dü-
nenstreifen von seiner Urmutter, dem Meere,
trennt, lebte ein einfaches Schifferpaar, das
einen Sohn hatte, Franz Ziemens mit Namen. Mehrere
Jahre älter als Else, und ebenfalls unter Piepkorns Dop-
pelszepter von Violinbogen und Rohrstock, freilich in
einer höheren Klasse unterrichtet, war er ihr häufig auf
dem Weg zur Schule oder bei Wanderungen am Strande
begegnet. Das war ein helläugiger, lebensfroher Junge,
der einzige, der sich in den Zeiten von Elses großer Abgeschlossenheit und Einsamkeit manchmal aus ehrli-
chem Mitleid mit dem kleinen Försterkinde ein wenig
befasst hatte. Aber, – so sonderbar sind echte Kinder –,
als nun Else zu so hohem Ruhm heranwuchs und ihre
Eltern zu Reichtum und Ansehen kamen, tat er so, als
wenn sie ihn gar nichts mehr angehe und zog es am Ende immer mehr vor, mit Vaters Reusen und Schleppnet-
zen, Segelboot und Fischkasten sich zu tun zu machen,
als sich um Wald und Försters Kind zu kümmern. Freilich, der Strand vor der Försterei war verlockend schön.
Schroff fielen die lehmigen Abhänge hinab zur See, oben
umrahmt mit unterwühlten und herniederrutschenden
Wiesenplatten, aus deren Unterfläche Kraut-, Strauch-

und Baumwurzeln hervorsahen. Hier und da lag ein von Sandsturz und Wind entwurzelter Kieferriese wie mit gebrochenem Genick, das Lockenhaupt tief in den Sand gebohrt und die gelähmten, aus dem Erdreich gerissenen Wurzelbeine frei in die Luft streckend, schräg über die Böschung. Vor derselben dehnte sich so breit wie sonst nirgends am Inselgestade der schneeweiße Dünensand aus, ein meilenweit langer Küstenstreifen, über den die große Wäscherin See ihre feinsten, sonntäglichen Spitzenschleier ausschüttelte und kräuseln ließ. Ganz in der Ferne, bei einer Biegung der Küste; schob sich der Wald kulissenartig vor, und wie der hohe Bug eines gelben Riesenschiffes sank der ferne Abhang scharf schneidend in die Flut. Hier hatte sich eines Tages dennoch Franz herumgetrieben, um wieder einmal von dem behaglichen Sessel eines Böschungseinschnittes aus auf die *»grote Glasklock«* – wie sein Vater das Meer nannte – zu schauen. Der Junge hatte ein inniges und tiefes Gemüt, war einer, der gerne die Blicke in die weite Ferne sandte wie zwei Boten der Sehnsucht, die ihm rückkehrend beinahe greifbare Geschichten und Wunder von fernen Ländern und Menschen zuraunen konnten. So ermüdet von der Stille, die nur das langsam schlürfende Tick-Tack der Wellenuhr unterbrach, und eingezwungen in den einsamen Halbschlaf der Natur, sank sein hübsch gelockter Kopf ins Gras, freilich in anderer Richtung als sein großer Bruder Baum da neben ihm; aber die Beine pendelten in der Luft überm Abhang und über dem Kopf im Grase.

Oben an der Böschung kam gerade Else mit Aldebaran gegangen. »Schau', Peterchen,« sagte sie, »der Franz! Was ist das? Er blutet ja an der Stirn!«

»Er riss sich am Heckendorn! *Das gibt uns Gelegenheit, einmal direkt in den Tempel eines wohlgefügten Leibes bis zu den tiefsten Altären des Lebens vorzudringen.* Ich werde dir ein großes Wunder zeigen. Fürchte nichts und gib mir die Hand!«

Else fühlte sich merkwürdig von allen Seiten her schrumpfen. Sie hatte gerade noch Zeit, zu denken, wie »ein alter Apfel« und darüber ein bisschen zu lachen. – In demselben Augenblick fühlte sie sich selbst kaum so groß wie eine Walnuss. Aldebaran hockte, nicht größer wie ein Pfennigmännchen, neben ihr. Dabei war sie sonst ganz dieselbe Else mit allen Sinnen und Gedanken, im gewöhnlichen Beieinander. Noch ein fühlbarer Ruck – und sie beide schrumpften zu Stecknadelkopfumfang und so noch mit einigen einschachtelnden Sätzen weiter ins Gebiet der Winzigkeit. Der letzte Sprung trug sie auf die Stirn des nun riesengroß daliegenden Knaben, worüber Else ebenfalls laut lachen musste, denn sie dachte: »So müssen Flöhe hüpfen.« Aber das »Laute« war so wisperstill, wie sie noch nie etwas gehört hatte, doch waren ihre gegenseitigen Äußerungen ganz im Bereich der Wahrnehmbarkeit. Nun schienen sie genügend klein, denn die Wunde des Knaben, die sie jetzt mit Aldebarans Führung betrat, kam Else wie eine tiefe Schlucht vor, die auf beiden Seiten mit langen Linien netzartiger, grauer Adern durchzogen war. Von den mit rötlichem Tau benetzten Wänden hing überall Gestrüpp, in dessen Falten und Buchten eigentümliche rote, weiße

und violette Scheiben oder Schildchen – von derselben
bescheidenen Größe wie die einsamen Wanderer – in
dieser Schlucht lagerten. Doch – genauer besehen – begann eine und die andere der weißen Kugeln sich mit
drolligen Beinen gegen den Grund der Grube hinabzu-
wälzen und eine Arbeit zu verrichten, die ganz so aussah wie ein Brücken- oder Schachtbau mit Querhölzern
und Verbindungspfeilern.

»Mach' nur nicht solch verblüfftes Gesicht, Else! Du bist
im Reich des einem unbewaffneten Menschenauge völ-
lig Unsichtbaren. *Wir sind im Boden einer Wunde.* Die
weißen Gesellen, das sind die Handwerker, Strompoli-
zisten, Zementierer, Kanalbauer, Schleusenwächter,
Zimmermännchen. Jeder verrichtet sein Handwerk nach
Bedürfnis; das sind die sogenannten weißen Blutkörperchen. Eben klettert da wieder eins aus einem offenen
Tunnel hier rechts in der Wand, vorsichtig mit seinen
Fühlerbeinchen tastend. Schau', wie wundersam diese
Beinchen sind; sie können sie nach Belieben aus ihrem
Bauch an jeder Stelle hervorstrecken und wieder hinein-
ziehen. Da sie nun eigentlich ringsherum, oben und unten, nichts als ein rundes Bäuchlein sind, so haben sie,
wenn sie wollen, Beine wie die Igelstacheln; sie strecken
sie aber niemals alle zu gleicher Zeit heraus! Wenn wir
uns ins Innere dieses Grundes, in dem wir herumpat-
schen wie auf weichem Faserstoffteppich, begeben wollen, müssen wir uns an einen dieser kleinen Müllers-
knechte halten – sieh' nur, was die alles in ihrem Säck-
lein tragen! Da ist im fast durchsichtigen Innern eine
kleine, wie Phosphor leuchtende Laterne. Das sind die
gefangenen Sonnenstrahlen des Feurigen, Else, die er sich

einst um den Finger spann und – du erinnerst dich, wie sie sich winzig klein machten, wie er sie dann in Staubhüllen fing – jetzt siehst du sie von Angesicht zu Angesicht! Studiere sie genau! *Wenn du je etwas vom Leben verstehen willst, musst du sie immer wieder zurate ziehen.* Sie sind die Urahnen des Seins, die eigentlichen Adams und Evas, Aphroditen, Undinen und Melusinen der Natur. Auf sie sind die meisten Sagen und Märchen aller Völker zu beziehen! So oft wir ihnen auch noch begegnen in diesem Knabenleib wie in der Welt draußen, man kann sich gar nicht sattsehen an ihrem stillen, schwerfälligen Krabbeln, mit dem sie so unendlich Großes zuwege gebracht haben. In diesen kleinen Gefängnissen des Sonnenstrahles dort mitten in ihrem Leibe liegt jedes Rätsel des Lebens. Sieh', wie die Phosphorrädchen schnurren, Kurbeln sich drehen, Herzenssternchen zucken und der helle Leib leuchtet wie ein Morgentautröpfchen in der Sonne! Bemerkst du die kleineren Kerntrümmerchen in ihnen? Die haben sie ohne Mund gefressen, genau wie jenes dort, das am Ausgang dieser Mundhöhle ein winzig Steinchen mit seinen Spinnenbeinen ergreift, es dann in seinem Rucksack, der wie Mutters große Markttasche unzählige Nebentaschen und Fächer hat, aufnimmt. Jetzt ist der Transport gelungen. Es ladet das Steinchen auf die Oberfläche ab: es sind, wie du siehst, auch Straßenkehrer in dieser Armee der kleinen, weißen Polizisten. Die andern Kernchen, die sie tragen neben ihrem eigenen kleinen Feuerofen und Glutmaschinchen, sind Saaten, die sie fernher aus dem Magen dieses Knaben heranholen. Merk' es gut, Else, *diese Trümmerchen stammen von Tier- und Pflanzennahrung und sind die befreiten Ur-*

saatkörner unzähliger Lebewesen nach mannigfacher Wande-rung! – Jetzt schau', wie dort im Grunde der Höhle eine ganze Schar der weißen Säemänner des Lebens dicht nebeneinander schreitet und von Zeit zu Zeit ihre Körn-chen auf die zerrissenen Wurzelbalken der Wundwände streut! *Ja, ja, sie säen!* Diese ausgestoßenen Körnchen sind kleine Schlüsselchen, die passen in einige Lücken der festen Adernzüge der Wände, und nun *wirst du ein Wunder allererster Größe erleben.* Die Gewölbe dieser Höh-le bestehen alle aus nahen Verwandten der Wanderbur-schen selbst. Es sind Milliarden kleiner, lebendiger Scheibchen, Kästchen, Sternchen und Linsen in jeder nur denkbaren Abweichung um die Grundform eines kreis-förmigen Leibes, die alle im Innersten ebenfalls ein ganz langsam gehendes Uhrwerk aus ähnlich gefangenen Sonnenstrahlen haben wie ihre weißen Brüder. Sie lie-gen nur fest gekittet durch eine Art Verholzung neben-einander. Das, was sie ausgeschieden haben an Saft und Gallerte, wurde fest und machte so aus allen haftenden Kästchen ein dichtes Gewebe, aus Geweben Mauern und aus Reihen von solchen Mauern Organe. So ist auch der Mensch eigentlich nichts als eine ungeheure Stadt, die aus den Mauern dieser fest genagelten und gekitteten kleinen Bauzellen nach einem einheitlichen Plane des Unsichtbaren zusammengesetzt ist, wie uns das gleich durch eine Fahrt in diesem Wunderbau, den Menschen ›Jüngling‹ nennen, offenbar werden wird. Nur ein Wort noch über die festen, zum Teil durch den Dorn zerrisse-nen und auseinander gefaserten Seitengewebe unserer Wundhöhle. Du siehst, die weißen Segler da streuen immer noch ihre kleine Phosphorsaat, sie rüttelt immer noch an dem kleinen Schlösschen der Zellkästchen. *Jetzt wachen die Schläfer allmählich auf. Sieh'!* Hier und da hebt sich einer, streckt, verlängert, ja verdoppelt sich; sie gebären, sie vermehren sich! Das alles hat der kleine Sonnenschlüssel bewirkt, von dem ich dir noch manches Lebenskunststückchen später zeigen kann. Hier haben also die weißen Baumeister Reparaturdienste getan. Was mit Bernsteinfaserstoff zu leimen ging, der von den Wänden träuft, haben sie hochgehoben und verkittet zum Teil mit ihren eigenen Leibern. Die jungen Sprösslinge der aufgewachten Schlafzellen der Wände schieben sie und legen sie in die rechte Richtung, bis Seile von einer Front der Höhle zur anderen gespannt sind, und jetzt schrumpfen die Zwischenfasern und rollen sich auf, das gibt einen Zug an beiden Wänden – komm' schnell weg, Else, wir klettern höher, sie mauern uns sonst hier noch ein in diese Wundernetze, die die Doktoren Narben nennen.

Jetzt müssen wir einen Augenblick unsere kleinen weißen Freunde verlassen. Es gibt hier noch mehr Dinge zu schauen in diesem Labyrinth der Wunder. Du musst nur immer bedenken, du bist Zeuge eines Vorganges der Ausbesserungskunst der Natur und, wie man ins Innere eines Hauses am besten sehen kann, wenn seine schadhaften Stellen repariert werden, so siehst du das Handwerkszeug der waltenden Fürsorge dann am besten, wenn sie beim Legen neuer Balken, Ziehen neuer Wände, Neumauern und Zementieren beobachtet wird.

Also denke dir: Dieser Spalt, in dem wir stehen, sei die Fahrstrecke eines Blitzes, der in diesen Erdschacht schlug. Er riss alles auseinander, und die aufgerissenen

Wände zeigen zerbrochene Balken, zerrissenes Bauge-
webe. Oben siehst du noch die Pallisadenzäune des äu-
ßeren Hautbelags. Zellkästchen, die eins neben dem anderen regelmäßig aneinander gereiht sind wie Schilderhaus an Schilderhaus. Von oben gesehen bilden sie ein
Kästchenmeer von ungezählten kleinen Bienenwaben,
deren sechseckige Gestalt wir noch sehr oft finden werden bei unserer Reise, die wir demnächst anzutreten haben. Aber mit dem Gebälk und Faserwerk zerrissen auch
wundersame Röhren, in denen der *Flüssigkeitsbedarf* des
ganzen Gebäudes kreist. Betrachte auch jene sonderbaren weißen Fadenbündel, von denen du gewiss schon
eins oder das andere hast aufzucken sehen mit grünlicher Flamme. Die ersteren der Röhren sind Blutkanäle,
nur siehst du hier ein Kleines, nicht rot gefüllt, sondern
goldgelb, wie mit flüssigem dünnen Bernstein; doch mit
der goldenen Flüssigkeit rollen, wie du siehst, immerfort
gelbrote Scheiben aus den aufgerissenen Kanalröhren.
Du kannst sie zählen auf beiden Seiten, einer Öffnung
rechts entspricht immer eine solche links. Da, wo die
Röhren zerborsten sind, quillt eben der gelbe Blutleim
hervor; an der Luft wird er trocken zu Harzkitt, und dieser Kitt ist es, der jede Wunde vorläufig vereinigt, bis die
Arbeit der weißen Balkenleger und der Reservearmee
der aufgeweckten Mauersteinchen beginnt. Du musst
dir nur immer klarmachen, dass alles, was du hier siehst
auf dieser unserer Entdeckungsreise, stets eine Bezie-
hung zu den ersten kleinen Mauersteinchen, den Zellen,
aus denen alles entstanden ist, haben muss. Entweder
sie sind einzeln und frei beweglich, wie unsere bleichen
Zauberkugeln, die überall die Stadt durchwandern wie

eine Wohltatspolizei, oder aber sie sind fest zu Gebäu-
den aller Ordnungen zusammengefügt. Dabei sondern
sie Zwischensaft ab, der einmal flüssig wie im Blut ist,
ein andermal fest wie im Fasergewebe, glasig im knorp-
ligen und kalkig wie im Knochengewebe. So sind auch
die Röhren, in welchen der flüssige Zwischensaft der
rotgelben Scheiben fließt, zusammengesetzt, wie Kinder
von Kanonenröhren sagen: Gott nahm ein Loch und legte feste Zellen in Gewebsform herum, das heißt: die anfangs wie ein System von geschlossenen Schläuchen
gruppierten Gewebe wurden hohl, in dem die innersten
Zellen sich allseitig an den Rand zurückzogen und an
ihre Stelle eben die eingewanderten weißen Rohrleger
traten, die das Rollbett für ihre rothäutigen Brüder und
für die gelbe Bernsteinflut herstellten. Die weißen Fäden
aber, die du herabhängen und manchmal aufleuchten
siehst, *sind die Klingelzüge des Hauses*! Kennst du noch,
Else, das Märchen von den Glockenläutergesellen, das
ich dir einst erzählte? Hier siehst du die Glockenstränge
und kannst sie in die Hand nehmen! Unzerrissen können sie dem Knaben jedes Krabbeln einer Fliege über
seine Stirn zur großen Sammelstelle der Meldungen leiten und ihn von dem Geschehnis Kunde geben. Erfahrung und Erinnerung, die beiden Trabanten der Fantasie, hätten ihn denken lassen: ›Fliege‹, und sein Wille zur
Abwehr hätte seinen Arm nach der Stirn gehoben. Da
hast du das ganze Kettenkonzert: Empfindung, Erfahrung, Fantasie, Gedanke, Erkennen, Wille, Handlung.
Das Glockenspiel selbst werden wir uns nun auch bald
ansehen, um zu erfahren, wie wunderbar es in seiner
Kuppel aufgehängt ist. Wenn du jetzt an einem solchen

zerfetzten Glockenseilgewirre reißen würdest, so würde
das eine dem Knaben ganz außer der Erfahrung und
Gewohnheit liegende Konfusion von Glockenzeichen
bringen und er würde Unbehagen spüren mit dem
dunklen Gefühl von etwas Zerstörtem: Das ist das
Alarmgeläut des Schmerzes. Aber wir wollen einmal bei
unsern Hohlräumen, die das Blut führen, bleiben, und
dabei will ich dir verraten, dass das Blut mit seinen Wellen ebenfalls solch eine Art Glockenstuhl der Höhe hat,
wie die Glockenseile der Seele es in dem Gehirn besitzen, sie haben einen an großen, gewaltigen Arkadenröhren aufgesammelten Flutenthron: das Herz! Wie von der
Seele Läutstränge ziehen durch den ganzen Leib, – sieh'
die zerfaserten Reste eines solchen Stranges in dieser
Höhle der Zerstörung –, so ziehen auch Töchterröhren
von dem zuckenden Becher des strömenden Lebens
nach allen Seiten, Netze von gleichfalls zuckenden Röhren aus, welche den höhlenrauschenden Saft segenspendend bis in die entferntesten Winkel der großen Stadt
des Leibes wallen lassen. Nun will ich dir auch sagen,
was die kleinen runden, rot-gelben Scheiben ohne solchen Phosphorkern, wie ihn die weißen haben, bedeuten; es sind Gastransporteure, Träger des Feuergases des
Lebens, des ausgehauchten Segensstromes der Pflanzen,
den diese kleinen Scheibchen in sich immer von Neuem
aufnehmen. Sie lassen sich in der Lunge von dem Geiste
der die Erde umgebenden Atmosphäre aufblasen wie
die kleinen roten Sehnsuchtstauben eurer Kinderherzen:
die unsterblichen roten Gasballons mit dem Faden in
den Händchen eurer kleinen Gespielen. Sie sind die eigentümlichen Färber des Blutes, glühend in dem Lichte

eines in ihnen kreisenden flüssigen Kristallsaftes, der in dem eingesogenen Feuergas der Luft ganz stille brennt und zündet, sie geben in ihrer unendlichen Zahl, im Gelb des Beinsteinsaftes schimmernd oder rollend wie leuchtende Räder, dem Zaubersaft seinen heiligen Flammenpurpur, sein dampfend Rot. Sieh'! An einigen Stellen schimmern sie schon bläulich: Sie sind entgast, und ein anderer kälterer Strom von Kohlengas geht in ihnen um! Die anderen kommen wie kleine Sonnenscheiben vom Gasherd der Lungen angerannt und bringen Atemluft allen ihren kleinen Brüderchen, die angesiedelt sind auf festem Grund, und zurück rollen sie durch das Herz wie lauter kleine, kühlere violette Wolkenschäfchen vom Kranz der untergehenden Sonne! Auch hier das ewige Gesetz der Farbe: Das Wärmere hell, das Kältere bläulich! Und im Blute seine Urnatur zum Dreiklang: ›Rot, Gelb, Blau‹ geeint!

Jetzt aber, Else, genug der Worte. Jetzt müssen wir reisen! Das Tor jenes größeren Blutkanals beginnt sich schon mit Bernsteinkitt zu schließen. Klimme mit mir empor, ich rufe zwei weiße Pferdchen – die Allerweltskerlchen können schier alles – herbei. Sitz' auf! Sie müssen uns erst emportragen wie Maulesel, und dann wie mit Muschelschiffchen auf zur Grotte des Herzens, zu dem Glockenstuhl der Seele, und wer weiß, wohin noch sonst!«

XIV.

Reise durch den Wunderstrom

Nun saßen Aldebaran und Elselein wie zwei richtige Zwergreiterchen auf den bereitwilligst sich beugenden kleinen hellen Kamelen, und vom Druck der beiden ins Reich des Kleinsten Reisenden bildeten sich ordentliche Sättel mit Höckerchen auf ihrem weichen Rücken.

»Halt' dich nur daran fest, klein Elselein! Es geht manchmal sehr schnell, wenn unsere Flusspferdchen nicht ans Ufer steigen, sondern im Strom bleiben! Und fürcht' dich nicht – wenn's not tut, sind wir in zehn Sekunden wieder im Freien!« Nachdem sich die Reiterlein steil in die Höhe gearbeitet hatten, standen sie vor einem Tunnel. Ihre Pferdchen durchkrochen die weiche Goldgallerte, die sich im Tunneleingang gebildet hatte, und – plötzlich gab's einen Ruck, dass Elselein fast der Atem verging, so sausten die beiden gurgelnd angesogen vom Strom des sie umrollenden Blutgemenges dahin. Else hatte kaum Zeit, einen Blick auf die Ufer zu werfen, und sah nur ihre glatten Flächen, die wie schön zementierte Halbbogen oben und unten den Strom umfassten.

»Pass' auf! Else! Halt' dich fest.«

Da rollten sie, begleitet von unzähligen violetten Blutscheiben, um eine scharfe Ecke, und gleich darauf gab's ein Strudeln, dass Else Hören und Sehen verging, so wurden sie herumgewirbelt, angestoßen, abgeprallt und wieder hochgerissen.

»Wir sind in der Herzgrotte, wir kommen bald in eine ähnliche zurück! Hier herrscht zu viel Kohlengas, dir wird das Atmen schwer!« Sie kamen nach vielen Win-

dungen des immer schmäleren Stroms in eine so enge
Stromschnelle, dass außer ihnen beiden kein anderes
Scheibchen darin Platz hatte, da sagte Aldebaran:

»Rösslein! Nicht solche Eile –
Verweile hier im Ätherschloss!
Zeig' uns der luftigen Geister Tross!«

Da klommen die beiden Pferdchen ans Ufer, und durch
eine Kellerlukenöffnung, bei deren Passage sich beide
tief bücken mussten, ritten sie in eine helle Riesenkuppel
ein, mit wunderbaren, feinen, kristallnen, durchschei-
nenden Teppichen behangen; ein Mosaik von sechs-,
fünf- und viereckigen glashellen Steinchen mit lauter
kleinen Glühlämpchen darin. Die ließen den feinen
Netzstrom des hellroten Blutes durchscheinen, so zierlich und schön, dass es aussah, als sei die Morgensonne
mit Stickereigespinst gefenstert. Weit war die Äther-
kuppel und hell von all den kleinen Flämmchen, die in
Glassärgchen aus Kristall sprühten und blitzten, dass es
eine Lust war. Ein frischer Wind, erquickend und rein,
wie die Luft nach einem Gewitter, fuhr in milden einzelnen Stößen von dem Kuppeldach her aus einem großen
Schlot und strich in sanften Wirbeln die hellen Glas-
wände entlang. Da war es wundersam zu sehen, wie ein
Steinchen der Wand eins nach dem anderen seine Klappe öffnete, schnell ein Blutscheibchen fast bis zum Sti-
cken blau in seiner Höhlung erscheinen und nun den
Odem des Lebensgases in sich aufnehmen ließ. Da wurde es rot und röter, blähte sich und schwoll, schob sich
zurück und machte dem folgenden Platz. Ei! Wie lieblich
sah das aus, als aus den hundert kleinen Ofenklappen

bald hier bald da ein kleines Mündchen nach dem anderen sein bläuliches Blassgesicht hervorstreckte, um sich in Feuer zu saugen und dann wieder zu verschwinden. Ein lieblicher Steinchenhimmel, an dessen Spiel Else sich gar nicht satt sehen konnte!

»Nun denke, Elselein! Millionen solcher Kristallschlösserchen sind hier um uns herum, eins neben dem anderen wie Trauben angeordnet um ihre Rispenstängel. In jedes Stielchen, um das die kleinen Kügelchen gruppiert sind, mündet ein Luftschacht, der nach oben durch Aufnahme neuer Stromäste immer weiter wird. Viele solcher münden schließlich in einen Schlot, den ihr Luftröhre nennt, und der am Ende eine große Orgelpfeife hat, über deren Zungen das den kleinen violetten Kohlenschippern abgenommene Gas zum Strom vereint dahinfährt, und ihrer winzigen und so bescheidenen Arbeit dankt ihr im letzten Sinne Wort und Lied und Leben; denn ohne dieses Spiel vom Tausch der Himmelsluft gegen die Schlackengase der kleinen Grubenarbeiter, die mit uns geschwommen kamen aus allen Tiefen des Leibes dieses Knaben, müsste er, wie ihr alle, jämmerlich ersticken. Hier kannst du sehen, dass er lebt und ruhig tief im Schlafe atmet. Den Wind, der hier so labend kreist, treiben seines Odems Züge. Aber nun komm'! Wir wollen neue Wunder schauen!«

Die kleinen Wagen rollten heran, und durch eine andere Brücke fuhren sie in einen neuen Strom. Nun war alles erfüllt von feuerroten Scheibchen, die sie fröhlich begleiteten. Kurz darauf kam wieder ein großes Strudeln, Karussellreiten und Schleudern, dass Else schon Furcht beschleichen wollte; aber Aldebaran lenkte sein Reiterschifflein dem Ufer zu. In einer leidlich stillen Bucht landeten sie.

»Schau' einmal um dich, Else,« sprach er, »wir sind in der Wundergrotte des Herzens! Sieh', vor dir, unter, über dir dieses glühende Meer von Blut, ein roter, wogender Himmel, in dem Kometen kreisen! Und sieh' das Zucken des Firmamentes! Wie dann der Himmel enger wird und enger, die Lichter dicht zusammengedrängt zu einer einzigen, glühenden Feuermasse! Nun spritzt alles wieder auseinander wie ein Aufflug von Millionen feuriger Tauben! Jeder Stoß schleudert die Kinder der Flammen weit in die fernsten Ströme, und jede Dehnung dieses Firmamentes saugt alle Arbeiter aus tiefsten Schächten wieder zurück zu den Kristallkuppeln, die wir soeben sahen. Neu beladen mit lebensweckendem Odem, fliegen sie dann zurück als Boten der Luft, der Gesundheit und himmlischen Harmonie!

Hier ist der Antrieb aller Räder dieses göttlichen Uhrwerks, hier ist der Sekunden-Pendelschlag, hier ist der Rhythmus des Alls! Hier künden sechzig Glockenschläge der Minute Heiligtum, hier schlägt die Ewigkeit ihre Lider zuckend auf und zu, hier sind die letzten Echolaute vom Weltallstampfen des Riesen Zeit! Dies Herz, dessen Wellenrauschen du in dieser Grotte hörst, es ist der Inbegriff vom Leben. So pulst der Sonne Kern, der Kern der Nebel aus Millionen Sonnen, so schreitet ein Hirt im Takte über die vielen, vielen Milchstraßen, dessen Sterne seine Lämmer sind! Das ist das Nachbild des geschwungenen Rades, das die Planeten dreht in ewiger Bahn um Sonnen und Riesensonnen und diese um das Herz der Welt, um Gott!

Nicht umsonst misst der Mensch des Menschen Wert nach seinem Herzen, es ist das Maß seiner Kraft, seines Alters, seines lahmen oder schnellen Willens zum Guten, das Maß seiner Freude, seines Leides, seiner Sehnsucht, seiner Liebe! Du bist im Herzen dieses Knaben, das vielleicht noch einmal Wundersames zu bedeuten hat im Spiel des Lebens: Hier bist du am Born aller seiner Taten, an der Quelle seines glühenden Willens!

Komm' weiter! Else! Wir wollen uns noch andere Schmieden und Werkstätten des Lebens anschauen!

Wir fahren jetzt wieder hinaus aus der Herzensgrotte und, wenn ich richtig steure, sind wir bald in einer großen Fabrik aller der kleinen Saftbehälter und Kristallscheibchen, die wir im Ätherschloss der Atmungsbläschen schon bei der Arbeit sahen.«

Sie bogen in den Aderstrom der Milz. War das ein Gesumme und Geschwirre, Gehämmere und Gefeile, wie von tausend kleinen Spinnrädchen, Ambossen und Schraubböcken, auf denen Millionen der kleinen roten Blutschiffchen hergestellt wurden. Wieder waren die weißen Arbeiter die Wunderträger aller Leistungen. Aus großen Vorratskammern holten sie das Rohmaterial herbei, das unten in tiefen Schächten, von unterirdischen kleinen Müllerknechten in ein richtiges Verhältnis aller Einzelteile gebracht war und nahmen mehrere Klümpchen der anfangs ganz farblosen Masse an sich. Es war possierlich anzusehen, wenn sie den Brei wie Bäckergesellen rund formten und zu Kuchenscheibchen zuschnitten und schließlich zu Paaren in die Färberei trieben. Da waren große Kessel, in denen die Trümmer alter, ausge-

dienter Blutscheiben hineingeworfen wurden wie altes
Eisen!

»Aus ihnen wird aber doch ein wunderbarer Stoff des-
tilliert, der – du wirst staunen, Else – von den Pflanzen
stammt; er ist dem Körnergrün gleich und verschwistert,
das in den Geheimkammern von Blatt, Stiel und Stängel,
Gras und Algenschleiern aufgespeichert ist. Auch bei
Pflanzen wechselt diese Körnchenmasse, das wunderbare Gold des Lebens, oft seine Farben, und es wird dich
somit freuen, zu hören, *dass die Farbe der Rose aus demselben Stoff ist wie euer Herzblut.*

Die roten Scheibchen, die du hier verarbeitet und aufgerollt siehst wie zierliche Geldrollen, es sind lauter
kleine Rosenblätter, getüncht mit aufgelöstem, edelstem
Kristallsaft, der eben bei Pflanzen und Tier und Mensch
das Spiel der gewechselten Lebenslust, den Tausch von
Feuergas der Höhe und den Schlackendunsten der Tiefe
leitet. Sieh'! Einiges von dieser Wundermasse dort in
den Kesseln ist erstarrt zu wirklichem Kristall: Das sind
Blutdiamanten, Rubine aus Rosenschmelzen des Lebens.
Aber, um dir einen kleinen Hinweis auf Späteres zu geben, wisse, alle diese Vorräte von Materialien des Auf-
baues aus diesem großen Lebensmagazin, diesem Spei-
cher der Rohstoffe und ihrer ersten Verarbeitung, sie
stammen im letzten Sinne alle aus der Welt der Lebewesen insgesamt. Sie sind auch nicht dieses Knaben Eigentum, sie gehören der Welt, dem ganzen Leben. Der Knabe, wie du und jedes Lebendige, ist ein Labyrinth, nur
ein Durchgangstor, eine Wunderbrücke für die große,
allgemeine Idee vom Leben! Was hier verarbeitet wird
zu Knabenblut, ist das Blut der einstigen Pflanzen wie

der Tiere, die er mit sich vermischen musste, um zu leben, denn alle Massen des Lebens sind im ewigen Kreislauf und als Summe unwandelbar von gleicher Größe,
wie auch die Kraft eine Einheit ist, in welcher Maske sie
auch erscheint! Das mache ich dir wohl noch alles klarer:
Merke nur, diese Schollenberge alten Schutts von zer-
bröckelten Lebenssternen, die unsere kleine Schmiede
da zu lauter Goldstückchen des Lebens umprägen,
kommen von Pflanze und Tier, vom stetigen Opfermahl
aller Lebewesen, die sich ewig mischen müssen, um die
gewaltige Idee vom aufsteigenden Leben zu Gott in Äonen zu erfüllen! –

Wir fahren nun ein Stückchen weiter aus diesem Palast
der Arbeit und kommen schon in einen neuen Wunder-
betrieb.

Wir sind im Magen des Knaben, Else! Schau', wie dicht
hier unser Strom umstellt ist von lauter weißen Transportschiffchen, gleich denen, die uns tragen! Lass uns
hindurch bis auf die freie Fläche dieses großen Betriebs
des Lebens. Hier ist die eigentliche Mühle der einge-
schütteten Lebenskörner, hier der Braukessel, in dem die
Sud der Rohsäfte zerrieben, geschlemmt, erweicht und
durchgedampft wird. Hier ist viel Gelehrsamkeit und
Weisheit, Else, und die klügsten Chemiker können sich
nicht ausdenken, was hier unsere kleinen weißen Sklaven fertigbringen! Schau' einmal diese unendliche Masse
von kleinen Springbrunnen, die sie hier gebaut haben,
deren aller Öffnung zum Mageninhalt gerichtet ist und
aus denen ein kristallheller Brodelsaft emporsteigt. Den
drücken sie aus kleinen, winzigen Schwämmchen aus,
mit denen die ganze Wand aller der kleinen Springnäpf-

chen tapeziert ist wie jene Wände im Ätherschloss der Lungen mit glashellen Mosaiksteinchen. Solche Sprudelnäpfchen gibt's hier Millionen; der ganze Magen trägt sie, und überall quellen kleine Tautröpfchen hervor.

Es ist das Geheimnis dieses Saftes, dass er an die großen Trümmerstücke der Nahrung herangebracht, diese zum feinsten Staubzerfall bringt, sodass ihr innerstes Gespinst zutage kommt. Diese mit Mauerbrecherstangen, Dietrichen und Heberwerk größter Findigkeit bewehrten Säfte, die du belebte Flüssigkeiten nennen könntest, sind die einzige Erklärung für ein solches Wunder der Verdauung, wie es die langsame Auflösung eines ganzen, mit Haut, Borsten und Knochenhauern verschluckten Wildschweines im Leib der Riesenschlange bedeutet.

Mit diesem Wundersaft wird jede Mauer aus anderen Zellen, die die Nahrung enthält, gesprengt wie mit Pulverkraft, zerhämmert wie mit Millionen kleiner Hacken von unsichtbaren Bergarbeitern und gemischt und gemengt, geschüttelt und gespalten, bis einesteils die Stoffe sich im Feinsten lösen, sodass die Säfte von den großen Löschblätterrohren des Darmes leicht angesogen werden können, aber auch jedem Steinchen der fremden eingeführten Gewebstrümmer *sein Feuerkernchen entrissen* wird. Denn das ist das Ziel des eigentlichen Wechsels der Stoffe, darum dies scheinbare, fürchterliche Sichzerreißen und Zerfleischen, dies Verschlingen und Vernichten: Es ist die einzige Möglichkeit zu den kleinen Lebensformen, den Kernen der Zellen und ihrem Wundernetz vorzudringen – *ein grandioser Versuch zur Befreiung und Erlösung der in Zellkernsmauern verzauberten klei-*

nen Sonnenprinzessin, das viele Märchen so lieblich besingen.
Darum diese Mühl-, Bohr- und Sprengarbeit der verät-
zenden und umzüngelnden Säfte. Darum die Millionen
kleiner Transportschiffchen, dicht gedrängt um die
Taubrunnen der Drüsen und eingepfercht in die Maschen der Zäune in den Magenwänden. Sie harren alle
der Befrachtung mit kleinen Lebenskügelchen der Zellen
aus Tier- und Pflanzenleib, um dann mit ihrer Fracht aus
fremden Zellgestaden in den Strom der Heimat einzu-
fahren und alle Wiesen, alle Felder, alle Wälder mit
Neusaat zu bestreuen. Das sieh' dir gut an, Else, du
stehst hier an einem Lichtspalt, durch den du schnell erhaschen kannst, was hinterm Zaun des Lebens geschieht, und du erkennst, welcher Kunstgriffe die kluge
Zauberin Natur sich bedient, um den armen Menschenköpfen ein X für ein U zu machen!

Aber weiter, Else! Wir steuern einer großen Farben-
mühle zu, wo das Rot des Blutes und seine Säfte in Grün
und Gelb und Braun und Schwarz umgetüncht und
neue Kräfte des Wunderstromes entfaltet werden. Sieh'
dieses Wunderfarbennetz, als hätten Millionen goldner
Bienen in diese Palisaden von Sechsecken ihre Maurer-
ärmchen getaucht! Denk' an Mutters alte Flaschenbürste,
wo jedes Bürstenbündel eine solche Säule sechseckiger
Zellen bilden würde und jeder Bürstenstiel ein Strombett wäre wie dieses, in dem wir schwimmen; denke dir
Millionen solcher Bürstenstrahlen auf kleinstem Raum
durcheinandergepresst und doch alle durch einen Zent-
ralstrom miteinander in Verbindung – so hast du ein
Bild der Leber, dieses Wunderpalastes aus lauter Zellzy-
lindern, in dem der Saft der Bitterkeit und des Gries-

grams gebraut und ausgesiedet wird aus der roten Gallerte des Blutes wie sein dunkelgrüner Schatten. Das ist der Saft der Finsternis, der Betrübnis, des Unmutes: er springt im Zorn und spritzt im Ärger; er ist ein Rest der Tinten jener Wasserbewohner, die, von Feinden verfolgt, die Fluten trüben mit schwarzen Wellen, um das Schlachtfeld künstlich zu verdunkeln, die Sicherheit der Nacht hervorzuzaubern und das Auge des Verfolgers mit Flor zu umhüllen. Ich sage ein Rest, eine Andeutung dieser im Wassertierreich weit verbreiteten Fechterkunst mit Hinterlist und Trug, denn von allem, was es außerhalb der hochgestiegenen Menschenart gibt, findet sich im Leibe deiner Brüder und in dem deinen eine Andeutung, ein Modell, ein Ähnlichkeitsspiegel: *Das sind die Medaillen der Erinnerung, die der Lebensfeldzug prägte in jeder neu eroberten Höhe eine neue: Das sind die Meilensteine am Weg, den das zur Höhe klimmende Leben durchmaß.* Dieser grünlich-dunkle Saft, von dem ein wenig dem Blut beigemischt, das Gallige erzeugt, ist aber auch ein Segenssaft wie jener des Magens, um in den großen Schlamm- und Saugröhren der Eingeweide die aufgenommenen Bausteine an Heiz- und Wärmematerialien bis aufs letzte auszunutzen. So spaltet er die sonst unverdaulichen Fette, um ihren Transport für die sieben mageren Tage oder Wochen in die großen Scheuern und Kornspeicher und die Füllung der Fettpolster unter der Haut vorzubereiten. Denn Menschlein! Ihr habt die Reservebackentaschen der Affen, die ihr so gern verspottet, auch bei euch, ihr polstert damit nicht nur das Innere eurer Wangen wie Stabstrompeter, wenn sie blasen, sondern ihr füllt damit die Trauben eures Leibesfettes und gebt, immer zwei Fliegen mit einer Klappe schlagend, zugleich euren Runzeln und Grübchen die glättende Schöne, die Bildhauerlinie der weichen Form und faltenlosen Geschwungenheit!

Nun zeige ich dir, Elselein, noch schnell die großen Wasserwerke der Nieren, wo zusammen mit dem Mühlrad Herz der ganze Strom des Blutes zerrieben und zerlegt, gewaschen und gereinigt wird. Sieh'! Elselein, dort die großen hellen Schusterglocken mit den Rosenknäueln darin: Das sind weite Strudelsperren, wo der Saft seiner schädlichen Beimengungen aus dem Brei der Nahrung und dem Staub der Gewebsheizungen entledigt wird: durch Peitschen, Schütteln, Filtern und Pressen. Hier ist die eigentliche Stätte der Schuttvernichtung und Schlackenlösung, durch deren Passage die Druckpumpe des Herzens entlastet wird.

Vieles, Elselein! – das meiste – müssen wir unbewundert liegen lassen in diesem Paradies der Zellmosaiken, in diesem Lande der Zwergengeheimnisse, die es fertig bringen, Riesen aufzubauen. Der Knabe muss bald erwachen; vielleicht finden wir einmal wieder Gelegenheit, irgendeinem Lebewesen unter seine Haut zu schlüpfen, aber eins musst du gesehen haben, solange der Franz noch schlummert: es ist die Krone der Geheimnisse, der Thron der Menschenseele, ihr Glockenstuhl und sein leises Läutewerk!«

XV.

Vom Glockenstuhl der Seele

Jetzt geht's hinauf, Elselein, hoch in den Turm des Lebens, wie wir schon einmal so hinaufgeklettert sind in die schlanke Kuppel eures Dorfkirchleins, das oben das goldene Kreuz ziert! Wie hast du dort staunend und in leiser Scheu mitbebend um dich gesehen, als die Riesenklöppel auf- und niederfuhren, wenn Piepkorns Knaben tief unten fleißig an den Strängen emporsprangen. Wie hast du ehrfurchtsvoll die Andachtsstätte bewundert, wo das erschütterte Metall seine Wehmut und seine Sklavenqual über die Fluren niederstöhnte und an Menschenohren pochte: »Wacht auf zu Gott und betet!« Aber jetzt will ich dir eine andere Krönung königlicher Lebenstempel zeigen und mit dir ins Innere einer stolzen Kuppel fahren, wo leicht und willig eine Schar von Glöckchen klingt, deren stille Harmonie erhabener und tausendmal mächtiger ist, als jeder Glocke Schellenwerk aus Erdenstoff und seien sie aus Gold oder Silber und besetzt mit Edelsteinen oder einem Band von Kronen! Denn wir steigen auf zum Glockenstuhl der Gedanken!

Schon sind wir in den Vorhallen. Sieh', diese mächtigen Pfeiler, weißlich hohe Säulen, gerifft und gerillt, zwischen denen wir uns emporwinden! Es sind Bündel jener feinen Seilchen, die du in der zerrissenen Stirnwunde von den Wundhöhlen hängen sahst; sie sammeln brüderliche Zweige rechts und links, aus allen Gliedern, allen Teilen, allen Provinzen dieses Riesenreiches und ziehen empor zu einem langen, langen Säulenschaft. Außen ist alabasterne Helle, innen wundersame Marmorfärbung, die im Querschnitt dieses Riesenschaftes das Bildnis eines braungoldenen Schmetterlings mit ausgespreizten Flügeln zeichnet.

Kennst du die Fruchtbonbons für Leckermäulchen, Else? Die kleinen, runden, roten und grünen Säulchen mit dem Blümchen, dem Sternchen im Kerne umhüllt von glashellen Zuckerröhrchen? Es ist ein Bild des Querschnittes des Rückenmarkes, dieser Zentralsäule unseres Riesendomes, dessen Höhe wir erklimmen müssen. Ach, überall, wo Leben ist, da ist auch Schönheit: Die Natur schreibt kleine Schrift und Riesenlettern mit gleichem Griffelschwung, und zwischen ihren Zeilen liegen noch verborgen Tausende schöner Möglichkeiten und stille Andeutungen unausdenkbarer, noch verhaltener Trunkenheiten von Form, Linie und Farbe! In den Schwingen dieser Schmetterlingssäule, dem Rückenmark, schwebt alles Gefühl in tausend Strähnen leitender Bahnen vom Fühlkörperchen der Fingerbeere, die sanft die Orgeltaste niederdrückt, von allen Bündeln, die die schattengeborenen Reize im Innern des Leibes aus den Wurzeln der Eingeweide einfangen. In ihnen sind Wellenzüge eingebettet, die Warm und Kalt, Stich und Stoß, Streicheln und Liebkosen, das Strömen der Luft, das Feuchte und das Feurige, der Dinge Form und Härtegrad hinaufrollen bis in die Kuppel des Gebäudes! Hier oben schwingt die letzte, unsichtbare Glocke, die alle Meldungen an sich nimmt und verzaubert in schwebende Reigen – *die Seele!* – Vorn und rückwärts am Mark sind zwei große Läutebündel von Glied zu Glied der großen Marksäule der Meldungen eingelassen: Die Meldungen gleiten hin und her vom Stamm zur Krone, von der Krone zum Stamme! Hier finden wir wiederum eine Erinnerung an eine von der Natur langsam erworbene Bildnerkunst, die sie nie wieder vergisst. Das Mark ist eingeteilt wie ihr sie tief verbergender Ringpanzer, die Wirbelsäule, in einzelne, fast kreisrunde Abschnitte, die sich wiederholen wie beim Wurm. Jedes solches Ringelglied der großen Stammsäule der Empfindungen und der Leitungen beherrscht ein ganz bestimmtes Gebiet wie ganz ähnlich des Landrats Stube mit ihren dort ausgeheckten Befehlen den ganzen Kreis. Wie jeder Kreis zum andern kommt und die Provinz zu Provinzen und diese den Staat bilden, so addiert sich auch im Gebiet des großen Läutewerks der Seele alles aus einzelnen Abschnitten zum großen Bienenstock der Empfindungen wundersam vereinigt empor. Zu ihm strebt der große Wunderbaum, der ja auch einst aller Säulen Urbild war – der Stamm mit unzählbaren Schilfröhren, Rohrhalmen, Stricken mit goldenen Eimerchen und Tausträngen von den Wurzeln zum Stamm sich sammelnd und in der Krone die Arme tausendfach gespalten in das Reich der Höhe ausbreitend. Das ist genau auch das Bild des Rückenmarkes, das sich zum Mark des Schädels ausbreitet zu Zweigen tausendfach! Wie alle letzten Zweiglein Mütterchen tragen, die wohl silberfein klingen im Winde hin und her, so tragen auch die letzten Äste dieses Nervenbaumes das zitternde Heer aller Glöcklein der letzten Wahrnehmungen, die zwar kein Wind bewegt, die aber dennoch auf das Wundersamste zum Schwingen gebracht werden. Da ist ein Etwas lebendig, wovon auch die Wissendsten unter euch gerade nur eine leise Ahnung erhalten haben. Es ist ein Wallen einer Erschütterung, die sich

in den kleinen Drähtchen fortschiebt wie eine Kette von
Stößen.

Wir wollen einmal in der Oberwelt ein einfaches Experiment machen: Da legen wir zehn Geldstückchen in eine Reihe nebeneinander zu gerader Linie geformt, sodass sie sich ohne Lücke berühren, eins das andere gerade streifend. Nun rücken wir das rechte ein wenig ab aus der Kompanie und schnellen es flach auf dem Tisch gegen seinen Nachbarn, sodass es einen Stoß gibt. Was geschieht? Alle Geldstückchen bleiben liegen an Ort und Stelle, nur das letzte links fliegt über die Tischdecke ein gut Stück fort aus der Linie. Da hat sich eine Bewegungswelle durch Stoß gebildet. Solche freilich anders gerichtete Wellen erregt auch das Gefühl an den kleinen Tastern deiner Haut, noch andere auf und nieder schwingende Wellen umkreisen kleine Lichtscheibchen in deinem Auge, andere stoßen an die Schneckenharfe deines Ohrs, noch andere prallen an die Riechkolben deiner Nasenplatten und so fort, so viel Sinne du hast, so viel von einem, solchen Wechselstößen angepasstem Fangnetz ist eingehängt, wie ein Sternchenhimmel in die Organe, die dich leiten sollen auf Schritt und Tritt und mit Gedanken auf Gedanken! Und alle diese kleinen Stöße rollen weiter wie kleinste Kegelkugeln durch die Zweigbahnen in größere Stämme, durch diese in Bündel und diese zur großen Säule und in ihnen empor zum Glockenstuhl, um hier, jedes Kegelkügelchen in seiner Weise, anzuprallen: das eine rollend, das andere hüpfend, das dritte bohrend, das vierte strichelnd oder bogenschießend. Diese kleinen Silberkügelchen der Bewegung sind es eben, die die Blättchen an den Nervenästen klingen lassen, und aus der Art ihrer Erzitterung könnten wir, nahe herangelangt, wohl entscheiden, woher die Glöcklein läuten, ob die Augen-, Ohr-, Geschmack- oder Hautklöppelchen auf ihnen herumpoltern und sogar verschiedene Tonhöhen und Klangfarben hervorbringen. Nicht anders verfährt ja die Seele, diese große unsichtbare Sammlerin der Klänge, die erst der Symphonie Sinn und Deutbarkeit gibt! Von ihr wollen wir aber später sprechen! Ich muss dir nur noch einiges zeigen an ihren Apparaten.

Wir sind jetzt höher und höher gekommen den Verästelungen des Nervenstammes entlang, die ja nur zum Unterschied von wirklichen Bäumen wie Halme stehen, die zusammengeschnürt sind und – jetzt sind wir hineingelangt in die Kronen der Halme, ins Gebiet der dicht nebeneinander festgefügten Ähren.

Da schau'! Wie gerade solch eine Seelenähre, von der es wohl viele Millionen in dieser uns umgebenden Glockenwelt gibt, von Korn zu Korn erzittert, glüht und leuchtet! Ein Strom einer so schnell zitternden Bewegung, dass die einzelnen Glöcklein ein bisschen wie Phosphorglühen zeigen, schoss vom Ästchen einer Ähre in alle kleinen Seitenglocken hinein. Sie klingen und singen, glühen auf und verlöschen, und, o wundersames Funkenspiel, von Ähre zu Ähre zuckt zündend der Strahl! Welch ein Ringeln von Lichtnattern schöner Farbenkreise! Welch Übersprühen! Wie reichen sich die Glieder die Geisterhände, wie spielen goldene Weberschiffchen und all die schönen Lichtspindlein hin und her! Und sieh'! Jedes Mal, wenn solch ein sich ringelnder Strom von Ast zu Ast, von Ähre zu Ähre schwingt, genau als wenn ein kleiner Goldfasan von Blätterlücke zu Blätterlücke hüpft, dann schließt sich vorher der Strom von Blut, der sonst so schön die goldenen Ähren umgreift und wie ein leuchtender Nebel durch Ast und Zweige weht. Jedes Mal, bevor das Glockenspiel leuchtet und die Feuerkränzlein tönen, schwindet der leuchtende Nebel von Blut, und du kannst deutlich sehen, dass nur dort die Feuerblitzchen sich berühren, wo der Nebel weicht und dem Kettlein der Erzitterungen den Weg weist. Das heißt: die aufgenommenen Schwingungen der kleinen Auffaserungen im Geäst machen alle kleinen Blättchen, in die ihre Ästchen enden, zwar erzittern, aber die Erzitterung pflanzt sich nur fort, wenn die Gardine der Ähre von Ähre scheidenden Nebelwellen des Blutes fortgezogen ist. Das aber besorgt im letzten Sinne ein uralter Glockenmeister, der ist älter als der ganze Glockenstuhl; er hat ihn erst selbst erfunden zu seiner Bequemlichkeit, das ist der Nervenmeister. Überall' im Leibe, der tausend, tausend Arme hat, mit denen er alle Ströme umfasst, alle Organe durchwurzelt, das Herz durchzieht mit Spinneweben und so eigentlich der Stromdirektor aller Blutwellen genannt werden kann, der Mitleidsnerv, Urvater Sympathikus. Du siehst Abkömmlinge seiner kleinen Fäuste überall um die Blutnetzchen sich ringeln, welche die Zitterähren, die Schilfblütchenbündel rings umfassen. Er, dieser alte Turmwächter des Glockenstuhls, Kellermeister und Kämmerer zugleich in allen Tiefen des Lebens ist es, der dies Spiel von Glockenklingen und Schalldämpfern mit Ein- und Ausschalten der unzähligen Glühlämpchen von Alters her besorgt. Er ist der Herr des Schlafes und

Traumes; denn, wenn die Sonne sinkt, so zieht er seine dichten roten Vorhänge und Polster über die kleinen tönenden und leuchtenden Glocken, und nur hier und da geht ein Summen durch den Uhrenglockenwald, leise und geisterhaft, als wenn ein Sordino den Schall der Geigensaiten fern und seelenhaft macht: Dann träumt die Seele. Steigt aber das Sonnenlicht hell empor, so rückt er auf einmal alle Vorhänge fort und zu neuem Leben und Erwachen zucken tausend Flämmchen in dem Ährenfeld auf: Die Wahrnehmungen beginnen! Der weite Mantel dieses Herrn der Reizbarkeit, des Urvaters aller Empfindungen ruht tief im Leibe, im Sonnengeflecht und dessen Fädchen umspinnen alle Blutadern, das Herz und alle Werkstätten der Drüsen; unter seinem Szepter arbeiten alle die kleinen Heinzelmännchen, und von ihm beziehen sie alle ihre Aufträge! Er reguliert die Ordnung der Einzelmeldungen von allen Sinnesströmungen und lässt hübsch geordnet einen Meldereiter blitzschnell dem andern folgen! Er ist der Ingenieur, der alle die tausend Maschinchen überwacht, aus denen auch die Gespinste der Gedanken werden. Denn Empfinden, Elselein, ist noch lange nicht Gedanke, es muss erst gesichtet werden und gesiebt, und nur durch Vergleich mit schon einmal erklungenem Glockenschall, durch aufmerksames Abwägen ihrer Gegensätze werden ganze Gruppen von Empfindungswellen gehäuft und gestaut zu Stromschnellen, die gewissermaßen Reservekraft bereithaben und auch ohne Meldungen von außen für sich allein die Glocken der Seelenähren spielen lassen können. Dann flutet wohl der Strom der Akkorde wie selbsttätig dahin, und die Fantasie, diese dem

Traum vermählte Königin, schreitet meist sinnend, aber auch manchmal geneigt, gewaltige Erschütterungen des ganzen Instrumentes in des Menschen Schöpferhaupt zu erzeugen. Diese Macht, die sich aus dem Spiel der aufgespeicherten Ströme ableiten lässt, ist es aber auch, die dem Ausdruck verleiht, was die Menschen Willen nennen. Merke dir, Else, es gibt nur ein Organ des Willens: Das ist das Muskelsystem! Zusammengesetzt aus lauter kleinen Kettengliedern und zu Bündeln und groben Wülsten zusammengekittet, sind die Urelemente hier in den Muskeln umgebaut in kleine, elektrische Pulverfässchen, die vom Glockenthron her entzündet, eins nach dem anderen seine Sprengkraft entladen. Wie ein Baum durch Saugkraft die Energie gewinnt, Hunderte von Eimern Wasser an einem Tag frei durch den Raum empor zu heben, und wie diese Kraft auch nur erreicht wird durch die Zusammenfügung von kleinsten Pumpen, dem Porensaugen kleiner, schwammiger Eimer, so kann auch diese Kettenexplosion der Millionen kleiner Muskelbomben blitzschnell die Faust eines Athleten in Bewegung setzen. Der Schwerthieb, wie der Schlag der Hacke verdankt Gewalt und Segen nur diesem elektrischen Explodieren unzähliger kleiner Muskelbatterien. Das, was diese Entladungen veranlasst, ist eben der Strom aus gestauter Schleusenkraft, den ihr Willen nennt. Die Muskelschläuche um die kleinen Stromröhren, welche wir beide ebenso vielfach befahren haben, tragen auch solche dehnbaren Kästchen, sie können Ströme schließen und Schleusen öffnen und dann fliegt unter des Sonnengeflechtes leitender Hand die zündende Flut in jene Gebiete, welche den Arm zu heben, die

Hand zu führen geeignet sind. Denn ebenso viele Millionen Stränge und Glockenläuterseilchen, wie zum Glockenstuhl aufsteigen, ebenso viele Klingelzüge, meist in denselben Säulen des Aufstieges gelagert, führen auch zu den Maschinen des Leibes, so auch zu Muskeln und Gelenken. Da sorgt denn wundersam der alte Schleusenmeister, dass immer alle Seitenströme wohl gesperrt sind und nur auf der freigelassenen Strombahn saust die Botschaft des Willens, Handlung heischend, Segen wirkend, Unheil zündend. Freilich gibt es viele Tätigkeiten der kleinen und großen Leibesmaschinen, die rollen und schnurren, brauen und explodieren, ohne dass ein Wille dabei mitzusprechen hat. Das Herz, die Atmung arbeitet ja von selbst und Magen, Darm und alle Drüsen lassen ihre Arbeit kaum jemals stillestehen, auch nicht, wenn der Wille schläft. Auch macht ihr viele Bewegungen willenlos und ohne jede Aufmerksamkeit, wie ja ein Neugeborenes saugt, wenn du ihm das Fingerchen in den Mund steckst. Solches Zeigerlaufen und Abrollen von Federspannungen der Kurbeln, Uhren und Triebräderchen des Leibes hat der alte Uhrmacher überall eingerichtet zu einer selbstständigen Tätigkeit. Es stürzt von fest ummauerten Wasserfällen stets so viel Kraft vom heranrollenden Meer der Außenwelt, um alle diese willensunbehelligten Trittbretter und Triebräder dauernd in Betrieb zu erhalten und manche im Laufe der Zeiten immer wiederkehrenden Ketten von Apparatverknüpfungen untereinander stellen sich angerufen von den Glocken des Alarms ganz von selbst so, dass sich Schleusen öffnen und immer dieselben gewohnheitsmäßigen und geeigneten Mühlräder ins Kreisen kommen.

So treibt das Herz und die Lunge im letzten Sinn die Sonne, denn Wärme, Licht und jene dunklen Strahlen, die sie entsendet, haben alle ständig freien Eintritt ins Tor des Lebens und das, was der Mensch will, ist ja die Folge einer erst sehr spät geborenen Krönung des Glockenspieles, dessen Gesamtarbeit ihr Vernunft nennt. *Es ist die Seele allein, welche wollen kann und unterlassen!*

Sieh'! Else, es blitzen Feuerströme durch die Kuppel, Stränge glühen und Stromschnellen schießen, die Muskeln laden sollen – der Knabe erwacht. Wir müssen eilen.«

Sie saßen wieder auf ihrem weißen Flusspferdchen, in wenigen Sekunden durchschossen sie noch einmal die Grotte des Herzens und den großen Strom zum Haupt des Knaben und gelangten an die Schlucht, aus der sie eingestiegen waren in das Bergwerk der Wunder.

Sie glitten von seiner Stirn ins Gras. Else fühlte sich wachsen und größer werden, und als der Knabe die Augen aufschlug, stand sie in alter Menschenlieblichkeit neben ihm, natürlich auch Aldebaran in seiner früheren und nur Else sichtbaren Götterschönheit. »Guten Tag, Franz«, sagte sie.

Der rieb sich die Augen, erwiderte den Gruß und sprach, sie lange aufmerksam betrachtend: »Das ist sonderbar, Else. Ich habe eben ganz tolles Zeug von dir geträumt, mir war, als hättest du in mir rumort und herumgespukt! Dummes Zeug! Schnakischer Traum!«

So ging er dahin. Von dieser Zeit ab aber war es ihm, als trüge er in Herz und Sinn ein kleines Bild, eine Spur von Else, die nicht von ihm weichen wollte, wo er auch ging und stand. – –

Auf dem Nachhauseweg sagte Else: »Aldebaran, das war die schönste Fahrt, die wir bisher gemacht. Das musst du mir noch alles mehrmals ausdeuten, denn, offen gestanden, es war schwerer als Vieles, was du mir bisher erzählt. Aber im Ganzen hab' ich's doch begriffen und hätte nie geglaubt, dass ein Menschenleib so viele Wunderwerke in sich birgt. Aber eins muss ich dich doch noch fragen. Du hast auch von der Seele gesprochen, warum hast du sie mir nicht gezeigt?«

Ernst sagte Aldebaran: »Das ist die letzte Frage, die es gibt, Else, und schwer ist, Menschen darauf eine sie ganz befriedigende Antwort zu geben.

Betrittst du ein Gotteshaus mit seinen steinerstarrten Säulen, die ihre Palmen hoch zur edlen Wölbung breiten – verlangst du dann daneben und darin den *Glauben* und die *Frömmigkeit* zu schauen von Angesicht, die den Bau erschaffen? Kannst du den stillen Geist aller derer leibhaftig in die Schranken fordern, welche die Gottesfurcht geschaffen und ihren Tempel gebaut haben? Ist es zu erwarten, dass jene reine Idee leiblich erscheint, die solche Kirchen auch viel früher sah in ihrer Seele, ehe sie erstand? Wie kannst du da hoffen, dass du jenen ungeheuren Bildnergeist, der auch den Tempel jenes Leibes vorgedacht hat und schuf, in irgendeinem seiner Altäre hockend, würdest erblicken können? Das, was ihr Seele nennt, schwebt ohne Menschenwesenheit, schwebt und waltet, schifft und gleitet durch jenen hohen Glockenstuhl der Gedanken ohne Leiblichkeit und ohne Greifbarkeit. Etwas, was ungeteilt und überall ist, eine Einheit, die keine Trennung duldet von ihrem Ganzen, könnt ihr nicht mit leiblichen Augen zu schauen verlangen. *Das Unendliche kann nirgendendlich und umgrenzbar sein!* Ist doch euer Gedanke schon körperlos; er ist der nur der Seele hörbare Zusammenklang aller der kleinen Turmglöckchen, die du einzeln schwingen sahst! Du kannst schon eines anderen Gedanken niemals sehen, niemals vor dich legen und darstellen, wie dieses Glockenschwingen sich umsetzt und verwandelt in einen Zauberklang, der unsterblich sein muss, weil er ohne Leib und Wesen ist. Die Seele ist da, sie durchwirkt in Millionen Strahlen die Welt, den Leib mit Bildnerkraft, ist überall am Werke, aber diese Kraft ist nicht zu schaun, wie ja auch nicht die Schwerkraft, ihr fühlt sie nur, wenn sie am Gegenständlichen brandet. Das ist der schwerste Gedanke, den man Menschenköpfen zumuten kann. Aber haben sie sich nicht daran gewöhnt, das festeste, was sie kennen, die Mutter Erde, welche augenfällig so ruhig unter unseren Füßen verharrt, in rasender Fahrt um die Sonne und in wilden Kreisen sich um sich selbst drehend zu denken? Nur mit Gedanken ist Seele und ihr Vater Gott zu fassen, und wo eure Glöcklein aufhören müssen zu schwingen, da dichtet sich der Gedanke zum stillen Traum vom Glauben und das Begreifen wird zu wortlosem Gebet!

XVI.

Der Abendmahlsmaler

In einer großen und mächtigen Stadt des Südens, deren Markt eine Kirche trägt, die

von unten gegen den blauen Himmel gesehen sich so
ausnimmt, als hätten sich Engelein aus dem Luftzelt
Guckfensterchen zur Erde gebaut, lebte einst ein großer
Maler, der war herabgestiegen zu Tal aus den Bergen
seiner Heimat als ein Prophet und Verkünder großer
Dinge. Denn er war von Natur gesegnet mit einem Blick
für den innersten Zusammenhang aller Erscheinungen
und einer Hand, die seinen tiefsten Gedanken Ausdruck
geben konnte, sei es nun, dass er meißelte, malte oder
schrieb oder an eigenartigen Werkzeugen bastelte. Er
war einsam und in sich verschlossen, wie alle Menschen,
die immer daran sind, etwas Neues zu bauen und Gedanken zu gebären aus Nebeln dunkler Ahnungen, die
in ihrer Seele sich langsam gestalten, wachsen und an ihrer Hülle picken wie Hühnchen im Ei, wenn sie ans
Licht wollen. Schweigsam und schwer zum Reden zu
bringen, genoss er doch großer, freilich wechselnder
Liebe bei den Fürsten seiner Zeit und hatte immer Jünger um sich, die des für sie heiligen Augenblicks harrten,
bis dann und wann die Starre seines Wesens schmolz
und ein solcher Strom von unerhörtem inneren Leben
aus ihm hervorbrach, dass sie nicht genug zu staunen
und zu behalten hatten. Einige hielten ihn für einen halben Gott, andere freilich konnten sich sein sonderbares
Wesen nicht anders erklären, als mit der Annahme, er
sei insgeheim mit dem Teufel im Bunde. Arbeitete er
doch meist hinter geschlossenen Türen mit sonderbarem
Gerät und allerart Gestein und Pulvern, kleinen Kano-
nen und Geschossen, verfertigte große Flügel aus Sei-
denstoff, sonderbar geformte Holzspangen, lieh sich
Bohrwerkzeuge und Hebel aus und brachte gar Tierka-

daver in seine Hexenkammer, und man munkelte, er habe Leichen Gehenkter und an Seuchen Verstorbener zu sich geschleppt.

Wozu? – Das wusste niemand. Aber alles das trug dazu bei, ihn bei jedermann mit einem Schein der Unnahbarkeit zu umgeben, und wenn nicht hier und da aus seiner Werkstatt Werke der Malerei und Bildnerkunst ans Licht gekommen wären von wunderbarer Herrlichkeit und hinreißender Treue der Darstellung, so wäre es ihm in der dunklen Zeit der Teufelsfurcht schlecht ergangen. Allen Anklagen seitens der nie schlafenden Eiferer und Verleumder zum Trotz hielt doch sein gnädiger Fürst sein Wappenschild über ihm und, wenn er ihn auch nicht liebte, so konnte doch er und sein ganzer Hof sich gar nicht vorstellen, was werden sollte, wenn dieser Stern des Glanzes an seinem Himmel erlosch.

Man kann sich heute nicht ausmalen, wie hoch die damaligen Herren der Welt die Kunst hielten, sei es, dass es eine Frage der Eitelkeit und des Wetteifers war, welcher der vielen Staaten des Landes den größten Meister gleichsam sein eigen nannte, sei es, dass ein wildes, lasterhaftes Leben an den Höfen sie in Opfern für die Schönheit eine werktätige und nicht allzu schwere Buße für unerhörte Gräuel des Genusses und der Grausamkeit suchen ließ. Alles in der Natur ringt nach Ausgleich, und je wilder die Sitten werden, je ruchloser die bestialische Natur des Menschen die Zügel schießen lässt, desto sicherer schwingt sich ihnen ein Engel auf den Wagen, die Zeit zu retten, dass sie nicht einst verlöscht werde im Buche der Wunder. Kunst war damals eine feine Mode, niemals waren die Trachten prächtiger, die Gerätschaften des täglichen Lebens geschmackvoller und die Werke der Meister schönheitgetränkter. Die Unsicherheit des Lebens war groß, und schöpferische Seelen sind umso fruchtbarer, je weniger ihnen Behaglichkeit und Ruhe gegönnt ist. Ihre Saat muss zur Erde, je schneller, je lebenserneuernder, umso besser. Sie sind wie die Eintagsfliegen gezwungen, die kurze Spanne von heut auf morgen eilig zu benutzen. Jeder Tag, jede Minute konnte damals die letzten ihres Wirkens sein.

So arbeitete auch unser Meister wie unter einem gewaltigen Druck der Unrast und der Zweifel, ob er je würde sein Lebenswerk zu einem Abschluss bringen können. Was wollte er alles bewältigen und aus dem Boden stampfen! Wasserkanäle bauen, die große Ströme aus ihrem naturgegebenen Bett lenken sollten, Städte, die nur ein einziges großes Haus bildeten, Wurfgeschosse, die auf halbe Meilen Länge wirksam werden und Festungen in Schutt und Asche legen sollten; die Schwerkraft überwinden, Maschinen, mit der Hand getrieben, gleich feurigen Wagen über die Straßen sausen lassen, Sprengstoffe und ein Gefährt für die Luft, das Menschen gleich Vögeln über die Höhen tragen sollte. Er wollte eine Heilkunst gründen, die Seuchen unmöglich machen müsste, und beweisen, dass der Mensch gebaut sei wie ein Tier, dass in seinem Gehirn alle die Apparate zu finden und zu sehen seien, die man haben müsse, um sein Leben paradiesisch zu gestalten. Daneben wollte er die Malerei und Bildnerkunst auf ganz neue Bahnen lenken und rechnete und konstruierte an einem geheimen, unoffenbarten Kunstgesetz herum. Neue Farben mit ungeheurer Lichtwirkung wollte er finden, verließ die Bahnen erprobter Überlieferungen überall und zähmte doch seine in ihm tobenden Schöpferrosse mit der harten Gewalt eines nie erlahmenden Willens.

So fasste er eines Tages den Entschluss, das größte Bildwerk aller Zeiten zu erschaffen und konnte keinen gewaltigeren Stoff finden als die Stunde des heiligen Abendmahls, da Jesus dem Ischariot es ins Gesicht sagte, dass er ein Verräter sei. –

In einer Stunde, da sich alle Schleusen seiner Beredsamkeit und die ganze Macht seiner Persönlichkeit denen, die ihm zugehörten, unvergesslich in die Seele schrieb, trug er seinem Fürsten seinen Plan vor. Die Szene, die er malen wollte, sei das größte Drama, das sich je im Menschenherzen abgespielt, es sei der Anprall wilder Mächte, die alles Irdische und Himmlische umfassten. Es sei ein ihm allein ausdrückbarer Ewigkeitsbeweis für die Überlegenheit und den endlichen Sieg des Guten über das Böse. Das Göttliche wie das Teuflische sollten mit nie geschauter Klarheit im Kampf geschildert werden und jeder, der es schaute, sollte vor die Frage der Entscheidung gestellt werden, welcher Macht er selber und sein Tun angehöre. Er werde Christus malen in hinreißender Schönheit und nie sollte eines Unholds Schreck verblüffender zum Ausdruck kommen. Was er je von Menschengüte, Milde, königlicher Gnade und was er je von Schlechtigkeit, Hinterlist und Verworfenheit in Menschenzügen gelesen und aufbewahrt habe, wollte er hineinlegen in die beiden Helden dieses gigantischen Seelenkampfes, des den Tod grüßenden Opfers und des die Verdammnis witternden Siegers. Die Jünger sollten geschart sein, atemlos und aufgewühlt wie die

Brandungen empörter Völker, wie die bangenden Seelen, um deren Glück hier zwei Gewaltige die Schicksalswürfel warfen.

Der Fürst gewährte alle Mittel und der Meister ging ans Werk. Eine Kapelle mit breiter Altarswand wurde bestimmt, von welcher das Bild herniederleuchten sollte, das, wie der Herr dem großen Maler auf das Wort glaubte, ein Pilgerheiligtum der ganzen Christenheit werden müsse. Tag um Tag, Jahr um Jahr arbeitete der Meister mit eigenen Farben an diesem Werk, einsam und von niemand gesehen saß er auf seinem Gerüst, umhüllt von schweren, dichten Vorhängen, die dasselbe umkleideten, hinter die von oben das Licht aus einer Kuppel fiel. Die Mischungen vom Grundstoff seiner Farben war sein Geheimnis, triumphierend sprach er es aus, dass sie nicht eher weichen, erblassen oder lichtarm werden würden, als bis die Mauer in Staub zerfalle. Dafür, dass das nicht geschehe, würden Jahrhundert um Jahrhundert, ja Gott selber Wache stehen!

Endlich, nach sieben langen Jahren war das Gemälde fertig, nur eins noch fehlte, der Christuskopf. Siebenmal auf die Wand entworfen, siebenmal gelöscht und übermalt, weil immer noch nicht der Seelenkönig jenen Glanz zurückwarf, den er im Herzen trug, gelang es ihm endlich, ihn sich zur Genüge festzuhalten und nun in einem Zuge zu vollenden. Der Fürst, der schon lange böse Worte voller Ungeduld und Zweifel hatte fallen lassen, wurde eingeladen, das Bild zu sehen. Als er – nach Beding – allein und ohne jede Begleitung eintraf, war das Bild noch verhüllt. Der Meister bat ihn, ihm nicht zu zürnen, wenn er es ihm noch nicht in voller Ausdehnung zeige, es sei zwar fertig, aber noch mit einem Schutzstoff zu überziehen, der langsam trockene. Er wolle des Fürsten Gnade aber nicht länger auf die Probe stellen, und so habe er sich entschlossen, ihm allein den Christuskopf als Unterpfand für das Gelingen des ganzen Werkes zuerst vor allen Menschen zu enthüllen. Das sei eines armen Künstlers hohes Geschenk, wenn er, der Fürst, bedenke, dass Millionen Menschenaugen nach ihm auf dieses Gottesauge blicken würden.

Ein Zug an der Gardine – und aus einem Spalt von Purpursammet leuchtete die Gnade so überwältigend rein, dass der Fürst erblasste, bis in das Mark erzitterte und das geblendete Auge mit dem Arm deckte. Dann starrte er wieder und wieder, trat näher heran und sprach das Vaterunser. Des Meisters Blicke sprühten Stolz.

Noch an demselben Tage überstrich er die ganze Fläche mit seinem nur für diesen Zweck ersonnenen Firnis, der anders wie sonst Firnisse tun, das Licht noch heller, die leuchtenden Stellen noch prächtiger und die Schatten noch tiefer wirken ließ. Der Meister atmete tief auf, als er alles noch einmal übersinnend davor stand. Dann zog er den Vorhang über das Bild. Bald sollte es der Welt gehören.

Wie eine frohe Botschaft ward es dem Volk verkündet, dass des einsamen Meisters Werk vollendet sei und morgen in der Frühe von jedermann bewundert werden könne. Der Fürst selbst war wie im Fieber und sprach von nichts anderem, als von dem Eindruck, den ihm der Christuskopf gemacht und schürte somit selbst das allgemeine Verlangen. Feste wurden gefeiert, Gelage, Orgien abgehalten, und viele wachten die ganze Nacht, um unter den ersten zu sein, die in die Kapelle dringen durften. Der Hof war versammelt; ein dumpfes, unruhvolles Brausen lag über den Tausenden, die des großen Ereignisses harrten. Da kam der Meister hoch aufgerichtet und hörte vor Lust tief aufatmend mit stolzem Staunen das tosende Vivatrufen der Menge gegen sich anprallen. Der Fürst selbst zog den Hut, nahm eine schwere goldene Kette von seiner Brust und legte sie ihm eigenhändig über seinen schlichten Malermantel.

Der Meister bat, sich noch einen Augenblick zu gedulden. Er wolle nur die Teppiche und das Gerüst beiseitestellen.

Nach einer geraumen Zeit stürzte er blass, entstellt, ohne Kappe, mit zerrissener Goldkette und wirrem Haar heraus und rief, an allen Gliedern bebend: »Geht nach Haus! Ein Verbrechen! Das Bild ist vernichtet! Wer hat es getan? Wer hat es getan?«

Ohne ihn zu fragen, ging der Fürst in die Kapelle, das Volk drängte nach. Der Meister warf sich ihnen entgegen wie ein Rasender: »Zurück, zurück! Ich beschwöre euch!«

Vor den entsetzlich entstellten Zügen ebbte der Strom der Drängenden nach rückwärts. Da kam der Fürst.

»Eine Schandtat! Geht nach Hause! Der Kopf des Herrn ist von Bubenhand zerkratzt!«

Da ging ein einziger Entrüstungsschrei durch die Menge. Als er verhallt war, wandte jeder schweigend den Rücken. Der Meister blieb allein vor seinem Bilde.

Er schluchzte laut. Endlich erhob er sich, warf alle Kränkung von sich, setzte ruhig Leiter und Gerüst vor die Wand, nahm Palette und Pinsel und begann mit einem milden Lächeln den Kopf noch einmal zu malen!

Als die letzten Sonnenstrahlen sanken, war er vollendet. Schöner noch, leuchtender als das erste Mal. Ihm wollte es dünken, etwas wie milder Dank durchströme ihn, dass ein Bösewicht ihm diese Steigerung seiner Kunst erlaubte. Vorsichtig gemacht, ließ er das Bild innen von zuverlässigen, fürstlichen Waffenträgern beobachten und alle seine Jünger hielten die Kapelle umstellt wie eine Ehrenwache. Beide die ganze Nacht hindurch.

Des Morgens früh kam der Meister, sie abzulösen. Wie erschrak er aber, als in gleicher Weise wie tags zuvor, das Haupt des Erlösers wiederum zerkratzt und vernichtet war.

Das war völlig unerklärlich. Mit einem gewaltigen Ruck seiner so leicht nicht beugbaren Seele ging er zum dritten Male an die Arbeit. Ehe der Tag sank, war der Heiland wieder im Bilde, gewiss nicht weniger herrlich, als beide Male zuvor.

Eine entsetzliche Furcht vor der Nacht überkam ihn. Er ließ sich ein Kruzifix, Waffen und eine Blendlaterne bringen, denn er war auf das Äußerste nunmehr entschlossen, nicht nur eine neue Zerstörung zu verhüten, sondern mit eigener Hand den Schändlichen zu fassen, der es gewagt hatte, sein und der Menschen Heiligtum zu schänden.

Die Nacht sank herein. Unheimliche Stille schwebte durch den großen Raum. Der Meister stand und wartete. Jeder Schritt, jedes Rascheln seiner Kleidung schluckte begierig der leere, große Raum wie hungrig nach Geräusch und Ton.

Da – um Mitternacht – als eben die Donnerschläge des Turms ersterbend im Rachen der Finsternis verhallt waren – ein Knacken, hinter dem Vorhang, noch eins – ein Schlürfen, Schreiten, leises Ächzen des Gerüsts! Wie ein Tiger sprang der Meister, in der Linken das Kruzifix, rechts die aufgerührte Fackel in der Hand, zum Vorhang und schlug die beiden Flügel zurück.

Da stand, aus dem Bilde getreten, mit grässlich verzerrtem Antlitz, *Judas Ischariot* mit schon zu Gott erhobenen Fängen. Leer war sein Sitz am Tische.

Hoch schwang gegen ihn der furchtlose Maler das Kreuz. Ischariot ließ einen Augenblick die Hände sinken. Dann erhob er den geduckten Kopf und mit furchtbarer Stimme dröhnte er dem Meister entgegen:

»O, du von mir Verfluchter, dreimal Verdammter und Verhasster. Ja, ich bin's ich war's, ich werde es sein!

Du, dem Luzifer selbst den Gedanken eingegeben hat, diese furchtbarste Stunde eines Menschenlebens hier den Millionen der nichts verstehenden, nichts ausdenkenden Menschenaffen feilzuhalten – du, der du den dunkelsten Augenblick grausam gefangen hast aus dem Meer der Ewigkeit, an dem ich bluten muss, seit er erstand, – der du meine Qual, gleichwie meine Eingeweide, diese entsetzliche Tat, diese Erden erzittern machende Furcht den Blicken der Millionen herausgezerrt hast aus dem Grab der Geschehnisse – – du dreimal Grausamer, der du mich, wie ich jenen Schuldlosen dort, der brüllenden Menge zum Augenschmaus an die Wand gekreuzigt hast, so schicksalswahr, als hättest du dort unter dem Tisch gesessen, als es geschah, – du, der du meinen unseligen Schatten zurückbanntest in meine Erdenform, dass ich noch einmal in jene schauervolle Zeit zurückgestoßen bin – du Mann des Unheils! Sei verflucht! Von mir, auf dem alle Flüche der Welt ruhen, der alleinig weiß, was die furchtbare Verdammnis eines um seinen Sohn aufschreienden Gottes ist! Ja, ich wollte es zerstören, das Bild des Heiligen von Nazareth – ich kann es nicht ertragen, dass er mir von nun an Jahrhunderte lang in meine wieder leiblich schauenden Augen blickt mit der traurigen Wehmut des von mir unnütz, – mein Sott, wie unnütz! – hingeschlachteten Lammes – ich sprengte alle Fesseln, sprang vom Stuhl auf und ja! Zerkratzte, zerriss und zerhieb mit beiden Fäusten dieses Haupt, das wie das ganze Weh der Erde auf meinem viel zu-viel gepeinigten Herzen liegt. Nun ist es aus: Dein gesegnetes Kruzifix bindet meine Hände. Mit einer Tat ist's nicht zu tun.

Aber wehe, du grausamer als Schicksal, Gott und alle Welt. Mein Fluch wird auf dir ruhen! Und so sage ich dir: dein Bild, eine der größten Menschentaten – ha! Dem Untergang will ich es dennoch weihn! Deine Farben zerreißen, dein Lack zerfällt! Falsch gewählt, Fürwitziger, falsch gemischt! Ich mach' es schon zunicht. Aber weiter, du Unsterblicher! Alle deine Werke sollen fallen und verschwinden in Jahrtausenden, in denen ich höhnend mit dir die Welt umwandeln will, und nie ge-

ahntes Unheil wird durch dich in deinem Namen über
die Menschen kommen!

Du hast Kanäle gebaut und Schürfgruben in die Tiefe –
Hundert und Aberhundert Menschen werden umkom-
men in solchen Maulwurfshöhlen, in denen sie in deinem Namen den schwarzen Stein des Feuers zu Licht
und Arbeit emporgraben!

Du hast Schwefel und Salpeter gemischt und suchtest
ein Drittes zu einer Masse, die mit Feuerregen platzt,
Steinkugeln weithin schleudert und Mauern umreißt.
Du fandest das Dritte nicht – ein Mönch wird es in dei-
nem Namen suchen und finden und Menschenleiber
Unzähliger werden zerrissen werden wie Fetzen von
Pergament in deinem Namen!

Maschinen wird man bauen, auf deinen klugen Plänen
fußend, die werden Tausende von Menschenleben kos-
ten in deinem Namen!

Du hast den Ikarus der Lüfte nachgeäfft und Flug-
werkzeuge konstruiert, zu feige, sie selbst zu besteigen,
es werden Abertausende von dir verführt, durch die
Höhen schweben und auf der Erde zerschellen!

So wird Tod und Verderben sich einst an deine Spuren
heften, rasender Grübler, und um deinen Sonnengang in
Siegerschritten werden sich die Schatten ringeln wie
Schlangen mit Gift im Rachen und die einstige Geschichte deines Namens wird eine Spur zeigen von unzähligen
zum Martertod geschleppten Opfern! Fluch dir und deinem Namen; der einst, wenn ich alle deine Werke, dies
voran, großer Meister, zerstört haben werde, im Nebel

der Legende versinken soll, wie der meine! Sei verflucht!« – –

Da hielt der Schäumende inne und schlich sich auf den Platz im Gemälde. Der angedonnerte Meister stand entsetzt und sah, mit beiden Händen das Kreuz umfassend, hilfeflehend zum Gottessohn in seinem Bild und rief betend: »Sohn der heiligen Mutter! Ist das wahr?« – –

Da leuchtete das Bild Jesu Christi. Die Augen bekamen eine noch schmerzlichere Beschattung und das Gotteshaupt neigte sich langsam einmal mit wehmütiger Bejahung. Dann war alle geisterhafte Bewegung im Bilde gestorben.

Der Meister von Mailand aber richtete sich hoch auf, lächelte bitter und ging mit zu Eis erstarrten Zügen aus der Kapelle.

XVII.

Die Prismakönigin

Mit Elselein stieg einst Aldebaran zur Kalkgrube nieder, die viele Jahre nun schon seit Elses glücklichem Fund eines Stückchen Kalkes auf dem Acker ihres Vaters im Betrieb war. Langsam führte ein weicher Weg, fast weiß vom Mehl der Kalkstaub sprühenden Wagen, die die weiße Erde zum Strand brachten, abwärts in die Tiefe. Leicht konnte der Fuß in diesem vom Regen erweichten weißen Lehm versinken, und mehrmals war Else in Gefahr, in dem bleichen Schlamm die Schuhe zu verlieren, während Aldebarans Geistersohlen ohne Spur zu lassen, dahinschritten. Immer mehr senkte sich der

Weg, und bald standen sie in der Grube. Es war tief im Winter und spät des Abends, der Mond schien hell und ließ grell das weiße Gespenstertuch aufleuchten, das hier über die steilen, fast hundert Fuß hohen Kalkwände gebreitet war. Ein vom Tau und Regen gebildeter und von unterirdischen Quellen gespeister See, der tagsüber kristallgrün leuchtete, jetzt aber, ein dunkler Spiegel, den sternenbesäten Himmel und die weißen Tempelmauern widerstrahlte, nahm die Mitte dieser Riesengrube ein. Sie war wie ein Geisterraum zu schauen, wie ein einziges gewaltiges Grab einer erloschenen Seele. Wie Gottesschrift zogen sich dunkle Quadern von Feuerstein in parallelen Zügen um den Rand der Grube, als gäben sie in Runen Kunde von den Taten und Leiden des hier bestatteten Riesen. In Zickzacklinien zog sich der Terrassensteg, den der Fleiß der Arbeiter mit Hacke und Beil geschlagen hatte, an der Wand vom Boden der Grube empor, unten lag herabgeprasselter Rohkalk, wie eine gefesselte Lawine geschichtet, und oben standen dunkle Föhren, deren weiche Umrahmung mit dem Samt der Nacht wie ein schwarzer Trauerflor wirkte.

Else sagte: »Wie grabesstill es ist, wie ein verödeter Geistersaal.«

»Es ist auch ein Grab von Millionen und aber Millionen von Skeletten kleiner Tierleiberchen, die ihre Kalkhäutchen selig durch die Fluten steuerten, als hier noch das Meer brandete. Und alle die kleinen Fünkchen der Weltseele, die in diesem winzigen Häuschen ihren Wohnsitz hatten, haben die kleinen Kalkhüllen verlassen, die einst einen zierlichen Leib mit einem gefangenen Sonnenstrahl umschlossen; das waren fast die ersten Bausteine, mit denen der Feurige dann weiter baute, Seesternchen, Ammonshörnchen, Strahlinge, Rädertierchen und später Polypen, Schwämme, Korallenstöcke, bis hinauf zu den größten Zellengemeinschaften von Tier- und Menschenindividuen, alle Pflanzen mit einbegriffen. Komme heran zum Ufer dieses kristallenen Sees der Tiefe, auf dem der Frost uns eben ein schönes Zeichenblatt hingebreitet hat. Ich will dir zeigen, welche Schönheit diese erstorbene Welt von Milliarden Lebewesen einst in sich barg, ehe ihre Skelette, herabgedrückt von der Faust der Schwere, sich am Boden des einstigen Meeres aufschichteten wie allzu viel Zucker in einer Glasschale und zu trocknendem Brei zusammengepresst von den großen Stampfbewegungen der sich von allen Seiten faltenden und seitlich verschiebenden Erdwände. Davon ein andermal, jetzt komm'!«

Aldebaran nahm einen am Wege liegenden scharfen Kieselstein, betrat die Eisfläche und zeichnete mit größter Schnelligkeit der staunenden Else diese Tafel in die Kristallfläche aus Eis.

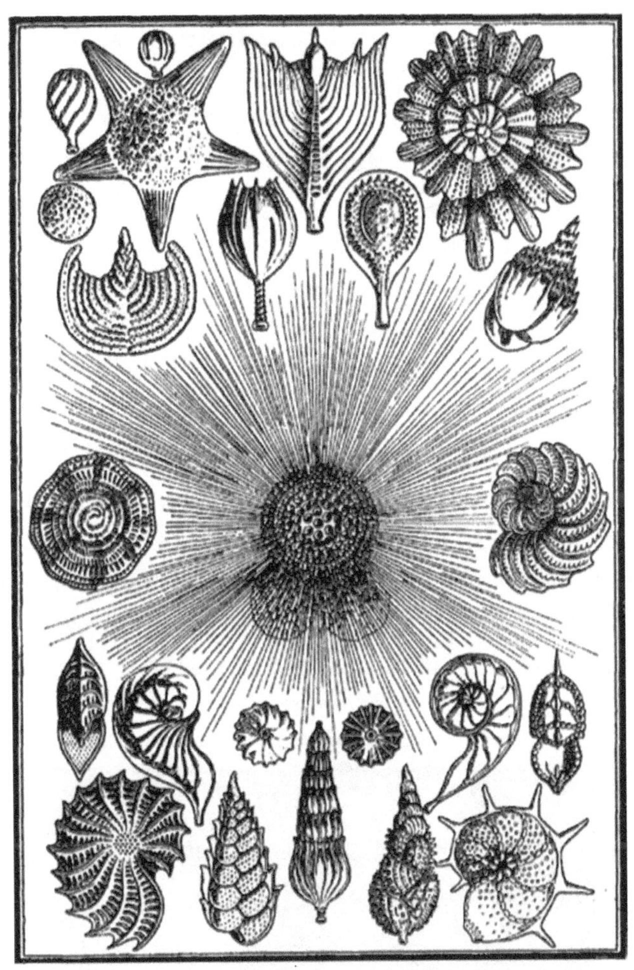

»Sieh'! Dieser Formen wunderbare Schönheit: Bro-
schen, Sterne, wie aus Benvenuto Cellinis, des größten
Formenkünstlers, Hand, diese fein ziselierten Handspie-
gelchen, erstarrte Blütenkelche, Vasen, Fächer, Sonnen
und spiraligen Gehäuse! Du kannst jetzt nachdenken,
welch ein Künstler jener Gott gewesen und wie frei seine
Götterhand den Einklang von Form und Idee, spielerisch und doch so ernst, zuwege brachte! Denk' einen

Augenblick rückwärts und nimm an, dies ganze Reich der Toten erhöbe sich um Mitternacht und fliege aus seinen Gräbern und könnte schwimmen in der Luft wie einst im Meer. Du und alle Menschen im Umkreis dieser Insel müssten ersticken in diesem Staub der wirbelnden Skelette. Denke, wie die Mittelsternchen dort mit ihrem feinen Kieselheiligenschein dir in die Nase kitzeln und deine hellen Augen zerstechen müssten! Alles würde eine Riesenwolke bilden, die unsere Insel überschatten müsste mit dem Heer aller dieser kleinen Erstgeborenen des Lebens. Merke dir schön ihre Form, Else! Es ist ein durchgreifender geheimer Unterschied zwischen allen Gestaltungen des sogenannten Belebten und des sogenannten Unbelebten! Schau' lange auf dies schöne Bildchen, das ich dir hier mit leichter Mühe entworfen, und nun vergleiche es mit dem, was ich jetzt einritze in diese glitzernde Schiefertafel der Natur.«

  Das sind die ersten Formen, mit denen die schöpferische Idee auch das Leblose, wie ihr es nennt, bedacht hat. Es sind Eis- und Schneekristalle, die hier im Mondenlicht so schön aufleuchten. Trotz aller Schönheit – welch starre Regelmäßigkeit der Form gegen jenen freien Rausch geschwungener und gewundener Linien! Das wird dir noch einst alles klar werden! Jetzt lass uns ein Stückchen beiseitetreten. Wir wollen einmal wieder etwas erleben in dieser Nacht der Sterne, die wie Edelsteine mit verschlucktem Licht dort oben in dem kleinen Himmelsausschnitt prangen.«

Aldebaran kniete nieder und klopfte auf geheimnisvolle Art mit dem Feuerstein auf den kieselharten Boden. Da geschah etwas Wundersames. Die Erde öffnete sich torbreit und ein kleiner Zwerg stand vor ihnen, der hatte eine zierliche Laterne aus Kristall in der Hand und leuchtete Aldebaran ins Gesicht, nickte befriedigt und wandte sich dann zu Else.

»Was soll ein Menschenkind in unsern Schlössern? Du weißt, wie ich, es ist verboten!«

»Lass nur, Alterchen, sieh' auf zum Himmel! Kannst du meinen Stern noch finden? Er ist erloschen, seit ich von ihm bin. Und so du mir nicht glaubst, willst du das Zeichen?«

»Gib es«, sagte der kleine Bergmann ernst, deckte seine Laterne mit der Hand und sah hinauf zur Höhe. Da fiel ein Stern vom Himmel, aber ehe er verlosch, blieb er ein kurzes Weilchen schweben, und Else sah ganz deutlich, wie er in eine kleine Krone auseinandersprang, ehe er verschwunden war.

»Es ist gut«, sagte der Kleine, »seid willkommen! – Ich gehe voran!«

Furchtlos, aber doch sehr erstaunt, ging Else hinter dem Zwerglein, gefolgt von Aldebaran hinab in den mannshohen Gang, dessen Wände von weißem Kalk getüncht waren und aus denen große, schwarze, geschliffene Feuersteine mit grünlich-blauer Glut aufleuchteten, sowie sie die Strahlen der kleinen Zauberlaterne berührten. In dem Laternchen glühte ein Karfunkel mit blendendem Licht so hell, dass, als Else einmal fest hineinschaute, sie wie geblendet fortblicken musste und alles in grünem Gegenlicht sah. Nun wurde das Tor weiter. Lange Säulen von Basalt mit eisgrünem Eigenlicht säumten einen breiten Gang, über welchem Schlusssteine von vielseitigen Pyramiden in Bogenform gespannt waren; von Zeit zu Zeit leuchtete in den einzelnen Kuppeln dann eine rote Glut in einer geschliffenen Schale auf, die erlosch, sowie die nächtlichen Wanderer einen Abschnitt des Säulenganges passiert hatten. Jetzt standen sie vor einem Tor. Das trug Pfosten aus Smaragden und eine Treppe von quergelegten Porphyrquadern führte hinauf. Eine Tür von schweren Granitflügeln öffnete sich langsam. Da brach so unendliches Licht durch den Spalt, dass Else ganz geblendet stand. Das kleine Laternenmännlein löschte behutsam sein Lämpchen und schlug mit einem Steinhammer gegen das Gitter aus Glanzkobalt und Glimmerstäben. Da ging ein feines Klingen durch die Vorhalle, und heraus stürmte eine ganze Armee von kleinen, glimmergepanzerten Rittern, die Spieße von Flussspat und Helme aus Zinnerz hatten, in ihrer Rechten einen kleinen diamantenen Dolch.

»Heil der Königin!«, sagte ihr Führer. Das war die Losung.

Das Gittertor sank von oben nach unten zusammen wie eine Riesenmarkise und Else trat mit Aldebaran in den Vorraum. O, wie schön war es hier! Große gläserne Platten, weiß wie Schnee und durchzogen von fantastischen Adern wie an einem durchschnittenen Baum, bildeten den Boden, von den spiegelnden Wandflächen aus großem dunklem Achat sprangen Leuchterarme vor aus grünlicher, eckig geschnittener Lavaerde und in ihren geradgeschnittenen Schalen glühten gelbgoldene Topase, grüne Malachite, wasserhelle Bergkristalle, tiefblaue Amarille mit gedämpftem Licht, dass ihre bunten Farben sich zu einem gemeinsam weichen, milden Orangelicht mischten, das leuchtete warm, wie der klare Himmel beim Sonnenuntergang im Meer.

Sie durchschritten die Vorhalle, während die Schar der kleinen Ritter, rechts und links, ihnen zur Seite ein Spalier bildete, aus dem von Kristallspießen und Diamantdolchen Lichtblitze förmlich wie feine Schneeflocken umherrieselten, und traten nun in einen so hochgewölbten Raum ein, dessen Kuppel ein einziger vieleckiger Kegel bildete, dass Else meinte, er müsse weit in die Oberwelt hineinragen. Auch glaubte sie, in jeder blitzenden Kante des Vielecks die Mondsichel, und hier und da Steine zu schauen. Sechsfach geschnittene und an den Schnittlinien der freien, hellschimmernden Flächen nochmals abgestutzte, smaragdene Säulen strebten hinauf zu den Grundlinien der hohen Kuppel und in jeder Säule stand aufrecht eine wie starr versteinerte, aber wunderschöne Kristallprinzessin mit leuchtenden Fischaugen aus Opal, die sahen aus wie lauter Schneewittchen in Kristallsärgen, trugen Kronen aus verschieden gefärbtem Glas und vor der Brust ein helles Schild, in das wunderliche Figuren eingeschnitten waren von großer Regelmäßigkeit. Unwillkürlich musste Else an Aldebarans Wunderquadrat denken, das er ihr einst in den hellen Chausseesand gezeichnet hatte. Da fiel mit einem rauschenden Klingen, als klirrten zugleich alle Weingläser der Welt, als schwirrten abgesprungene Stahlspangen durch die Luft oder als könne man das Pfeifen eines Sternschnuppenschwarmes hören, ein Vorhang herab in der Tiefe des Kuppelpalastes, der aus lauter ganz feinen Glasstäbchen mit Silber, Gold und dem Glanz vieler Edelmetalle zusammengesetzt war.

Über die dahinrieselnden Perlen, zu denen der Vorhang wie eine brechende Welle zerfallen war, schritt Astra, die Prismenkönigin. Else stand wie verzaubert. Soviel Schönheit nicht nur der edelgeformten Züge, auch der verschwenderischsten Tracht, hatte sie sich in kühnsten Träumen nicht ausmalen können. Ein aus ganz seinen Metallplättchen zusammengesetztes Gespinst umwallte herabfallend den Leib und ließ die aufleuchtenden Glieder des schönsten Körpers bald blitzschnell schauen, bald verschwinden. Um diesen Unterstoff flossen dichtere, in der Hüfte geschürzte Schleiergewebe aus festerem Gefüge nebeneinandergereihter Edelsteinspangen. Die ganze Gestalt umwallte ein Mantel aus metallischen Schuppen, rückwärts kohlenschwarz mit Silbersternen besetzt, im Innern purpurn leuchtend, sodass das helle Gewand und das Blütenoval des feinen Gesichtchens wie ein Wolkenbild vom Glanz der Morgensonne sich abhob.

»O, Aldebaran,« sprach eine glockenhelle Stimme, »warum hast du dein Schwesterchen Astra solange warten und Tränen weinen lassen vor Sehnsucht, dich zu sehen?«

»Weil, Astra, deine Tränen Edelsteine sind, die wir sammeln müssen, damit kein Stern erlischt und der Pfad zur Ewigkeit den Seelen nicht dunkel wird!«

»Und warum, Aldebaran, schmachte ich noch immer hier im Leib der Erde?«

»Du weißt es selbst! Du bist verzaubert und hier festgebannt, solange nicht ein Eiskristall im Mittelpunkt der Erde die sechseckige Flamme des Schweigens schwingt und alle Wärme verströmt ist.«

Astra rang die Hände. »Noch viele Hunderttausend Jahre kann das dauern!«

»Astra, sei gerecht«, sagte Aldebaran, »du hast ja selbst gewählt. König Helios ließ dir die Wahl, entweder den Prinzen Morgenroth zu ehelichen und mit ihm das Leben dieser Erde fortzuführen, oder dem gleißenden Zauberer, dem Kälteschmied und Wärmewürger, in die Tiefe zu folgen. Dir stachen seine Goldkammern, seine Diamantengüter, seine Palmenhaine aus Rubin, Basalt und Meerblauschäften in die Augen. War doch Prinz Morgenroth ein armer Teufel dagegen und kam mit leeren Händen vor unsres Königsvaters Thron. Sieh', was seine träumerische Seele inzwischen alles bildete! Hier steht so eine kleine Krönung seiner Formenträume. Das ist Else, ein einfach Försterkind. Helios, als er sie sah, eine kleine Statuette, die ihm Prinz Morgenroth am Sonnenfesttag zeigte, gab ihr das Zeichen!«

»Lass sehn«, sagte Astra und sandte aus einem wunderbaren Diamanten einen Feuerstrahl gegen Elses Herz. Diese fühlte eine wohltuende Wärme da, wo ihr der Strahl die Brust berührte, und Astra sprach:

»So sehe ich seine Handschrift wieder. Habe Dank dafür, kleines Försterkind!«

Sie stieg von ihrem Thron und küsste Else innig, wie Liebende wohl die Briefe küssen, die Liebende in weite, weite Ferne gesandt. Else fühlte, dass über ihr Haupt ein paar Perlen liefen, deren Rollen leise singend am Boden dahinlief und feine, kleine silber- und goldgeschmückte Pagen sammelten sie in Schalen. Da lagen sie wie Licht gewordene kleine, weiße Johannisbeeren. Da dauerte Else die arme, verzauberte Prinzessin sehr, deren Gemahl an seiner eigenen Kälte zugrunde gegangen war. Aber sie musste seine Erbschaft antreten und langsam den Reigen alles Schwebenden in Flüssiges und alles Flüssige in Eis wandeln. Aber das Schicksal ließ es anders werden. Ein junger Hirt, der einst in ihr Reich durch einen Spalt stürzte und diese hohe Kristallkuppel durchbrach, ward zu ihr gesandt und lehrte sie später die ungeformten Massen durch Zauberformeln in Gestalt zu bringen; damit war des Eiskönigs Macht gebrochen, und soviel auch in seinem Reich die Flut des Kühlens und Erstarrens zum Herzen der Erde vordrang, desto mehr Wärme strömte aus den Äuglein der lebendig werdenden Kristalle auf der Erde Wiesenkleid. Damals aber litt die Königin Astra noch sehr unter dem furchtbaren Gedanken, dem Werke des Todes lebenslang zu dienen. Zwar war ja unter ihrem Szepter, wie Else sah, alles zu wunderbarer Schönheit gewandelt, die kalte Starrheit reihte sich zu Steinenform und Sonnenklarheit nach dem ihnen von Astra geschenkten Bildungshauch, aber die funkelnden Särge konnten sie nicht täuschen, es war immer noch erwürgtes Leben, das sie fesselte. Das prächtigste, funkelndste Grab konnte keine der ewig schlafenden Seelen, denen sie es gewidmet, erwecken.

»Das ist noch mein einziger Trost, Aldebaran«, sagte Astra, Elsen inzwischen freundlich bei der Hand nehmend.

»Sie ist auch schön, deine Meisterschaft, kristallene Särge zu schleifen, und ich sehe immer gern deine Arbeitsräume, deine Entwürfe, deine Lager. Zeig' sie auch diesem Kinde. Es wird ihr wohl dabei manches klarer werden, was ich ihr schon zuvor angedeutet.«

Gern ging sie, Else führend, voran zu den dunklen Gängen, tiefen Schachten, an rauschenden Unterweltsflüssen vorbei zu Schmieden und Schleifern, zu Formern und Spänglern, Hämmerern und Nietern, durch deren aller Hände ein schöner Sarg erst wandern musste, ehe er in die heilige Grotte kam. Durch ein dunkel schwarzes Gitterportal aus tiefgrünem Granit auf Kohlenkristallsockeln sah Else in einen Riesenpark.

»Wir können dich nicht einlassen, Erdenkind«, sagte Astra, die sie auf allen Wegen an der Hand hielt. »Du musst erstarren, wenn du diesen Kirchhof siehst.«

Else sah durch das Gitter gewaltige Berge schönster Sargformen aus Kristall in allen möglichen Farben übereinandergeschichtet. Ein eisiger Hauch kam durch die Gitterstäbe.

»Komm' jetzt zum Allerheiligsten, mein Kind. Du sollst das Geheimnis des Kristalls im Bilde schauen.«

XVIII.

Das heilige Viereck

Sie traten in einen dunklen Raum ein. Nur eine Wand strahlte in grünlichem Licht. Darauf erschien, nachdem alle auf Glassesseln Platz genommen, folgende Figur in roten leuchtenden Linien.

»Ah, das heilige Quadrat«, dachte Else.

»Ja, Kind,« sprach Astra, deren Stimme in der Dunkelheit ganz leise klang. »Das ist das heilige Quadrat, alles Geformten Daseinsfessel, wie auch der heilige Zaun, der alles Starre vom Lebendigen scheidet. Erst wenn dies kalte Viereck sich in Schöpferhand zu einem Kreise dichtet, beginnt des Lebens Wogenschlag. Das wird dir mein königlicher Bruder alles noch sagen, der ja dein Lehrer ist. Hier lass dir von den Wundern dieses zum Würfel ausziehbaren Vierecks erzählen. In ihm ist jede Form des erstarrten Lebens begründet, kein Kind der vielen Tausend Möglichkeiten von Gestein, Kristall, Metall, das nicht in dieser Wiege von vier Seiten oder acht Flächen geboren wäre.

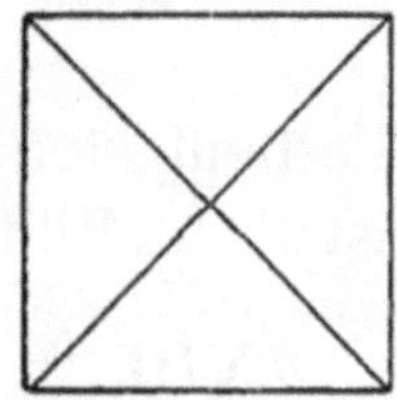

»Sieh'! Nur vier Stäbe heben sich und, wie sich Schatten
bilden durch Verdichtung!

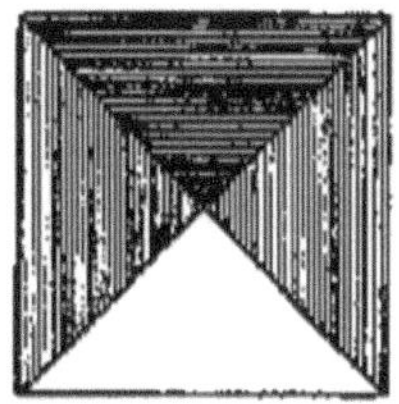

Von der Mitte her siehst du sich's schon zur Pyramide
heben. Noch deutlicher von der Seite geschaut, nicht wie
dort, von oben.

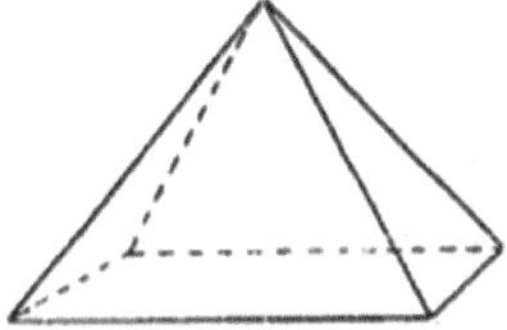

Eine Hand, die meine, nahm nur den Mittelpunkt empor und hob die vier Strahlen in die Höhe, da war eben
dieses Grabmal der Ägypter da. Die Masse der Platte
folgte, sich verdünnend, der Idee und füllte den Gitter-
bau mit ihren Stäben. Zugleich kann ich den Treffpunkt
nach unten ziehen, und du bekommst diese Form:

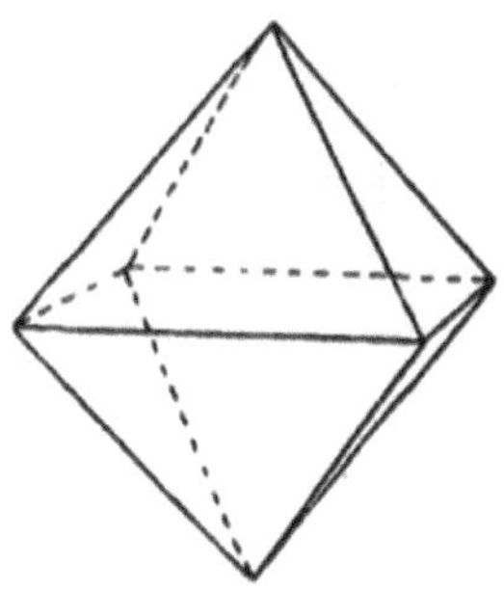

Ich nehme mein Quadrat zurück und mach' daraus einen Würfel; indem ich alle Seiten zu Pyramiden ausziehe, so erhalte ich diesen Pyramidenwürfel von schon
verzwickterer Gestalt.

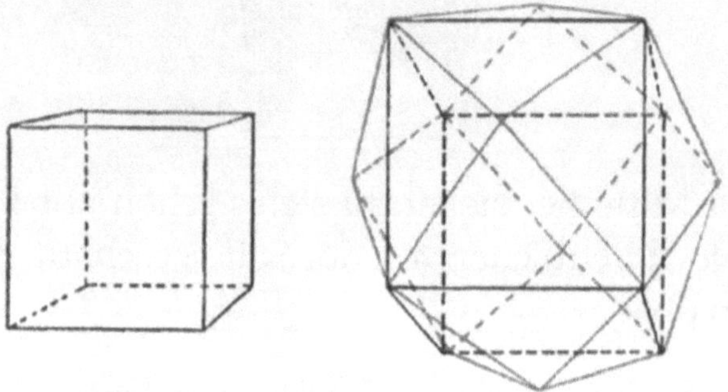

Wenn ich mehrere solcher Vierecke ineinander verschiebe, diese Figur, bei der alle Seiten des Quadrates
etwas verzogen sind.

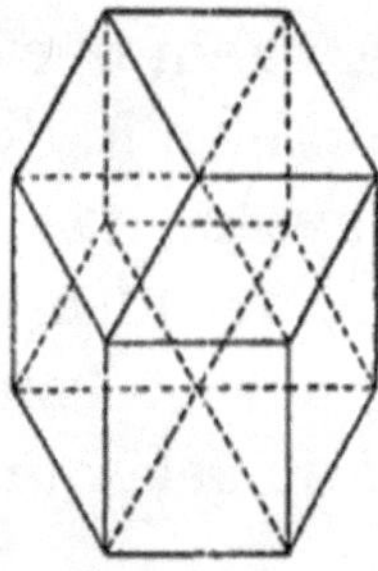

Wir schneiden nun dem Würfel viele Ecken ab, beschneiden auch seine Kanten gleichmäßig und siehe,
was da wird:

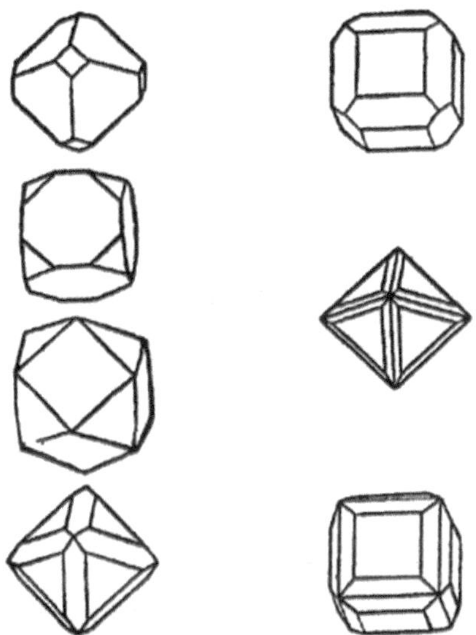

Wenn du nun viele solcher Vierecke miteinander zusammensetzt, so erhältst du diesen Körper, in dem du leicht die einzelnen quadratischen Flächen in stets gleichem Winkel miteinander verbunden siehst.

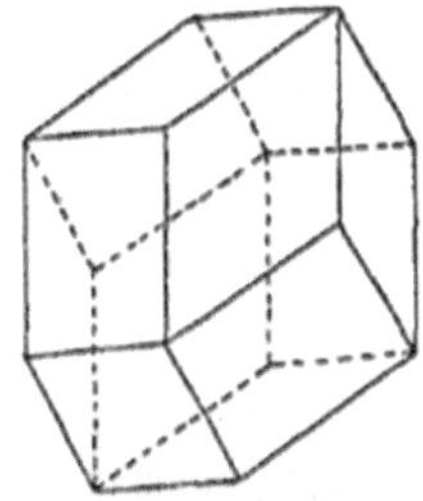

Dann diese 24-Ecker mit verzogenen Quadraten:

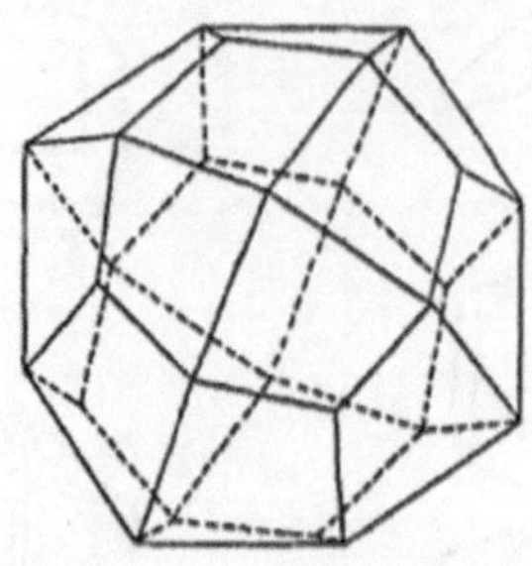

Viereck und Achteck lassen sich ineinandersetzen.
Dann gibt's dies und, wenn du die Ecken abschneidest,
das Bild daneben:

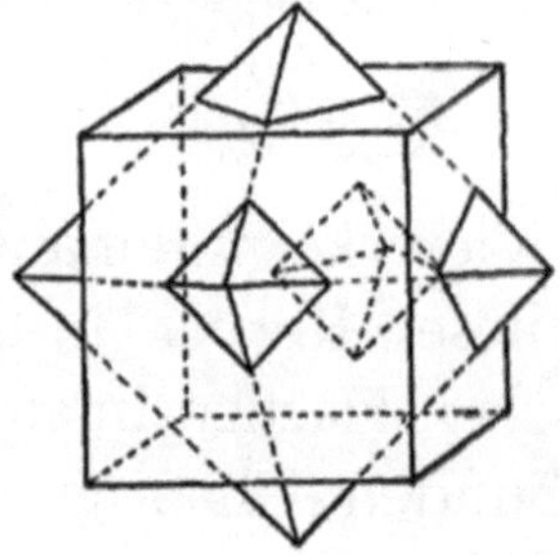 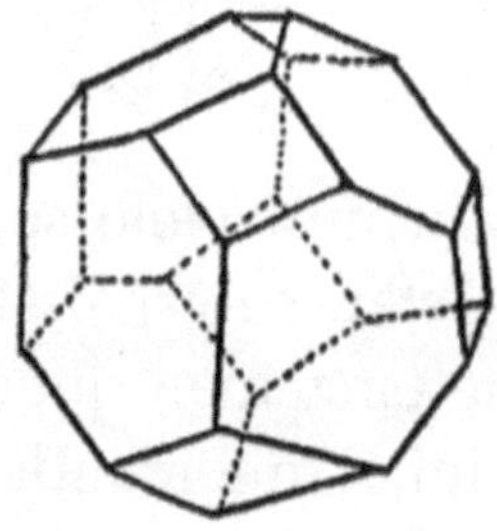

Hier siehst du zum ersten Male eine Fläche von sechs
Seiten umrahmt und deren fast kuglige Anordnung.
Ach! Stets nur fast, nie ganz führt es zur Kugel, soviel
wir auch geschnitten haben und gespalten, denn den
runden Schnitt hält eben keiner unsrer Sargdeckel aus.
Hier wechseln immer Sechsecke mit Quadraten. Zieh' in
beiden hier gezeichneten Sechsecken Linien zum Mittelpunkt, und du siehst, wie durch ein Wunder wieder aus
jedem ein Würfel entsteht.

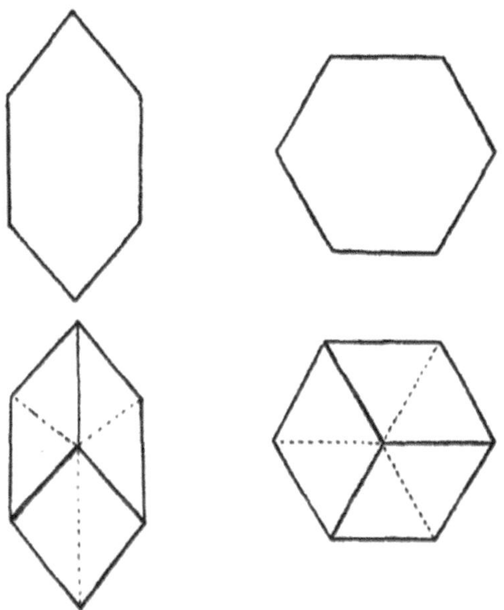

Jetzt kommt das Schwerste, Kind, was selbst dem Teufel Kopfschmerzen und Unbehagen machte, sodass er rief:

›Das Pentagramm macht mir Pein!‹

Das Fünfeck! Warum wohl zerschellte der Teufelswitz an diesem Zeichen?

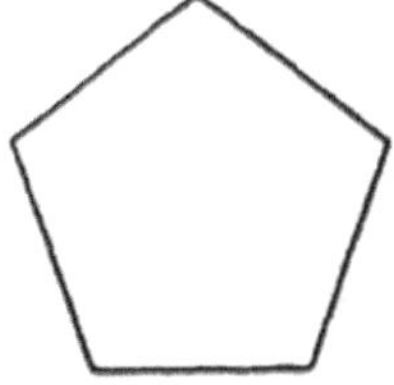

Sieh' seine abgeleiteten Pyramiden, die wir darum ›des Teufels Sargdeckel‹ nennen, an dem er immer scheu und mit verklemmter Nase vorbeischleicht. Es ist sehr schwer, das Fünfeck mit den Augen in eine körperliche Figur langsam aufzulösen.

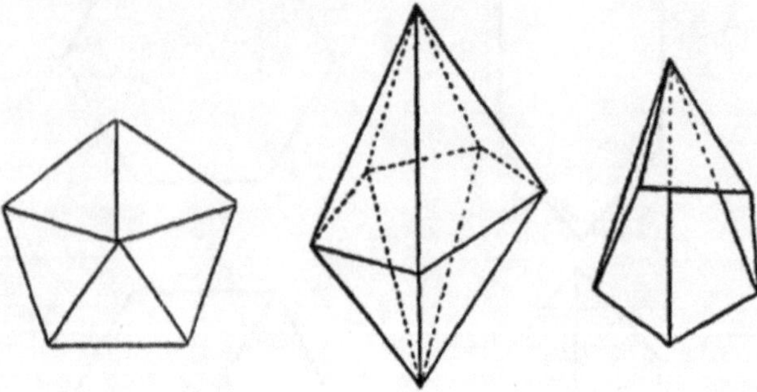

Denn es gelingt wohl, wie gezeigt, eine Pyramide daraus zu zaubern, aber nie ein Sechseck oder Viereck, die ja Skelettverwandtschaft haben, nämlich so:

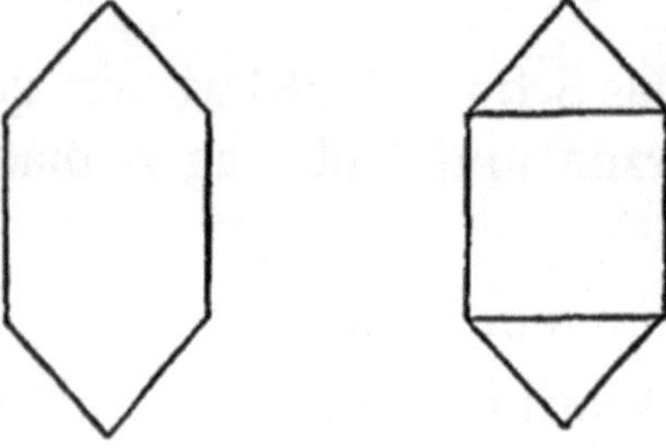

Auch kannst du im Fünfeck nie eine volle Form sehen, wenn du die Mittelpunktslinien ziehst, immer hapert's irgendwo mit der Körperlichkeit! Man sieht zwar einzelne Vierecke und Dreiecke entstehen, aber keine Kastenform außer Kegel oder Pyramide will sich ergeben.

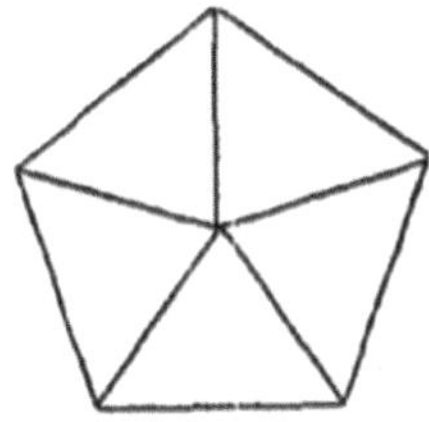

Ich will dir das Rätsel lösen, Kind, behalt' es gut! Der Teufel kann nicht darüber weg, weil er nicht weiß, dass man zwei Spangen fortnehmen muss, welche die Form sperren.

Das Pentagramm entsteht zwar aus dem Sechseck auf diese Weise: durch Fortnehmen zweier Spangen oder durch ihre Streckung auf eine Linie (die unten), so:

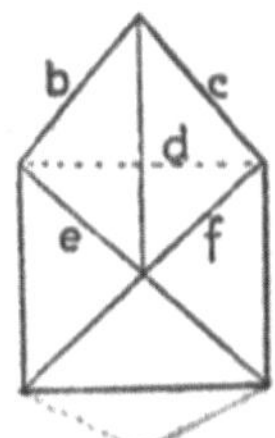

Aber eine Form mit Viereckbasis können wir nicht schaffen ohne Notbehelf. Hat man alle Verbindungslinien gezogen zum Mittelpunkte und drückt nun auch das gegenüberliegende Linienpaar (b und c) zu d zusammen und nimmt die Spangen e und f fort, so springt die Wunderkammer auf. Sieh'!

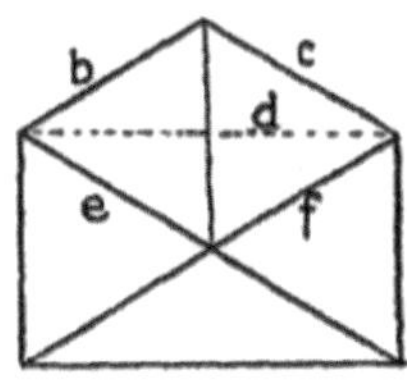

Diese klare Figur entsteht. Ein Keil, ein Prisma, meine Krone, das Netz der Farben und aus der fünfeckigen Pyramide wird des Dreizacks heiliges Symbol!

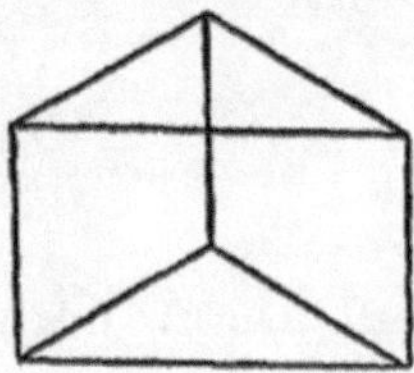

Sag's aber nicht dem Teufel, Else. Er ersinnt sonst doch noch einen Dietrich. Auf vielen unserer Geheimnisse der Natur liegt das Pentagramm.

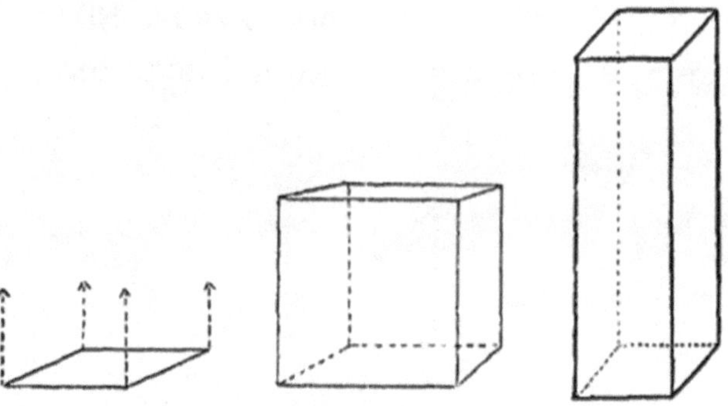

Nun will ich dir noch etwas zeigen, was dich freuen wird. Sieh', wie ich durch Heben eines Quadrates eine Säule machen kann auf diese Weise, indem ich alle Ecken gleichfalls hebe und der Strom von Kristall mir folgt wie dicke, fast erstarrte Zuckermasse. Wie ich daraus Säulen machen kann, so kann ich eine Figur schaffen, wenn ich nach allen Seiten des Würfels vier solche Säulen ausziehe, die heilig ist und eures Glaubens Symbol.

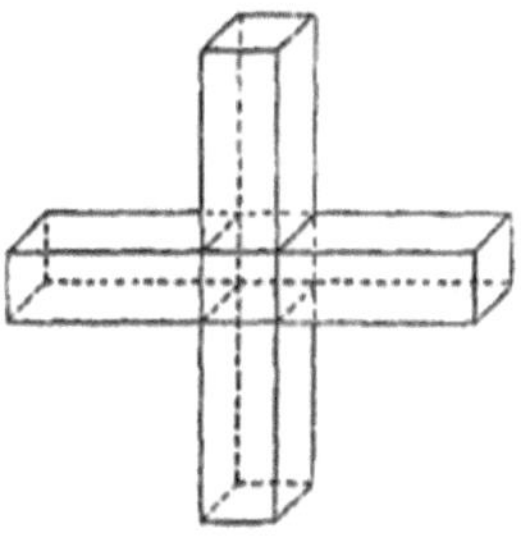

In ihm ist Tod gewiss und als Versprechen ruft in ihm das heilige Leben, die Auferstehung.

Ein Würfel liegt in seiner Mitte, die Urform aller kristallischen Bildungen, also alles ewigen Friedens und der Ruhe Todesbild, aber einst wird dieser Würfel sich verdichten zu einer Kugelform, und dann wird das Leben beginnen.

Das wird dir Aldebaran gewiss einmal besser zeigen, als ich es kann, aber ich sage dir im Voraus, ein Anfang war im Chaos und niemals war das Weltall öde und leer, zuerst war Tod, aber mit ihm Kristall, und dann kam das Gedicht des Lebens.

Die Kugel ward aus dem Quadrat, und das Leben entstand.

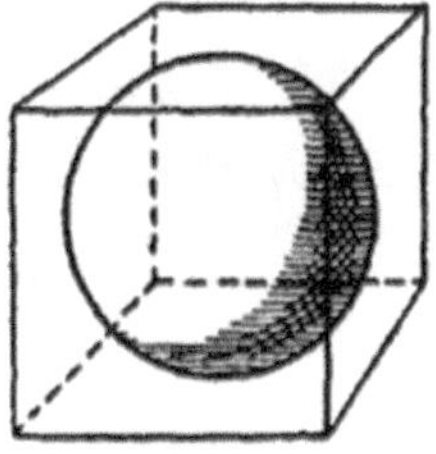

Darum ist das Kreuz, das dieses Wunder in sich schließt, ein siegreich Mal.

Noch glüht auch mir eine Hoffnung, mich selbst, die
Königin im Reiche dieser starren Gesetze, zu befreien
und die Verbannung von mir zu nehmen, nämlich wenn
es mir und meinem fleißigen Volke gelingt, von der Linie zum Bogen, vom Viereck zum Kreise als Vollendung
des Formenzaubers zu gelangen. Dann springt die Fessel, aus dem Kristall wird Leben, und ich gehe wieder zu
den Göttern ein! Wisse, Else, dass mit einem edelsten
Steine, dem Diamanten, es mir gelang. Seine Flächen
sind in schönem Bogen geschwungen, nicht mehr im toten Geradeaus erstarrt, sein Leib ist aus dem edelsten
Gestein in reinster Form, ohne den auch Leben nie besteht: Carbon, aus dem das Leben glüht!

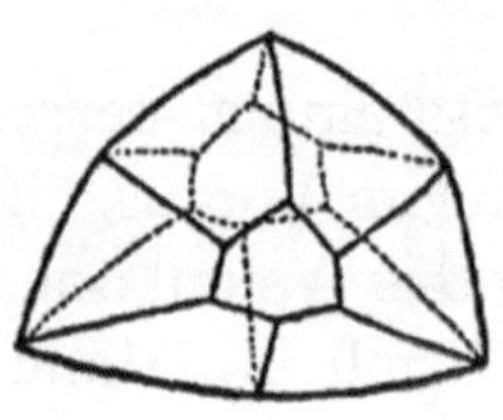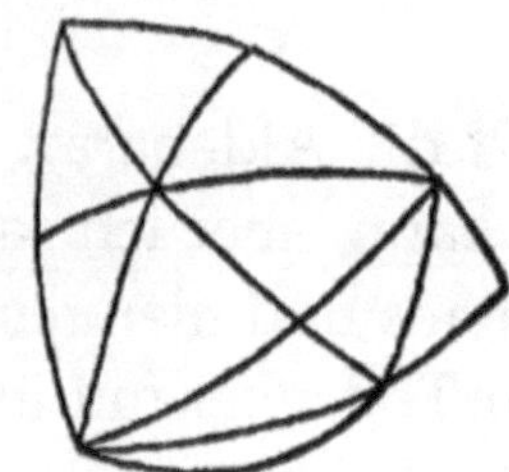

So sagt auch mir das Kreuz, wie euch, die frohe Botschaft:

›Auferstehn!‹

Nun aber, Else, komm'! Deine Augen sind schauens-
müde. Ich will dir etwas zum Andenken geben.«

Der Saal wurde hell. Sie rief einen kleinen Bildhauer
herbei:

»Hole Meißel und Spachtel! Forme mein Gesicht in diesen Stein!«

Einen wunderbaren Topasstein brach sie aus ihrer
Krone. Der Bildhauer nahm ihn hin und ging.

Die Königin und ihr ganzes Gefolge geleiteten Else und Aldebaran in die Königskuppel zurück.

Astra zog Else an ihr Herz.

»O, du geliebtes Kind! Könnte ich mit dir gehen auf die Höhen des Sonnenlichtes! Könnte ich Mensch sein, zu leiden und vergängliche Tränen zu weinen wie du, lachen und jauchzen in Frühling und Lust – ach, einmal nur hinauf aus diesem glänzenden Grab – alle Schätze der Erde würfe ich hin – trüg' ich einen Tag ein Menschenherz! Aber ich muss ewig harren und Sonnenschein bestatten und Licht zu Grabe tragen! Leb' wohl!«

– –

Da sah Else traurig auf zur schönen Prismakönigin.

Draußen am Eingang der Höhle gab ihr der Torwächter ein kleines Paketchen, darin war ein schöner Topas, umgeben von kleinen Rubinen; in der Mitte zeigte sich frei ein großer Diamant, der war in der Grundform des Quadrates und des Achtecks geschnitten, und als Else im Mondschein hineinblickte in die schön glitzernden Diamanten, da sah sie erst, dass auf dem Grunde so kunstvoll der Königin Astra Antlitz geschnitten war, als wenn es lebte, lächelte und mit Augen Abschied winkte.

XIX.

Das Geheimnis der Kugel

»Das war eine schöne Fahrt, Aldebaran, gestern zu Astra«, sagte Else am nächsten Tag. »Nie werde ich den Glanz und die Schönheit vergessen, mit der sie uns überschüttet hat. Ich habe auch einiges von den

Wundern des Vierecks ganz gut behalten und sie schon heute früh in den Sand gezeichnet, aber was ich ganz und gar nicht verstanden habe, das ist die Geschichte mit dem Geheimnis der Kugel. Darüber musst du, mein liebes Himmelsschulmeisterlein, mir bald einmal Aufklärung geben. Du hast mich langsam an so schwere und staunenswerte Dinge herangeführt, dass ich keinen Schritt machen möchte, ohne dass du mir die Beinchen hältst, wenn ich die hohen, hohen Leitern hinauf zu den Wolken und hinab zu Erdschächten klettern soll!«

»Ja, mein geliebtes Kind,« sprach lächelnd der Sternenschullehrer. »Das mit der Kugel ist eine wunderliche Sache. Die ganze Natur verhüllt ihre Pläne auf das Eifersüchtigste und macht sogar mancherlei Winkelzüge und Kniffe, um den größten Dieb ihrer Gedanken, den Menschen, der ihr überall auf den Fersen ist, irrezuleiten und zu täuschen. Der kommt nicht eher auf den wirklichen Zusammenhang der Dinge, als bis er das allen Gemeinsame herausgefunden hat in der unendlichen Fülle des Erscheinens. Dies überall sich Wiederholende, die Urwurzel, das letzte Gemeinsame und das immer gleiche Häufchen Asche, zu dem alles unter dem Feuer der Forschung und Zerlegung verbrennt und zusammenfällt, – das nackte Urbild jeder Form muss erst der großen Bildhauerin nachgedacht werden, ehe man daran gehen kann, ihre Hüllen zu verstehen, welche oft alles verdecken. Diese Form braucht niemals wirklich bestanden zu haben, gleichsam wie ein Ururgroßvater aller Bildungen. Die Natur ist nach einem eigenen, nur in ihrer Brust geträumten Plane verfahren bei jedem ihrer Werke, von dem sie nicht lassen konnte. Die Urform der Welt und ihrer unzähligen Geschöpfe mag eine fast gleiche gewesen sein, ohne dass man die Wirklichkeit dieses Ahnen aus der Ewigkeit handgreiflich anzunehmen brauchte. Streng nur jetzt dein Köpfchen ein wenig an, ich habe dir genug gesagt; du kannst bald nun schon ein bisschen mit mir philosophieren.«

»Ach! Aldebaran,« sagte Else. »Ich bin nun bald sechzehn Jahre und, was du eben sagst, ist mir ganz einleuchtend. Du meinst, der liebe Gott hat sich die Sache gar nicht so leicht gemacht, einmal nur einen großen Urvaterbrei zurechtzukneten und nun daraus den ganzen Ameisenhaufen des Lebens ausschlüpfen zu lassen. Sondern, er hat bei jedem neu erschaffenen Ding immer nach einem nur ihm bekannten, nirgends ganz preisgegebenen Plane gehandelt, und diesem Plan nachzuspüren und ihn mitzuempfinden bei allem Werdenden und ihn herauszufühlen bei allem Gewordenen, das ist – wie war's doch nur? –«

»– Die Künstlerschaft der Seele und des Menschenherzens höchster Rausch!« fiel Aldebaran ein. »Du hast das ganz gut behalten und oft Wiederholtes mir nachgesprochen: Der Mensch sucht mit seiner Fantasie Gott zu kopieren, wie er an seinem Bildnerherde sitzt und meißelt. Ohne diese das Tiefste begreifen wollende Fantasie werden Menschen niemals eine große Tat tun. Der Alte von Weimar – erinnerst du dich noch seiner? – der hatte ganz recht, als er von seinen Urphänomenen sprach. Er bastelte im Geiste immerfort an einer Idee für die Urform des Lebendigen herum und hat sie für die Farben und die Pflanzen ganz artig herausgeschält aus dem ungeheuren Erscheinungschaos. Da gibt es Hunderttausende von Arten nicht verwandter als du und ein Neger, ein Gewimmel von Form und Farbe in unausdenklicher Variation, bei deren Anblick eine Ahnung vom gleichen Vorbild, von Verwandtschaft, von einem inneren Voranschauen eines gemeinsamen Grundrisses doch jeden durchrieselt, der mit Fantasie begabt ist und gern die bunten Falter seiner Gedanken um des Lebens Blütenkelche schnuppern lässt. Nun hat mein unglücklich Schwesterlein Astra dir gesagt, wie für das Reich des Kristallischen der Würfel solch ein letzter Bauplan der Natur sei, so sei es die Kugel für das Lebendige und hat es mir überlassen, dir das klar zu machen.

Ach, Elselein! Wie viel Menschenköpfe haben über die Lebensformen schon gegrübelt, den Kopf auf die Hand gestützt und in Folianten starrend oder träumend unterm Blätterdach, hineinlesend in die Sternenwelt mit ebenso viel Fragezeichen, wie Lichter glühen am Firmament! Wie viel im Todeskampf erlöschende Blicke haben zum kalten, leeren Himmel gestarrt: ›Was war dies Leben?‹, und niemand hat eine Antwort über die Lippen der bei diesen sterbenden Blicken erstarrenden Göttin rieseln hören. So stumm fragend wie das Kindchen in die Welt tritt, so geht der Greis zum Tor hinaus! Das fragt: ›Wo bin ich?‹, jener fragt: ›Wohin?‹ – und kommen und gehen – eine lange, lange Kette schlängelt sich über die Erde, sie geben ihr Fleisch und Gebein zurück wie ein geliehenes Maskenkostüm, die Seele wandelt weiter und weiß nicht wozu, warum sie es getragen! Schau' mich, Else, dessen Seele auch einst menschlich war, der ich vom Staube nach Leid und Freud' der Erde aufgestiegen bin zu den Fluren des Lichts – ich sage dir, solange Menschen die Frage stellen ›was ist das Leben und warum?‹, wird rings die Welt verstummen, die Vöglein singen nicht mehr, der Bäche Rauschen höret auf, sein Wanderlied zu plätschern, Wolken stehen still, farblos wird Himmelsblau und Wiesengrün! Die große Sphinx der Natur, die Züge der alten Rätseldeuterin erstarren wie zu Eis und Stahl – und sie schweigt! Willst du den Grund wissen, Else? Weil diese Frage tödlich ist!

Ich will dir das recht klar machen. Weißt du, was du für eine Antwort erhältst, wenn du fragen wolltest: ›Was ist der Vogelsang?‹ – ›Ein in gleichen Zeiten wiederholter Atmungsstoß der Zwerchfellmuskeln des Tieres, der die Luft zu Erschütterungen bewegt, welche dem Ohr als Töne vernehmbar sind.‹ – Schlägt diese Antwort es nicht tot, das Lied der Nachtigall im Haine? – ›Was ist ein Bach?‹ – ›Ein vom Schmelzwasser der Höhen und des im Erdinnern angestauten Grundwassers gebildetes Rinnsal.‹ – Fühlst du nicht, Else, wie diese dumpfe Antwort des Büchleins Wanderlied erstickt? – ›Was ist die Wolke?‹ – ›Kondensierter Wasserdampf der Atmosphäre.‹ – Stellt sie nicht ihr Flockenschweben ein und stirbt an deiner Frage und löst alsogleich ihren weißen Himmelssammet schnell in ein graues Nichts auf? So ist es stets, wenn wir nach dem ›Was‹ und ›Warum‹ der Dinge fragen! Die Wissenschaft glaubt Antworten geben zu können, aber sie tötet leicht den Zauber; darum schau' ihr immer genau auf die Finger, sie modelt langsam deine Frage um. Sie antwortet, aber mit lauter Scheinwahrheiten! Weiß sie, was Wasser ist? ›Nun gut, ein Teil Feuergas, zwei Teile Wassergas.‹ Aber was ist Wassergas? ›Ein Grundelement, das nicht mehr teilbar ist.‹ Wo ist die Grenze der Teilbarkeit? ›Da, wo wir sie bis jetzt fanden: in den Ur-Teilchen.‹ ›Wenn aber diese Ur-Teilchen Riesenteilchen sind im letzten Sinne? – – Dann fällt ihr Gebäude in sich zusammen! So wollen wir solchem Manne der Tiefgründigkeit sagen, Else: ›Mein Lieber, du bist ein Taschenspieler! Du hast die dir gestellte Frage nach dem ›Was‹ der Dinge, die uns unbekannt sind, verschoben auf ein uns noch dunkleres und dir selbst unerklärbares Gebiet. Du sollst dich nicht höher stellen, weil du ein bisschen mehr in dies oder jenes Buch geguckt hast und besser mit Worten jonglieren kannst; wir stehen Aug' in Auge! Du hast, ohne dass wir es merken sollten, aus dem ›Was‹ ein ›Wie‹ gemacht. Nun können wir uns verständigen! Da kommen wir zusammen. Und nun, Else, was sagt unser Vöglein, das da singt im Garten, wenn wir es fragen: › *Wie* singst du?‹ Es jauchzt: ›Mit aller Lust, die Gott mir gab, schmettere ich mein Lied! Mein Zünglein trillert Lockung, Preis und frohen Mut trotz aller Not meines winzigen Wesens. Ein ganzer Chor von Brüdern hallt seines fühlenden Herzchens Sonnendank!‹ Und wenn du fragst: › *Wie* bildet sich die Wolke?‹, so kannst du, Vieles wissend, ein melancholisches Lied singen von Tränen der Erde, die sie zur Himmelswaage von Schuld und Sühne trägt.

Das ist es, Else, was ich dir klar heraussagen wollte. Die Frage, mit der wir an das Tor der Wunder pochen, ich und du, *darf* nicht lauten: *Was* ist das Leben? – es gibt keine Antwort darauf, weil sie so unmöglich wäre, als wenn ein ganz kleines Kind seine Mutter fragen wollte: ›Zeig' mir die Liebesbriefe, die mein Vater schrieb‹ – was nützte es, wenn sie sie zeigte, das Kind kann sie nicht verstehen, und doch waren die darin enthaltenen Zeichen vielleicht der letzte Grund zu seinem ersten Atemzug.

Die Frage muss lauten: › *Wie* ist das Leben?‹ – Das ist genug gefragt – und siehe, tausend Schlösser springen, viel Hundert Tore weichen, und viele Wundergärten laden ein! Denn, von welcher Seite du auch herantrittst mit deiner Wunderfrage: ›Wie?‹ – immer kreisen neue Formen und Flammenbögen, von wo aus du das dir erkennbare Spiel auch betrachtest. So mag sich ruhig unser Mann der naseweisen Frage nach dem ›Was‹ sein Leben lang Mückenbeine oder Wespenstachel mit nach Hause nehmen, er wird, wenn er mir folgt, alle Zeit genug mit dem ›Wie‹ zu fragen haben und vor Lust ob all der inneren Schönheit seiner geliebten Gliederchen immer wieder neu erstaunen und nicht mehr, statt zu bewundern, über das ›Was und Warum‹ grübeln! Wem die Natur nicht immer neue Wunder schenkt, wenn er sich müht, ihre Weisen nachzudenken, der gleicht einem Bettler, der Stroh zerpflückt und merkt nicht, dass es goldene Spänglein sind.«

So fragte Else nun: »Wie ist denn das Leben?«

»So ist's recht, meine kleine Gelehrigkeit! In diesem ›Wie‹ steckt: *Wie* es sich bildete, *wie's* sich verhält, *wie* seine Wohnungen sind, *wie* seine Bedingungen, seine Aufgaben, seine Heimaten, seine Straßen, sein Werden und Vergehen! Und immer wieder wird für jeden Frager die Wundergärtnerin ein Füllhorn voller Antworten bereit halten. Die Frage nach seiner Form ist nur ein Teil der Frage nach dem Gesetz seines Erscheinens. In dem Bau der unendlich vielen seiner Gerüste, um die es sich

laubt, der Raupenwägelchen, der Wasserschiffchen und
Flattergefährte, mit denen es sich bewegt, ist schwer etwas zu finden, was diesen unendlich vielfachen Gestaltungen der Heimstätten des Lebens etwas *Einheitliches*
gäbe! Der Kohlenstoff, ohne den es scheinbar niemals
auftritt, mit dem Stickstoff, dem Schwefel-, dem Sauer-,
dem Phosphor- und Wasserstoff gepaart, kann nicht das
Gesetz seiner Form enthalten, denn die kommen auch
vor im Reiche der Natur mit andern Genossenschaften,
ohne dass eine Spur von Leben auftritt. Auch wird der
Mensch gewiss einmal lernen, die meisten Rohstoffe des
Lebens künstlich genau nachzubilden, und doch wird
kein Leben entstehen! Es ist aber ein Gemeinsames in allem Lebendigen: Da wir nach seinem Wesen nicht fragen
dürfen, halten wir uns an sein Erscheinen und sein Tun.
– Unsere Frage heißt: Wie sind seine Tausend, Abertausend Formen entstanden?

Hier, Elselein, zeichne ich dir in diesen Strandsand, der
so glatt wie Piepkorns Wandtafel von den Wellen geho-
belt ist, eine ganze Reihe von Tierwesen aus allen Reichen, auch solcher Kleinlebewesen, wie wir sie damals
in der Wunde des Knaben fanden, dann noch Weichtie-
re, Würmer, Insekten, Fische, Schnecken, Vögel, Säuge-
tiere und den Menschen, bunt durcheinander. Wir gehen
lang am Strande und ich könnte dir den ganzen festen
Trittsand bis rings um die Insel mit solchen Bildern füllen, nur um der Vielzahl der Natur einigermaßen auch
an Vielgestaltigkeit mich zu nähern.

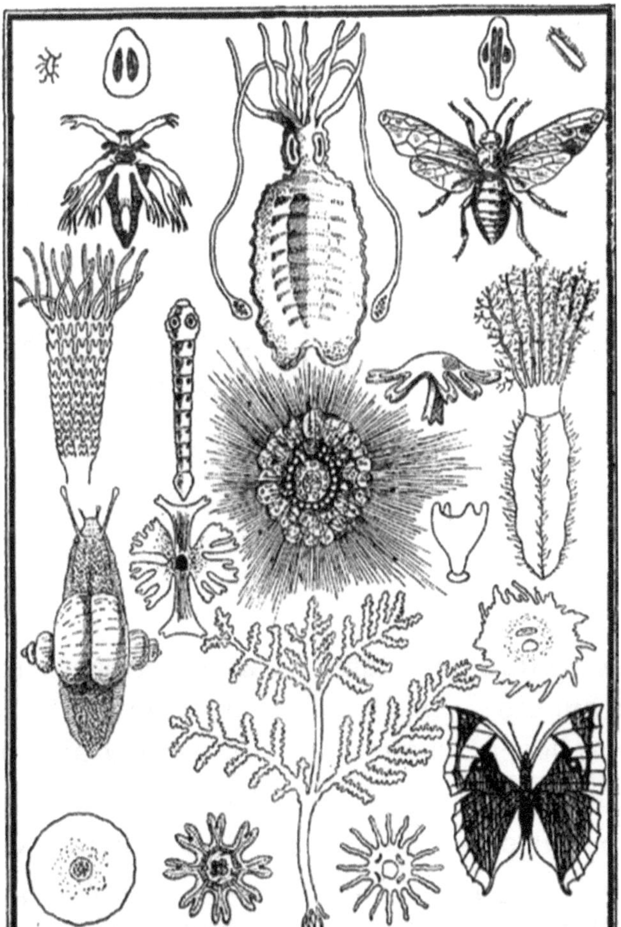

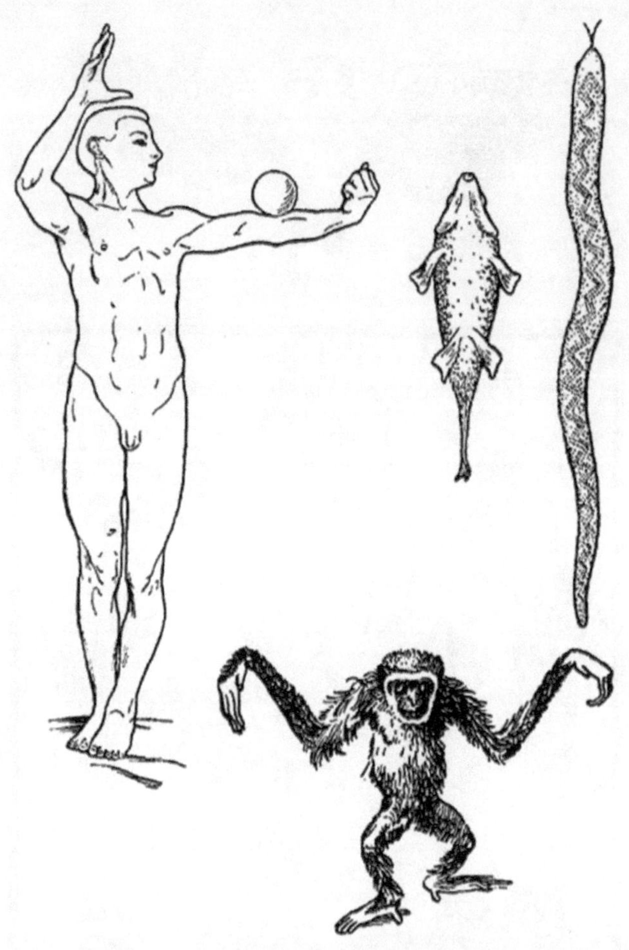

So! Else, genug der Malerei. Ein andermal zeichne ich dir alles auf eine große weiße Wand, die der Kalkgrube, mit beweglichen Schattenlinien und in natürlichen Farben!

Was soll all dieses Gewirre und Geschwirre von Formen, deren jede ja nur ein Vertreter für unzählige Arten und Abänderungen einer Grundform sind? Man fühlt es deutlich heraus, dass trotz aller Verschiedenheit hier doch eine Einheit zugrunde liegt, eine innere Formenverwandtschaft. Diese Verwandtschaft aller Lebewesen ist: *Ihre Teilbarkeit in nur einer Linie, sodass rechts und links immer zwei gleiche Hälften entstehen.* Lege im Geiste durch alle diese Wesen bis zum Menschen einen Achsenschnitt und siehe: Rechts und links ist gleich, wie der Mensch ja auch alles doppelt hat: zwei Augen, Arme, Beine, Nasenflügel, Lungen, ja auch das Herz; denn es ist ebenfalls doppelkammerig. Dass es nicht in der Mitte bei euch liegt, ist in einer mechanischen Verschiebung begründet. Die Leber hat es nach links verdrängt, während die Milz Platz machte. Der Grund dieser Teilbarkeit hat nun den Gelehrten aller Zeiten bis auf den heutigen Tag viel Kopfzerbrechen gemacht. Er liegt begraben in dem Geheimnis, *dass alles Lebendige in der Kugelform wurzelt.* Denke ein dem Menschen irgendwie verwandter Geist, wie unser Feuriger, der die ersten Kügelchen des Lebens aus eingefangenen Sonnenstrahlen und Staubflöckchen schuf, sähe vor sich die erschaffene Urform einer Kugel. Das erste, was er machen könnte, wäre, sie zu teilen durch einen Schnitt, sobald er sie im Künstlerbetrieb zu verändern oder zu zieren gedachte, denn Veränderung ist die Vorstufe der Zierde.

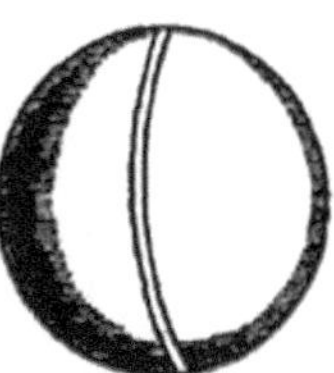

Gleich würde er merken, dass dieser Schnitt zwar zwei Hälften gibt, aber die Kugel als Ganzes zerstört habe. Er verwirft also den Plan, er vereinigt sie wieder, aber in seinem Geiste bleibt diese Scheidewand immer gezogen, es war ein tief in seiner Seele eingezogener Gedanke, der noch seine besondere Bedeutung bekommen sollte. Nun konnte er die wiedergeformte Kugel ferner beliebig verziehen, formen, kneten, einstülpen, mit Franzen und Ausläufen besetzen, lang oder gewunden ausziehen zu Stangen und Stäben, diese Stangen wieder spiralig drehen, furchen, gliedern und dabei doch im Gedächtnis behalten, dass er sie einst durchschnitt. So behielten die Formen immer jene erste Idee der Teilbarkeit in einem größten Kreis, die in allen Lebewesen, Pflanze und Tier, im Ganzen und in den Teilen nachweisbar bleibt. Ich zeichne dir das der Einfachheit wegen als Ableitungsformen des Kreises in den Sand.

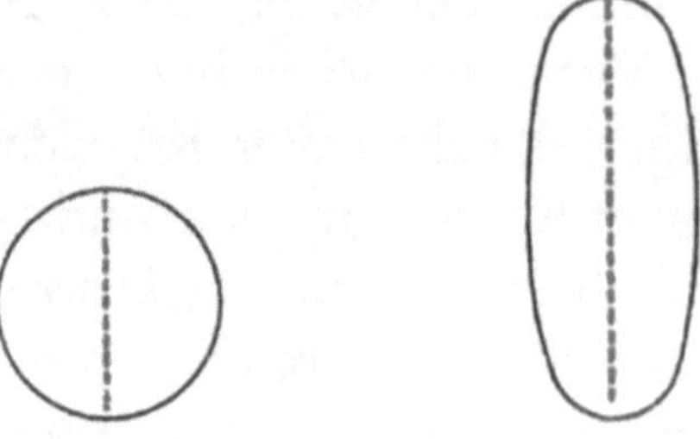

Die Formen der Kugel im Oval, im Stab, im Spiral sind leicht verständlich. Es ist das Spiel um ihre verlängerte und hochgezogene Achse. Wird ihr Umfang abgeändert, so entstehen Ausstülpungen, Fransen, Fortsätze, Astbildungen, Zwiebelschalen, Flügelbildung, Füsselung und durch alle Formenentwicklung hindurch auch der Umriss eines Menschenkindes.

In diesen einfachen Strichen hast du das Geheimnis der Form der Lebewesen zugleich mit dem Rätsel der Zweiseitigkeit des Lebendigen gelöst. Des Lebens Grundform ist die Kugel, und sie ist gedacht vom Geist des Lebens, als entstanden aus zwei Hälften, die er einst selbst getrennt und wieder vereint hat. Die alten Indier haben recht in einem ganz andern Sinn, als sie dachten, mit dem Wort: ›Des Menschen beide Hälften entstehen aus des Vaters Hirn und der Mutter Leib!‹ In dem Gedanken der wiedererreichten Kugelteilung liegt Scheidung des Stoffes in Mann und Weib zur Vereinigung. Alles Ursprüngliche war nicht kugelig. Es war quadratisch. Erst war das Chaos; in ihm entstand die Ordnung kristallisch in Form wohlgefügter Raumausnutzung im Quadrat, im Sechseck und so fort. *Es gibt gasige wie flüssige und feste Kristalle.* Des Schöpfers erste Idee war, starre Harmonie in den gleichmäßigen, allseitigen Druck der Masse zu schaffen. Erst als sich hier das Quadrat zum Kreis, das Würflige zur Kugel presste und formte, entstanden jene Verdichtungen des großen Weisen von Königsberg, die die erste Bewegung im Weltall schufen, Wirbel, Drehung und Kreisung erzeugten, und der Flügelschlag des Ewigen begann. Indem es den Welten Kugeln formte, bereitete es die Idee des Lebens auf ihnen vor.

Alles frei im Raume Schwebende und tropfbar Flüssige
nimmt Kugelform an. Die ersten Sterne sind Kugellin-
sen, die Regentropfen, das Öl in Lösung, die Seifenblase,
das Samenei, die Sonne und selbst die Erde sind kugelig.
Und alles rollt um Achsen und schwingt im Gleichtakt
um sich her. Und alle Form des sich freiwillig richtenden
und bewegenden Lebens war anfangs rollende Kugelform auf seinem ersten Kreise, wie auf seinem Urrad
laufend, wie hier bei diesem kleinen Urgebilde, das Rä-
derfüßchen hat und auf dem urgegebenen Radreifen
läuft. Alle erdgeborenen Wesen leben unter dem Druck
des Weltalles, dessen Gesamtharmonie gleichmäßig zum
Mittelpunkt der Erde strebt.

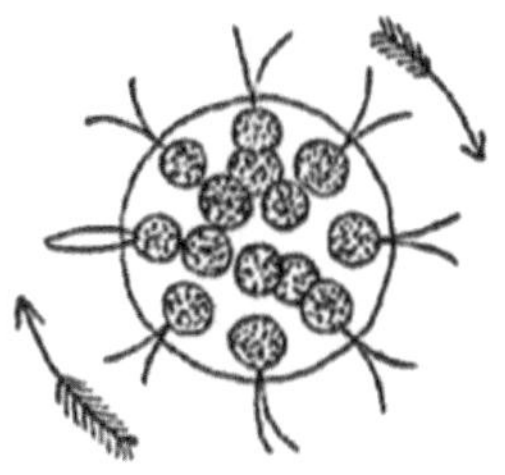

Alles bewegt sich, auch das festeste, doch noch im Ein-
takt mit dem Takt der Welt, und der Ausdruck dieses
Weltallrhythmus ist die Linie in unser aller Mitte, die
uns in zwei Teile teilt. Sie ist die Achse im ewig bewegten Kreise, dem Bild des Lebens. Das, liebes Elselein,
wird dir noch klarer werden, wenn ich dir die Durch-
schnitte der einzelnen Formen zeige, aus denen dann die
innere Verwandtschaft erhellt, die eine Rose immer noch
mit einer Qualle behält, und der Mensch mit Molch und
Schmetterling. Hast du mich verstanden, Elselein?

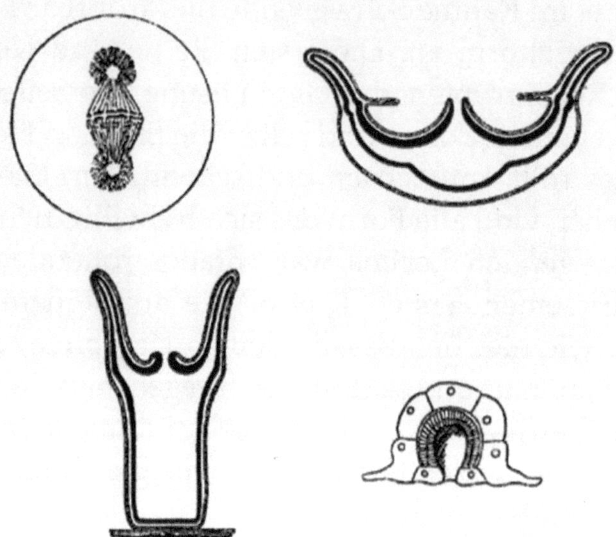

Hinter allen Formen des Lebendigen ist die Kugelform in allen ihren Variationen, Oval, Stab, Blätterung, Ästelung, Einstülpung, Gliederung, Einschnürung, Abschnürung, Ringelung usw. als Einheit und Idee zu finden. Mit ihr die einfache Teilbarkeit in zwei Hälften, die als Idee der Wiedervereinigung über allem Leben schwebt und der vielgesuchte Grund ist für die zweiseitige Symmetrie alles Lebendigen.

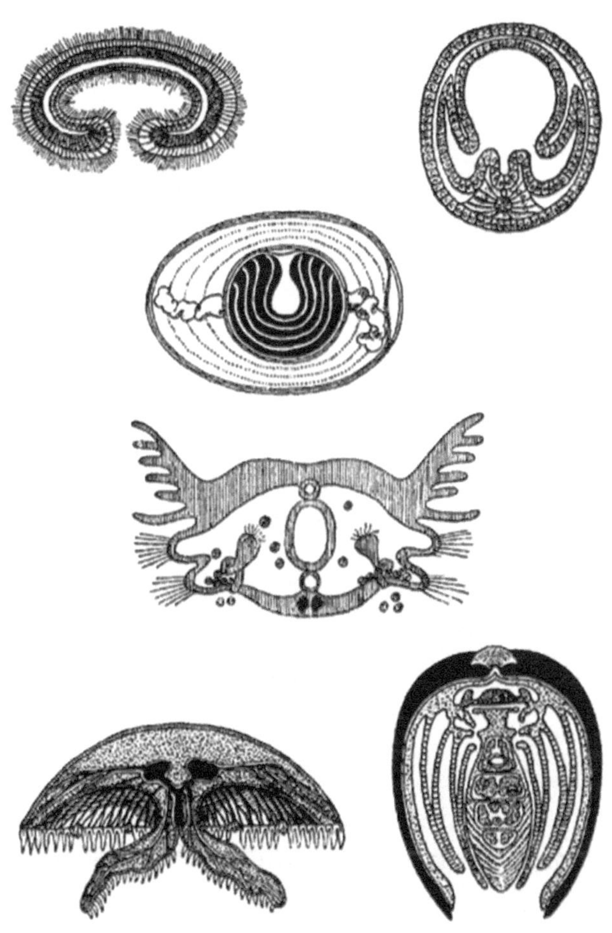

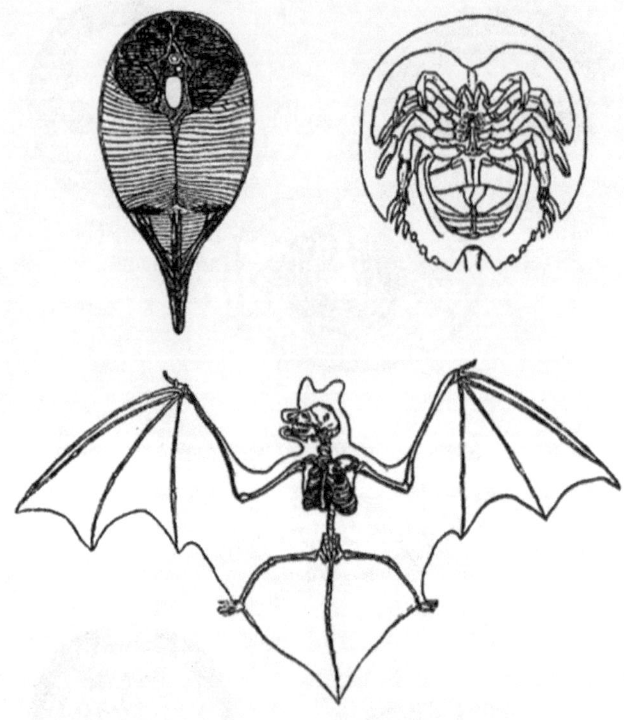

Die Achse dieses Kreises ist bei Mensch und Pflanze zum Mittelpunkt der Erde gerichtet, beim Tier fiel sie senkrecht dazu, nur etwas vom Boden gehoben durch die Gliederfüße, die diese Linie der Symmetrie tragen wie Pfeiler.

Das sagt etwas Wundersames: Die Pflanze war Leben noch ganz im Bann der kosmischen Bewegung, ihre Achsen sind in der Linie des Weltdruckes. Das Tier bewegte sich, ließ seinen Leib zur Erde fallen und klammerte sich mit allen Vieren fest an den Mutterleib, um nicht aus dem Welttakte geschleudert zu werden. Der Mensch wandte sich wieder dem Dienst der Welt zu, wurde wieder kosmisch und erhob den Leib wie die Pflanze zur Sonne.

Das gibt folgende Figur:

Was wird der Schlussstein sein? Die Ruhe, die Menschen Rückenlage, Schlaf und Tod verheißt? Oder bleibt sie in diesem Symbol der Lebensachsen frei für künftige Bewegungsmöglichkeiten, Aufstieg und Auferstehung?

Es führt immer höher, dies jauchzende Leben! Das ist unser Glaube!«

»Jetzt erinnere ich mich, Aldebaran«, sagte die von diesem Schnellmarsch am Strande der Ostsee und am Meer des Lebens gleichzeitig entlang fast ermüdete Else, »was du mir einst in den Tagen meines ersten Glückes von den kleinen Wunderkästchen erzählt hast, in denen jede Zahl und jeder Name war!«

»Gewiss, Else! Damals konnte ich dir an der aufgehobenen kleinen Feldblume noch nicht alle Wunder zeigen, die darin zu lesen sind. Jetzt sind deine Blicke schon besser geschult, tief in den Dingen die glühenden Äuglein der Wunder, die sich verbergen, zu entdecken. Du siehst, wie berechtigt ich war, dir zu sagen, dass die Natur viel erhabener schreibt, sinnt, nach Ideen gestaltet als ihr, und dass es vielleicht eure höchste Aufgabe ist, nicht nur euer, sondern auch ihr Alphabet zu lernen!

Erst dann könnt ihr die Wegweiser entziffern, die an allen Labyrinthen stehen und euch allmählich ahnen lassen, wohin die Millionen Räder rollen, die ›Königin Leben‹ tragen!«

XX.

Die Perückendoktoren

Der Onkel Doktor aus Moderow war mit seinem lahmen Gaul, der ganz von selbst bei den Patienten in den Dörfchen anhielt und nicht von der Stelle zu bringen war, ehe nicht irgendjemand aus der Tür oder Fenster rief: »Nu schicken se mi ook mien Schuldigkeet!« – in die Stadt gefahren, hatte seinen vierbeinigen Heilgehilfen bei Gastwirt Kruse untergestellt und war zu einer großen Doktorenkonferenz mit Eilpost nach der Haupt- und Residenzstadt aufgebrochen. Dazu war die Veranlassung Else. Der Doktor hatte von Mal zu Mal einsehen gelernt, dass die Aussprüche Elseleins über Natur und Geisteswissen, so fremdartig und unheimlich ihn vieles anmutete, doch tieferen Gehalt hatten und vielleicht den Nagel auf den Kopf trafen. Er unterhielt sich gern mit dem Kinde und hatte von ihr schon manche Anregung erfahren. Am meisten aber war er gefesselt von einer Auffassung Elses über die Ursachen der Leiden auf Erden. Auf eine derartige Frage hatte ihn Aldebaran (durch Else) belehrt, dass es nichts sei mit seiner Schulweisheit von Blutstockung, bösen Säften und dem Genius der Epidemien und Dünste. Das seien alles Hirngespinste und falsche Beschreibungen und sähen Erklärungen so ähnlich wie der Pastor dem Abt von Philippsbronn, den sie als Studenten so oft besungen hatten.

232

Menschliches Wissen sei immer in einer Sackgasse gegen den Strom des Lebens, der auf der großen Landstraße mit Galopp einherjage, und die Deutung einer Sache (Aldebaran sagte »Theorie«) hinke der Eilpost der Begebenheiten immer nach wie die alte Möller hinter den schnellen Ponys des Herrn Landrates. Wenn die gelehrten Herren glaubten, eben eine Krankheit zur Genüge erforscht zu haben, so spränge schon eine neue Art scheinbar zur Qual der Menschheit aus dem Rachen der Finsternis. Krankheit sei ein Kampf der Menschen um die Herrschaft auf Erden. Sie sei ein Mittel zu seiner körperlichen und – was immer vergessen werde – zu seiner seelischen Vervollkommnung. Eine Leiter zum Aufstieg des Lebens überhaupt in immer größere Höhen. Sie sei als Ganzes genommen wie alle Geburten, eine schmerzhafte, aber segensreiche Einrichtung der Natur. Da kämen freilich die sämtlichen Onkel Doktors der Welt in eine schlimme Lage. Für ihr gutes Geld wollten die Leute von ihren Ärzten und Apothekern die Gesundheit einhandeln wie einen käuflichen Gegenstand, und von Rechts wegen müssten sie ihnen predigen: »Harret geduldig in der Krankheit aus, ihr wisst nicht, wie gut sie euch ist!« –

Dabei war Onkel Doktor eingefallen, dass Schlächter Ehmcke erst neulich protzig auf seine talergespikte Hosentasche geklopft und gerufen hatte: »Wenn Se, Doktor, miene Fru von ehr Leiden nich' heilen künnt, so war'k jo woll noch'n annern finnen, un wenn't fief Dolers kost't!« – Jeder meine, ein gutes Recht auf Gesundheit zu haben, und kein Gesunder begreife, dass er sein leiblich Wohl Tausenden von vor ihm und für ihn Leidenden verdanke. An den Widerständen zeige sich und wachse allein jede Kraft, im Fieber und im Schmerz werde das leibliche und seelische Getriebe gestählt, um allen Gefahren des Lebens gewachsen zu sein. Auch übertrage sich der Sieg der Einzelnen in seinen Erfolgen auf die Nachkommen und, wo ein Kranker leide, leide er wie eine Art Christus, ohne es zu wissen, für seine Brüder nach ihm. Auch sei die Krankheit meist nur eine Folge des Rückzugs seelischer Mächte aus dem Käfig des Leibes. Die Krankheit bedürfe überall einer Angriffslücke, einer Bresche in den Wällen des Lebens, und diese Bresche reihe ein Herzeleid, ein Kummer ebenso wie eine schlimme Tat, ein schlechtes Gewissen, eine geheime Angst! Auch seien die Krankheiten energische Handhaben der Natur, ständig das Gehäuse des Leibes auf der vollkommensten Höhe der Leistungen zu erhalten, damit die bildende Seele immer reiner und voller ihren himmlischen Willen zum Ausdruck bringen könne. Jedem sei Gelegenheit geboten zum Aufstieg, zum Ausbrechen aus dem Schlendrian der Gewöhnlichkeit und Mittelmäßigkeit, doch selten würden die leisen Mahnungen der Seele beachtet, da müsse denn eine Krankheit erst den gefesselten Willen aufrütteln! –

Das alles hatte Onkel Doktor wohl aufmerksam, aber meist kopfschüttelnd angehört, aber hingerissen war er, als Else den ganzen Apothekerkram mit einem einzigen Ruck vom Tisch des Lebens wegschieben wollte und ihm klar gemacht hatte, dass hinter dem Glauben an die Medizin ein viel größeres Vertrauen auf etwas Wunderbares, Übernatürliches kauere, als hinter dem Vertrauen auf Gott, den Onkel Doktor öfter schon als ein Produkt der Denkfaulheit gescholten habe. Es gäbe nur wenig Mittel, die wirklich nützen könnten, und zwar gleichfalls nur durch Angriff auf die Seele, wie z. B. Mohnsaft und die Abkochung des Fingerhuts, welche Zaubertränke des Bewusstseins, Dämpfer der Qualen seien – aber keineswegs Heilmittel. Alle Heilmittel, die es gäbe, wüchsen im Leibe selbst. Kein Mensch könne in den einmal von Natur gesetzten Leib eine neue Kraftquelle einführen. Freude, Hoffnung, Himmelstrost und Liebe seien oft viel bessere Steuerleute, als alle Mixturen und Extrakte zusammengenommen. Es gälte nur immer die Wundermaschine frei von jeder Art Staub und Dreck zu halten, leiblich wie geistig; ihren himmlischen Wiedererzeugungsgang und Heinzelmännchen-Neubau könne keine Menschenhand antreiben, da keine Feder und kein Rad aus irdischen Werkstätten zu liefern sei, das ein verlorenes zu ersetzen vermöchte. Dies und ähnliches hatte dem Onkel Doktor wohl gefallen, weil er, im Grunde eine ehrliche Haut, längst schon insgeheim mutmaßte, dass in dem Rüstzeug der Gelehrten ebenso viel Humbug stecke wie in der Wehr und den Waffen mancher Pfaffen, die er, einseitig, wie er gebildet war, auf den Tod nicht leiden konnte. Er arbeitete sich ein hübsches Traktätchen »Über die Unmöglichkeit einer Kunstheilung« aus, das er sein säuberlich ins Lateinische übersetzte – wobei er doch manchmal des Pastors Beistand erbat – und steuerte nun mit vollen Segeln in die Residenz, um dort im Kreise hochgelehrter Kollegen sein – wie er glaubte – bescheiden Körnchen Wahrheit zur großen Wissenschaftsmühle beizusteuern.

Da sollte er aber gut ankommen! Kaum hatte er seinen Vortrag geendet, so entstand ein furchtbares Tosen und Brüllen der Hunderte von Doktoren, die in einem großen Saale wie eine Herde zusammengepfercht waren, die auf Futter harrte. Perücken, Krückstöcke, Folianten, Tabaksdosen hagelten gegen ihn, Stuhlbeine winkten und der Präsident dieser würdigen Versammlung goss ihm von hinten eine große Kanne Wasser über das schuldlose Haupt. Dabei brüllte alles: »Raus! Raus!«

»Meine Herren«, sagte der Präsident, als sich der rasende Orkan endlich etwas gelegt hatte, »wenn uns solche unsern Stand und unser Einkommen direkt vernichtende Dinge entgegengeschleudert werden, dann muss ich beantragen, den Inseldoktor ohne Weiteres in seine Heimat zurückspedieren zu lassen, aber nicht ohne Begleitung. Es soll sofort festgestellt werden, ob er nicht dauernd unschädlich zu machen ist. Dazu mögen ihn die drei Kollegen Doktor Langsamius, Doktor Kanniccius und Doktor Bloedenius begleiten. Ich bitte das hochehrwürdige Kollegium, sich unverzüglich auf den Weg zu machen!«

So wurde der anfänglich ganz betäubte Onkel Doktor auf den Schub gebracht. Unterwegs knüpften die Gendarme des Verbrechers, die ihn anfangs wie ein lebloses Gepäck mit stolzer Nichtbeachtung behandelt hatten, allmählich mit ihm Beziehungen an, weniger aus Mitleid mit der armen Seele, als aus Langeweile, denn die Gespräche, welche Doktor Langsamius, Kanniccius und Bloedenius miteinander führen konnten, waren in der ersten halben Stunde erschöpft. Dann kam eine Zeit, wo jeder, mit sich allein beschäftigt, schwieg, und die Öde der leeren Chausseen sich in ihrem Gemüte und Mienen immer deutlicher widerspiegelte. Bloedenius hielt's nicht länger aus, er begann ein Gespräch mit dem völlig in sich zusammengesunkenen Delinquenten.

»Wie kamt Ihr nur auf die vermaledeite Idee, im Kreise so illustrer Geister solchen stockdicken, hanebüchenen Quatsch vorzutragen?«

Da unser armer Doktor nicht antwortete, sagte nun Kanniccius: »Ihr habt euch um Ehr' und Reputation gebracht.«

Keine Antwort.

»Ich habe überhaupt nicht kapiert, was er meinte«, knurrte Langsamius.

Da fing unser Freund aber mächtig an zu wettern: »Und doch hab' ich recht, und ihr seid die Narren! Natur könnt ihr nicht drehn und wenden wie's euch beliebt. Der Mensch heilt aus sich selbst. Der beste Doktor ist ein alter, adliger Kollege, der noch dazu alle umsonst behandelt; ich kenne ihn ganz gut und werde ihn nun erst recht schätzen!«

»Wo wohnt denn dieser Ausbund von Geschick und Klugheit?« höhnte Kanniccius. »Nennt uns seinen Namen, dass wir ihn vor die Zunft und Vehme laden«, schrie Bloedenius.

Da rief Onkel Doktor:

»Er heißt Doktor von Selber! Sucht ihn nur! Ihr findet ihn überall! Ihr seid Narren! Ein Kind kann mich besser begreifen als ihr! Ich weiß sogar eins, das steckt euer ganzes Kollegium in den Sack und könnte euch Dinge sagen, bei denen euer stuckriger Prinzipiengaul euch einfach in den Sand setzen würde. Kommt nur mit mir nach Haus! Ich hoffe, ihr werdet doch noch andern Sinnes werden!«

Anfänglich hatten die drei kaum zugehört, als Onkel Doktor von Elselein zu erzählen begann und sich in immer größere Begeisterung hineinredete. Es war ein hübscher Zug seines Herzens, dass er Else, die doch die Ursache seines öffentlichen Missgeschicks war, auch nicht einen Augenblick gram war. Im Gegenteil, ein Gefühl ungeheurer Dankbarkeit überkam ihn, dass sie ihm so die Augen geöffnet hatte und ihn sehen ließ, welch ein großer und tiefer Spalt klafft zwischen der schlichten Wahrheit und der perückten Gelehrsamkeit. Er musste lächeln. Elsens schönes, welliges Blondhaar und ihre freudenhellen, blauen Augen: das war das Bild der reinen Natur, und Jener Perücken und große Scheuklappenbrillen, die waren der Umweg, die Sackgasse; in dieser lag Täuschung, Irren, Missverstehen, dort in eines Kindes ahnungsvoller Ursprünglichkeit war ein ewiger Quell der Gewissheit. Und er begann – fast für sich selbst – den ganzen Entwicklungsgang des Kindes zu erzählen: wie sie plötzlich von heut' auf morgen von einem kleinen Mamsellchen Ungeschick sich gewandelt hätte zu dem aufgewecktesten, adrettesten Kinde, das man je gesehen. Wie sie bald in der Schule alle überflügelt und staunenswerte Dinge über Blumen, Steine und alles, was ihr begegnet, habe sagen können. Wie sie allmählich ein herrliches musikalisches Talent entwickelte, und dass Piepkorn, der Schullehrer, behauptet habe, sie sei allmählich eine der ersten Orgelspielerinnen der Welt geworden. Wundersame Verslein schreibe sie in ein kleines Buch mit goldenem Schlüssel, und in den Sand zeichne sie sinnreiche Figuren von wunderbarer Schönheit! Der ganze Kreis hätte von ihr Nutzen und Segen gehabt: Nicht nur ihrem eigenen Vater habe sie ein Kalkbergwerk im Innern seines Ackers nachgewiesen und ihm sonst allerlei gewinnbringende Arten von Bodenausnutzung gezeigt, sondern sie sei auch wie eine kleine Quellsucherin von Gehöft zu Gehöft gegangen, um ohne Wünschelrute bohrbare Brunnenwässer nachzuweisen. Er könne nur auf Ehr' und Gewissen sagen, dass einige Dutzend Schwerkranker, bei denen seine bisher immer in gewohnten Geleisen gehaltene Kunst einfach versagt habe, durch das Kind geheilt wurden. Die Leute hatten nach ihr gerufen und sie flehentlich bitten lassen, ihnen beizustehen. Sonderbarerweise habe das Kind niemals etwas Neues im Heilverfahren angewendet, es meist bei diesem oder jenem Kräutlein wohl belassen, aber es sei ihm aufgefallen, dass sie immer geraten habe, manches von den Mitteln oder den Verordnungen augenblicklich fortzulassen und dass sich die Sache dann stets gewendet habe.

»Onkel Doktor«, habe sie einmal gesagt, »das andere könnt Ihr lassen, das schadet nicht! Aber Ihr verschreibt manchmal Dinge, die sind schlimmer und schwerer als das Leiden. Lasst sie weg, und dann kommt Doktor von Selber!«

So gehe sie wie ein kleiner Sonnenengel durch das Land, und jeder habe sie gern und möge ihr was Freundliches sagen.

»Natürlich, da haben wir's!«, sagte einer der Gelehrten, »wo die Wünschelrute umgeht, blüht auch Kurpfuscherei!«

Da bekam der Wagen solchen Schubs von einem Prellstein, dass die drei Köpfe zusammenstießen und Bloedenius' Brille ein Glas verlor, Langsamius blutete die Nase, Canniccius wurde beinahe seekrank. Als sie sich etwas beruhigt hatten, begann einer der drei:

»Immerhin! Immerhin! Man müsste das Wunderkind entlarven! Solchen Erscheinungen, letzte Nachklänge von Teufelsspuk und Hexenzauber, sollte man mit aller Gewalt zu Leibe gehen. *Natura non facit saltum!* Natur bleibt immer im Schneckengang. Pah! Genies – gibt's gar nicht! Es sind Verrückte oder Verbrecher! Man muss versuchen, auch dieses Kind zu entlarven! Es wird sich schon herausstellen, wie viel Nutzen die Eltern von dem Taschenspiel der Kleinen ziehen!«

Da fuhr Onkel Doktor aber auf!

»O, ihr Lästerer und Doudezherzen! Nicht einen Pfennig nimmt unser liebes Elselein für all ihre Güte! Da ist der Fischer am See, dem riss in einer Nacht ein verirrter Hai das ganze Schleppnetz entzwei. Er, sein Weib, sein Sohn, flickten tagaus, tagein, ohne recht vorwärts zu kommen. Da ging Else des Weges, und in einer ganz neuen Art von Fadenführung zeigte sie den Fischerleuten, wie man zehnfache Arbeit leisten kann. Des Müllers Frau litt an offenen Wunden am Bein. Nichts half. Elselein riet, Schmiedewasser und frische Hühnereigallerte anzuwenden, und in kurzer Frist heilte der Schaden.

So könnte ich viele, viele Dinge erzählen. Aber niemals hat das Kind oder ihre Eltern ein Entgelt beansprucht!

Im Übrigen, meine hohen Herren von Zunft und Zopf: Da sind wir am Ort! Wir brauchen bloß ein kleines Stückchen in diesem Wald links abzubiegen. Dort geht's zur Försterei, und da lebt Else.«

Alle stimmten zu, und die drei Perückendoktoren standen bald darauf vor Elselein; die saß in der Laube tief im Schatten und las.

»Else«, rief Onkel Doktor, »hier bringe ich dir drei gelehrte Herren! Die wissen alles, sind aber doch so gnädig, dir einen Besuch abzustatten. Sie haben mich erst tüchtig ausgelacht mit meiner Weisheit, dann wurden sie bös, und jetzt wollen sie im Einzelnen feststellen, wie ich beim hohen Kollegio anzuschwärzen sei. Man will mich zwingen, meine Tätigkeit einzustellen. Wenn's irgend möglich ist, heize ihnen ordentlich ein, liebes Elselein, und geh' ihnen tüchtig zu Leibe!«

»Ei, ei, Onkel Doktor! Das sind ja böse Sachen!«

Aldebaran rieb sich vor Vergnügen die Hände.

»Pass' auf, Elselein, die wollen wir einmal tüchtig aufsitzen lassen! Sprich und tu' genau, was ich dir sage, du sollst deine Freude haben, wie sie Mund und Nase aufsperren werden!«

Von da an richtete sich Else genau nach Aldebarans Führung und sprach durch ihn voller Übermut:

»So, so, meine Herren, also ein bisschen Neugier nahm euch bei der Hand, und ein bisschen Parfüm des Wunderbaren gab euren ehrwürdigen Nasen Witterung!

Aber was soll ein kleines Förstermädchen euer Gnaden Erkenntnis noch hinzusetzen? – Kennt ihr das *Makroskop*? – Nicht Mikro-, sondern Makroskop. Nicht den Tubus und die Linse, die alles Kleine vergrößert, nein, das kennt ihr schon. Ich will euch das Makroskop zeigen, eine schöne, neue Einrichtung, die euch doch sehr sympathisch sein müsste, weil sie nämlich das Größte verkleinert und alles Hohe herunterreißt auf eine kleine, gut übersehbare Fläche! Lassen Sie mich nur aus Mutters guter Stube einige Instrumente holen!«

Sie ging.

»Aha! Die Zauberapparate!«

»Geschwindigkeit ist keine Hexerei!«

»Sie steckt sich erst die Taschen voll!«

»Kennimus,« sagte Canniccius.

Da kam Else wieder, hatte unterm Arm eine große spanische Wand, eine Muschel vom Silberschranke ihrer Mutter und einen kreisrunden Hohlspiegel, den ihr Vater beim Bartkratzen benutzte.

»Hier, meine Herren, hier ist das Makroskop!«

Aldebaran nahm ein Blatt, auf dem ein Tautropfen perlte. Er hielt diese Wasserperle so in die Sonne, dass ihre zurückgeworfenen Strahlen ein Bündelchen von Licht, nicht dicker wie ein Spinnenfaden, niederrichteten auf den Hohlspiegel, der vor den Herren auf dem Laubentisch lag.

»Nehmt euch jetzt auch ein Laubenblatt; ich steche euch in jedes ein Löchelchen. Nun schaut durch dieses Lichtkreislein fest auf die runde Spiegelscheibe! Was seht ihr jetzt? Ist es nicht, als ständet ihr auf einem hohen, hohen Berge, mit Augen niederschauend, wie die Falken haben mögen, und sähet die Insel, auf deren Boden wir hier stehen, gar winzig verkleinert und doch ganz scharf? Ist das nicht wunderbar? Seht, ihre Buchten, ihre Seen! Seht, wie das Meer um ihre Flanken spielt! Und weiter im Umkreis das Festland und seinen Strom mit Haff und Wiesen und seinen drei Armen, die er der Mutter See entgegenstreckt! Was ihr dort oben schaut, ist Schweden. Dort England, und oben, oben links Island. Dann hört das Bildchen auf, weil der Rand des Spiegels beginnt. Ist das nicht ein großes Wunder? Ein einfaches Instrument, das euch gestattet, alles Große klein und übersichtlich zu schauen! Das ist nur ein den Gelehrten noch nicht geglückter Beweis dafür, dass, ebenso wie alles unendlich vergrößert werden kann, uns nun auch die Welt der Verkleinerung offenbart werden wird. So ist es auch möglich, das Größte und unbegreiflich Riesige unserem Auge durch eine umgekehrte Kunsthilfe anzupassen, sodass das Gigantische, Unüberschaubare seine wirkliche Form zeigen muss. Ich fand dies liebliche Spielzeug einst im Gras, als ein Tautropfen sein Bildchen auf ein im Rasen liegendes Stückchen Glas warf. Da dachte ich so: Eigentlich muss ja in jedem Tautropfen, in jeder Träne nach Gesetz und Recht des Lichtes, nach den Gesetzen der Optik, wie ihr hohen Herren sagt, die ganze Welt gespiegelt sein. Sie ist in ihm enthalten, eingerollt mit kleinsten Streifchen von Lichtern und Schatten! Wären unsre Augen nur fein genug, sie müssten das kleine Knäuelbild der Welt mit allem, was in ihr ist, wieder zurück aufrollen lassen. Hier habt ihr den Beweis dafür! Der große Spiegel entfaltet das Bildchen dieses Tautropfens, der auf dem Blatt hier thront, wieder weit auseinander; das Löchlein eures Blattes schärft euren Blick zu Messerschärfe, und ihr seht einen Teil Europas aus Tautröpfchens Spiegelbild zu euren Füßen liegen, als wäret ihr unendlich weitsichtige, hoch, hoch auf Wolken beseligte Reiter! Denkt euch diesen Spiegel größer, das Licht noch heller und das Tautröpfchen noch kleiner! Ihr würdet bald glauben, halb zum Mond gestiegen zu sein und doch alles klar zu erkennen. Ihr würdet es so weit treiben können, die Erde als eine Kugel rollen zu sehen, und immer weiter aufwärts – bei völlig klarer Nacht würdet ihr Sonnen, Planeten und Sternnebel überschauen können! Was würdet ihr wohl sagen, wenn ihr nun merktet, wie das Ganze nur eine Feder bildet in der Schwinge eines Lichtengels, der die Ewigkeit bewacht, und dessen Leib ein wundersamer Staat von Sternen ist, ähnlich wie euer hochwürdiger Korpus aus lauter kleinen Kohlenkästchen zusammengesetzt ist. Das mag wohl einst alles offenbar werden! Ich wollte euch nur zeigen, dass jedes Ding auf Erden für euch noch immer neue Seiten hat.«

Obwohl Langsamius, Bloedenius und Canniccius in gleicher Weise verwundert waren, glaubten sie doch an einen Spuk und irgendeine Fakirkunst.

»Na ja«, sagte einer, »man hat ja wohl schon von Wahrsagen aus Glaskugeln und Waschschüsseln gehört.«

»Jawohl«, sagte Else, »und wenn man über den Sinn dieser Märchenhandlungen – denn es gibt auch märchenhafte Handlungen – etwas nachgedacht hätte, wenn man dem naturanbetenden Spürsinn des gemeinen Volkes etwas nachgegangen wäre, so hätte man mein Makroskop vielleicht schon wirklich gefunden. Die Zauberer, die Spielmänner, die Riesen, Drachen unserer deutschen Mären und Sagen sind alles tiefsinnige Akteurs geheimnisvollen Geschehens! – Aber traut ihr nicht euren Augen, vielleicht euren Ohren!«

Aldebaran hieß sie die Muschellefzen gegen die Perückendoktoren halten. Ihre große Mündung nahm sich in der Sonne aus wie ein großes, innen rosig glühendes Elefantenohr. Er sprach etwas Leises hinein in die zarten Lippen dieses sonst so still murmelnden, gleichsam erstarrten Kelches einer Riesenblume. Plötzlich erscholl daraus laut der Trompetermarsch von Lützows wilder, verwegener Jagd, den gerade die Blechmusik der Garde vor dem Palast des Königs von Preußen zur Wachtparade blies.

Alle Anwesenden drehten die Augen verdutzt zum Waldrand: Von dort musste unbedingt der Orchesterklang kommen; aber undenkbar – wie sollte die königliche Garde hier auf diese Insel kommen, und wie sollte das Kind sie hinter den Bäumen versteckt haben. Elselein, die selbst nicht weniger erstaunt war, als die anderen Pfiffikusse, schaute Aldebaran fragend an. Der sagte:

»Lass nur, ich erkläre dir das alles später. Jetzt will ich sie wahrhaft graulen machen, dass sie davonlaufen, als sei ein Gottseibeiuns hinter ihnen her!«

Er ließ sie von Else in den Stall des Schimmels führen und half ihr die große spanische Wand mit hineinschleppen. Dann musste Else sagen:

»Hochwürdige Herren! Es gibt Geister! Ihr werdet es glauben müssen!«

Sie stellte den Schimmel am Halfter quer zu seinen Schwengeln, die ihn von den Kühen, Lise und Trud, trennten, und breitete den großen Wandschirm der Länge nach vor ihm aus, sodass er unsichtbar wurde. Aldebaran, der hinter den Schimmel gekrochen war, entzündete heimlich ein grünliches Licht, das unter Schnurren verbrannte. Während plötzlich der ganze Schirm hell aufleuchtete, stand mit einem Male das Skelett *des Schimmels auf dem Bilde!* Alle Anwesenden bekamen das Zittern. Selbst Else graulte sich, bis Aldebaran rief:

»Es ist nichts weiter, beruhige dich und sie!«

Da sprach sie den Erschrockenen gut zu und bat auf Aldebarans Rat einen der Herren, hinter den Schirm zu kommen, um sich zu überzeugen, dass kein Betrug dahinter stecke. Wie erschraken aber Canniccius und Bloedenius erst, als sie auf der hellen Schirmwand jetzt auch den guten Langsamius als leibhaftiges Skelett, ohne Perücke, ohne Kleid, nur mit Uhrkette, Westenknöpfen und Brillengestell bekleidet, einherspazieren und – o Graus und Schrecken! – mit spinnernen Gespensterfingern dem armen Schimmelgeist die Wirbelgelenke abtasten und die Schwanzstümpfchen herunterstreichen sahen! Dieser, der Schimmelgeist, schien solche Zärtlichkeit aber falsch zu verstehen: die Knochenpferdebeine schlugen mild aus; Langsamius' Geistergerippe bekam einen Schlag gegen die Beckenschaufel. Man hörte ihn heulen, während am grässlichen Schädel sichtlich der Kiefer auf- und zuklappte. Dann aber wusste sich Langsamius vor dem tanzenden, sich bäumenden Pferdeskelett scheinbar nicht anders zu retten: Das schreckliche Menschengeripp hüpfte auf die Rückenwirbelsäule des alten Schimmelgespenstes, und nun war da ein Totenritt zu sehen, der zum Lachen hätte reizen können, wenn es in der Dunkelheit des Stalles nicht so entsetzlich schaurig ausgesehen hätte. Bloedenius und Canniccius rissen aus, der abgeworfene und beim Hervorkriechen vor den Zauberschirm wieder langsam fleischig werdende Langsamius lief behände hinterher. Sie fluchten und wetterten alle drei unaufhörlich, befahlen dem aufgefundenen Wagenlenker, so schnell als möglich kehrt zu machen und diese Zauberinsel zu verlassen.

Erst als sie das Försterhaus schon ein gut Stück hinter sich hatten, beruhigten sie sich wieder und kamen glücklich zu Hause an. Sie hielten sich für grässlich an der Nase herumgeführt und erzählten darum dummerweise aus falscher Scham niemandem von ihren Visionen, sonst wäre die Wissenschaft vielleicht schon damals um einige Neuheiten reicher geworden. Sie schlurrten in ihren Filzpantoffeln noch viele, viele Jahre weiter, während die Göttin der Zeit auf dampfenden Rädern dahinsauste, – und – wenn sie nicht gestorben sind, so leben sie noch heut', die guten Doktoren Langsamius, Canniccius und Bloedenius.

XXI.

Bächleins Heldenlied und Schneeflöckchens Spinnstube

»Wir sind zwei richtige Weltenwanderer«, sagte Aldebaran, der sich an eines Waldbaches Ufer überschattet von den großen Fächerarmen der Buchen, mit Else niederließ. »Und doch, die Wege, die wir machen, sind weniger wechselreich und vielgestaltet als dieses Silberstreifchens Wanderschaft, der über Steinchen seine Liederbänder rollt und den Gläslein am Rande von seinen Geheimnissen flüstert. Wollen mir ihm einmal zuhören? – Dann halt' dieses Halmes Ähre in seine kleinen Wellen, und was sie zittert, tauche fest, dann hörst du sein Gemurmel und kannst ausdeuten, was es singt!«

Und das Bächlein sang:

»Ich bin ein zitternd Fädchen nur vom silbernen Gespinst, das um die Erde wogt und wallt. Der fünfte Teil nur ist Erde, die wir bepflügen, das übrige ist ganz unser Reich. Auch deines Lebens Räder rollten nicht, wenn unsere Zwergenwellen sie nicht trieben, Menschenkind; des Weltensohnes Träne gesellte uns zu euren kleinen Mühlen; und alle goldenen Eimerchen der Pflanzen und der Tiere füllen unsere Silberstrudel! So dünn, so ganz und gar durchsichtig ist unser feines Wassertropfengewebe, dass Menschenauge uns nicht sieht, wenn wir ausschwebend die helle Luft durchströmen. Wir heben uns mit lichten Schwingen in die Luft und sammeln uns zum Heer der Wolken, mit seinen Luft- und Lichtpanzerchen um unsere Brust. In jedes Spältchen dringen wir, nicht festes Eisen, nicht Kristall hat so dichte Maschen, dass wir nicht unsere Fingerchen in seine Lücken schöben und unseres Auftrages walteten.

Wir steigen auf von den großen Tanzplätzen unserer Freuden, vom Fluss, vom Meer, dem ich wieder entgeneile, mit dem beschwingten Fuß der Sehnsucht nach der ewigen Heimat. Wir kommen von der Höhe und gleiten durch des Erdenmantels Maschen in die Tiefen, wo Fluten rauschen im großen Wannenbett mit tönernen oder steinigen Säulenwänden. Durch eine Lücke zwischen Stein und Schilf schlüpfte ich hinaus, dort oben, nah am Gosanberg. Sind mir zu vielen, müssen wir zu Tal, um uns im Meere oder eingesogen in den Sand mit sanftem, auch unsichtbarem Schweben einzeln zu erheben. Ein Meer ist nur ein Heer von Tropfen, und ein jeder Tropfen steigt auferstanden zur Höh', zum zweiten Meer der Wolken. Die Wärme gibt uns Schwingen, die Sonnenstrahlen zimmern sie mit goldenen Fingern, und Kälte nur zerreißt uns das Gewand, und wir fallen wieder zur Erde! Und andere Wolkenmeere schweben dahin, vom Sturm getrieben, und prallen an die Felsenufer in Süd und Nord und branden nieder. Frost schlägt uns in Ketten, und wir halten Winterschlaf in kristallenen Gemächern, bis Sonne unsere Fesseln sprengt. Doch unbändig sind unsere kleinen Fäuste. Im starren Gewand, wie Ritter mit eisigem Dolch und Eissäge, mit Hämmerchen und Bohrern fechten wir, ein jedes Tröpfchen, nur ein kleines, und doch – Felsen bersten und rollen auf dem Rücken der Lawinen nieder in das Tal, von uns gesprengt. So nagen wir am Haupt der Bergriesen und schleifen ihnen Greisenglatzen und zerkratzen sie zum Skelett, wie Milliarden von kleinen Eisameisen. Lasst uns nur Zeit, und eure Alpen werden ein flaches Wüstenfeld: Durch unsere kleinen Hobel geben wir der Mutter Erde ihre Jugendrundung wieder und glätten still und leise ihre Runzelfalten. Denn, wenn wir den Schutt der Erde zu winzigen Sandplättchen zermahlen haben, spülen wir ihn fort zum Meer, um seine Tiefe zu besäen mit Lebenskeimen und dem Sanduhrmehl der Zeiten! Wir wühlen zwar am Uferstrand und schneiden wohlgefügte Terrassen für den Menschenfuß, wobei sie staunend das Skelett ihrer Mutter erkennen, aber wir sind auch Baumeister, die Inseln aufschütten und Kontinente anschwemmen aus den Flimmerstäubchen von Berggranit und den zermahlenen Säulen von Basalt. In unseren Händen ist ein ätzend Gift von Säure, das frisst mit seinen Zähnen, was da irgend löslich ist, und spült alles Weiche aus felsigem Gerüst. Wir lassen Bergriesen verwittert niederstürzen in das Tal und schlagen ihnen ihre rollenden Häupter ab und ihre Kronen vom Lockenkopf. In Jahrmillionen sägen unsere Sägen, die unsterblich sind, tiefe Schluchten ins Gebirge und formen Säulengänge und gigantische Paläste, als hätten Riesen sie getürmt! Wir sind der Erde Goldarbeiter in ihres Schmuckes Schmiede! In tiefe Schächte wühlen wir unser Grundbett und dringen bis zum Glutenherde, wo uns der heiße Gasstrom in die Höhe wirft: Doch reißen wir Gestein und Metall, Gold und Diamanten mit empor, und in uns strömt die Labe, den Menschen Heil und Segen!

Nun lass mich weitersprudeln, hinab ins Tal, zur Urmutter Meer, ich muss ihr alle meine Schätze bringen. Sie weiß schon besser noch als ich, wozu sie meine Steinchen, meine Tröpfchen wohl verwendet. Ich grüße dich, du auserwähltes Menschenblümlein, an meinen Ufern, und dich, du Sohn der Sterne, mit euch sprach ich frei wie mit Schilfharfen und Gräserhalmen! So lasst mich ziehen!«

»So nimm uns doch mit, Bächlein!«, rief Aldebaran.

»Ihr müsstet Sandkörnchen sein, die ich zum Meere wälze – ihr würdet doch ertrinken, und Algen würden euch verschlingen! – – Fliegt auf zur Höhe, vielleicht, dass wir uns droben wiedersehen!« rief das Bächlein und sprang übermütig über einen Stein und rollte kichernd weiter.

»Wart' nur, kleiner Wasserfaden, Springinstal und Murmelübermut! Erschrick nur nicht zu sehr, wenn wir uns wirklich wiedersehen!« sagte Aldebaran und hieß Else mit zur Höhe schreiten.

Viermal rief er ein Zauberwort in alle Winde, und siehe! – da tauchte aus den Wolken ein silbern Gefährt, das sieben weiße Schwäne niederließen, gerade zu seinen Füßen.

>»Ihr weißen Königsschwäne rein,
>Lasst einmal euch Begleiter sein:
>Lasst uns mit hellen Schwingen
>Ins Reich der Wolken dringen!«

Sie stiegen ein in das auf Sammetwolken ruhende Gefährt. Die Schwäne zogen an, mit hellem Zuruf steuerte sie Aldebaran. Else sah zurück und Aldebaran sang ein helles Lied:

>»Wir haben den Himmelskahn bestiegen,
>Wir sehen Wolke an Wolke sich schmiegen,
>Wir schweben im blauen Himmelsstrom;
>Sehen unter uns dich, Erde, liegen,
>Verschwunden Heimat, Haus und Dom,
>Und jeder schattendunkle Saum

Zerfließt uns, ein verwundner Traum –
Nur immer höher – Fliegen, Siegen! –
Wir haben den Himmelskahn bestiegen!« –

Das war eine selige Fahrt für Else: Immer kleiner lag die Küste, das Haff, der Strom, das Meer! Wie anders sah das aus, als Piepkorns große Karte von der Insel. Sie tauchten allmählich in Wolkendunst. Es wurde finster.

»Weiße Schwäne, haltet an!
Ruft den Wolkengeist heran!«

Laut kreischten die Vögel auf. Da erschien triefend von Wasserwellen ein großes, dunkles Haupt, umrahmt von wallenden, grauen Schleiern, die sich wie Schlangen ringelten.

»Was willst du, Sohn des Lichtes?«

»Sag' diesen Menschenohren, was du treibst!«

»Ich lasse die Räder treiben, die Stäubchen sich reiben, schürf' das Wasser zusammen, und schüre die züngelnden Flammen. Ich schmiede die Blitze, ich spanne die Pauken und tauche den Mantel ins schäumende Meer. Ich sauge die Ströme zur Erde hinauf. Kaum halt' ich die wilden, sie wollen hernieder: es lechzen die Saaten, es recken die Bäume die dürstenden Arme und flehen um Zeichen und beten um Flut! Ich harre der Stunde, bis der Sturm mit hallendem Munde die Losung ruft!«

»Schönen Dank, Alter!«, sagte Aldebaran. »Weiter, ihr Segler der Lüfte, noch höher hinauf!«

Ein paar zuckende Blitzchen zeigten den Weg. Nun war es wieder frei, und die dunkle Wolke lag unter ihnen wie ein grau-schwarzer Ball.

Nicht lange, so gab Aldebaran wieder das Haltezeichen inmitten eines großen Meeres von hellem Wolkendunst, in dem die Sonne flimmerte.

»Weiße Schwäne, haltet an!
Ruft die Wolkenfee heran!«

Die Schwäne riefen. Da tauchte aus den Silbernebeln eine hehre Lichtgestalt in wallenden, weißen Gewändern, weicher als Blütenschnee und leuchtender als Seide, um ihr Haupt ein Silberschleier.

»Was willst du, Sohn des Lichtes?«

»Zeig' diesen Menschenaugen, was du treibst!«

Und schweigend schwang sie ihre Gewänder. Da war eine hohe Burg gebaut, mit Türmen hochragend und vielzackig, gesäumt mit goldenen Zinnen. Dort standen Mannen in weißen Mänteln, hielten Wache und schauten nieder auf die Erde.

Und sie schwang weiter ihre riesigen Schleier. Verschwunden war die Burg. Ein wilder Reiter saß auf einem Feuerross, des Nüstern schnoben. Er hob ein nacktes Weib aufs Pferd, griff dem Pferd in die Mähne und flog dahin!

Gleich darauf war eine Landschaft zu schauen mit Seen und Strömen und hohen Bergen mit Schneekuppen, deren Spitzen leuchteten wie durchsichtiges Gold. Auch dies Bild zersprang, und ein Feuerstrom ergoss sich über alles hin.

Und viel noch zeigte sie von ihren himmlischen Gebilden: Einen speienden Feuerdrachen im Kampf mit einem leibhaftigen St. Georgsritter, einen Sänger, der auf

Wolkenteppichen lag und die Leier schlug, und Sonnenströme quollen aus den Saiten. Stolz wies die Wolkenzauberin auf ihre Werke. Jetzt aber zeigte sich ein hoher
Säulensaal, und auf jeder Säule stand eine Harfenspielerin, und ein feiner Chor von Engelsstimmen schwebte
durch die Höhe:

>>Wir mischen den wogenden Schaum,
Wir Wolkenwäscherinnen,
Und lassen holden Traum
Zerrinnen, ach! zerrinnen!<<

>>Fahr' wohl, holde Fee der Wolkenträume! Du liebe
große Bildnerin, du Hüterin der höchsten Kunst – fahr'
wohl!<<

>>Ach, so sieht sie aus, die Gute!<<, rief Else. >>Wie oft habe ich mir das gewünscht, einmal in ihre Werkstatt zu
sehen! Nun hast du's mir erfüllt, Aldebaran. Hab' Dank
dafür!<<

>>Ja<<, sagte Aldebaran, >>sie ist wirklich prächtig, die
immer selbst sich Wandelnde! Ohne sie würde es keine
echte Kunst auf Erden geben. Sie ist unermüdlich und
lässt sich von niemand bitten. Sie hat das größte Umsonsttheater gegründet, das es jemals gibt: die verschwenderische Bühnenkönigin der Wanderer, der
Spielmänner, der träumerischen Taugenichtse und Prinzesschen Ohneschuh! – Höher!<< kommandierte Aldebaran.

Zu einer neuen langgestreckten Halle mit Wolkenwänden kamen sie da. Wieder ließ Aldebaran die Schwäne
die Herrin dieser Säulenveste rufen.

Eine Göttin in bunten Schleiern aus Regenbogen, doch alle duftig und fein wie Spinngewebe, trat heran.

»Zeig' diesen Menschenaugen, was du treibst!«

»Ich webe die Kleider der Frau Sonne. Sieh' dieses Gelb in meinen Händen, sie trägt es, wenn sie über den Strand in langer, langer Schleppe wandelt! Bringt, Kleidergeister, bringt die Kleider, macht auf Frau Sonnes Kleiderschrank! – Seht, da tragen sie und breiten ihr morgenrotes Königskleid! Da – schaut ihr silbergraues Nachmittagsgewand! Zeigt auch ihr Trauerkleid – das sie nur trägt, wenn ein Stern erlosch – hüte dich, Aldebaran! Auch um dich würde sie in Trauer gehen! – Hier ist ihr diamantenes, hier auch ihr Perlenkleid – sind ja so viele Tausende – dies hier in Violett ihr Nachtgewand, und hier der purpurne Krönungsmantel zum Niedergang! Seht – diese Silbersäume ihrer Schleppe, die goldene Stickerei um Hals und Brust, die Diademe alle aus Rubinen, Smaragden, Amethyst! Noch Hunderte von Kleidern, Schmuck und Silberwäsche kann ich euch zeigen. So reich ist keine Frau der Welt, nur noch ihr Königsbruder Sirius hat solche Pracht in seinem Staat!«

»Jawohl«, sagte Aldebaran, »sie kann es sich gestatten, die Königliche! Wenn sie nur nicht so verschwenderisch wäre. Niemals trägt sie das gleiche Kleid noch einmal. Nur ähnliche. Die haben viel zu schneidern – da im Saal!«

Und weiter ging die Fahrt nach oben. Sie fuhren über weiße Wanderer hinweg, die einzeln dahinzogen, sie fuhren über eine lichte Himmelswiese. Dort weideten unzählige Schäfchen, und ein alter Hirt mit grauem Bart und wehendem Schlapphut behütete sie, denn dort über den Bergen steckten zwei Eisbären ihre lauernden Köpfe hervor und fletschten die Zähne gegen sie.

Höher hinauf. Da schwebten weiße Engel, die trugen einen großen Becher aus Kristall, drin lauter einzelne Perlen blitzten wie kleine Diamanten.

Als Aldebaran rief:

»Sagt diesem Menschenherzen, was ihr treibt!«

Da sangen sie im Chor:

>»Wir tragen die Tränen der Erde
> Empor zum Himmelssaal!«

»Was tun sie dort?«

>»Ach, jede Träne kündet
> Vom Weh, um das sie rann,
> Klagt den, der sie entzündet,
> Vor Gottes Richtstuhl an!«

Und sie wanderten traurig weiter, die stillen Boten des Erdenschmerzes.

Noch höher stiegen sie hinauf. Es wurde kalt. Sie waren umschwirrt von kleinen glashellen Eisfaltern, die mit vielen Flügeln wirbelten und sich zu Schwärmen ballten.

»Wir sind bei dem Federvölkchen, Else,« sagte Aldebaran. »Nun kommt das Schönste! Merk' auf!«

Wieder riefen die Schwäne. Und siehe, eine ganz kleine Schneeflocke mit einem bleichen Gesichtchen, schön wie ein Engelskindchen, kam gegangen und sagte:

»Was wollt ihr in meiner Spinnstube?«

»Zeig' diesen Menschenhänden, was du treibst!«

Und sie langte mit den kleinen Fingern nach den feinen Faltern und ließ ihr silbern Spinnrad kommen. Ein Wink, und tausend, tausend kleine Schwesterchen der Schneeflockenkönigin mit ebenso viel Spinnrädern fingen an zu schnurren. Von all den Rädelchen schwirrten ganz, ganz kleine, blasse Sternenbildchen ab, und jede Spinnerin spann andere Formen, aber alle in reizenden Rosetten und Spindeln, Millionen kleiner Sechseckchen, deren Speichen aufs Lieblichste besetzt waren mit zarten weißen Federchen.

Da trat eine uralte Spinnerin in den Kreis. Und die kleine Flockenkönigin rief:

»Frau Holle! Sing' dein Lied!«

Und die Alte spann und sang:

Rollend Spinnrad spinnt die Zeit,
Jahre weh'n wie Flocken –
Hinter uns, wie liegen weit
Lebens Lenz und Locken!
Rollend Spinnrad spinnt die Zeit,
Wolken zieh'n wie Jahre –
Stille Tränen, vieles Leid
Spinnt uns Silberhaare.
Rollend Spinnrad spinnt die Zeit,
Schnee und Flocken fliegen –
Nur die Arbeit, frohbereit,
Kann dich, Leid, besiegen!«

»Lass auf die Erde schneien, kleine Königin!«, rief Aldebaran.

Da schoben Dienerinnen mit langen Eisgabeln die Wolkenschieberchen zurück, und sie sahen hinab in den blauen Himmelsraum. Dann aber schnurrten erst die tausend, tausend Räderchen los, und nieder tanzten in seligem Reigen alle die kleinen Eisschmetterlinge, die die Flockenkönigin und ihre Dienerinnen eben in größter Hast gesponnen hatten. Sie ließen sich nicht stören: Es surrte und schwirrte durch den Raum, und als Aldebarans Schwäne sich niederließen durch die blaue Himmelslücke, da fielen die kleinen Spinnseelchen auf sie wie weiße Wunderblümchen und hüllten sie ein in so luftiges Geflimmer und Geflirre, dass Else und Aldebaran sich aufs Höchste damit ergötzten, die Flüchtigen mit Händen zu ergreifen. Dann aber war ihre Schönheit hin, und sie zerrannen zu einem Wassertröpfchen. Oben aber an der Wolkenlücke sah der Schneeflockenkönigin kleines Köpfchen hervor und machte ihnen für das vergebliche Bemühen ein langes Näschen.

Die Schwäne aber ließen den Himmelswagen genau an der Stelle niederschweben, von der Elses Wolkenreise ihren Anfang genommen hatte. Sie gab Aldebaran zur Belohnung und im Überschwang ihres Dankes einen Luftkuss!

XXII.

Eiserkrönchen und Lockenschönchen

»Sag' mir,« wandte sich eines Tages Elselein an Aldebaran, »warum war der gute Onkel Doktor, der heute mit seinem lahmen Schimmel nach Mutters Schulternreißen zu sehen kam, so kurz und schnippisch zu dem Dorfpastor aus Seldin, der mich eben in die Enge treiben wollte? Ich habe es wohl bemerkt, wie feindlich es bei beiden in den Augen leuchtete, als sie sich, fast widerwillig, vorm Garten begrüßten.« –

»Das ist ein alter Streit zwischen ihnen, und wenn sich nun noch der Lehrer Piepkorn zu ihnen gesellt, der ein trefflicher Musikus ist, so gibt das ein sonderlich Trio, und ich habe nicht ohne heimliche Freude ihrem neulichen gemeinsamen Gespräch beim Schützenfest zugehört, als sie sich in ergötzlicher Manier, jeder den Standpunkt seines Metiers vertretend, in die Haare gerieten. Fehlte bloß noch die alte Köhlerfrau mit ihrem Aberglauben, dann hätten wir ein schönes Kollegium menschlicher Wahrheitspriester zusammen gehabt. Sieh', Kind, ein jeder möchte die Wahrheit wissen, wenn möglich die letzte, und jeder glaubt, sie in der Hand zu haben oder wenigstens beim Niederbücken zu sein, um sie abzupflücken. Aber die Wahrheit ist eine Blume aus dem Wunderlande, die ist nicht mehr da, wenn man danach greift; sie gleicht jenen goldartig leuchtenden Massen, die manchmal vom Himmel fallen. Schon mancher wickelte sie in sein Tuch, um sie nach Hause zu tragen; wenn er sie aber auf dem Tisch ausbreiten wollte, so war das noch so fest verschnürte Tüchlein leer! Es roch nur noch ein bisschen nach Schwefeldampf und Pech.

Es ist ein großes Geheimnis um die Wahrheit. Alle kommen von verschiedenen Wegen an sie heran, und wenn sie dicht vor dem Tor des letzten angelangt sind, ja es frei geöffnet haben, so schauen sie in ein noch vielmal dichteres Labyrinth, als das war, das sie soeben mit vieler Mühe durchmessen haben. Die Welt ist grenzenlos ›nach oben‹ wie ›nach unten‹ in Maß und Zahl. Ein neugefundener Stern weist auf die Wahrscheinlichkeit Millionen noch neuerer hin; ein neu im Fernrohr gesichteter Sonnennebel verkündet das Dasein noch unendlicherer, neuer Planetenwelten! Und wenn ihr mit neuen Linsen und übermenschlichen Sehplatten, die schärfer Licht wittern als Menschenaugen und ihnen nur durch ein Silbernetz bemerkbar werden, einen neu aufleuchtenden Stern findet, so zeigt es sich: seine Größe muss so unermesslich sein, dass die Sonne gegen ihn zum Sonnenstäubchen wird. Einst wird das mit Glaslinsen bewaffnete Menschenauge lebende Wesen schauen, die so klein sind, dass in einem Stecknadelköpfchen Millionen ihrer Arten, kuglige, stäbchenartige, korkzieherförmige und gegeneinander wohl bestimmbare, mit Tausenden von Wirkungsweisen im Haushalt der Natur begabte Wesenchen enthalten sind. Man wird diese so winzigen Bausteine alles Lebendigen aufdecken und glauben, der letzten Lebenseinheit Aug' in Auge zu sehen – und man wird eines Tages staunend erkennen, dass diese Kinder der Stäubchen in sich schon Riesenwelten tragen, gemessen an der Kette des Winzigsten, das noch unter ihnen liegt. Immer gleitet der Boden den Forschern unter den Füßen weg bei jeder neuen Entdeckung vom Bau der Welt nach dem Großen wie nach dem Kleinen, weil jede Erkenntnis das Gebiet des schon Erkannten nicht einengt, wie man glauben sollte, sondern ihn dem Ehrlichen und Kühnen ins Bodenlose erweitert. Ihr findet immer nur den Satz bestätigt, dass das, was ihr schon wisst, ständig weniger wird und schrumpft gegen das, was euch zu wissen übrig bleibt. Wie könnte das auch anders sein? Ja, es ist weise, dass dem so ist! Alles in der Welt marschiert, strömt, gleitet vorwärts. Es wandelt sich dabei alles zu immer höherer Bestimmung. Aus den kleinen Bausteinchen des feurigen Gottessohnes, den die Griechen Prometheus nannten, ward nach einem einheitlichen Plane, wie ich es dir noch deutlich erkennbar zeigen werde, durch Wandlung, Wachstum und Zusammenfassung aus den Steinchen ein Plättchen, aus dem Plättchen ein Gewölbe und eine Mauer, aus der Mauer ein Haus, aus dem Haus ein Dorf, aus Dörfern die Städte, aus Städten der Staat, aus Staaten Staatenbunde und so fort. Das ist ein Bild für den Aufbau des Geschaffenen. Aber nie ist das erste Körnchen eine feste Unterlage für die Erkenntnis des Beginns; rückwärts von ihm zerfällt ein allerkleinstes Lebewesen in ein Weltall von Bewegungen, die ihr Menschen recht grob unbelebt nennt. Da sind die winzigen Kristallteilchen, Stoffperlchen, Ätherwirbelchen, die selbst den Zwergenbau noch zu Milliarden durchschießen, durchkreisen, durchleuchten – in einer Zusammenwirkung, die eigentlich schon lebendig ist, weil sie sich stets nach einem innewohnenden Ziele bewegt. Sie erschaffen, sichern, erhalten und bilden das um, was ihr Leben nennt. Wenn ich dir einst ein winzig Stückchen leuchtenden Metalls zeigen werde, welches sich in sich unendlich lebhaft bewegt, Odem aussendet, Nahrung zu sich nimmt, Stoffe wechselt, Kinder bekommt, ermüdet, schläft und sich erholt, wenn es aber stirbt, sich wandelt in ein neues Metall wie eine Puppe in den Schmetterling – würdest du da nicht, du, ein Kind, erkennen müssen, dass dies Metallbröckelchen lebt und dass zu seinem Leben noch wieder unzählige Vorbedingungen nötig sind? [3] Wo ist da die Grenze des Lebendigen und Toten? Der Mensch wird keine finden und so magst du ruhig annehmen, dass schlechterdings alles lebt, geistig ist und das Lebendige vorbereitet. *Metalle und Kristalle haben eine bildende Substanz* in sich, eine Seele, leitende Träger von Harmoniegedanken, sie hassen und lieben, sie leiden und handeln, Flamme und Farbe, Licht und Schatten leben, dulden, wirken! Alles ist ein Kreis des wandelbaren, des gewordenen und werdenden Lebens, alles trägt in sich Geist und entstammt einer Idee der Weltseele, die Ihr Gott nennt! Die Seele Eures Leibes ist unsichtbar, unbetastbar, wie Gott die Seele der Welt ist, ebenso unbeschreibbar für Euch!«

»Aber Peterchen,« fragte Else, »wenn doch alles so unerforschlich ist, warum bemühen sich die Menschen so redlich und unaufhörlich, um dennoch die Dinge bis ins kleinste zu ergründen?«

»Weil diese Unruhe, die das Wissen oder vielmehr das noch Nichtwissen bringt, eine Leiter ist, an der der Einzelne und die Gesamtheit in immer höhere Kreise steigt. Ja, dieser Anreiz ist die Ursache, warum überhaupt der Mensch steigt und die Menschheit aus dem Tiergeschlecht sich vergöttlichte. Das noch Unerforschte, das zu Ergründende ist ein Wetzstein ihrer Messerchen und Greifzangen des Geistes, die dadurch immer schärfer schneiden, immer höher reichen. Dabei werden sie königlich belohnt von der Natur, die sie in ihrer Art hinterlistig zerbröckeln, zerstückeln, zerreißen, ja sie treiben

---

3 Aldebaran deutet auf das Radium hin.

sie in gewissem Sinne geradezu wieder zurück in längst
verödete eigene Urwerkstätten und Geburtsschlupfwin-
kel. Die unendlich Gütige stellt sich trotzdem auf ihre
Seite und lässt sich zur Sklavin machen, sie mit ihren
Urgewalten beschenkend. Nur manchmal rächt sie sich
dann wohl einmal plötzlich durch einen furchtbaren
Tatzenschlag. Wer hat das Feuer wieder emporgewühlt,
gleichsam aus dem Grab der Erde, nachdem es längst in
ihre Eingeweide bei ihrer Abkühlung sich zurückgezogen hatte? Bei der stillen Gestaltung ihrer Kruste zum
Boden des Lebendigen wurde seine sengende freie
Flammengewalt überflüssig. Wer rief die Feuermacht
zurück? Der Mensch. Wer zwang das Wasser, abzubiegen aus seinen natürlichen Bahnen eines behaglichen
Kreislaufes? Wer zerlegt die Luft aus ihrer schönsten
Harmonie zur Wechselatmung von Tier und Pflanze?
Der Mensch. Wer weckt versunkene Wälder zur Arbeit
und Wärme und wer entreißt ihrem Gestein die Rohstoffe zu allen seinen Handwerkszeugen? Wer presst aus
der Kohle die elektrische Energie, die Sonnenglut, die
dort schon schlief in halbem Todesschlaf? Der Mensch.
Und er wird ihr noch unendlich viel mehr abringen an
schon begrabenen und abgetanen Geheimnissen, die alle
seiner Sehnsucht, seinem Vorwärtsbrausen Wind in die
Segel geben! Er wird die immer bauende Natur wieder
zerbröckeln und aus den Trümmern ihre Idee ablesend
nicht ruhen, bis er die Luft und die Sterne erobert, wie er
es mit Erde und Wasser gemacht hat! Das ist das Ziel
und die Rechtfertigung auch der Wissenschaft, für die
allerdings der gute Onkel Doktor eben kein allererster
Fackelträger ist und darum doch etwas hochnäsig auf

den kreuzbraven Pastor herabzublicken sich erlaubt, der seinerseits wohl auch den Wert von dem redlichen Wollen seines Gegners anerkennen könnte, ohne dass er den Pfad seines Wahrheitsweges zu verlassen brauchte. Denn, Kind, die Religion ist wohl ein untrügliches Urgefühl davon, dass ein Unerforschliches, aber auch unendlich Deutbares, Furchtbares und Mildestes zugleich hinter den Dingen steckt. Es ist nicht wahr, dass Furcht den Mensch Gott denken ließ! Wer fürchtet, ist eigentlich ohne Glauben, und wenn Menschen sich hinter den Winden und Donnern Götter dachten, so ist das eben der Anfang zum Unglauben, zum Anbeten von etwas eben ›Nichtgöttlichem‹ und hat in letzter Linie stets zu Gottlosigkeit geführt. Wenn sich herausgestellt hat, dass kein besonderer ›Gott der Stürme oder Erdbeben‹ zu entdecken war, so war das doch wahrhaft kein Beweis für sein *Nichtsein überhaupt*. Dieser falsche Schluss, den du, mein Kind, schon begreifen wirst, war manchmal schon eine gefährliche Waffe gegen alle Prediger der Gottheit. Denn der Ungläubige frohlockt, wenn ein Götze fällt: zu früh! Denn wenn auch alles sich auflöste in Erkennenkönnen von einfachen Ursachen und Wirkungen, so bliebe immer noch das Wunder, dass der Mensch die Welt eben erkennen *kann*. Weil es eine Lust ist, weltgemäß zu denken, müsste man darum erst recht sich selbst als ein Stückchen Offenbarung des Göttlichen in Demut empfinden. Daher die gefühlte Pflicht der ganz Großen unter euch, das Empfundene herauszuholen aus der tiefsten Brust, und sei es zu unendlichen Leiden. Denn selbst Perlen sterben in Menschenhand wie Edelsteine des Glaubens in der Zweifler Herzen. Ihnen scheint der Glauben nicht kostbar, weil er keine sichtbare Schutzstätte gewährt, denn sie sind immer besorgt für sich allein, höchstens noch für die ihren, also immer in Sorge und Furcht und darum gottlos. Darum glaube es nicht, Elselein, wenn man dir sagt, die rohe Menschenfurcht, die Unwissenheit habe die Götter geschaffen. Die Sehnsucht schuf sie und die Erkenntnis der unbegreiflichen Wunder ringsum! Jeder noch so versteckte Rest von Fürchtenmüssen führt stets zum Nichtglauben, Mut allein zu Gott!

Darin tut also wieder Onkel Doktor dem Pastor von Seldin Unrecht, dass er meint, ohne Glauben auskommen zu können. Er sollte wenigstens gelten lassen: ›Mir ist Gott wie eine wissenschaftliche Vermutung von allumfassender Gültigkeit!‹ Damit wären er und alle seine Zunftgenossen der Zukunft vor manch böser Niederlage bewahrt.

Zu alledem will ich dir jetzt noch ein kleines Märchen erzählen, in dem die vier Personen: Onkel Doktor, Piepkorn, der Pastor und die alte Möller, freilich in sehr veränderter Gestalt, vorkommen und gemäß ihrer Weisheit agieren. – –

Es waren einmal zwei Zwillingskönigskinder, die hießen Eiserkrönchen und Lockenschönchen. Sie wuchsen in einem großen Inselreiche auf, das ihre Eltern schon vor vielen Jahren verlassen hatten. Man sagte, sie seien zum Besuche verwandter Festlandfürsten gefahren, kehrten aber nie zurück. Die einen behaupteten, sie würden irgendwo verborgen gehalten, andere meinten, sie seien zurückgekommen, lebten aber verkleidet mitten unter ihren ärmlichen Untertanen, weil ihnen eine

Fee geweissagt hatte, eines ihrer Kinder müsse sterben, wenn sie zurückkehrten. Das Volk, das seinem Königshause wegen seiner milden und segensvollen Regierung sehr dankbar war, nahm sich beider Prinzessinen bestens an und ließ sie in ihren verwaisten Schlössern sorgfältig großziehen und wohlgedeihen. Da man nicht wusste, welche der beiden die ältere war, die dunkle oder die blonde – nach ihrer Haarfarbe und deren natürlichem Gewelle nämlich hatten sie ihren Namen –, so war nicht zu entscheiden, ob Lockenschönchen oder Eiserkrönchen, oder ob beide gleichzeitig mit ihrem siebzehnten Jahre die Regierung des Landes übernehmen sollten. Das Volk hatte sich in zwei Parteien gespalten, von denen die eine meinte, Eiserkrönchen sei wegen seines ernsten Wesens die geeignetere Regentin, während die andere behauptete, ein so fröhliches Sonnenkind wie Lockenschönchen mit ihren Blauäugelein sei der strahlenden Krone würdig. So stritten die Parteien her und hin, beide geführt von einer kleinen Anzahl mächtiger und würdiger Kronberater, die sich gegenseitig spinnefeind waren. Die zu großer Schönheit heranwachsenden Kinder waren von Natur sehr verschieden, da Eiserkrönchen schlicht, wahrheitsliebend über alles, arbeitsam, aber ernst und ein bisschen bitter im Gemüt war, Lockenschönchen dagegen, ein Naturkind, heiter und spielerisch sich gebärdete, oft sogar ein bisschen Flunkerei trieb und nur ungern an die Arbeit ging. Trotzdem vertrugen sie sich in der Kinderzeit sehr gut miteinander, je mehr sie aber heranblühten, desto wirksamer wurden die beiderseitigen Einflüsterungen, sodass sie nur noch des Hoftones wegen äußerlich zueinander hielten, aber sich im Grunde zum Mindesten sehr gleichgültig wurden. So standen die Dinge, als eines Tages mit großem Gefolge der ›Prinz Godefried vom heil'gen Land‹ mit vielen Schiffchen, die goldene Anker hatten und herzförmige Segel trugen, landete. Alles Volk war versammelt am Strande, als der strahlende Prinz mit einem großen Silberkreuz über der Stahlbrünne das Inselufer betrat. Er bot den Prinzessinnen den Königsgruß, ließ aber schon nach dem Austausch der ersten Begrüßungsworte mit Eiserkrönchen diese mit offen zur Schau getragener Nichtachtung beiseite stehen und wandte sich zu lebhaftem Gespräch an Lockenschönchen. Eiserkrönchen runzelte befremdet ihre schwarzen Brauen, die sich unter der hohen hellen Stirn gleichsam die Hände reichten, und fasste augenblicklich einen leidenschaftlichen Groll gegen den Prinzen, dessen Glanz sie sich nicht ganz hatte entziehen können. Godefried aber, wohl ein wenig geblendet von Eiserkrönchens Schönheit, fühlte doch etwas wie Furcht im tiefsten Herzen. Es war ihm nämlich geweissagt worden, dass ihn ein Weib, das eine eiserne Krone tragen werde und aus königlichem Geblüt sei, einst an den Rand des Verderbens bringen würde. Als er nun den Namen Eiserkrönchens hörte, hatte er sich im ersten Schrecken so auffällig von ihr gewandt. Alles Volk glaubte allgemein, dass Prinz Godefried Lockenschönchen seine Hand bieten und so die Herrscherfrage schnell und aufs Glücklichste lösen würde, aber da hatte man nicht mit Eiserkrönchens fester Willensmacht gerechnet. Sie verstand es, schnell ein starkes Heer um sich zu sammeln, und da nun die andere Hälfte treu zu Lockenschönchen und Prinz Godefried hielt, brach der

Bürgerkrieg aus mit wilder Heftigkeit. Nach vielen schweren unentschiedenen Schlachten bot Eiserkrönchen, die im Waffengebrauch wohl geübt war, dem Prinzen einen Zweikampf allein vor allem Volk an, den der ritterliche Prinz trotz geheimen Grauens natürlich annahm.

Da standen sich auf freiem Feld die beiden Kriegerreihen mit gesenkten Waffen gegenüber, und Prinz Godefried trat der in Eisen starrenden Königstochter entgegen. Es geschah ein Wunder. So oft der Prinz seine Lanze mit schwerem Schwunge gegen Eiserkrönchen schleuderte, so oft flog das gefährliche Geschoss ihm in die Hand zurück. So oft aber die schwarze Heerführerin ihr Schwert gegen Godefried niedersausen lassen wollte, blieb es wie von übernatürlichen Mächten gehalten in der Luft schweben. Da brachen die beiden Reihen Krieger ungestüm aufeinander los, und siehe, auch sie konnten sich gegenseitig nicht mehr verwunden.

Um aber dem Streit endlich ein Ende zu bereiten, nahm Eiserkrönchen ihre Truppen aus dem Gefecht, belohnte sie alle königlich und zog mit vielen Getreuen auf eine einsame Burg. Godefried zog in Lockenschönchens Schloss; aber mit ihm war nach allen diesen Kämpfen eine tiefe Veränderung vor sich gegangen: Er fühlte, dass Eiserkrönchen ihn doch ohne Waffen ins Herz getroffen hatte, und nebelschwer lag es ihm in den Gedanken. Lockenschönchen musste es endlich aufgeben, an ein Ehebündnis mit dem Prinzen zu denken, weinte eine Zeit lang bitterlich, tröstete sich aber bald. Ein Spielmann kam gezogen, der sang sich ganz in ihr Herz; sie hob ihn zum Thron und gebar ihm vier Söhne, die wegen ihrer Kunstfertigkeiten hochgeehrt waren. Prinz Godefried aber lebte ebenso einsam wie Eiserkrönchen in einem wundervollen Schloss, das ihm Lockenschönchen bauen ließ. Lockenschönchens Reich wandelte sich, fern von dem Einfluss Eiserkrönchens und Godefrieds, in ein ausgelassen fröhliches Land. Anfangs ging alles schön und gut, aber im Alter wurde Lockenschönchen geizig und raffte Geld und Gut mithilfe ihrer gleichfalls immer gewinnsüchtiger werdenden vier Söhne zusammen.

Da fing ein böses Weib aus dem Volke an, sich durch Geisterspuk und Lug und Trug viel Anhang zu sammeln; die wollte ihre Schwarzkünste benutzen, um alle Macht des Reiches an sich zu reißen, und trachtete allen dreien, Godefried, Lockenschönchen und Eiserkrönchen nach dem Leben.

Es war Eiserkrönchen, die nun schon hochbetagt, aber ungebrochenen Geistes die Verschwörung entdeckte und die beiden anderen davon benachrichtigte. Godefried fühlte sich im Herzen vor Zweifeln und heimlicher Liebe so todeswund und weltmüde, dass er erst gar nicht gewillt war, den neuen Kampf aufzunehmen.

Da erschien eines Tages eine gebückte Bettlerin vor seinem Schloss, gerade als er in härenem Büßerhemd die Blumen seines Gartens begoss, die sprach: ›Godefried, ich habe dich an den Rand des Unterganges gebracht! Mein ganzes Leben war ein einziger Irrtum; ich kann nicht ohne dich sein und du nicht ohne mich. Oft müssen sich die Alten gestehen, was sie, zur rechten Stunde gesagt, in der Jugend hochbeglückt hätte.«

›Wer bist du?‹, fragte Godefried und nahm ihr den Schleier von den Augen. Da erkannte er das alte Eiserkrönchen.

Gemeinsam mit Lockenschönchen stellten sie nun der alten Gauklerin eine Falle. Sie kam an einen finsteren Ort, wo sie den todesmatten Godefried allein zu finden hoffte. Schnell warf Eiserkrönchen Fesseln über sie, und alle drei banden sie und warfen sie in einen tiefen, tiefen Turm.

Als die Sonne am Morgen die drei mit ineinandergelegten Händen vor Godefrieds Schloss stehen sah, da freute sie sich so herzlich, dass sie allen dreien die Jugend wiedergab. Da gab es großen Jubel im Lande, und alle wurden sehr glücklich.

Und wenn sie nicht gestorben sind, so leben sie noch heute«. – »Sag' einmal, Aldebaran,« fragte Else, »warum schließen alle Märchen in derselben Weise mit diesem: ›Und wenn sie nicht gestorben sind usw.?‹«

»Weil das heißen soll: Alles in guten Märchen hat einen unvergänglichen Sinn und eine Ahnung vom Weltgeschehen. Es passiert so etwas alle Tage. Weil Wahrheiten niemals sterben, so leben auch die Träger und Verkünder solcher Schicksale immer wieder von Neuem auf.

Nie kann die echte reine Wissenschaft die Religion verwunden, nie wird der tiefste Glaube das Wissen blutig schlagen. Sie sind füreinander unverletzlich wie Godefried und Eiserkrönchen. Beiden kann zwar der Aberglaube gefährlich werden, doch immer wieder wird ein Eiserkrönchen die alte Zauberin fesseln und in einen Turm sperren. Die Kunst, unser leichtfertiges Lo-

ckenschönchen, kann der Religion wohl dienen und ihre
Altarkirchen schmücken, aber sie darf ihr nicht ganz ge-
hören, sie bricht sonst immer die Treue und muss lieber
dem Bruder Leichtsinn sich ergeben. Ihre Kinder sind
die vier Kunstformen, Musik, Malerei, Bildnerkunst und
Poesie. Sie können auf Nebenwege kommen und nach
Gold und Ruhm streben, dann reinigt und verjüngt sie
Godefried und Eiserkrönchen!

Darum schließen alle Märchen, die ja nur versüßte
Weisheit für Kindermäulchen, Perlen als Zuckerplätz-
chen vermummt sind, mit dem unsterblichen: ›Und
wenn sie nicht gestorben sind!‹«

XXIII.

Die drei Tongeisterchen

Es waren einmal drei Geister der Luft, die
beherrschten gemeinsam die Flur des Himmels, soweit sie nur immer reichte, vom Anfang bis zum Niedergang. Die ganze unendliche Fläche entlang des hellen Raumes, der
zwischen dem schwarzen Meer der Finsternis und den
heiligen Wiesen des Lichtes gelegen ist. Die hatten sich
ein wunderbares Spiel ersonnen mit ihren Tauben, von
denen jeder der Geister einen gewaltigen Schwarm fast
immer um sich hatte, sodass es lieblich war zu schauen,
wenn die drei Geisterchen in holder Eintracht himmli-
scher Brüder miteinander durch die Luft schwebten.
Denn nicht nur, dass sie es gelernt hatten, ihre drei Tau-
benschwärme anzuweisen, auf ihren leisesten Wink zu
schwenken und ihre kleinen Brüste der Sonne zu schnel-

lem Kusse darzubieten, es war ihnen auch in den Sinn gekommen, die flatternden Flügelspitzen mit ganz kleinen freipendelnden Silber- und Goldflötchen und klingenden Flöckchen zu behängen, die wunderlieblich sangen, wenn sie damit die Luft peitschten. Auf dies Geheimnis waren die drei Geister gestoßen, als sie einst in der Sommernacht über einem Teich dahinschwebten und sich irgendwo im Schilf lagerten. Da plötzlich fing es wundersam an zu tönen wie von einem fernher geleiteten, langgezogenen und wehmütigen Glockenschwingen der Klage. Sie wussten nicht, was das bedeutete, eilten herzu und erkannten, dass es Myriaden von kleinen Insekten waren, die alle mit gleich langen und gleich zierlichen alabasternen Flügeln die ruhende Abendluft aufwirbelten, bis dass sie sang. Da erfuhren sie zum ersten Male, dass die Luft, diese schweigende Riesin, sehr wohl zum Reden und Raunen, Rauschen und Klingen zu bringen ist, wenn man nur in geschickter Weise die unzähligen kleinen Spitzen ihres wallenden Schleiers aneinanderwirbelt. Denn wie das Wasser von Windgeistern schnell geschlagen Schaum gibt, so spritzt das Zittern der Luft den Schaum, den sie auf ihre Art wirft, oft weit in die Ferne an lauschende Gestade, wenn die Glöcklein des Äthers zu ihrem tollen Reigentanz kunstvoll bewegt werden. Das hatten sich viele Wesen der Höhe und Tiefe wohl zunutze gemacht und schlugen die Luft mit allerhand kleinen Glockenschlägeln, wenn sie sich warnen wollten vor Gefahr, oder wenn diesem und jenem einmal ein Weibchen abhanden gekommen war. Unsere drei Geisterchen, die anfangs nur selten auf die Erde gewandert kamen, hörten dies Flügelspiel der Mücken mit ihren kleinen wirbelnden Schaufeln aus Silberglas zum ersten Male. Da beschlossen die drei, ihren geliebten Himmelstauben auch solche Schellen an die Schwingen zu hängen, und freuten sich schon im Voraus auf den Genuss. Denn ihrer Tauben Reigen waren wohl geordnet nach Zahl und Form der Bewegungen, und sie hatten es durch unermüdlichen Fleiß fertiggebracht, dass die unzähligen Einzeltierchen stets auf strenges Gesetz und harmonische Bewegungen hielten. So flog der Schwarm des einen immer in genau vorgeschriebenem Abstand vom anderen, und einer der drei übernahm in bestimmten Zeiten wechselnd die Flugführung, nach der sich dann die anderen beiden zu richten hatten. Da waren schon wunderbare Formen von ihnen gleichsam eingeschrieben worden in das Buch der Luft, auf den langen Linien weit gestreckter Wolken sonderbare Bilder, die sich in den Wellen des Meeres widerspiegelten und in dem Flockenspiel der wandernden Wolken. Da hatten sie gelernt, allein aus der wechselnden Form des Lichtes und der Schatten gar wundersame Zeichen zu machen mit ihrem Flattertaubenheer, das immer in drei Armeen flog, neben- und durcheinander, über- und untereinander fort! So konnten sie alles, was Geister denken und träumen, schließlich durch Taubenreigen ausdrücken, und waren nicht müde, immer neue Wolkenbilder zu ersinnen, die, für sie wohl verständlich, des Lebens Schönheit priesen. Wie schön musste das erst werden, wenn nun die Schwingen ihrer kleinen Tänzerinnen der Höhe mit jedem Flügelschlag ihr feines Klingen gaben!

Ihre schwere Mühe, allen Tauben die kleinen Pfeifchen, Glöckchen und klingenden Schüppchen an die Flügelenden zu hängen, wurde reichlich belohnt. Und als sie nun sahen, dass die innere Bewegung und die Gesetze der schönen Form und Linien, die sie den Tänzerinnen fest eingeprägt hatten, aufs Wundersamste in drei vollen Klängen immer in gewissem Abstand und stets verändert durch eine plötzliche Seitenschwenkung der Chorführerin des einen Schwarms zum Ausdruck kam, da sahen sie, dass dieses Spiel der drei Schwärme sich immer auf eine Grundform der Bewegung zurückführen lieh, die nannten sie *den heiligen Dreiklang*.

Da gingen sie einst zum Geist der Welten und zeigten ihm, was sie ersonnen hatten, denn die allerkleinsten wie die mächtigsten Bewohner von Erde, Luft und Feuer sind Rechenschaft schuldig über ihre Taten, und ein Jüngstes Gericht tagt jeden Tag vor Gott.

Der also saß auf seinem hohen Wolkenthron, umgeben von Cherubim und Seraphim, mit Flammenschwertern der Gerechtigkeit und den goldenen Wagen, deren Schalen Schuld und Sühne hießen, in den Händen. Und unsere drei Tongeisterchen, die hier eine sehr ehrerbietige Haltung einnahmen, so ausgelassen sie sich sonst auch benahmen da draußen im Freien, trugen dem Herrn der Heerscharen die Bitte vor, der tönenden Tauben Reigentanz vorführen zu dürfen. Der nickte – da ließen sie das Glöckchenspiel der flatternden Tauben heraufbrausen in schönen weit geschwungenen Reigen wie ein Tanz der Ehrfurcht und der Anbetung, und alle Engel fühlten, dass diese Lieder ein Rühmen des Himmels und ein Heldenlied der Sonne zur Ehre des Ewigen bedeuten sollten. Dann ließen sie noch das Lied vom Lohn der Treue von ihrer schwärmenden Taubenorgel singen und schließlich einen so gewaltigen Hymnus von Lust und Dank, dass der Herr der Welten die drei Geister näher vor seinen Thron treten hieß und sie freundlich belobte.

»Nichts aber kann ich euch Besseres tun,« sprach er, »als dass ich euch zu einer Menschenseele schicke, die wie keine andere jubeln wird, wenn sie in euer luftiges Spiel schaut. Ich weiß auf Erden zu Bonn am Rhein einen Meister, der eurer Tauben Reigenspiel im Herzen trägt und viel getan hat, es ganz wie ihr ans Licht zu bringen. Zu dem geht und dienet ihm, bis ich euch rufe!«

Da zogen sie zur Erde nieder und fanden in einem ganz kleinen Stübchen einen Meister von nicht gerade schönem Körper, auf dem ein ungefüger großer Kopf saß. Schwer gefurcht waren die gepressten Züge, denn dieses Mannes Antlitz hatten zwei grausame Bildnerhände, Sehnsucht und Qual, angepackt und waren nicht schön mit ihm verfahren. Darum leuchteten wohl auch die Augen mit so trotzig prometheischem Dunkelfeuer, weil hier unermessenes Verlangen zum Titanischen in eines Menschenleibes viel zu enge Fessel gelegt war. Als die drei Geister durch ein offenstehendes kleines Fenster im Dach in das Stübchen kamen, da sahen sie den Meister an einem Kästchen sitzend die Hände bewegen, das Löwenlockenhaupt wild zurückgeworfen, als ob es seine Wüstenheimat in der Ferne suchte. Aus dem Kasten aber kam es ganz deutlich wie ihrer Taubenschwingen Spiel. Sie eilten hinzu und schauten neugierig in den mit Saiten besponnenen Kasten und sahen zu ihrer Verwunde-

rung weiße kleine Paukenschlägel wie Blütenhämmer-
chen an die Saiten schlagen, in ihrem Bewegen sehr ähnlich dem inneren Gesetz des Spieles, das sie den Tauben
beigebracht. Da flüsterten sie ihm in die Ohren, er möge
sich nicht stören lassen, Gott selber habe sie gesandt,
ihm zu dienen. Der staunende Meister aber konnte
ihnen von da ab nicht genug zuhören, wenn sie ihm auf
Arm und Schulter hockten und von den Reigentänzen
ihrer Himmelstauben erzählten. Das war ihm, dem einsamen Grübler, alles wohl geläufig, und manchmal
sprang er, wenn sie so einen Reigen beschrieben, an sein
Klavier, schlug ein paar Akkorde an und meinte: »Ah,
das klingt dann so und so!« – Da freuten sich die Kleinen, wie gut er sie begriffen hatte, und fühlten ihn in
immer tiefere Geheimnisse und Gesetze, die sich ihm
noch verschleiert hatten, ein, und er ward selig und ging
wie im Rausch einher. Da er auf nichts achtete als auf
das Singen und Klingen in ihm, war er kurz und barsch
zu seiner Umgebung, und die Leute nannten ihn den
»Knurrigen« oder das »Poltermännchen«. Das war nicht
zu verwundern. Auf wie viel unendlich Schöneres hatte
er, in sich gekehrt, zu hören, als auf die kleinen Angele-
genheiten und Mahnungen des Tages! Da summte es
vom Hochzeitstanz der Bienen, vom Regenbogenlied
der Käferlein und Sonnenlied der Libellen unaufhörlich,
unaufhörlich; dann rauschte es wieder wie Lawinen-
donner, Felsensturz und Flutgewalt. Und wie viel hatte
er zu tun, damit den ganzen Inhalt seiner Menschenbrust an Leid und Freud' zu verknüpfen und eines mit
dem anderen in Tönen zu verschmelzen. Und obendrein
musste er immer noch auf der drei Tongeisterchen wis-

pernden Rat und Deutung achten, wer wollte es ihm da
verdenken, dass er barsch auffuhr, wenn die Tür seines
Kämmerleins sich öffnete und jemand rief: »Die Miete ist
fällig«, oder: »Hier ist die Wäscherechnung.« Noch dazu, wenn er in seinen Geldbeutel griff und ihn leer fand
wie die große Blumenvase mitten auf dem Tisch. Dann
ward er zornig und warf alle hinaus, Freund, Geliebte
und Gläubiger, so sehr es ihn auch schmerzte, dass es
bei ihm knapp mit irdischen Gütern bestellt war. Ach,
hätte dieser große Meister der Töne ahnen können, dass
Millionen Menschen ein Jahrhundert später bereit wären, ihm ein Vermögen zu opfern, um ihn nur einmal
noch Flügel und Orchester meistern zu hören! Tausende
von zarten Frauenhänden hätten ihm gern die schönsten
Spitzen gestickt, seine Wäsche bereitet und seine armen
Vasen täglich mit Blumen gefüllt! Aber die Seelen der
Zukunft schliefen damals noch und die der Lebenden
wandten sich ihm nur zögernd zu. Er tröstete sich mit
seiner schöpferischen Einsamkeit, die durch seine drei
Gesellen reich belebt war. Manchmal, wenn er sehr gebrochen heim kam, gepeitscht von Zweifeln und Misser-
folgen, ward es ihnen sehr, sehr schwer, ihn wieder aufzurichten; nur wenn sie ihm dann schöne Einfälle vom
Taubenchor zuraunten, heiterte sich der Blick, oder mild
und zornig griff er in die Saiten, bis die Davidlein seiner
Seele den irren König Saul in ihm besänftigt hatten. Als
ihm ein Ruf nach Wien ward und es schien, als gehe seine Sonne auf über dem Meere des Erfolges, und er sehr
glücklich war, da rief er sie, und sie fanden gemeinsam
den Ausdruck für das erste der einst im Himmel vor

dem Weltgeist geschwungenen Taubenlieder wieder, und der Meister schrieb es nieder:

»Die Himmel rühmen des Ewigen Ehre!«

Dann, als der schwere Schmerz enttäuschter Liebe seine Brust zerriss, da sang er doch mit jener Hilfe sein Menschenlied der Treue, darinnen alle Qual der Gefangenschaft, alles Freiheitsehnen und alles Glück der Erlösung durch Treue wie nie zuvor gezeichnet war. Dem Titanen aber in ihm genügte es nicht, aller irdischen Dinge gewaltigsten Ausdruck zu finden, er spürte ein unwiderstehliches Gelüst, mithilfe der drei Geisterchen den Urheber aller der Leiden der Kreatur in die Schranken zu fordern. Da begann er in seinen schönsten Werken plötzlich mit unbegreifbar fremdartigen, aber hinreißenden Einfällen gegen das Schicksal zu hadern, es zu verhöhnen und sein Spiel mit ihm zu treiben. Und es war, als wenn man in solchem schweren Tongewölk den Blitz der Schicksalsantwort vorausfühlte. Er wühlte eine Schwüle auf, eine Spannung und atemversetzende Ungewissheit und Lebensangst, als sollte nun gleich hinter den rollenden Akkorden her das Schicksal aufspringen und die Löwenklaue heben zum Schlage der Vernichtung. Er selbst erschrak manchmal bei der Wirkung einzelner Partien, wenn er den Feldherrnstab eines Generalissimus der Musik schwang, und duckte sich unwillkürlich mit, wenn der Orkan seiner eigenen tollkühnen Gedanken über ihn dahinbrauste. Es war fast als hätte er gelernt, Taubenschwingen zu Krallen der Sphinx zu modeln.

Wie der Herr der Heerscharen vernahm, dass etwas wie Titanengebrüll, Prometheuspochen und Ikarusflügelhämmern an seinem Thron ein Echo gab, da sah er herab und befahl den drei Tongeistern, eiligst zu ihm zurückzukehren, und ließ sie hart an:

»Hab' ich euch erlaubt, euch von dem Undankbaren in meine Sphären erheben zu lassen? Seit wann darf Menschengeist mit dem Schicksal spielen? Ihr habt den Meister über das Irdische hinweggehoben, straft ihn und heißt ihn nur die Gottheit loben!«

Da rauschten sie schnell in sein Gemach zurück. Die letzte Abendsonne legte ihre goldene Harfe ins immer noch enge, den Nebel der Armut und den Reif der Sorgen ausatmende Zimmer.

An dem großen Schreibtisch saß der Feldherr der Töne; er war über der Arbeit eingeschlafen. Das schwere Haupt lag auf den Armen, die Stirn berührte fast den Notenbogen. Da dachten sie, noch in Furcht vorm Zorn des Höchsten, sich an ihm zu rächen, krochen schnell in seine beiden Ohren und durchrissen ihm im Grimm das Trommelfell mit ihren kleinen Geisterkrallen.

Als früh am Morgen der nun schon grau gewordene Alte erwachte und an die Arbeit ging, da merkte er, dass sein Gehör schwer gelitten habe. Er erschrak bis ins Mark, taumelte, rang die Hände – umsonst – die Harfe seines Ohres hing mit zerrissenen Saiten, die kein irdischer Geigenbauer wieder richten konnte.

Da brach er in sich zusammen: Die letzten Sätze, die er niedergeschrieben hatte, starrten noch von Schicksalschaosweben, von Totentanz und überirdischen Gewalten, und jetzt warf er sich weinend über seine Blätter.

Da jammerte die drei Tongeisterchen der Arme, sie ließen ihre Tauben kommen und die schönsten Liederreigen weben – umsonst, der Meister hörte sie nicht mehr.

Er weinte – ins Leere horchend und seine Seele suchend – unaufhörlich. Und als ihm die heißen Tropfen über die Blätter rollten und die Tinte zu verwischen drohten, da sprang der heilige Dreiklang in der Gestalt der Tongeisterchen herzu; sie drückten ihm die Schwanenfeder in die Hand und *formten aus seinen Tränen das hohe Lied von der Freude, das die Menschen Beethovens Neunte Symfonie nennen.*

XXIV.

Des Lebens goldene Schlüsselein

Eines schönen Sommertages, als sie dicht am wallenden Schleiertuch der Wellen lagerten, sagte Aldebaran: »Else, mir müssen uns einmal die kleinen Schatzkästlein, die der Feurige auf seinem einsamen Stern zimmerte, in denen das Edelsteinchen der eingefangenen Sonnenfädchen geborgen lag wie eine Perle in der geschlossenen Auster, etwas genauer ansehen. Denk', welch eine wundersame Kraft hier gefesselt lag in diesen Splitterchen der Sonne! Hat sie nicht alles gemacht, die große Mutter, Licht, Leben, Odem und Form, und rang sie nicht die Planeten ihrem Feuerherzen ab, sodass sie jetzt um sie herumlaufen wie die Küchlein um eure Henne? Was kann ihr Zauberstab alles hervorlocken aus der Luft: Das Reich der Wanderwolken, die segnenden und vernichtenden Gewalten der Winde, die wilde Macht der Wasserströme, das Gewitter! Was aus der Erde: Die Jahreszeiten mit allen Gaben! Was alles in der Menschenbrust und seinem Geiste! Ja, das war eine Quelle zu unendlichen Wundern, die da der milde Göttersohn vergrub und einspannte in seine zauberischen Feuerrädchen, die ja bald nach seiner Gefangenschaft in ihrer Helle schon an zu rumoren fingen. Du erinnerst dich, dass gleich in der ersten Nacht die Kügelchen aus Sonnenfädchen, Kieselkalk, Kohlenstaub und Tränen sich schon verdoppelten. Wie konnte das geschehen?

Mein Mädelchen! Wenn du das recht begreifst, hast du ein unvergesslich Bild vom Werdegang des Seins und einen Schlüssel zu vielen Geheimnissen des Lebens. Drum gib recht acht!

Wie sahen die Schatzkästlein des ersten Lebens aus? Ein einfach Kügelchen. Du sollst es ganz leibhaftig sehen!« Aldebaran nahm einen getrockneten Halm, der völlig hohl war, tauchte ihn an der Spitze in das Meerwasser, hielt ihn der Sonne entgegen wie ein Fernrohr und schaute hinein. Dann reichte er ihn Else zum Hindurchblicken und fuhr fort:

»Ich halte dir diesen Ring, den ich vom Finger ziehe, vor dein Auge:

> Blick' hindurch durch Ring und Rohr –
> Kleine Wunder, kommt hervor!
> Lasst euch schauen, lasst euch malen,
> Wundersklaven, Sonnenstrahlen!

Siehst du, Elselein, in der Lichtscheibe den kleinen Kreis, der unaufhörlich sich um sich selber dreht? Siehst

du in seinem Innern den dichteren, um vieles kleineren
Fleck wie einen winzigen Rundkern in einer Kirsche?
Schau' her, ich zeichne dir das alles auf.«

Und wieder benutzte er den fein polierten feuchten
Sand wie eine große Tafel, und gehorsam ward Schaum
und Welle zu Schwamm und Eimer, die Aldebarans Zei-
chenblätter mit zarter Hand einzeln und nacheinander
schon so oft in die große Meermappe zurückgezogen
und verwahrt hatten. Das, was er jetzt zeichnete, hatte
solche Form:

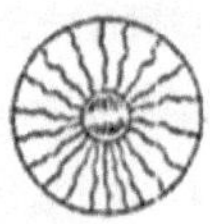

»Das, Elselein, ist eine Sonnenzelle! Ihr Leib ist fein ge-
ädert, in ihrem Kern siehst du das Körbchen der gefangenen Fäden, das aufgerollte Triebrad, die gespannte
Feder für die ganze geheimnisvolle, kleinste Uhr des Lebens. Links neben ihr siehst du noch Körnchen, abgesprungene Splitterchen vom goldenen Rest des Strah-
lenbündelchens, die du noch schätzen wirst. Denn es
sind Saatkörnchen vieles Künftigen.

Wer da ein Deckelchen lüpfen könnte über dem Körbchen, dessen Geflecht du gerade noch erkennst, der
könnte Wunder erleben, wie dann die kleinen Sonnen-
büschel hervorbrechen und ihre Schöpferärmchen rühren würden. Solche Wunderkugeln legte also der Feurige zusammen. Da ruhten zwei dicht aneinander, etwa
so:

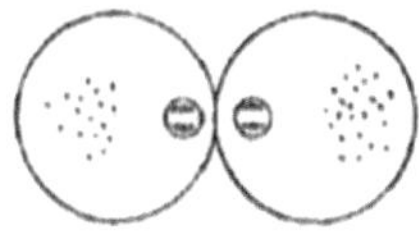

und rieben sich gegenseitig die Wändchen wund. Wie
das geschah, da hatten die klugen Kernchen schon einen
Plan, dessen Ausführung ich dir in Bildern zeigen kann.
Sie teilten sich in jedem Kern in zwei Hälften und zogen
an den Polen ihr fesselndes Körbchen zu einer dünnen
Spindel aus, indem sie tobten und pochten an den weichen Wänden ihres Gefängnisses.

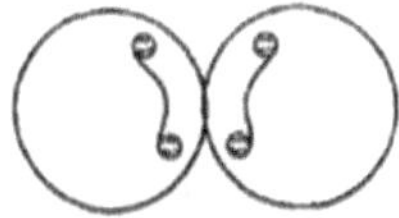

Die beiden Spindeln zerrissen:

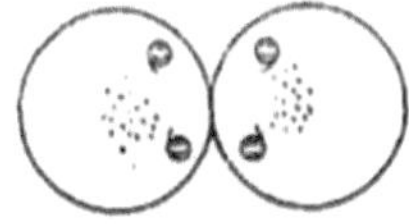

Dabei splitterten Stäubchen ihrer aufgerollten Goldfe-
dern ab. Nun teilten sich die Spindeltöpfchen alle noch
einmal und zogen ihre Fesseln immer dünner aus und
wurden Schleudern, die warfen sich drehend und rollend gegen die Stelle, mit der sich zwei solcher Anfan-
genenzellen aneinanderdrückten, und begannen die Be-
rührungslinie, die dünne Wand, mit der sich die kleinen
Bausteine des Feurigen aneinanderpressten, zu bombar-
dieren und hämmerten sie entzwei.

 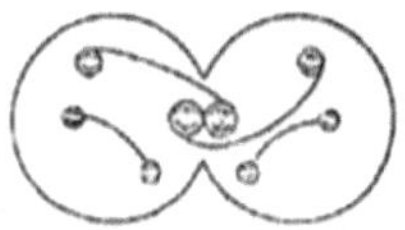

Da umarmten sich zwei Brudersternchen in der Lücke
und wanderten eins ins Haus des anderen.

Hier verschmolzen sie zu neuen Kernen, indes die
Spindeln rissen und die Wände der Zellen sich wieder
verschlossen.

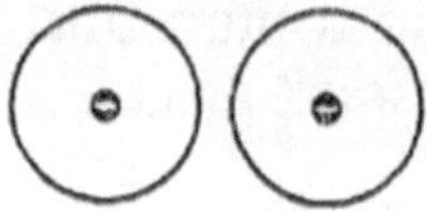

Nun waren es wieder zwei Kreischen wie zuvor, aber
sie hatten ihre Spannungskräfte getauscht und gemengt.
Das gab ihnen eine neue Schwingungsrichtung. Alle
Knäuelchen wurden zu zwei neuen größeren Bündeln.

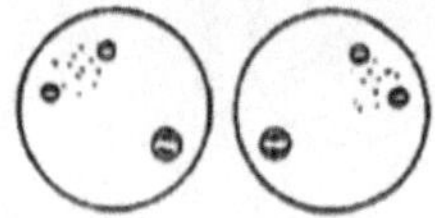

Die machten nun dasselbe Kunststückchen der Spinde-
lung und Abschnürung, zogen jetzt aber die Hülle mit in
ihren Aufrollungsreigen,

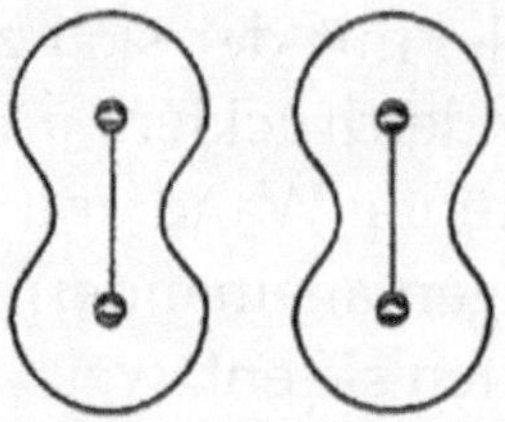

bis sie in ihrem tollen Wirbelreigen auch diese schmä-
ler und enger machten, und endlich zerrissen. Da waren
vier Kügelchen aus zweien geworden

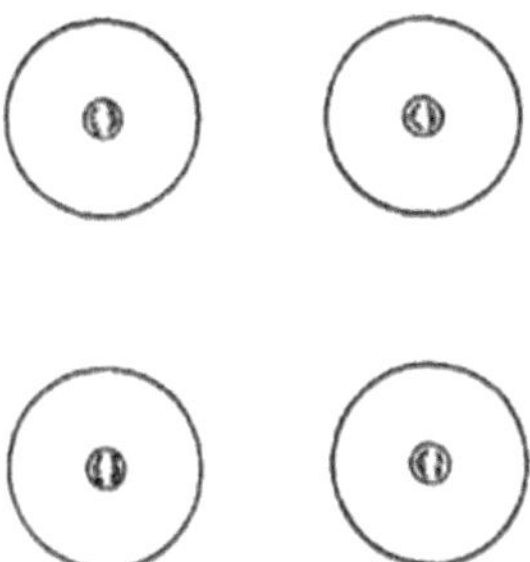

und jedes von den vieren konnte nun das gleiche Spiel beginnen von Spindelbildung, Kerntausch und Abschnürung, sodass dann aus den vieren 8, 16, 32, 64 wurden und so fort:

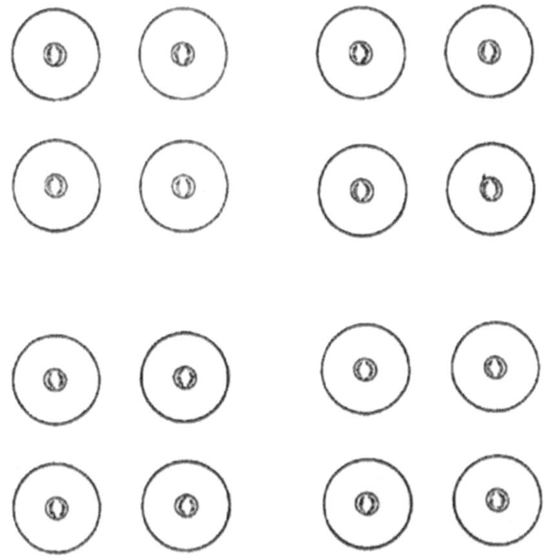

Die wuchsen sich jedes zu seiner vollen ursprünglichen Größe aus, weil sie es verstanden, neue Sonnenstrahlen in ihr Netz zu fangen. Sie machten es dem Feurigen nach und fingen sich aus den sie umspielenden Sonnenfädchen Brüder, die sie im Kampfe mit ihrer Hülle unterstützen sollten. Aber auch die Hülle wuchs, nahm neuen Kieselkalk in ihre Kammern, und so ging und geht das Spiel von Kernkreiseln, Spindeln, Strahlentausch, Teilung von da bis in alle Ewigkeit!

Damit du mich ganz verstehst, Else, wiederhole ich in meinen Bildern noch einmal das alles in diesen Zeichnungen, die zusammengezogen sind:

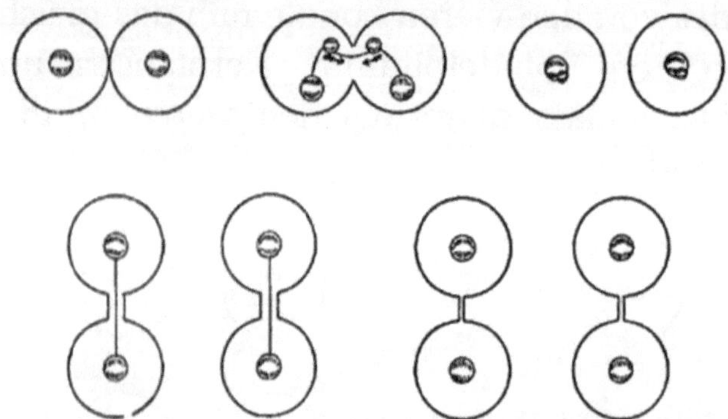

Aneinanderlegung, Kerntausch, deren Verschmelzung, Teilung.

Wenn du das alles auch wieder vergessen solltest – es ist nicht gar so wichtig – das eine nur behalte, dass Kern zum Kern wandern kann und das Wunder der Teilung anregt. Ein solches Sonnenknäuel ist wie ein Zauberschlüssel; er dringt ins Schloss des Gefangenen und schließt die Federn auf, mit denen sich des neuen Lebens goldene Räder drehen. Das Leben schläft in winzigstem Gemach wie eingepresster Sonne verzauberter Geist, dann kommt der Kuss des freien, schwärmenden Wanderkernes, und alle Fesseln springen, und befreite Sonne baut alle Hütten, Burgen und Gemächer lieblichsten Lebens. Fällt dir da nicht euer schönes Märchen vom Dornröschen ein, das für uns Geister einen Strahl der Deutung auf das Geheimnis allen Lebens wirft? Des Ritters Kuss ist der goldene Schlüssel der kleinen Sonnenkerne, er reißt die Hemmung fort, er hebt den Stein, und des Lebens Spindel webt des Lebendigen tausendfältige Teppiche. Es schwirrt die Luft von Schwärmen solcher goldenen Zauberstäbchen, in allen Wassern rauschen ungesehene Milliarden ihrer Ebenbilder, und Erde, Pflanzen, Tier und Mensch sind Träger solcher Leben erweckender Scheibchen und geheimer Dietriche. Ein solches Schlüsselkörbchen voller ungeduldig rasselnden Wunderhebeln ist überall, und überall auf Erden sind Schlösserchen, die aufspringen wollen für die Millionen winziger Baumeister des Lebens im Dienst der Sonne!

Nun will ich dich noch weiter führen in die Labyrinthe der Geheimnisse, du musst noch vieles sehen, um das Leben recht zu deuten. Scheint dir es nicht grausam, dass dort die Möwe nach Silberfischen schießt und sieh', – schon einen in den Fängen hält, um ihn dort auf dem Stein zu verschlingen? Dünkt es dich nicht widerlich, dass alles auf Raub geht und Vernichtung? Zermalmt nicht Leben immerfort das Leben, um zu leben? Sind Pflanzen, Tier und Mensch nicht Räuber, die sich zerreißen und zerstücken? Ja, Elselein! So scheint's! Doch mit unserer Formel vom goldenen Lebensschlüsselein schließ' ich auch dir dies furchtbare Wunder auf! Dann liest du's anders in dem Buch der Welt.

Im Anfang fielen des wilden Gottessohnes geformte Einzelblüten in das Meer. Denk' an des Feurigen Spielwarenfabrik, die der Geist des Alls zerschlug zusamt dem Stern. Von Alls zerschlug zusamt dem Stern. Von

Sternenwiesen fiel die Saat auf dieser Erde Flutengürtel. Nur auf dieser Erde Flutengürtel. Nur wenig Veste ragte aus dem Wasser. Beseeltes gab es also im Beginn des Lebens nur in dieser winzigen Form unserer Sonnenkügelchen im Schleierkleid von Kohlenkieselflimmern.

Das waren des Meeres Erstgeborene.

Durch dieses kleine Rohr im Schein der Sonne und emporgezaubert durch meines Fingerringes Stein, sahst du soeben einen solchen Sprossen des Millionen Jahre alten Urstammes der Geschöpfe: dies winzig Lebewesen ›Zelle‹, das sich bewegen kann, indem es ungeformte Beinchen ausstreckt. Sieh' es noch einmal an!

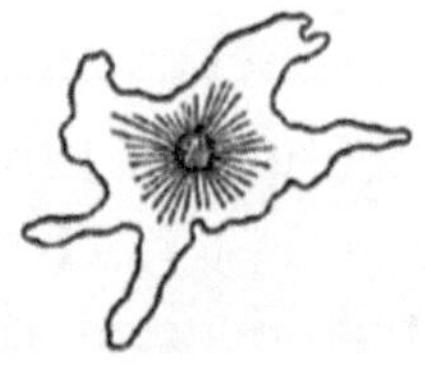

Es kriecht dahin, getrieben von dem Räderwerk des Kerns, der ja ihr Feuerseelchen trägt. Leib und Idee eng aneinander eingeschlossen im kleinsten Raum. Das Sonnenflöckchen erzwingt sich Bewegung. In unaufhörlichem Bemühen drückt es dem Klümpchen Erdenstaub Form und Gestaltung auf. Denn Sonne hat formende Gewalt in ihren kleinsten Knäueln und Splitterchen!

In dieser kleinen Räder Mühlenwerk macht sie des eigenen Mörtels Kräfte frei, sie löst und bindet die Kristalle aus Kiesel-, Kohle-, Kalkgefieder und lässt ihre Säfte ätzen, wenn andere Erdenstäubchen in ihres Leibes weiche Masse sich einpressen. Sie baut ihr eigen Haus mit diesen fremden Eindringlingen und schafft sich ihr Skelett mit allem Schönheitswillen ihrer Schöpfermacht. So bildet sich ein formlos Kügelchen schon um zu einem Wunderstern aus einer viel durchlöcherten Kalkschale, durch deren winzige Öffnungen ihres weichen Leibes Fädenärmchen ausstrahlen.

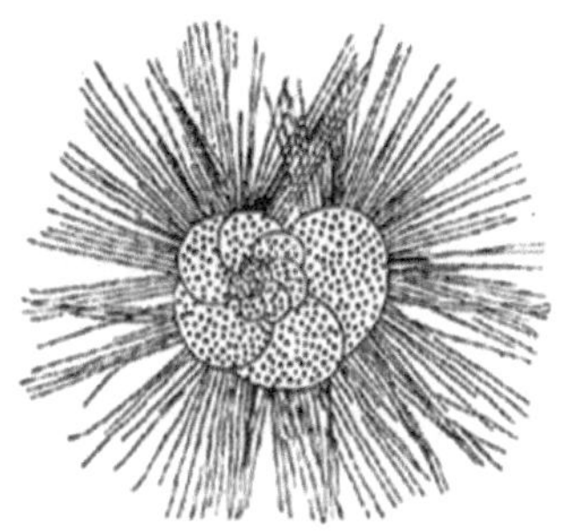

Der Stoff ist spröde und ungefügig. Je verschiedener das Baumaterial, das unser Sonnenkügelchen in sich verarbeitet, desto vielgestaltiger wird auch ihr Leib. Denn die Kristalle der verschiedenen, im Meeressand gemengten Felsenstäubchen aus der Erde Panzerkleid haben ja verschiedene Richtungen ihrer Spaltbarkeit, und die fernsten Bausteinchen eine unbeschreiblich mannigfache Form. So ist die bildende Idee immer abhängig vom Material, mit dem sie zu rechnen und zu schalten hat. Je feiner der Stoff, an dem sie ihre göttliche Abkunft offenbart, umso reiner in ihrem Schönheitswillen tritt sie hervor! Wo sie mit Wassertröpfchen arbeitet, da formt sie Heere schöner Wolken und die fantastischen Schleier der Nebel, im Schneeflöckchen richtet sie um winzige Gerüste feinster Sonnenstäubchen ihre sechseckigen Wunderspindeln, mit Luft und Wasser formt sie Schaum und Brandung, und im Kristalle wallt ihr farbenglühendes Gewand, im Regenbogen ihr buntes

Seidenband. Hier in den ersten zitternden Gallerten des Lebens lagert sie die Kieselspangen um die Kalkflimmer, so schön, wie nur je ein gelernter Goldschmied zu Kreuzen, Körben, Ketten, Panzerstückchen und Spitzengeweben aus silbernen Fäden. Schau' dir doch einmal diese Pracht in unserem Wunderröhrchen an!« Und wieder begann das Spiel mit Rohr und Zauberring, und Aldebaran zeigte Else Aug' in Auge leuchtender die umstehenden Bilder, die er schon einmal auf die glitzernde Eistafel gezeichnet hatte.

»Und immer erhielt sich Wesen um Wesen durch Aneinanderlegen und Kernentausch und Schlüsseleinarbeit, und je mehr Formen miteinander verschmolzen, umso vielgestaltiger wurden die Kleider der Wesen. Da wurde einst ihre Zahl so unendlich, dass sie das Meer durchsetzten wie Schlamm, und sie erstickten in dem Kampf um Feuergas, mit dem sie allein ihre Räder treiben konnten. Ihre Milliarden erstickter Leibchen fielen wie ein dichter Schnee nieder, aus dem nun die gefangenen Sonnenstrahlen in die Freiheit hervorbrachen. Da kam die Not, des Atemmangels schwere Faust, und lag auf allem Leben und drohte es zu erwürgen. Und siehe! Die Sonnenflöckchen neben den Kernen wussten Rat: jene verlorenen Splitterchen vom Federtausch und Kerngewühl lernten es, von einer Zwittergestalt des Feuergeistes zu leben, von seinem Bund mit Kohle, die sie ja reichlich in sich hatten, dem Kohlengas.

Da spaltete sich die Welt des Lebens in zwei große Lager: in solche, die mit Feuergas und solche, die mit Kohlengas atmen. Die Kohlengaskörnchen nahmen vom Meer die grüne Farbe und sind die Stammesgeschlechter aller Pflanzen geworden. Schau' hier eine solche kleine Pflanzenvenus, die schaumgeboren aus dem Meere stieg und einst die jungfräuliche Erde mit allem Frühlingsgrün und Blumenbunt, mit Waldeszier und allen Früchten schmücken sollte!« Dabei zeigte er ihr eine kleine grüne Alge.

»Die andern aber, die nun wieder Feuergas genug zu schöpfen hatten, wurden durch mannigfachen Wandel im Lauf der Zeiten Tier und Mensch.

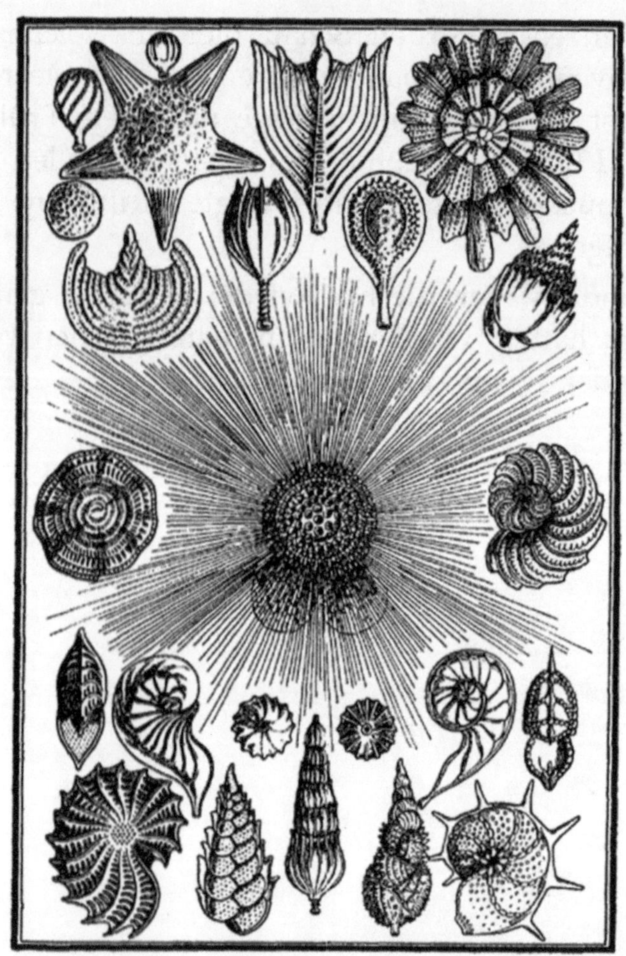

Das aber ist auf beiden Seiten ein weiter Weg – von der
kleinen grünen Alge, die du hier siehst, bis zum Eichen-
baum, und von dem kleinen Wasserpolypen, den ich dir
eben zu Gesicht brachte, bis zum Menschen – er führt
durch Jahrmillionen! Aber einige der hervorragendsten
seiner Wegstraßen wollen wir doch durchwandern, nur
so kommen wir zum Verstehen der Mittel, deren sich
Natur bediente, um zu der scheinbaren Gewalttätigkeit

des gegenseitigen Zerstörens zu gelangen. Behalt' es gut: *Die Not hat eine Faust, die Formen erzwingt.* Sie ist es, die die kleinen Polypen genötigt hat, sich in Kolonien zu vereinigen, zu großen Korallenstöcken, an denen Schiffe zerschellen, sie machte durch ihre Hemmungen *immer neue, bildende Kräfte mobil, die also im Wesen der Zellenkraft gelegen sein müssen.* Welches sind diese Baumeister, die immer neue Wege finden, sich den veränderten Bedingungen anzupassen?

Es sind unsere kleinen Zauberschlüsselchen – die Kerne. Wenn Urwesen ihre Sonnenknäuelchen austauschen, so tauschen sie auch ihre Fähigkeiten, die sie schon erworben haben. Im Anfang der Zellenvereinigung fällt Ernährung und jedes Erschließen neuer Bewegungs- und Bildungseinrichtungen, die ihr Menschen Befruchtung nennt, durchaus zusammen. *Die Wesen öffnen, indem sie sich miteinander auch durch Nahrung verschmelzen, gegenseitig ihre Vorratskammern der Bildungen.* In der durch ewigen Tausch vielfach begabter Kernsplitterchen und Knäuelflöckchen vorbereiteten Bildungsmasse sind die Keime zu *allen* Formen vorhanden. Tier und Pflanzenwesen haben sich durch alle Zeiten hindurch sich verzehrend gemischt und mit den Kernen übersät. Denn diese Wunderknäuel sterben nicht, sie werden niemals mitverdaut, sondern es sind Saatkörner, die auf alle Gebiete des Leibes gleichsam zur Reserve und Bildung erforderlicher Abänderungen ausgesät werden.

Erinnere dich, als wir in den Eingeweiden jenes Knaben unser Schifflein steuerten – sahst du in den Wänden des Magens die kleinen weißen Blutkörperchen aufgehäuft, wie jene große Zahl von Kähnen dort, die deines

Vaters Kalk verladen wollten? Sie harrten auch auf eine Fracht, und diese Fracht waren die alles vermögenden Kerne vieler Zellen aus Pflanzen- und Tiernahrung, die goldenen Schlüsselein des vielgestaltigen Lebens. Die tragen sie an die einzelnen Teppiche der Gewebe und säen, wo es not tut, ihre Lebenserwecker aus. Denn jede feste Zelle schläft und kann im Notfalle durch ein Schlüsselein geweckt werden, dann erneut sie sich, genau wie unsere Urzelle. So kann die Wunde heilen, weil Saatmännerchen die zerrissenen Zellen neu befruchten und sie zu neuen Bünden, gleichsam neuen Korallenstöckenbauten, veranlassen. Sie schließen ihnen des ergänzenden Lebens Tore auf. Wenn wir diese Qualle hier zerschneiden, so wächst jede Hälfte, ja jedes Viertel zu einer neuen Qualle aus. Was befähigt sie dazu? Die goldenen Reserveschlüsselein, die sie aus der Nahrung von allen nur möglichen kleinen zermalmten Wesen ausgesiebt hat. *Nahrung ist nicht nur Heizung und Maschinendampf, sie ist auch Aufspeicherung von Tier- und Pflanzensaat für die Erzeugung verloren gegangener Teile.* Durch jahrtausendlange Anpassung sind Unterschiede im Bau nur so zu deuten, dass die Faust der Not diese oder jene Lebensgewohnheiten und Bildungen verkümmern ließ und damit zugleich von Reservefähigkeiten das langbewahrte Schloss nahm. *So kamen andere Möglichkeiten, die lange geschlummert hatten im Grunde geheimer Verstecke, zur endlichen Geltung.* So kann Lungenatmung an die Stelle der Kiemenatmung treten, wenn Tiere gezwungen werden, an das Land zu gehen, weil in jedem Leibe die Möglichkeiten zu wechselnden Tätigkeiten unbeschränkt vorhanden sind, und zwar durch Jahrtausende

langen Tausch von Kernen aller Lebensformen untereinander direkt und indirekt.

Die kleinen Wasserpolypen fressen Rädertierchen und
kleinste lebende Häutchen, die das Meer durchschwe-
ben, Fische fressen die Polypen, die Fische werden von
Vögeln ergriffen, die Vögel schießt der Jäger. So erhältst
du durch unendlich langen Kreislauf Kerne, die einst
den Korallen angehörten und, glaub es mir aufs Wort,
mit diesen kalkbildenden Kernen bildest du deinen
Knochen, wächst mit ihm und baust ihn wieder auf,
wenn er bricht. Deine Haare, deine Nägel erzeugen sich
neu, wenn du aus der Nahrung die Kerne bekommst,
die gerade solche Mutterböden suchen und finden.
Denn mit dem Kreislauf der Kerne geht der der besonders geformten Zellen und ihrer Bildung einher. Die
Pflanzenkerne tun dir not, um viele der Zellen zu bilden,
die richtige Säfte für dich produzieren. Du bist ein großer Polypenstock von Zellen, die alle ihre angepasste Bestimmung haben, und der sich erneut durch aufgespei-
cherte Armeen unserer kleinen, goldenen Lebensschlüs-
sel. *Aber auch zu neuen Formen würde vieles erwachen, wenn
durch Jahrtausende Mensch und Tier die Faust der Not aus-
zuweichen zwänge.* Euch könnten Schuppen werden,
Flossen, Schwimmhaut und Flügel, wenn es die Not er-
heischt. Denn zu allen solchen Bildungen habt ihr die
Anlage in euch, durch stetig wechselnde Nahrung mit
euch verschmolzen! Um Mensch und Tier und Pflanzen
diese ihre Anpassungsfähigkeit und ihre Ergänzungsfä-
higkeit unter allen Umständen zu sichern, dazu ist dieser Tausch der Kerne, dieses ewige Kartenwechseln, dieses Durchschütteln der Schlüsselbunde von Leib zu Leib

unerlässlich nötig – *das ist der tiefste Sinn der Ernährung*, Else, und darum muss dir die gegenseitige Vernichtung in milderem Lichte erscheinen, im Glanze einer vorbedachten Bestimmung! Ihr alle steht im Dienst der allgemeinen und gesamten Idee des Lebens, das euch einst dafür wegen dieser Schaffung immer neuer Möglichkeiten zu höchsten Höhen erheben wird!

Wenn einst dein Leib zerfällt, Else, so gibst du deine Schlüsselein zurück an den Reigen kreisender Sonnenknäuel und hilfst mit den Zutaten deiner reinen Menschenseele alle die Lebenswesen heben und steigern, die deine Saat empfangen. Denn deine Seele, die diese Schlüsselein in den Gemächern deines Leibes regiert, ist eine ganz prächtige Haushälterin! Sorge jeder sich darum! Sie aber, die Seele selbst, dieser Hauch aus goldener Schale, die zu dir kam, als Gott die Spielwaren des Feurigen segnete, sie wird dann in andere Sphären berufen, wo sie ganz anderer Schlüsselein bedarf, um in das Tor ungeahnter Wunder vorzudringen!

XXV.

Die mitternächtige Spielbank

Franz, der im Herzen Elses Bild mit sich herumtrug, heimlich es hütend, als wäre es ein vom Altar genommenes kleines Heiligtum, war in wunderlicher Stimmung seit jenem Morgen, an welchem ihn Else aus seinem Traum am Strande geweckt hatte. War das Krankheit, war es Knabenwachstum? Dies Ziehen in allen Gliedern und am Herzen, dies Armebreiten in die Ferne, über die See, und dies Gefühl, mit tiefsten Wurzeln einer heiligen Heimat anzugehören! Dies Emporstarren in die Nacht und in die fernen Lichter, die in die Ewigkeit lockten, und dies Einbohren der Blicke in die Blumenkelche des Gärtchens, als gäbe es dort etwas zu entziffern wie von einer frohen Botschaft!

Er wusste es nicht und ließ sich treiben von diesem warmen Strom der Seele, der über Nacht die Deiche seines Herzens überschwemmt hatte.

In solcher sonderbaren Stimmung, die man nur einmal im Leben hat, wo man nicht weiß, ob man Heldentaten tun oder sich vor Sehnsucht still ins Grab legen soll, ging unser Fischerfranz oft bis spät in die Nacht durch Flur und Wald und Feld. Die Eltern fingen an, sich zu sorgen, und meinten, dass er wohl irgendetwas Krankes ausbrüte! Ließen ihn aber ruhig gehen, denn es war etwas in den beiden Alten beinahe von heiligem Respekt vor den Gaben ihres Kindes – der Elternliebe höchster Tribut an die Natur: zu bewundern, was sie selbst erschaffen, sich nur wie ein Trittbrett zu fühlen für ihrer Kinder Heldensprung in ein besseres Leben, als sie es selbst gehabt. – Franz ging eigene Wege. Aber es kam ihnen nicht zu, meinten sie, den jungen Menschen mit Sorgen zu beunruhigen.

So schlich er eines Abends spät um die Gärten, die sein Heimatsdorf rückwärts umsäumten und dicht an das eben aufgewühlte und neu besäte Ackerland stießen. Still hütete *eine Vogelscheuche* die stille Arbeit der Keime. Die Nacht war schwül und fahl, und der Mond stieg über die schwarzen Tannenspitzen, kletterte empor am bogendurchbrochenen Kirchtürmchen und schaute neugierig in den Glockenturm.

Da schlug es Zwölf vom Turm. Ein Geisterwind strich kühl durch die Hecken, die Blätter klirrten hier und da wie Geldstückchen aneinander. Ein Eulenschrei. Franz, der im Gebüsch nahe bei der Vogelscheuche lag, durchschauerte ein leises, mitternächtiges Grauen. Weit riss er aber die Augen auf, als er deutlich die Vogelscheuche sich bewegen sah. Mit einem Ruck gleichsam hopste sie von ihrer Stange, zog und striegelte an ihrem zerfransten Frack, bürstete mit dem Ärmel den Zylinder, strich über das papierenbleiche Gesicht, wie ein Roué, der Toilette macht, und tänzelte, ein leichtes Stöckchen lustig schwingend, den Zylinder schief gerückt, im Dandyschritt über das Ackerland, dass nur die Frackschöße so flogen. Franz, anfänglich starr wie ein Stock, blickte ein über das andere Mal das leere Holzkreuz an, das überm Acker stand und das der seltsame Kavalier verlassen hatte. Er fasste sich bald einen Mut, dessen Quelle ein unbestimmtes Vorgefühl und Neugier war, und huschte schnell an den Hecken vorbei, um dem Gespenst, das über den Acker ging, als sei er Parkettboden, den Weg abzuschneiden. Er sah es ziemlich nah von vorne, sah mit Entsetzen eine ganz lustige Knochenfratze, zwischen deren Kiefern eine brennende Zigarette hin- und herrollte. Hu! Wie schauerlich zuckte das kleine Glühlicht wie ein Irrflämmchen um das Geistergesicht und ließ eine Strohhalsbinde um den dürren Knochenhals erkennen.

Jetzt bog der unheimliche Wanderer in den Wald. Franz sprang von Baum zu Baum immer hinter ihm her.

Einmal blieb das Gespenst stehen; blickte sich um, während Franz hinter einer alten Eiche den Atem anhielt. Dann wirbelte es das Kavalierstöckchen sorglos zwischen den Knochenfingern und schritt weiter. Der helle Mondschein zeigte deutlich den Weg. Zwei Raben folgten ihm und zweie flogen ihm voran. Ein paar Wildkatzen aus dem Gebüsch zogen einen devoten Buckel, wilde Kaninchen machten Männchen; Ratten säumten, neugierig aus den Gebüschen lugend, den Weg; Eichkätzchen sprangen lustig hin und her, als spotteten sie des Dahintänzelnden. Ein leises Gelenkknacken und hölzern Klappern bei jedem Schritt.

Sie kamen beide an ein großes Schloss mitten im Walde, das Franz nie gesehen hatte. Da war ein großes Fest. Der Kavalier von der verlassenen Vogelscheuche wurde durch gallonierte Diener begrüßt; die nahmen ihm Zylinder und Stock ab, und jetzt erst sah Franz, dass der alte Saatenhüter einen großen Ordensstern auf der linken Brust und eine weiße Blume im Knopfloch trug. Er musste inzwischen vom Mondeslicht so verzaubert worden sein, denn seine Kleidung war, wie die aller hier anwesenden Gäste, tadellos und neu. Nur durch Beinkleider und Weste glaubte Franz, der durch die Scheiben in einen hellerleuchteten Saal schaute, sich Rippen und Gebein abzeichnen zu sehen. Da musizierten Zigeuner mit Geigen, Hackebrett und Harfe, und hoch ging's her um die sich im Kreise drehenden Paare. Ein zartes junges Edelfräulein war unseres Ackerkavaliers Partnerin. Er sprach lebhaft auf die ein züchtiges Köpfchen neigende Dame ein und zog sie leis mit sich unter die Linden. Franz sah noch, wie er sie in die Arme nahm; da schrie ein Kuckuck auf. Schloss, Garten, Gesellschaft waren verschwunden, durch den Wald tänzelte wieder einsam der Kavalier, nur eiliger, davon. Weiter folgte ihm Franz.

Jetzt erreichte der rüstig Schreitende eine große Lichtung. Da saßen im Geisterlicht wohl an die sieben Vogelscheuchen, Genossen des unsrigen von den Äckern ringsumher, alle in Frack und Zylinder mitten auf einem Acker um einen großen, runden Granitblock herum und spielten mit Karten, dass hoch die Trümpfe in dem Mondlicht blitzten und klatschend die Blätter auf den glatten Stein schlugen. Wenn eine Runde um war, fasste dieser und jener in die Brusttasche und langte Schein um Schein hervor, holte Geldstücke aus den Hosentaschen, und Franz hörte deutlich das Metall klappern und sah Gold in Massen im Mondlicht aufblitzen. Dann begann das Spiel von Neuem. Wenn einer oder der andere vergeblich alle Taschen umkehrte und mit Bedauern den Hut zog, dann machten die anderen ein groß Geklapper mit ihren Knochenhänden auf dem Stein, bogen sich weit vor zu ihm und gestikulierten drohend und eindringlich, bis der Schuldner schließlich gegen den Waldrand winkte und ein ganz kleines Männchen mit rundem Hut und langem Rock heranhumpelte und rasselnde Säckchen über die Ackerkrumen schleppte. Dem flüsterte der betreffende Kavalier heimlich was ins Ohr. Dann langte das Männchen aus der Tasche einen Schein, den unterschrieb jener, worauf dann eine schwere Menge Goldstücke in die Hand und auf den Tisch gezählt wurden. Dann ging das Spiel von Neuem los. Und immer wieder verlor der Kavalier und immer wieder ließ

er den knöchernen Geldausleiher herzulaufen. – Da kam
eine weiße Gestalt aus dem Gebüsch, die schlich sich
langsam hinter den Spieler, zupfte ihn am Frackende
und am Ärmel. Der sah sich einen Augenblick um,
schüttelte unwillig die Achseln, drehte sich und spielte
weiter. Die schlich, das Haupt verbergend, in den Wald
zurück und holte Gespensterchen in langen Hemdchen.
Sie trippelten, die Augen reibend, an den Unglücksspie-
ler heran und halfen der Mutter ihn an Frackschößen
und Ärmeln zu zupfen. Der Spieler ließ sich nicht stören.
Darauf schlüpften die Kindlein mit den Händen win-
kend in den Schattenabgrund der Nacht zurück. Jetzt
trat ein roter Ritter mit Federhut und Degen hinter den
Spieler und steckte ihm heimlich Karten zu. Nun mussten sie ihm alle ihr Geld hinüberwerfen; das legte er in
Haufen mit unzähligen Scheinen hinter sich, und jetzt
mussten andere unaufhörlich das Wechslermännchen
kommen lassen. Eben aber zog einer der Mitspieler eine
Karte aus dem Spiel, hielt sie gegen das Mondlicht und
rief die andern auf das Feld. Auch sie lugten mit dem
Kartenblatt gegen die Mondscheibe. Allein stand unser
Spieler am Granitblock und zählte gierig seine Schätze;
da stürzten sie alle auf ihn los und bearbeiteten ihn mit
ihren Stöcken, schlugen ihm den Zylinder vom Kopf,
rissen ihm Scheine und Geld aus der Hand und hätten
ihm die Knochen auseinander geschmettert – wenn es
nicht plötzlich »Eins« vom Kirchturm geschlagen hätte.
Die Kavaliere stülpten ihre Hüte auf und stoben eilig mit
fliegenden Frackschößen und in Heuschreckensprüngen
davon. Nur den Geschlagenen hielt der rote Ritter am
Kragen und fuhr blitzschnell mit ihm durch die Luft.

Als am andern Morgen Franz die Stelle aufsuchte, wo
er die Vogelscheuche aufwachen und sich zum Ball und
Spiel rüsten sah, da stand wie immer das von Kleider-
fetzen und Papierlappen umwimpelte Holzkreuz mit
dem alten zerknüllten Zylinder auf der Stange. Franz
konnte es sich aber nicht versagen, den Acker mit dem
großen Granitblock noch einmal anzusehen. Sein Staunen aber war grenzenlos, als er unter dem Stein in der
aufgewühlten Erde wohl an die hundert nagelneue
Goldstücke fand, aber nur einen einzigen Schein; der
trug gegen die Sonne gehalten lauter Sterne als Wasser-
zeichen, und mit unverlöschlicher Tinte stand darauf geschrieben:

»Es gibt nur ein Spiel, bei dem man viel gewinnen kann:

Das Spiel heißt: ›Arbeit!‹
Aldebaran.«

XXVI.

Das Geheimnis aller Blüten

Else und Aldebaran saßen auf einem großen Feldstein nahe einem Kornfeld, dessen
Ähren voll aufgeschossen waren und wie ein
Meer von kleinen wehenden Goldfähnchen
auf und nieder wogten. Kornblumen steckten ihre Blauäugelein aus dem dichten Halmengitter,
und leuchtende Mohnkronen erhoben sich mit königlichem Glanz aus dem goldenen Gewirr.

Aldebaran begann zu erzählen: »Im Meere lebten zwei
Nixenkönigskinder, die hießen die rote und die grüne
Melusine wegen ihrer sonderbar gefärbten Augen, mit

denen sie zwischen Korallenästen nach sinkenden Schiffen, niederfallenden Schätzen und schönen Fischerknaben spähten. Die Schiffer und Fischer küssten sie zu Tode, und was sie sonst fanden, hingen sie in den vielgestaltigen Zacken ihres Königsschlosses auf, das viele Meilen weit im Meeresgrund ausgebreitet lag, an dem viele Tausend Arbeiter ihres Vaters Tag und Nacht bauten und richteten, denn der König hatte befohlen, dass noch vor Ablauf dieses Jahres, von dem wir erzählen, der hohe Turmbau hinaufreichen sollte bis an die Oberwelt. Denn auch Meergeister sind neugierig und stecken ihre Nase gern über die Grenzen ihrer Heimat. Weil aber die Arbeiter unaufhörlich tätig sein mussten und fern von ihren Frauen waren, so ereignete es sich, dass die Kunstschleifer und Kieselschneider aus dem Nachbarreich mit den verlassenen Frauen schön zu tun anfingen und eines Tages sie alle entführten in das Gebiet des Seesternkönigs, an dessen Grenzen vor großen Steinmauern fürchterliche Rochen und Stachelfische Wache hielten. So waren die Korallenmänner ohne Weiber, und eine Empörung drohte auszubrechen, denn weil die Hausfrauen fehlten, verarmte das Volk bald; eine große Hungersnot entstand und die Maschinen, welche aus dem Wasser die Atemluft auspressen sollen, hörten auf zu pumpen, und es begann ein großes Sterben. Da kam der König, der etwas tun musste, um sein Volk zu beschwichtigen, auf einen sonderbaren, aber klugen Gedanken. Er sandte seine beiden Töchter, die rote und die grüne Melusine, mit großem Gefolge zur uralten Königin Reb-El-Sad, die aller Wasserkönige Mutter war, und hieß sie also sprechen:

›Uns sendet Pylop, unser Vater, der Korallenkönig. Unser Reich ist in Gefahr, unsere Frauen sind entflohen bis auf uns, Prinzessin Rot und Prinzessin Grün. Was sollen wir tun?‹

›Lasst alle Pagen eures Vaters kommen und suchet aus, so rote Fischäuglein haben oder grüne. Und alle anderen lasst zu mir kommen, ich habe Dienst für sie. Ihr aber teilt den Adel der Korallen in solcher Weise und steigt beide, je mit ihrem Gefolge, auf an den Strand. Dort wählt den Würdigsten, werdet sein Weib und gründet Reiche von Korallensprossen, mächtiger und schöner als zuvor!‹

›Ei!‹, dachten die Prinzessinnen, als sie auf dem Wege nach Hause waren, ›das wäre ja schön: Erst auswandern aus der Heimat und dann auch noch einen Vasallen ehelichen – das ist zu viel verlangt von der alten Reb-El-Sad.‹

Und weigerten sich vor dem König entschieden, also zu tun, wie sie geheißen. Unter dem Volke aber war es ruchbar geworden, was die alte Königin zum Heil des Staates befohlen hatte, und da der König zu schwach war, um den Widerstand der Melusinen zu brechen, rottete sich das Volk zusammen und tat seinerseits, was Reb-El-Sad geraten. Sie schieden sich nach ihrer Augenfarbe in eine rote und grüne Gruppe, befahlen ihnen, sich ihre Königin mit Gewalt zu holen und zu fliehen, und wenn sie neue Korallenpaläste auf dem Lande gegründet hätten, zurückzukehren in die Heimat.

Sie sind nie wiedergekommen, aber die Alte hatte recht geweissagt: Korallenstücke sind entstanden auf der Er-

de, aber ganz andere, als sie dachten. Denn einzelne
kleine Korallenzellen der Rotäugigen führten nach vielen Wandlungen zum rotblutigen Korallenstock ›Tier
und Mensch‹, und die der anderen, Grünäugigen, zu
›Pflanze, Strauch und Baum!‹ – –

Ja, Else, auch diese Blume, die ich mit der Hand streichle, ist ein Korallenstock: unzählige einzelne Zellen, ganz
ähnlich denen, wie du sie einst in Fischerfranzens Leib
geschaut, haben sich zierlich gereiht zu Säulen, Röhren
und Geweben und auch diesen Pflanzenleib gezimmert,
dessen Ahnen einst die grünäugigen Algen im Meer waren. Ihr Vorbild war der Korallenstock, an dem auch viele gleichartige Polypenzellen, eine zur anderen gefügt,
den Stock bilden und die Riffe bauen. Weißt du noch, als
der Bach sein Heldenlied sang, welche unendlichen Tiefen Sandkörner auf Sandkörner rinnend meilenhoch erfüllen können? Denk' an den Schneefall der kleinen Ritter vom Kiesel- und Kalkpanzer, die deines Vaters Grube aufgebaut und nun ans ihren Leibern Häuser, Paläste,
Dome auferstehen heißen in des Menschen Hand! Was
erst konnten diese kleinen lebenden Algenenkel aufbauen in der Hand des ewigen Bildners? Stehen nicht korallengleich am Grund des Meeres Riesenwälder von Algen und Schachtelhalmen? Ist umgekehrt hier oben der
wehende Wald dort auf der Bergeshöhe, wollhaarig wie
ein Negerhaupt, etwas anderes als eine Insel von Korallenstöcken im Meer der Luft, wie dort des Wassers, und
gleich ihm durchsegelt von den Fischen der Höhe, den
Vögeln? Das Reich der Pflanzen führte nach dem Vorbild der Korallen auch zu dieser Feuerblume, wie das
der Tiere zum Zellenstaat des Einzelwesens. Aus vielen

Einzelnen bildet sich stets eine höher geschlossene Einheit, in der der Einzelne nicht viel zu sagen hat. So ist es im Volksgetümmel vor Schaubühnen, vor dem Thron der Herrschenden: Der Einzelne ist ein Wunderwerk der Kunst, lenkbar, behandelbar und wert der Liebe. Die Gesamtheit ist eine mächtige aber gefährliche neue Einheit, oft ein Korallenriff, an dem das Herrlichste zerschellen muss, oft eine niederbrausende Lichtwolke, die allen Segen bringt im Sturm. So sind Pflanze, Tier und Mensch Genossenschaftswesen, die sich aus Gruppen einzelner Wunderkästchen bilden, von denen wir schon so oft gesprochen, in denen ja Sonnenräder des Feurigen treiben. Diese Sonnenäuglein aber sind verschieden bei Tier und Pflanze. Die roten Melusinen gaben Tier und Mensch die Lichtäugelein der roten Blutkörperchen als Erbe mit, und die grünen Melusinen ihre verschwisterten grünen Lichtäuglein den Pflanzen. Vom Feuergas des Lebens treiben beide ihre kleinen Wunderspulen; aber die Tierzelle atmet frei den schwebenden Feuerodem der Luft, während die Pflanzenzelle es gelernt hat, mit ihrem Algengrün ihn erst aus seiner Fesselung mit dem Kohlengas zu befreien. Drum nahmst du einst, Else, als wir zur Bernsteinstadt fuhren, den grünen Tannenzweig mit hinab, der eben Feuergas abscheidet aus dem Kohlengas, das er der Luft und dem Boden entnommen und du, Else, und selbst jedes Tier, das Lungen hat oder Kiemen, ziehst Feuerodem ein und atmest Kohlenodem aus. So arbeiten sie fein schwesterlich im Haushalt der Natur, die Urenkel beider, der roten und der grünen Melusine.

Die rote Blume hier in meiner Hand, sie schaut mich lange fragend an: ›Was hältst du mich? Du willst mich doch nicht sterben machen?‹ ›Nein, Feuerköpfchen! Lass uns nur noch ein wenig dir ins Auge schauen. Du stirbst nicht davon, wenn wir von deinen Wundern raunen! Ach, dächten doch die Menschen ein wenig daran, dass auch Blumen leben und Seelen haben. Wie würden wir einen Mächtigen nennen, der die Menschen bräche, wie sie die Blumen?‹

Schau', Else, da steht des Klatschmohnes herrlicher Stock, ein Wurzelchen im Sande, ein schmaler Stiel, die Feuerkrone obenauf! Die ist aus drei Blättern aufgebaut, dem Wurzelblatt, dem Stielblatt und dem Blumenblatt. So hat es die Menschen der Alte von Weimar gelehrt: Dass jede Pflanze einen Grundgedanken von einer heiligen Dreieinigkeit der Blätter erfüllt, dass jede nach diesem Dreiblätterplan gebaut ist. Du weißt, dass dieser Dreiblattstil noch lange nicht das Bild der Urform, die ja Kugel ist, bedeutet. Es kann aber ebenso gut, wie dieser große Sohn der Natur, auch einmal jemand kommen, der sagen wird: Das Tier beginnt bei der Einstülpung der Außenhaut zum Magen.

Er wird kommen und viele Anhänger finden. [4]

---

4 Ist inzwischen durch den hellsichtigen Propheten von den Kunstformen der Natur Haeckel geschehen. Den Namen konnte Aldebaran freilich nicht vorausbestimmen.

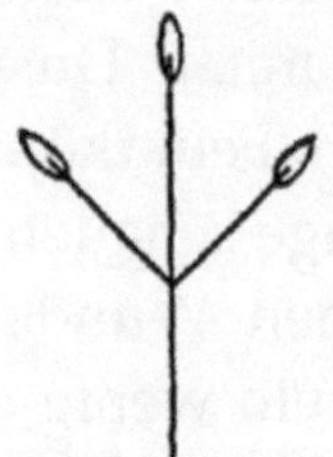
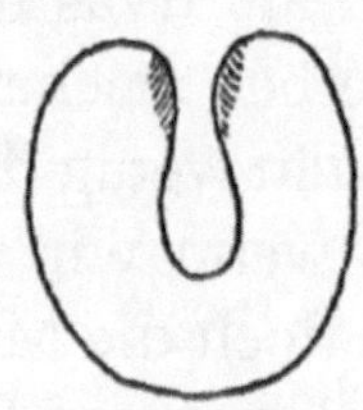

Goethes Urpflanze   Urtier: Magenbildung

Astra hat uns belehrt: dass beider Urform, ihr Urahn, der Kreis ist.

Kreuzeinstülpung und Verdichtung

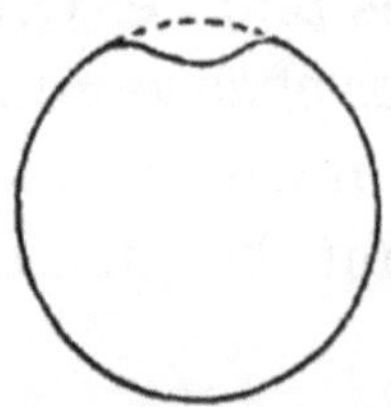
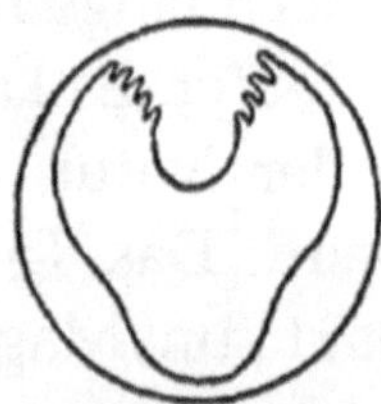

Einstülpung zum Magentier

Der Plan ist alles: die Zellkästchen bilden überall das gefügigste Bausteinchenmaterial, haben sie doch vor denen ihrer Brüder im Korallenstock der Tiere noch manche Besonderheit voraus. Um gleich bei unseren Bildchen, die ich dir hier in den Sand gezeichnet habe, zu beginnen, die Pflanzen haben scheinbar keinen Magen, denn die Ausstülpungen vom Kreise, die zu ihren

Grundformen führten, bilden nicht oder doch nur ausnahmsweise ein Verdauungsorgan. Es gibt zwar Pflanzen, die einen Blättermagen haben, in dem sie wie Raubtiere Fleisch an sich reißen und fressen. Bei ihnen sind die Blätter umgewandelt zu Greifkrallen und ihrer kleinen Fäuste Spreithäute sind zugleich Magenwände, die mit Säuren verdauen gleich den Tiermägen. »Aber das ist nur Ausnahme« – lehrt die Wissenschaft, und Meister Piepkorn hat's euch ja mit dem Rohrstock eingebläut. Ich war dabei und habe hell in mich hineingelacht. Ich sage dir, Else, glaub's nicht, es ist nicht wahr! Alle Pflanzen fressen Lebendes, so wie Tier und Mensch. Es ist nicht wahr, dass sie allein von Stein und Luft, vom Stickstoff, ein bisschen Phosphor und Kohlensäure leben könnten! Sie brauchen die goldenen Schlüsselein des Lebens, die Säemannkörner, die den großen Kreislauf machen, um immer neue Tore aufzuschließen, genau wie Mensch und Tier. Kein Wesen kann Leben erzeugen aus Stein oder Gas. Des Feurigen Hand hat zwar Zwergmaschinen geschaffen, mit seines ewigen Vaters Willen kam aber erst das Leben in dieselben. Das Leben hat eine mechanische Seite, aber auch eine göttliche. Wehe, wer da glaubt mit Rechenexempel und Zirkel, mit Wagen und Retorten zum Sein des Lebens vorzudringen! Vergebliche Mühen: Sysiphuswerk falsch geführter, verbildeter Gehirne! Wie das Auge nur Sonne sieht, weil in ihm Sonnenhaftes ist, so sieht man Gott nur mit dem Göttlichen in sich: Das heißt mit der Fantasie des reinen Herzens. Die hast du besessen, Elselein, und am Tor der Wunder sahen wir das Siegel! Wie dir kommen alle guten Geister denen zu Hilfe, die reinen Herzens sind. Das gute, große Menschenherz und seine Werke – das ist der Schöpfung höchste Tat! Die Träume eines guten Herzens sind heilig! Wer sie verkümmern lässt, mag hochgeschätzt sein unter seinen Brüdern, zur vollen Höhe sperrt er sich aber selbst den Weg und muss es einst mit einem Schlag erkennen, wenn seine himmlischen Augenlider niegedachte Wunder schauen, wie viel er nachzuholen hat, trotz aller kalten Wissensschätze! So einer ist unser Fischerfranz nicht, Else! Mag er lernen, was zu lernen ist, er wird doch immer fragen, wie steht's zum Ganzen, steht's zu Gott. Alles was er erkundet, wird zu Strophen ineinanderfließen, die Hymnen bilden zu des Unerforschlichen Herrlichkeit. Dessen höchstes Wunder ist, dass Leben nie aus etwas anderem als aus Leben werden kann. Wenn kein Menschenkeim aus kühlem Lehm ohne diesen Gotteshauch werden konnte, so kann auch keine Alge werden aus Sand oder Salzen ohne das Geheimnis der Lebensfunken. So könnte das gesetzte Leben sich nicht einmal erhalten, wenn nicht das, was ihr Nahrung nennt, Lebenskeime trüge, die jede der geschaffenen Zellen neu befruchten können, um jedes Zellchen nach Bedarf zu reparieren und neu aufzubauen! In sieben Jahren ist kein Steinchen mehr an dir, Else, dein ganzer kleiner Lebenspalast ist neu erzeugt. Woher die Saat der stillen, kleinen Uhrfedern, die alles wieder antreiben? Aus dem Wärmewert der Nahrung? Aus der Arbeit, die die verzehrten Teilchen leisten? Lass es dir nicht vorreden, Else! Unsere goldenen Schlüsselein sind nötig, das Ackerland zu besäen, das immer lebensdurstig sich nach Befruchtung sehnt, ob dieser Blume nun ein neuer Keim entsprießt, wenn der Pollenkörner goldene

Saat in die geheimen Kelche sinkt, oder ob du als Mutter
einst ein Kind gebierst vom Kelch deines Leibes, wenn
dein Herz befruchtet wird. Das ist nicht weniger wahr
und wahrhaftig, als wenn du erkennst, dass kein ausge-
rissenes Haar, kein Schüppchen Haut, kein Eidechsen-
schwanz und keine Krebsschere wieder wachsen kann,
wenn nicht neue Befruchtungen mit goldenen Reserveschlüsselein ständig im Heiligtum des Leibes eingestreut
würden vom großen Säemann der Zellkerne, und alle
diese Flut von Saaten, die umherweht und sich im Netz
des Lebens fängt, ob hier im Kelchblatt oder im Schoß
der Mutter: es stammt vom großen Kartenmischen aller
Kerne, aller Möglichkeiten zu Form und Taten – durch
die große Mahlmühle der Nahrung erhält, ersetzt, verändert sich das Leben! Das ist unser Geisterwissen. Die
Natur ist immer am Werke, Kerne der Sonnenstäubchen
zu tauschen: Darum hat sie sie so unzerstörbar gemacht,
dass nur die Flamme sie vernichten kann; Verwesung,
Vermoderung, Verdauung rührt sie nicht an. Ach, wenn
die Weisen wüssten, wie viel solcher befreiten Kerne, be-
lebter Triebräder durch diese Mohnpflanze sich empor-
gewunden haben durch die Wurzellücken, wie alle die
in den Pflanzenkästchen schlummernden kleinen Ele-
mentarkörnchen Brennfackelchen für neue Zellgeburten
werden können! Sie würden ganz anders denken und
*staunend den Kreislauf des Lebens neben den des Wassers, des
Lichtes, der Stoffe der Gase, der Kräfte stellen* – und bald den
Glauben lassen, man könne Äcker düngen mit Stickstoff,
der aus dem Laboratorium kommt und nicht des Lebens
letzte, letzte Trümmer noch in sich enthielte. Toren, die
da glauben können, man wird einst Nahrung machen

können in der Fabrik künstlicher Nachbildungen vom Lebensstoff, die nie der heiligen Ewigkeit Hauch gestreift! Verhungern müsste jedes Wesen, das ohne Kernkeime sich ernährte, verhungern, und verschlänge es seine Kunstnahrung eimerweise, weil eben das große Treiben stille steht, wenn nicht ewig die kleinen Räder sich von selbst erzeugten aus den Befruchtungskeimen, die in der Nahrung aller Lebewesen kreisen, in stetem Wechsel, ständigem Schütteln der geweihten Körner durcheinander! So kann auch keine Pflanze nur von Luft oder Wasser oder Erde leben, wenn nicht die Sonnenstäubchen, die Tropfen, die Sandbröckelchen Keime vom großen Kirchhof des Lebens trügen, die durch die Poren in die Labyrinthe der Zellen dringen, um hier oft nach wechselvollster Passage oder nach stummem Ausruhen im Grab der Mumien und der Verwesten ihr Wunderwerk des Auferstehens und Entzündens neuen Lebens zu vollziehen! *Das ist das Bild der ewigen und wahren Zeugung in der Natur – und wenn euch eure Mütter vom Klapperstorch erzählen, der ihnen den Keim aus Teich und Weiher in den Schoß gelegt, so ist das ein gar artig Märchen, das eine tiefe Wahrheit birgt, nämlich erstens: dass alles Leben aus den Wassern kam, und zweitens: dass jeder Neugeborene einem Tausch der feinsten Keime sein Dasein dankt!* Du aber lass dich von dieser roten Kelchblume vieles lehren, die ihre Seidenkleider knitternd eben erst entfaltet hat und glühende Vorhänge breitet über das Mysterium der Befruchtung. Sie lockt mit ihren Flammengluten die Fackelträger Schmetterling und Käfer, die jene Saaten in den Fängen halten, die ihr ein Kindchen schenken. Da hast du ja bei Blüten ganz und gar den Storch, den eure

Mütter lehren! Der Käfer kriecht über einer anderen Mohnrose Purpurbett und taucht in das goldne Mehl, das Fühler ihm und Füßchen bestäubt, und wenn er nun zum Purpurbett der anderen Rose fliegt, so nimmt die Braut die goldene Saat, und immer schuldlos rein ist und unbefleckt die *Heilige Jungfrau der Natur*, wenn sie gebiert. Das war ein guter Blumenkenner, der fromme Mann, der das gelehrt, und vielen Blüten in die schuldlos reinen Nacktheiten muss der geschaut haben, der nachsinnend erkannte: Eins ist der Vorgang in Natur und Menschenwelt. *Die liebende Seele, die gebiert, ist immer schuldlos und unbefleckt*! Weit sah, der da versucht hat, die Lehre von der heiligen Mutter Maria mit dem Jesuskinde für die ganze Natur auszudeuten. Was alles könnten Menschen daraus lernen! Aber, Else, wenn diese Blume nun die Purpurschalen fallen lässt, in der die Liebe glühte wie in Herzen, und einem Kindchen Leben gibt, ob es auch ihren Tod bedeute – sieh'! Dieses Lieben, das zum neuen Wesen führt, ist doch nur ein *Einzelfall der großen Liebe*, die das Leben überhaupt erhält. Ernährung sollte kosmisches Wechselzeugen, › *Liebe des Alls zum All*‹ heißen, denn sie diente dem Gedanken unendlicher neuer Wesensarten und hat zu allen vorhandenen Formen geführt – und Neigung vom Mann zum Weib sollte › *Liebe zum Einzigen*‹ heißen, denn sie dient nur dem Gedanken der Erhaltung des Bestandes. Jene Allliebe ist der Breschenleger in die Felsen des zukünftig Werdenden, diese Liebe zum einzelnen schuf die Armee der Kämpfer um die Burg der Lebensfreude, die sie erklimmen! Die Menschen würden hochmütig lächeln, dass ein so gewöhnlicher, ja mit seinem Raub und Mord ihnen erstaunlicher Akt der leiblichen Speisung aller Wesen solch heiliges Mysterium in sich schließen könnte, und spotten darüber, dass dem rohen Genuss solche Weihe innewohnen soll – aber sie mögen bedenken, dass auch der Genuss der irdischen Liebe entarten und das hohe Ziel entrückt werden kann, sie sollten sich darum ruhig bei ihren Mahlzeiten die Speisen durch ein paar Gedanken an die *kosmische Liebe* segnen lassen. Lehren nicht alle Religionen das Gebet vor Speis' und Trank?

Dir aber, Else, sage ich: Die Wahl, welche die Liebe zum All erfordert, hat euch Natur abgenommen, aber die zum irdischen Bräutigam in euer Herz gegeben. Des Weibes Seele hat Harfensaiten, die tönen nur bei reinstem Anhauch und verstummen, wenn eine Hand sie rührt, die nicht von reinem Wollen bebt – Hab' acht auf diese Glockentöne: Sie leiten deinen Schicksalspfad. Wer mag der Glücksmann sein, der einst dein Falter wird?« –

Da sagte Else einfach: »Franz!«

Aldebaran aber nickte und sagte still zu sich: »Die Glocken haben schon getönt; meine Hand konnte viel, und doch kein noch so kleines Menschenherz mit meinem Glück erfüllen!«

XXVII.

Tod ist ein Menschenwahn

 Else und Aldebaran saßen unter einer uralten Eiche, dort, wo ein hoher, vom Gras bestirnter Abhang sich jäh in das Oderhaff herabsenkt wie eine Inselfestung mit moosbewachsener Zinne. »Schön ist der Blick hier«,

sagte Else. »Schau', Luftpeterchen! Hier oben musst du dich ja ganz zu Hause fühlen! Du bist so nachdenklich oft, Aldebaran, gar nicht mehr so sonnenfroh wie früher. Sieh' einmal, wie schön: dort rechts das kleine Kirchlein in der Talmulde, von der der Hohlweg in die Bucht führt, dahinter alle die goldwelligen Kornfelder mit ihren grünen Viereklücken, die mich immer an grobe, vierkantig geflickte Jacken der Dorfjugend erinnern. Vor dem Kirchlein der See von Vietzig, an dem jetzt Franz wieder seinem Alten die Netze ausbessern hilft. Da drüben rechts die weiten, weiten Wiesen mit den vielen Naturkanälen, schilfumwogt dort ein Arm des großen Flusses, links der zweite. Beide umarmen fest die Inselbraut und rollen sehnsüchtig ins Meer. Vor uns das weite, fast uferlose Haff mit seinen Möwen, Yachten und Weltenseglern. Rechts weit am Horizont der große Kiefernwald mit den fantastischen Randsilhouetten gegen einen hellen Silberstreifen, das Meer – das Heimatmeer, die See der Balten, Pommern und Skandinaven! Wir ruhen im Riesenkissen Wald, und darüber das blaue Himmelszelt – sei wieder frohgemut, mein Luftpeterchen! Mir ist so leicht, so hell, als könnte dieses Leben niemals enden!«

Aldebaran schwieg. – »Luftpeterchen! Wie alt können Menschen werden? So um die Hundert rum? Nicht wahr?

Könnte nicht einer mal vergessen werden?

Ich möchte wohl die eine sein. Aber so allein? Nein – nein! –

Wie alt ist dieser Baum wohl, Aldebaran?«

Der holte tief Atem und sagte: »Er sah Napoleons Scharen sich um seine Driften lagern. Er sah hier Schiffe landen, die Gustav Adolfs Leiche über diese Insel trugen. Der sah noch Vinetas Gottestürme dort im Osten sich im Sonnengold färben, er sah noch Wendenfürsten hier im Dickicht Urhirsche jagen und sah all das Leben keimen und vergehen zu seinen Füßen, sah's modern und vermooren und neues auferstehen, sah Vogelmord und Raubtiergier und manch Menschenauge an seinem Altar brechen. Was ist ihm Alter, was ist ihm *Tod*? Und doch währt auch sein langes Leben noch keinen Atemzug der Ewigkeit.

Auf einem Friedhof bei Madonna del Tule bei Oaxaca in Mexiko steht eine Zypresse, die hat noch Ferdinand Cortez und seinem kleinen Heer von menschlichen Raubtieren und Bluthunden Schatten gespendet, ohne zu ersticken vor Abscheu und Gräuel beim Anblick dieser Mörderbande; sie ist 6000 Jahre alt. Zweitausendmal kann diese Eiche jährlich aufs Neue grünen; in England sind Eiben, die ebenso alt geworden; im Württemberger Land gibt eine Linde Schatten, die Graf Eberhard im Barte noch gepflanzt, der vom Kreuzzug kam und sie blühend wiederfand. Selbst kleine Moose halten sich Jahrhunderte lang.

Wie ungleich lange läuft die Uhr der vielgestaltigen Wesen. Von hier geht's abwärts: es gibt Pflanzenstöcke, die nicht älter werden als der Mensch, und kleine Algenpflöckchen, die, kaum geboren, verwehen und alsobald, wie ihr so sagt, sterben.

Dort flattern ihre Geschwisterchen, die Eintagsfliegen, die nur sechs Stunden Zeit haben, alle Lust zu fühlen

dieser Erde, während ihre räuberischen Larven mehrere
Jahre im Wasser morden und vernichten.

Die Bienenkönigin trägt drei Jahre ihre Krone, bis sie
der Tod mit weißem Kranze krönt; ihr Prinzregent, der
sie küssen darf und ihr die goldenen Schlüssel reichen
zum Aufgang ihres ganzen Stammes, ohne selbst ihr
Reich zu regieren, büßt dieses Glückes kurzen Augenblick – mit dem Tod.

Viele Liebende mit alabasternen Flügeln merken es
nicht, dass das Liebchen, das sie mit ihren Armen umfangen hält, sich schon im Glutgenießen wandelt zum
Würgengel. Sie schlafen sich von Wonnen in den Tod.

Ameisenweibchen werden junge Mädchen bis zu 15
Jahren, während die Männchen nur kleine Wochenkin-
der bleiben und als Babys sterben. So geht es auf- und
abwärts mit der Zahl der Odemzüge, die noch auszu-
rechnen sind mit Menschenzahlen bis zu Summen, die
man nicht mehr mit Sekundeneinheit überschaut.

Das Pferd kann 40 Jahre dem Menschen dienen und
doch nicht verzweifeln im Joch und Zügel, an Sporn und
Peitsche – aber sieh' nur jedes Pferdeauges Heimattrau-
er, wie es träumt von Steppen und von Pampas und einem seligen Tummeln seiner Ahnen mit zehntausend
Mähnenbrüdern! Bär zählt gar 50 Jahre, Löwe ist ein
junger Königserbe noch, wenn er mit 35 Lenzen sich bet-
tet in die Gruft seiner Ahnen neben den Grabmälern der
Pharaonen. Die Wüste ist ein schönes Königsgrab, Else –
dort müsste man schlummern wie im Grab der Sterne,
wo jedes Sandkorn wie ein Trauerflämmchen glüht, um
einer Königsseele ewige Schlaflieder zu singen – Schlaf-

und Vergessenslieder – – und der Mensch – und wir, wir armen höhern Geister!

Ach, Else, willst du fragen, was ist Tod und was ist Leben? Hüte dich vor dem Gedanken!

Die Menschen gleichen Wasserschöpfern, die zum Strome schreiten und heben den Eimer aus dem Strom und halten ihn hoch in die Lüfte und rufen: »Siehe, wir schauen das Leben, und was verschüttet wird, ist tot!«

O, ihr blinden Wasserträger, ihr vom goldenen Eimer allzu stark Geblendeten!

Das Leben ist dort links der Ozean, der von den Bergen kommt, und Tod ist jener Ozean, der sich rechts aus Meeren bildet. Und beide Meere gehen miteinander in die Höhe! In euern Eimern haltet ihr ein winzig Spiegelbild von beiden. Ja, Leben ist ein zeitlich Tor, ein Netz nur, durch das die ewige Welle zieht ... Auch ihr Menschen seid nur ein wundersamer Kristall mit vielen Kammern, in dem sich alle Lebensstrahlen zeitlich brechen. Sie gehen durch eure Leiber hindurch, sie sprühen auf zum Strauß der bunten Lebensblumen, ihr fühlt sie eine Frist mit Herz und Seele, doch diese Seele sammelt sie, geht von euch und führt die reinsten Strahlen weiter. Doch sie ist einmal Mensch gewesen. Hineingesenkt nur als Idee in einen atmenden Kelch, den sie selbst geschaffen, war Ihr bei den meisten noch unklar, was sie sollte.

»Den Widerstand besiege!« sprach Gott. »Und werde meiner Träume Siegel! Und mache das Gegenständliche, das zu Durchdringende nur immer feiner, immer seidenheller, dass alle Siegel meinen Umriss geben!«

Ja, wahrlich, Else, Idee und Gegenstand – das ist Gott und die dumpfe Finsternis. Sie ringen umeinander. Sieh', wie herrlich ist die Welt, wo dieser Sieg schon jetzt entschieden! Im Ätherblau, im blauen Marmorschloss der Nacht mit den hellen Silberadern ihrer Steine, im Feuerwagen der Königin Sonne, die über Glutfelsen steigt und versinkt im Purpurportale, im Schattenspiel der lichten Wollenwände, – wer erkennt da nicht den gigantischen Künstlergeist vieler durch einen gefügigen Schleier hindurchleuchtenden Träume!

In den winzigen Säulenhallen der Kristalle, im Tropfen, der das Weltall spiegelt, im Federflöckchenschnee, in Farnennadeln, die der Winter spinnt auf helle Scheiben, im Blütenmeer und der lieblichen Form aller seinen, spinnwebendünnen Widerstände – da bildet die Idee mit freier Schönheitshand!

Sie hat Millionen Jahre aufgebaut und immer noch Ungefügiges in ihre Schichtungskunst gezwungen und war durch Millionen Wesen auf dem Marsch auch zu dir, dem Menschenkind, und blieb dieselbe Seele, schuf sich das Auge, dass es die Sonne streife, das Ohr, dass es den Mantel der göttlichen Ideen rauschen höre, das Tastgefühl, dass es die Schönheit mit geschlossenem Auge fände – und schuf sich endlich auch das Menschenherz – dass es die ewige Güte aller Schöpfung ahne!

Im Menschenhirn ward endlich so die Harfe unter des Meisterbauers Bildnerhand, an der er wohl Millionen Jahre fügte und zur Probe spielte, verwarf und wieder aufbaute, bis der Klang was Tüchtiges ergab: den Glauben an uns selbst und unseren himmlischen Ursprung!

Und nun, Else, glaubst du, dass diese Seele, die sich hindurchgewühlt hat den langen Weg von Äonen durch Schlamm und Schutt, Trümmer und Scherben von ihren Vorgestaltungen, sterben könne, wenn ihre Harfe zerbricht? Nein, Else, der Tod macht nur die ewigen Lieder frei von dieser Zeitenharfe. Sie werden neue, schöne Geigen finden, die alles widertönen, was sie einst empfunden. Heißt Leben nicht ein Echo sein von allen Liedern, die Vergangenheit gesungen?

Ich sage dir, glaub' nicht an Tod! Tod ist nur Wechsel eurer Wohnung. Deine unsterbliche Seele kann sich, von deinem Leib geschieden, noch höhere Glockenstühle suchen als Harfe, Zimbeln, Orgel oder Hirne sind – auch du bist solch eine von Meisterhand gefügte Wundergeige.

Endlos zurück reicht dein Anfang, ebenso endlos ist dein Weg nach vorne! Ich habe dir gezeigt, Else: Selbst das rohe, ungefügig Gegenständliche, der Stoff, die Lebenskerne des rein Körperlichen haben ihren Kreislauf, kein Titelchen kann daran vergehen – und etwas, was so schön geklungen, was schöner ist als Himmel und Sterne, der geheiligte Kristallspiegel, in dem die Idee sich selbst spiegelt, zum ersten Mal sich mit eigenen himmlischen Augen sah und sich tief erschauernd begriff – die Menschenseele – die allein sollte sterben können?

Tod! Else, ist ein Menschenwahn! – – –

Was war ich selbst einst, Else?

Jetzt bin ich ein Sternengeist, der eine Welt zu leiten hat nach höherem Ermessen. Dort auf der Doppelsonne meines fernen Reiches, das ihr Aldebarans Land heißt,

bin *ich* der Gott, *ich* die Idee, *ich* der Künstler, der nach
meinen Fähigkeiten Form und Inhalt prägen muss. Auch
ich habe Wesen geformt nach meinem Ebenbilde, aber
aus reinerem, leuchtenderem Stoff als eure Leiber sind!
Aus glühendem Gewebe ist die Harfe geformt, darauf
die Aldebarankinder mich und den, der hoch noch über
uns ist, preisen. Im Laufe vieler Millionen Jahre ward
auch ich aus einem Menschenkind ein Sternenfürst.

Von dem Weg der Vorzeit bis zum Menschen weiß
man Dunkles nur. Wohl blitzen ab und zu wie Wetter-
leuchten die Testamente der Vorahnen auf: Denn von
jeder Harfe, die verworfen wird, bleibt wohl ein kleines
Bildchen in der neuerbauten liegen. Es türmt sich so das
immer Neue auf wie ein Schloss mit hellen Zinnen, auf
dunklem, aber festem Fundament des Gewesenen! Immer deutlicher wird im Aufstieg unserer Geister die
Rückerinnerung. – –

Noch weiß ich wohl, dass ich, Aldebaran, auch einst
ein kleiner indischer Knabe war, der mit Hindumädchen
spielte, der Schlangen tanzen ließ und Gaukeleien trieb
auf Märkten und in Königsschlössern. Da nahm mich
einst ein alter Mann zur Hand – ich wusst' es nie, war es
mein Urahn oder war's das Schicksal – und führte mich
einer großen Bande zu von Zigeunern, Ägyptern, Ara-
bern, Schwerttänzern, Seilkünstlern, Schlangenbändi-
gern, Fakiren, Turnern am Bambusrohr, Trommelspie-
lern und Zimbelschlägern, Malern, Bildnern auf Ton-
scheiben; die zogen alle auf weiten Märschen in das Go-
tenreich nach Italien. Wer weiß, was sie dort lockte?
War's Gold, Gewinn und Ruhmessucht, oder war's Bestimmung, dass alle Kunst, gleichwie ein Saatenregen zu

Goten kommen sollte, die dem Schöpferischen zu bestimmt sind wie keine Erdenrasse – genug, wir waren eines Tages vorm Königszelt des letzten Gotenkönigs Teja.

Ach, wie zerschmolzen war dieser Goldährenstrom von hellgelockten Kriegern mit Kornblumenaugen! Immer anbrandend an die fremden Klippen und Felsendämme der Italer und Oströmer aus Byzanz, war das Meer zu einem kleinen See gefallen. Eine tiefe Trauer und Ergebenheit ins Unvermeidliche hing über diesen Heldenresten eines ganzen Volkes. Sie waren auf die letzte Schanze getrieben von den rings anrennenden Wolfssöhnen. Am Fuße des Vulkans, wo Lavamassen und Basalte natürliche Tore gebaut hatten, die sich ausnahmen wie Grabmäler von Hünen, setzten sie sich zur letzten Wehr. In diese Felsenburg waren die Gaukler miteingeschlossen. Der finstere König Teja hatte ein gutes, mitleidiges Herz. Er schickte ins Römerlager und ließ uns freien Abzug auswirken. Alle meine Stammesgenossen zogen freudig ab.

Ich nicht. Im Lager war ein eben aufgeblühtes Kind des Herzogs Balthurs, Baltharis, die sah mir einst zu, wie ich auf hoher Bambusstange meine Künste trieb und frei auf dem Kopf in die Lüfte ragte. Als ich herunterkam, da klatschte sie unaufhörlich in beide Händchen und winkte mir und nahm dem älteren Bruder seine Eisenkette vom Hals und legte sie um den meinen: Da schoss in meinem Herzen jähe Liebe auf und wuchs und wuchs schnell, reißend schnell zu ungeheurer Glut. Und eines Tages, als alle schon abgezogen waren, die zum Gauklerheer gehörten, und sie mich gewahrte unter den Kriegern der Zeltwache ihres Vaters, der im Königszelt schlief – da trat sie auf mich zu:

›Warum bist du nicht mit den Deinen fortgezogen in die Freiheit?‹

›Ich sage es nicht!‹

›Ich will es wissen. Sprich oder ich kenne dich nicht mehr!‹

›Ich blieb um euretwillen, Herzogin!‹

›Was willst du von mir?‹

›Nichts!‹

›Womit kann ich dich beschenken? Uns blieb wenig zu vergeben!‹

›Mit nichts. Ich will nur um euch sein. Weil ich euch liebe!‹

›Du wirst mit uns sterben müssen, wenn du nicht gehst.‹

›Ich bin bereit. Aber müsst ihr denn sterben, Baltharis?‹

›Ja. König Teja hat zwar auch den Weibern freien Abzug erwirkt. Aber es ist niemand gegangen. Nicht Frauen, nicht Kinder, nicht Jungfrauen!‹

›Ist Flucht unmöglich?‹

›Fliehen? Wenn unsere Heldenbrüder und Väter sterben? Wozu sollen wir leben?‹

›Ein neues Reich zu gründen!‹

›Wovon?‹

›Von meiner Liebe!‹

›Ist die so reich?‹

›Ja, Herzogin, ich trage in mir des ganzen Orients Künste und sein geheimes Wissen. Du Gotenkind der Treue! Unser könnte die Welt sein!‹

Da begann sie zu weinen und sie duldete, dass ich ihr Blondköpfchen an meine nackte braune Brust nahm.

›Ich fürchte mich so vor dem Tode!‹ sprach sie leise. ›Ach, grausig muss es sein, das Nichts!‹

›Wer weiß, dass er sterben muss, soll seine Tage nützen! Sein wir wie Schmetterlinge, die nur Stunden gaukeln und dann sinken. Ich bin kühn und habe hohen Sinn wie du. Ergib dich mir! Wir wollen glücklich sein. Es ist nicht weit mehr bis zum Tode!‹

Da raffte sie sich auf. ›Sei heut um Mitternacht am Opferstein! Ich will nicht sterben ohne Kuss!‹ Sie presste meine Hand und war verschwunden. Dies weiß ich alles klar und sicher noch.

Der Abend kam heran. Da, von den Lavazinnen Trompetensignale. Die geschlagenen Eisenglocken wieherten zum Kampf. ›Zum Tor, zum Tor! Die Römer stürmen!‹ – Der König selbst voran. Um ihn seine Helden. Mit ihren Leichen haben sie das Tor verstopft. Umsonst, mit kurzem Schwerte, Schild und ehernen Helmen stürmten Tausende von Römern in die Felsenburg.

Ich hatte mitgekämpft, Speere gereicht, Steine gerollt und blutete an der Stirn. Da stürzte ich zu Baltharis. Sie lief den stürmenden Kriegern entgegen wie ein goldener Schmetterling ins Feuer. Man traf sie schwer am Halse. Über den blutenden Schwan warf ich mich.– – – – Dann weiß ich nichts mehr von meinem Menschenleben. Aber alle Phasen, die nun kommen, wie ich ein körperloses

Ich mit vielen, vielen Aufgaben unter den Lebenden, mit Geisterdienst und unsichtbarem Fädenweben vorwärtssteuerte, bis ich so rein von allem Erdenanhauch war, dass diese Atmosphäre sich, ein letztes Tor vorm Jenseits, öffnete – das weiß ich alles noch und sehe die goldene Kette des Aufstiegs meines Ichs zum Über-Ich noch unter mir wie einen langen Pfad von Licht! – –

Dann kam ich wiederum zur Erde: ›Baltharis, du bist's! Du gleichest ihr! Denn eines Tages erkannt' ich dich, mein Gotenlieb, meine Fürstenbraut, die sich dem armen Inderknaben geben wollte im Tod – Baltharis – gewandelt auch du in langem, langem Zeitenwalten – seit ich dich erkannte – ist Aldebaran traurig – Else – Baltharis – ach! Auch die Geister können leiden – ich könnte um dich meinen Sternenthron darangeben. Doch, wie es komme – diesmal, Baltharis, soll dir die Liebe werden! Kein Römer- oder Schicksalssturm soll seine Todeswolken rollen zwischen eine letzte Stunde und die Mitternacht. Denn noch immer sind deines Schicksals goldene Fäden in Aldebarans Hand!«

Wortlos gingen sie die Meilen zum Försterhaus zurück. Aldebaran legte den Arm um ihren Hals und sie drückte ihm oft und immer inniger die Hand und sah mit einem Meer von Dankbarkeit in den Blicken zu ihm empor.

Vor dem Försterhause stand die Mutter und winkte und rief: »Else! Else! Denke – Franz Ziemens will Abschied nehmen!«

Und Aldebaran gab der eiliger Schreitenden ein Segenszeichen, ging zum Wald und weinte. Von der Kalk-

grube aus stieg er hinab zu seinem unglücklichen
Schwesterlein Astra.

XXVIII.

Intermezzo

Fischerfranz hatte von dem ihm durch
Aldebaran in die Hände gespielten Golde
einen guten Gebrauch gemacht. Denn das
auf seines Vaters Acker unter dem großen
Granitblock gefundene Geld war ihm von
Amts wegen durch den Landrat als Eigentum zugesprochen worden. Damals, ein siebzehnjähriger Bursch und
aus Piepkorns Obhut entlassen, trat er mit seinem Schatze selbstsicher vor die Eltern und erklärte ihnen rundweg, dass er nach der großen Stadt wolle. Auf die erstaunte Frage der Alten, was er denn dort zu tun gedenke, hatte er die Achsel gezuckt und gemeint: »erst was
lernen!«

Kopfschüttelnd, aber doch schließlich von der Hoffnungsfreude, die Franz in langen, ihnen etwas unverständlichen Reden bekundete, angesteckt, ließen sie ihn
ziehen, nicht ohne dass Mutter sich weinend über die
Postille warf und der Alte beim Fischnetzflicken sich eine Träne mit dem Handrücken über die wetterbraunen
Wangen wischte.

Das Unglück war schließlich nicht so groß, denn Franz
schrieb fleißig, und jeder Brief war eigentlich eine Art
Weihnachtsfeier für die beiden Alten, die abends dicht
aneinandergerückt mit dem großen Vergrößerungsglas
über dem Bericht des Sohnes saßen. Das waren die ers-

ten von ihnen ernstlich getriebenen Literaturstudien. Denn ihres Sohnes Geschicke waren für sie die einzig vorhandene Weltgeschichte. Mit welcher Freude vernahmen sie, dass Franz von guten Menschen und von solchen, die auf seine ungewöhnlichen Gaben aufmerksam geworden waren, unterstützt, im Laufe weniger Jahre von Schritt zu Schritt seinem Ziele näher gekommen war. Das aber hieß: ein Bergmann zu werden, einer, der kühn hineinsteigend in die Eingeweide der Erde die Wunder der Tiefe zutage bringen half. War doch sein Sinn immer auf das Verborgene, nicht am hellen Tage Auffindbare gerichtet gewesen, und hatten die gewaltigen Veränderungen, welche des Försters Kalkgrube der ganzen Heimatinsel an Aussehen, Erwerb und Charakter der Bewohner allmählich aufgedrückt hatte, ihn tief nachdenklich gemacht. Wenn er, seinen Grübeleien nachgehend, am steilen Hang der Grube lag und hinabschaute in den tiefen Schacht mit den weißen Tempelwänden, da kamen ihm alle die unlösbaren Fragen der Jugend, die unaussprechbaren Sehnsüchten des Kinderherzens, in denen der ganze Mann so oft, und oft erst so spät, die noch von weiter Ferne rauschenden Quellen aller seiner Taten und, wenn er Genie besaßt aller seiner Entdeckungen erkennt. Was mag wohl sonst die Erde bergen? Wie tief mag sie reichen? Woher kamen die Lager, die Adern, die Risse, die Berge? Warum war Kalk so weich und weiß und zwischen ihm der Feuerstein so hart, so schwarz? Wie kamen die Muscheln hierher, so hoch überm Meer? Was war Sand, Schiefer, Ton und Lehm? – und so fort. Genug, eine brennende Lust kam ihm, das alles zu erforschen und, wenn es noch nicht erforscht war, es selber zu entdecken. Seine ganze, unaufhörlich gleichsam bohrende Knabenfantasie galt ihr, der Erde. Hier musste etwas sein, was ihn rief, ein Gewaltiges, das ihm unaufhörlich zuraunte: »Komm zu mir und sei mein Prophet, ich schlummere, du sollst mich wecken!«

Es war der Pastor von Seldin, dem er eines Tages sich offenbarte, der ihm die Wege mies, auf denen man einem geistigen Ziele näher kommt. Der hatte eigenhändig die Beziehungen angeknüpft, die Franz, nun im Besitz ganz ansehnlicher Studiengelder, hinübergezogen hatten in eine neue Welt. Entscheidend aber war für ihn gewesen, dass er einst von mächtiger Sehnsucht getrieben, Else den ganzen Plan unterbreitete und sie ihn mit großer Wärme angefeuert hatte, zu tun, was ihm das Herz gebiete. –

Wer so hätte hineinsehen können in die stille Weberarbeit, die Aldebaran spann in Sternennächten mit dem Goldgewirke des Geschickes, der hätte seine Freude gehabt, zu schauen, wie das Netz, das hier Geisterhände strickten, wuchs und wuchs, und Fernabliegendes behutsam aneinander kettete zu jenem Spinngewebe, von denen Menschen immer nur ein paar Flocken wie Sommerfäden von ungefähr auf sich heranschweben sehen: Schicksalsschiffchen aus der Luft, die sie »Zufälle« nennen. Er, der Gütige, alles für seinen Schützling Else Vorbereitende, er wusste wohl, dass das, was wir Zufälle heißen, nur Masten sind, mit denen das Schicksal in den Saal des Lebens tritt. Er war es ja, der Franz das Gold in die Hände spielte, er war es, der ihm seine Sehnsuchten schürte und ihm in seinen wachen Träumen zurief:

»Steig' in den Grund der Erde!« Er führte Franz auch leise kurz vor der Entscheidung über seine Pläne an einem seinen Fädchen aus Gold, den Menschen Liebe nennen, zu Else. Und das war sonderbarerweise das Schwerste, das Aldebaran für Else leistete. Denn auch Lichtgeister haben ihre Geschicke. Sein Schicksal war, sein ganzes Steinenherz der aufblühenden Menschenblume immer mehr hingeben zu müssen. Die Wichtelkönige, als sie ihm geboten, Elses Führer auf ein Jahrzehnt zu sein, ihr Einblick zu geben in das Reich der Wunder, hatten nicht bedacht, dass aus diesem stillen Amte der Gestaltung einer Menschenseele auch Geistern holde, unentrinnbare Sehnsüchten erwachsen könnten, und dass Erinnerungen kommen würden, die mächtiger sind als Gegenwart und Zukunft. Elseleins von ihm selbst gepflegtes Herz, von Natur geweiht und Geisterseelen völlig ebenbürtig, war wie Wolkenrand, Brandungsschaum und Edelstein: Es sog in sich die Gluten aller Sonnen, mit denen Aldebaran sie bestrahlte. Nicht Menschenaugen nur sahen mit Staunen, wie aus des anmutigen Kindes Veilcheninnigkeit langsam die Zauberfülle der Rose ward. Auch Aldebaran ward berückt von soviel stiller, holder Schönheit. Das hatten eben seine königlichen Ratgeber nicht bedacht, dass auch die Zeit kommen würde, wo er selbst der Jungfrau Rede stehen musste über all die schweren Fragen, was Liebe sei von Wesen zu Wesen, von Tier zu Tier, von Mann zu Weib. Er selber musste ihr alle die Truhen der Seele öffnen, aus denen des Menschenherzens schönste Edelsteine und Geschmeide hervorquellen. Er musste an kristallene Felsen schlagen, aus denen die Fluten brechen, die so segnen wie verheeren können. Und für wen?

Da hatte es in feuriger Lohe in seiner Geisterseele emporgeschlagen. Der ungeheuerliche Gedanke überfiel ihn: dass, er Else niemand lassen könne und sie unentrinnbar liebe! Er, ein Fürst des unvergänglichen Lichtes – das schlichte, irdische Kind. Unmöglich. Sofort musste er zu den Sternen zurück! Das ging nicht. Der hohe Auftrag band ihn unlösbar. » *Bis sie ihr eigenes Glück findet!*«, hatte es getönt vom Munde des Erdkönigs. Er musste bleiben. Was sollte geschehen? Er wusste, das es eine wachsende Qual werden müsse ohnegleichen, auch für sein geweihtes Herz, die der Sterne Würdige zu jeder Stunde zu geleiten, und dass es ihm, als Geist, für immer versagt sei, ihr zu nahen mit irdischem Verlangen. Da fasste er einen verzweifelten Entschluss. In der wilden Sturmesnacht eines Hochsommers ging er zum Strand und beschwor seinen himmlischen Vater des Lichtes, ihm zu erscheinen.

Im Zickzackwagen des Blitzes fuhr er herab und stand vor ihm. »Was rufst du mich?«

»Vater!« sprach Aldebaran. »Das Kind, dem ihr mich zuerteiltet, ist aufgeblüht. Schön ist sie wie der hellste Stern. Ich liebe sie. Was soll ich tun? Sie ist mein eigen seit Jahrtausenden!« Finster rollte der Lichtgott seine Wolkenbrauen.

»Du bist ein Narr! Lass mich, ich habe Besseres zu tun, als Knaben Lichtwege zu weisen!«

»Vater! Es ist sehr ernst. Auf meinen Knien siehe ich dich, zeig' einen Weg!«

»Du weißt, wie ich, es ist unmöglich! Tue deine Pflicht. Schau', wie die Tigerschlangen rasen! Lass mich hinauf!« Der Fürst der Flammen wandte sich.

»Erhabener! Gnadenvoller! So gib mir mein einstiges Erdenkleid zurück. Nimm meine Sternenkrone ab, gib sie den Brüdern. Lass Aldebaran verlöschen aus dem Buch der Ewigkeit. Ich will ein Mensch mit allen Schwächen und Fehlern sein um dieses Herz, um diese Mädchenseele. Führt eure ewigen Reigen, eure goldenen Zeiger, ihr seligen Hirten der Ewigkeit dahin, lasst mich allein zurück! Nur einmal lasst mich einzigen, dies Körnchen goldener Spreu aus euren Sternensaaten des Weges ziehen mit dem Strome des Feuerodems, den Menschen Liebe nennen und führte er in ewige Nacht – um dieses Erdenglückes kurze Flammengarbe gebe ich die Ewigkeit hin! Will Mensch mit Menschen sein, will leiden, lieben, umarmen und dann gerne ewig dulden!«

»Du rasest, Aldebaran!« sprach der Lichtgott. »Wann je ward dieses heilige Zeitenrad der Ewigkeit auch nur auf Sekunden zurückgestellt? Das Ganze geht nach vorn, nach oben! Kein Lämmchen bleibt zurück in unserer Sterne goldener Herde, wir sind die Edelhirten! Geh' des Weges!«

»Noch einmal, Vater! Flehe ich dich! Gib mir wieder einen sichtbaren Menschenleib, ein Herz, wie ihres, Fleisch und Gebein. Hör' mich!« rief er dem halb sich aufwärts Hebenden mit wilder Stimme zu. »Sonst muss mein Stern verlöschen und eine Welt in Trümmer gehen!«

»Mein letztes Wort ist, Aldebaran: Dem Sternenschicksal füge dich! Unser ist zu handeln – nicht zu lieben! Du warst einst Mensch – und Törichter! Du kannst wünschen, es noch einmal zu werden? Der Ewige hat vorgedacht. Nicht Aldebaran lischt im Buch der Ewigkeit – die Seele dort, dies Menschenflämmchen stickt, wenn du das Ewige verleugnest!«

Da schwebte er auf. Aldebaran aber warf sich in die Brandung. Hoch spritzten die Wogen um sein Kronenhaupt, furchtbares Beben rollte über den Strand, ein Bergabhang donnerte in die See, Orkane brüllten und knickten Eichen und Riesenkiefern wie Glas. – Da fuhr schwebend eine Blitzgarbe über dem Walde zischend hin und her – ein furchtbarer Schlag – und hell in gelbem Feuer leuchtete das Försterhaus auf. – Da erbebte Aldebaran. –

Er war bei Else. Sie hatte sich hilflos nach ihrem Beschützer umgeschaut. Zum ersten Male und gerade bei dieser Wut der Elemente war er nicht bei ihr. Schwarz war's da draußen wie tiefe Nacht, und nun dieser furchtbare Blitz, der dicht vor ihrem Hause niederfuhr! Sie fühlte alles wanken. – – Da stand Aldebaran über ihr und riss sie an sich.

»Geheiligte! Reine! Mein Kind! Ich bin bei dir! Es ist vorüber. Die Mächte mahnen mich. Es ist wohl gut!«

Else schlug die Augen auf zu ihm. Glühend sah er sie an.

Auf das Höchste erstaunt über diesen Blick trat sie einen Schritt zurück. Da riss er sie an sich und küsste sie ein einziges Mal. Doch im Kusse wurden seine Lippen kalt. Sein eben noch so heißer Blick wurde leer. Eine zitternde Engelshand fuhr ihr durch die Haare, und es wurde so still und feierlich um sie wie vorm Altare.

Es klopfte an der Türe.

»Das ist Franz«, sagte leise Aldebaran, »du weißt doch, Franz, der Fischerknabe, Franz, der Bergmann!«

XXIX.

Begrabene Sonne

Aldebaran hatte recht gehört. Franz, nach Vollendung seiner Studien in die Heimat zurückgekehrt, war im Walde umhergestreift und suchte, von dem Unwetter überrascht, Schutz im Försterhause. Er mochte es sich nicht eingestehen, dass der Wunsch, Else wiederzusehen, ihn einzig und allein in den Wald getrieben hatte, und die Gewalt des Gewitters gab ihm eine gar nicht unwillkommene Entschuldigung vor sich selbst.

So trat er auf Elses: »Herein!« über die Schwelle. Else war erstaunt, wie stattlich, groß und hübsch der Franz in den wenigen Jahren geworden war. Trotz der Durchnässung seiner Kleider und trotzdem ihm der Regen vom Hut und aus dem dunkelbraunen Haar herabtroff, erkannte sie gleich die vorteilhafte Veränderung in Haltung und Tracht, die mit ihrem einstigen Schulkameraden vorgegangen war. Mit ruhigem und sicherem Anstand sich bewegend, die Worte treffend und lebhaft setzend, glühte im Auge Wärme und, wenn er Else ansah, jener verzögerte und haftende Blick, der viele geheime Fragen barg. Else errötete bei der Begrüßung, denn es war ihr, als wollten diese Augenstrahlen geradewegs in ihr Herz.

»Franz! Willkommen! Wie bist du groß geworden; wie ein feiner Herr schaust du aus!«

»Else«, sagte Franz mit weit tieferer und klangvollerer Stimme, als sie Else in der Erinnerung hatte, »sei nicht böse, dass ich hier so hineinwehe, aber ich bin bis auf die Haut durchnässt. Vielleicht darf ich mich hier bei euch ein wenig trocknen. Was macht Vater, Mutter?«

»Danke, Franz! Alles gut imstande. Ja, schau' dich nur um – hier ist vieles anders geworden im Lauf der Zeiten. Angebaut und verbessert. Hast du die schönen Scheunen und Ställe gesehen? Nur die alte Hausfront ist dieselbe, Mutter wollte sie nicht missen, – sonst leben wir hier mehr in einem Schloss als in einem Försterhäuschen. Ja, Franz, es ist viel Segen über uns gekommen alle die Jahre. Aber du, nun sag', wie ist es dir ergangen?«

Zuerst musste er die Oberkleider an den Nagel hängen, einen großen weichen Mantel des Försters, der inzwischen, ihn zu begrüßen, gekommen war, anlegen und Mutter Försterin hüllte ihm eine Decke um die der Stadtschuhe entledigten Füße.

»Ja, mit solche Löschblattstiebeln musst du hier nich rümmer lopen, Franz,« sagte sie – »dat mag woll gut vör'n Ballkram und Theaters sin, för unse'n Kalkmatsch is dat quatsch!« sagte sie lachend. »Nee! Franz, wat is ut den Jung' worden!«, rief sie dann, ihn wieder und wieder betrachtend.

»Nun musst du aber wirklich erzählen!«, sagte Else und rückte nahe zu ihm ans Fenster. – Schon war die

Sonne wieder Herrin der Elemente und legte sich tröstend über das zerzauste Feld und löschte alle Tränen – nur Aldebarans Wehmut nicht. Der saß in einer Ecke und hörte dem Gespräch der beiden zu, etwa wie ein invalider Kapitän am Strande Schiffer ihre Segel rüsten sieht zur Abfahrt auf das Meer. Da legte Franz los. Wie er nun schon lange Student der Bergwissenschaften sei und dass er dicht vor seiner Prüfung stehe: Dann würde er als Bergassessor vom Staate angestellt und alle seine Pläne und Vorhaben kämen zur Ausführung. Er habe schon mehrere Entwürfe eingereicht und die Behörden hätten schon Anstalten getroffen, ihm die Mittel zu gewähren, die Bohrungen, Entwässerungsanlagen und Schürfungen erforderten.

»Dann geht es hinab in die Tiefe, Else«, rief er, indem er die hüllenden Decken von sich warf und sich stolz empor reckte. »Und ich will mal sehen, wie viel ich von den Wundern, die ich dort vermute, ans Licht rufen werde!«

»Sag' einmal, Franz«, sagte Else. »Ich habe so nur recht dunkle Vorstellungen von der Erde, wie sie da drunten wohl aussehen mag.«

»Ja, Else! Das kann ich dir schon sagen. Es ist ein wundervolles um die Erde. Ich hatte es immer vermutet. Die Bücher haben mich belehrt: Ich selbst habe vieles gesehen und vermute noch vieles mehr. Die Erde war doch einst eine Feuerkugel. Das weißt du noch von Vater Piepkorn. Sie ist es noch im Innern. Aber du müsstest tausend Meilen hinabbohren, ehe du jetzt diesen flüssigen Feuerkern erreichtest. Aber vorher würde aus solchem Bohrloch eine furchtbare Explosion erfolgen: Die frei gewordenen Gase, die unter ungeheurem Druck von der dicken, dicken Schale gefesselt liegen, würden in ihrer kolossalen Kraft das Bohrloch zerreißen und geschmolzenes Gestein, Metallfluss, glühenden Dampf emporschleudern. Du hättest einen künstlichen Vulkan gemacht und wer weiß was angerichtet. Denn ein Vulkan ist immer noch ein Weg zum Feuerheizen der Erde. Ein Ausbruch erfolgt, wenn die Feuergase sich einen Weg bahnen durch alle die Spalten und Buchten, die die geschmolzene Glut vom vorigen Male mit metallischem und glasigem Kitt verlegt hat. In tiefen Höhlen sammelt sich Schmelzwasser des Schnees und der Regenfeuchte. Seine unterirdischen Becken reichen oft bis in heiße Tiefen; hier kann es sein, dass ungeheure Feuermassen plötzlich den nagenden Krallen des Wassers die Hand reichen. Heiße Quellen geben uns Kunde von der Nachbarschaft dieser unterirdisch angestauten Gewässer mit der feurig-gasigen Grundesse. Der Pressdruck der sich mühsam befreienden Gasmassen schleudert jäh die heißen Quellen empor, die Sprudel mit all ihren gelösten Heilsäften und die Geiser, die auf Island sind. Manchmal aber treten Brüche der metallischen Schalen und Steinschmelzschichten über dem Glutenkern ein, vielleicht gerade unterm Meer bildet sich solch Erdriss, und der Ozean der Flut bricht ein in den der Glut und reißt in der ungeheuren Explosion der Erde eine entsetzliche Wunde, sodass Inseln versinken, Ozeane überschülpen wie Wasser in einer umgekippten Schüssel und wohl ein ganzes Stück der Erde ein neues Antlitz erhält. Wohl verharscht die Wunde mit der Zeit durch die zurückstürzende und wieder erstarrende Schmelze, aber unaufhörlich brodelt es in kleineren Spalten, weil unaufhörlich Wasser sich und Feuer mischt. Dann dampfen die Vulkane und künden von dem in ihren Tiefen wogenden Kampf. Hohl ist hier der Raum unter der Erde und Verschiebungen, die die drückende und trockene Rinde vornimmt, wenn sie plötzlich und ruckweise einsinkt, wirken das Zittern des Bodens – die Gänsehaut der frierenden Erdhülle, die Erdbeben!«

»Franz! Was du alles weißt! Bist du schon einmal hinabgestiegen in ein Bergwerk?«

»Gewiss, Else, in Claustal! Wohl an die Dutzend Mal. Da fördern sie Metall und Kohle, wertvolles Gestein, Eisen, Zinn und Blei!«

»Wie kommt das nur alles in den Grund?«

»Es ist abgesetzt aus der Glut. Sieh'! Dort die Sonne am Himmel. In ihr und in den meisten selbst leuchtenden Sternen ist all dasselbe noch in Glutenform, was hier auf der Erde jetzt schon fest und niedergeschlagen ist. Kein Metall, kein Salz, keine Säuren, keine Gase, die nicht auch dort oben wären, aber dort in weißer Glut und hier gekleidet in eine Fasson, wie sie eben der große Glockengießer Temperatur und sein Geselle Druck gemeistert hat. Denn, Else, das ist auch so ein Punkt, den ich klarstellen möchte, wenn ich so einmal alles sagen darf, was ich will. Es muss eine Einheit sein in allen Stoffen. Es muss eine Möglichkeit sein, alles aus wenig Formen entstanden zu denken. Es sind die Bedingungen, die Widerstände, die Hemmungen, die das Aussehen der Stoffe verschieden gestalten. Im Grund muss dahinter etwas Einheitliches stecken, aus dem die Riesenfaust des Zwanges die verschiedenen Arten Metalle, Gase, Gesteine, Salze usw. gestaltet. Und welche Fäuste haben hier gewaltet, als noch die rasende Glut von Tausenden von Hitzegraden die ganze Oberfläche dieser Feuerkugel umsauste und sie anraste gegen die Zone der ewigen Kälte, die die rollende Tochter der Sonne durchschoss! Da bildete sich eben die Dunstatmosphäre und unter ihrer Hülle tobten und rasten die Elemente. Denn die gewaltigen Unterschiede der Temperatur am Himmelsraum gegen die Feuerhülle ließen blitzschnell Niederschläge entstehen, die niederfallend ihren Wasserdampf verloren und nun schon verwandelt gegen das Glutenchaos zurückprallten. Mag immerhin ursprünglich alles eine Masse gewesen sein. Der kalte Weltenraum knetet daran herum, bis tausend und tausend andere Masken der Urstoffe fertig sind. Es ist ja der schönste Beweis, der mir vorschwebt, für die Mutterschaft der Sonne für alle Planeten und ihres Lieblingstöchterchens, die kleine Erde, wenn man die Übereinstimmung aller dort brodelnden mit den hier festen Elementen herausfände und so zeigen könnte, wie recht unser Königsberger Weise hat: Die Erde ist eben Fleisch vom Fleisch der Sonne!«

»Wie will man das beweisen, Franz?«

Aldebaran horchte sehr interessiert auf und nickte mit dem Kopf, als Franz antwortete:

»Das muss mit den Wundern des Lichtes geschehen. Ich glaube, mit den Farben hat es eine noch verborgene Bewandtnis. Ein buntes Prismaband leuchtet nicht nur, es schreibt auch Briefe. Briefe aus seinen Heimaten vom Ergehen und Hass und Lieben der Elemente dort in andern Welten!« »Ja, ja«, sagte Else. »Die Lichtreiterchen haben unsichtbare Knappen!«

»Das ist wunderhübsch, was du da sagst, Else! In allen meinen Büchern steht es nicht deutlicher!«

Aldebaran lächelte wehmütig.

»Also, wenn nun alle diese Veränderungen des feurigen Grundelementes Mischungen von der Hand der Temperatur, der Faust des Druckes und dem Rührlöffel der Bewegungen sind, so müssen sie schon etwas anders sich gestalten am Pol und Äquator, weil hier die Temperatur und die Bewegung anders ist. So drücken und schieben ungeheure Stürme von den Polen zu den heißen Gegenden stürzend, die seinen Schlacken und Gerinnungshäute durcheinander, die schäumend aus den Höhen der Abkühlung herabfallen und wieder anders schmelzen und locken kristallinische Massen aus dem gerüttelten und geschüttelten Brei. Je nach dem schnellen oder verzögerten Verpuffen der Gase hier und dort müssen darüber Sturmwirbel der wärmeren Dämpfe in die kühleren Gebiete gestürzt sein, und diese örtlich wechselnde Dichte der Luftschichten über der Erde ist es ja noch heute, die mit dem wechselnden Wärmestand und dem Druck der Lüfte den Winden das himmlische Steuerrad dreht! Wäre dieser lebhafte Wechsel nicht von dichter und dünner Luft, wir hätten nur zwei Winde: *Südwest* und *Südost*, die Passate am Äquator, weil das Abströmen vom Äquator zu den Polen durch die rasende Drehung der Erde nicht rein Nord und Süd ist, sondern abgelenkt wird. Wenn nun schon jetzt aus diesem Grundgesetz der Luftströmungen ein solches buntes Gemisch von Winden und Wetterstürzen zu beobachten ist, wie mag es erst damals ausgesehen haben mit den Feuerwirbeln, Dampfstürmen und Glutorkanen, die den brodelnden Topf der Erde durchwühlten und durchpufften und alle ein bisschen modelten an den ersten Faltenzügen auf dem Angesicht der Erde, das sich langsam aus den Dampfschleiern und Dunstkissen herauswälzte wie etwas, das noch gar keine Ähnlichkeit mit Erde hatte! Denn das Gesicht der Erde ist uralt, durch Millionen über Millionen Jahre muss sie seitdem im Wandel der Zeit auch ihre Züge gewechselt haben, denn damals war sie noch ein Neugeborenes, Weiches, Charakterloses und erst die Riesenkralle der Zeit meißelte ihre Züge. Freilich ihre eigentliche Lebensgeschichte hat sie selbst geschrieben. Und wir Bergmänner sind ihre Schriftgelehrten und Zeichendeuter!

Aber, Else, ich langweile dich mit meinem Geschwätz. Erzähle mir lieber von dir und deinen zarten Gedanken, die gewiss so viel schöner sind als mein bisschen Wissen!«

»Nein! Franz! Fahre nur fort. – Nun sage mir endlich, wie eigentlich die Erde innen aussieht!«

»Else! Wie sie aussieht an irgendeiner Stelle ist schwer zu sagen, weil wir ja nicht die ganze Tiefe durchdringen können. Eher kann ich dir schon sagen, wie sie aussehen müsste, wenn sie nicht die Tausende von Verwitterungsstürmen, Eissprengungen und Eisschüben, Durchbrechungen von vulkanischen Ausbrüchen und Überschüttungen mit Schmelzwasser, Verwehungen, Wasserwühlarbeiten usw. hätte über sich ergehen lassen müssen. Da ist buchstäblich oft das unterste zuoberst gekehrt, und diese oder jene Stelle war im Laufe der Millionen Jahre mehrmals Ufer, Meeresgrund, Tal oder Gebirge. Ja, wahrhaftig, viel ist geschüttelt und gerüttelt worden an diesem Mantelkleid, das sie sich einst wohl aus metallischem Gestein umgezogen vor dem Frost des Weltalls um sie her, durch das die Reise ging, und dieser noch so dicke Mantel ist zerrissen und zerschlissen, gefasert und verwittert, geflickt, unterpolstert und neubezogen unzählige Male, bis er das erste grüne Sammetfeld bekam mit Bergspitzen und Eiskronenbesatz darüber. Aber auch dies musste noch viele Male abrasiert werden, in die Tiefe sinken, verwittern und versteinern – ein ungeheures Grab – bis dieses Kleid ein dauerndes geworden ist.

Da bildete im Grunde sich die Scheidungsmauer des Festen von dem Feuerflüssigen – eine gewaltige Schicht der schwersten Granit- und Porphyrlager. Die eherne Schale gleichsam, auf der alle Schichten ruhten, ein langsam zu Kristallen erstarrtes Grundgestein und Urskelett, dessen Gefüge wohl oft durchbrochen wurde von den Fluten des feurigen Metallkernes, der viele Glutmassen aus allen möglichen Metallverbindungen auch aus Steinsalz, Kalk und Gips emporschleuderte. Über dieser Urschale lagerte sich das niederträufelnde Wasser aus dem luftförmigen Atmosphärengürtel und seine nagenden Tröpfchen mit der in ihnen gelösten Kohlensäure und der Säge des Frostes sind es, die den Granit in Feldspat, Gneis und Glimmer zernagten. Dann kam des Urmeeres auflösende, wühlende Kraft, die von der vierzigtausend Fuß hohen Schicht des Urgranites einige Tausende von Fuß zu Gneis und Glimmer zerfraß. Aber auch diese Gneisschicht wurde weiter zerspalten, zer-

fressen zu Tonschiefern, Grauwacken und Buntsand-
steinen, alles Abkömmlinge vom Granit, der unter der
Hobelkraft des Wassers durch Hunderttausende von
Jahrzehnten schließlich durch Feldspat, Quarz und
Gneis zu Mergel, Lehm und Sand abgebaut wurde und
das alles in ganz gewaltigen Schichten, die ebenso mäch-
tig sind wie die Zeiten, welche zu ihrer Bildung nötig
waren. Eine große Wassermühle rieb den Granit zu Ton,
Mergel zu Sand und ließ dichte Schichten, ein still gebreitet Maß der Zeit, am Boden liegen: die gewaltigste
Sanduhr der Welt! Da kam der Abschnitt, da Tier und
Pflanze Boden und Nahrung fanden auf dem zersplitter-
ten Gestein. Ungeheure Strecken bekleideten sich mit
Urbäumen und gewaltigen Farnen, Moosarten und
Schachtelhalmen; wo die Erde unter Wasser stand und
wo die See herrschte, bildeten sich Algenpflanzen, See-
tange und die Schalentiere, die regneten den Kalkschlamm nieder zu ungeheurer Seitenzahl im Buch der
Erde und bildeten einen dicken Band, von dem dein Vater ja so ein paar Blättchen aufgeschlagen hat in eurer
Grube. Aber was die Tierchen säten, ist wenig gegen
das, was Pflanzenurwald auf dem Lande schuf. Dann
wieder stieg einmal das Meer empor, gewälzt von tiefen
Faltungen seines Bodens – die Erde schüttelte einmal
wieder ihre Bettdecke auf – und Ozeane von Urwäldern
sanken schnell in die Tiefe. Sie faulten nicht, sie moder-
ten nicht zu Torf, Moor oder Sumpf, wozu sonst Pflanz-
liches verwest, sondern sie wurden zusammengepresst
zu einem schwarzen, dunklen Grab der Sonne. Das ist
dieser wunderbare Prozess der reinen Kristallisation des
Pflanzlichen und Tierischen, wobei der Kohlenstoff, die-

ser Kettenring, der alles Leben innerlich hält und bindet, sich immer dichter ineinander fügt und alles Bauwerk, Fett, Wachse, Öle und Säfte mit dem Feuerstoff der Luft langsam entweicht. Verkohlen heißt unter Sauerstoffmangel sich verdichten von dem vielgestaltigen Leben bis zur starren Grabmauer des Lebendigen, der Kohle, zu seiner noch reineren Form Anthrazit und Grafit und endlich zu seiner himmlischen Urgestalt im Kristall, dem Diamanten! Das ist der Rückwärtsweg, den Leben nimmt, einst emporgeblüht aus dem Kohlendiamanten, der des ersten Lebens Zeichen trägt bis zur kleinen Pflanzenzelle und schließlich den gewaltigen Bäumen; *so* presst die Faust der Vernichtung das Lebendige durch Erstickung eines Ozeans von Pflanzen, Fischen und Amphibien durch langsamen Raub des Feuergases wieder zurück in ein schwarzes Kristallgrab!

Darüber warf sich wieder der Schnee der Kalktierchen und der Korallen! Inseln tauchten auf aus Korallen; Verwitterung, Verwehung, Verzehrung schafften Mergel, Sand und Ton, und neue Revolutionen der sich im Bette werfenden Mutter Erde wühlten wieder alles durcheinander. Wo einst Meer war, da ist jetzt Flugsand, und Gebirge reckt seinen nackten Geierhals aus dem Gelände auf. Feuerströme von Vulkanen streuen neuen Erdendünger aus ihren Schlammkegeln, die ihre Staubwolken wie Palmenzweige über die Erde breiten. Und Falten rollen auf im Decktuch der Erde, bilden Hügel und Gebirge, die knicken um und brechen ein wie Wellenkämme und kehren oberstes zu unterst. Aber der Kern jeder Falte muss einem Bergmann doch erkennbar bleiben: Granit mit Porphyrströmen vom Vulkan, Basalt

und die kristallen erstarrten Fluten der Vulkane; darüber Gneis und Glimmer, Aufschüttungen angeschwemmten und verwitterten Gesteins der Höhen;
Senkungen der Meeresschichtungen, der Pflanzen und
Tier schüttenden Sanduhr aus Kalk und Kiesel und Kohle – und über allem darüber die Decke der verwehten
Trümmer aus allen Reichen, die Spülströme des Baches,
der Flüsse, die abgeschwemmte Trümmer der Gebirge
zum Meeresgrund führen, und die Stranddünen, die das
Meer heranschwemmt. In unsern Breiten darüber aufgeschichtet der Ackerboden, den Pflanze und Bodentier
uns fruchtbar machen aus dem angeschwemmten Sand,
der dadurch zum Humus wird; dann Moor und Sumpf
und Torflager, die ersten Andeutungen des Umbildungsprozesses zu Braun- und Kristallkohle; daneben
das Endprodukt des Feldspats (Granit) in Ton und
Lehm, der Kieselkalierden – und da hast du, Else, ein
buntes Bild der Erde! Sie ist gewesen wie eine runde
Baumrinde, die sich im Innern dauernd zusammenzieht.
Die Rinde wirft sich, macht Falten und Gebirge, das sind
der Erde Becken, Berg und Tal; Regen läuft in den Rinnsalen dem Meere zu, und die Vulkane sind des Feuerwurms Bohrlöcher, der aber in der Erdenrinde stets von
innen kommt.«

»Und was will nun der Bergmann in diesem Wirrwarr
der Schichten und Schichtenbrüche?«, fragte Else.

»Die *begrabene Sonne zur Auferstehung zwingen!*«, rief da
Franz. »Nicht Gold, nicht Silberstein und Diamant kann
mir genügen! Ich will der Sonne Fessel sprengen, die da
im schwarzen Grabe schläft. Die schwarze Witwe soll

aufspringen zu unerhörten Taten, ich will einer ihrer Ritter, ihrer Propheten werden!

Denke, wie viel Kraft schläft unter jenen Kohlenwänden! Die tausend Milliarden Pflanzengeisterchen, die einst den goldenen Lebenssaft hinaufpumpten in die Höhen der Riesenschachtelhalme und Sumpfzypressen – sie könnten, zusammen entfesselt und ihrer Ketten ledig, einen Ozean bewegen. Die Spannkraft, die in dem Gefüge der Stämme steckt und die sich nun aufgerollt hat zu einer Riesenuhrfeder mit ungeheurer, schlummernder Gewalt, hat Macht zu Hammerhieben, die Felsen zu Staub zertrümmern und Wege durch ewige Mauern schlagen müssen. Die Glut, die Milliarden von Sonnenäuglein selig tränten, die ihre Lider plötzlich schließen mussten dort in dem unterirdischen Grabe, sie heben sich vereint zu Feuerquellen, die wohl Blitze werden könnten und Lichtströme über und durch den Leib der Erde! – Und welche Feuerwärme schläft in diesen Katakomben! Die heißen Düfte all, die jene Urväter der Linden und der Rosen in sich brodelten und brauten, zu welchen Wohlgerüchen können sie erwachen! Zu welchen Farben könnte diese begrabene Blumenwelt erstehen, welch Segen ruht in ihren Särgen; der Krankheit, dem Fieber und dem Schmerz Halt zu bieten und dem *Tod*! – Licht müssen sie wieder hervorströmen lassen, die Sonnenstrahlen nachahmen in der Finsternis, um Millionen Händen ihre Schwielen, den Stirnen Runzeln und Schweiß zu ersparen! Die Kraft zu Fahrten über Ozeane, spottend Wind und Wellen – ja, es müssten von dieser auferstandenen Sonne Hauch getrieben, Schiffskolosse ohne Segel gleiten können von Kontinent zu Kontinent –

gepeitschter Tiere Muskelqual, der Sklaven ewiger Hackenschlag und Ambostragen wird aufgehoben – von ihrem Odem angetrieben könnten einer Erdenmühle unzählige Hebel klappern und Räder rollen, die Menschen Windeseile geben, und Flügel die sie spreiten, treiben zum seligen Flug durch Luft und Wolken der ewigen Mutter Sonne goldenem Spinnetz näher, immer näher!

Was ist geschürftes Gold, was ist der Wert der Diamanten gegen die eisernen Schmuckgeschmeide fruchtbarer Arbeit, die jene noch tote Riesin in ihrem Kohlengrab fest an sich mit erstarrten Fingern presst – – – und drum schürf ich einst als freier Bergmann nicht nach Gold, ich will der schwarzen Sonnenwittib Ritter sein und meiner Hacke erster Schlag und letzter sei ein wilder Ruf: »Wach' auf! Die Prinzen kommen, dich zu wecken!« Es gilt, das Jahrhundert der Kohle anzuheizen, Else, und ich fühle in mir eine, wenn auch winzige, aber zündende Fackel des Erkennens! Wer weiß, was das noch für ein heiliges Feuer gibt!«

Else war ganz erstaunt über die Halbvisionen des sonst so stillen Franz. Es war schön, wie das Feuer, von dem er eben prophezeite, ihm schon zuvor aus Stirn und Augen wetterleuchtete, wie sich die Locken kräuselten und ringelten vor dieses Feuertopfes Ungeduld und Tatbegier, wie sich die starken Finger krallten zur Mannesfaust, die eine selbstgeformte Hacke griff und nach Siegerkronen langte ohne Scheu und Zittern. – Da sah sie auf Aldebaran – der saß und starrte Franz mit traurigverwundertem Blick an. »Schon gut. Der wird mich bald entbehrlich machen,« flüsterte er. »Kehr' nur zurück auf deinen Stern, mein guter Aldebaran!«

Zu Else aber sagte er, als Franz sich verabschiedete und draußen in der Luft, durch die er stolz dahinschritt, sich die heiße Stirn küssen ließ: »Vertraue ihm immer ganz, Else! Er ist mir ebenbürtig, und ich liebe ihn!« Else aber sagte abends, als sie sich entkleidete: »Der dumme Franz! Wie schön er von seinem Beruf sprach – aber er merkt gar nicht – was er mir für ein Feuerchen ins Herz gelegt! – Was geht ihn das dumme Schwarzwittchen da im Grabe an – das wollen wir doch erst einmal sehen! Gute Nacht, Franz!« Dann schlief sie ein.

XXX.

Aldebarans Abschied

 Es war einige Wochen, nachdem der Bergassessor Franz Ziemens und die Försterelse in jener Laube, in welcher sich schon mehrere Wunder begeben hatten, sich ihre Liebe gesagt und gemeinsam für Leid und Freud' einzustehen sich gelobt hatten. Franz konnte trotz aller Sicherheit seiner Vorahnungen für jene Wundertaten der Zukunft Else doch nicht verschweigen, dass sehr wohl auch alles Irrtum sein könne und ja nur eine schöne Möglichkeit bedeute, dass es aber auch für sie an seiner Seite ein Opfergang des Glückes werden möge. Darauf hatte Else einfach gesagt: »Ja, Franz, das ist nun einmal der Sinn der Liebe, dass sie auf Opfern ruht. Und wäre es nicht ein größeres Leid, wenn wir beiden Heimatkinder jedes für sich durch dies Leben gehen müssten, als es jedes Unheil sein kann, das uns eng aneinandergeschlossen träfe.« Da hatte Franz gemeint: »Wirklich, Elselein,

jedes Schicksal mit dir ist willkommener, als ein Glück ohne dich!«

So war der Bund besiegelt und Franz war in die Hauptstadt zurückgefahren, teils seiner neuen Stellung wegen, teils um die Vorbereitungen für ein großes Verlobungsfest zu treffen. So hatte es der ganz überglücklich und endlich sehr milde und weich gestimmte Förster durchaus gewollt.

So wandelt die Hand des Segens die Gemüter: Der vor zehn Jahren nur immer brummige und knurrige Alte konnte jetzt ganz still vor sich hin lächeln, unter dem Nussbaum sitzen und träumend noch einmal durchleben, wie die Glücksschifflein in der hellen Sonnenluft so eins nach dem anderen einpassiert waren. Erst die Bernsteinfunde, dann die Kalkgrube, dann der Erwerb des Grundstückes, Elses Erblühen, ihre hohe Berühmtheit im Land, die Verehrung, die sein Töchterlein genoss wie eine kleine Heilige, die guten Ratschläge, ihre Schönheit und nun ihre Verlobung mit Franz, »diesem kommenden Mann«, wie der Herr Landrat ihn genannt hatte. Das war ein Eidam nach seinem Herzen. Denn der Junge war ihm immer lieb gewesen und die achtbarsten Leute im Land waren seine Eltern. Ja, er war froh, dass er sich in der Lage fühlte, seiner Tochter einen Mann nach ihrem Herzen zu geben. – So war der milde Dank gegen ein gütiges Walten des Geschickes in seinem Herzen, der auch starke Naturen manchmal zwingt, genau wie ein bitteres Leid, eine einsame Träne ihren Perlenlauf nehmen zu lassen. Und so ging er daran, seiner Tochter Else ein großes Verlobungsfest herzurichten, zu dem die halbe Insel geladen war.

Der breite Kalkschuppen, der wohl an die hundert und mehr Personen fasste, wurde hergerichtet. Die gleichsam von Beruf reinen und weißen Wände wurden von einem Theatermeister aus der Stadt mit farbigen Stoffen und Fahnen geschmückt, eine Arbeit, die ebenso viele Maßkrüge Bieres wie Imitationsgesänge berühmter Tenoristen, für die er einst »auch« den Erfolg gezimmert habe, erforderte. Tannen und Waldlaub deckten die Pfeiler und aus der Kuppel zogen in weiten, gesenkten Bogen Blumengirlanden, die unzählige Lampions trugen. Mutter Förster hatte aufseufzend ihr ganzes Linnen hergeben müssen, um den lang gereihten Tisch mit dem Weiß der Kalkstaubwände erfolgreich konkurrieren zu lassen. So war alles gerüstet und morgen war der Tag der Ehre Elses, an dem sie als königliche Braut den Freunden und Gästen gezeigt werden sollte. –

Zu derselben Zeit, als unser Förster so unter dem Nussbaum gleichsam seine Schicksalsparade abnahm und »sahe«, wie auch einst der Herr der Heerscharen, »dass alles gut war« – segelte eine einfache, aber geräumige Yacht über das Haff dahin. Darin war alles untergebracht, was zur Speisung Hunderter gehörte: Fässer, Kisten, Körbe mit allen Leckerbissen, die zurzeit zu haben waren; ein paar Kälber, ein ganzer Ochse und einige Hammel blökten und grunzten ihrem dunklen Geschick entgegen; Körbe von Obst und Weintrauben, Berge von Rosinen und Mandeln usw. war der Fischerjacht ungewohnte Fracht, die sonst nur weiße Erde die Oder hinauf zu tragen hatte. Aber lustig ging es zu auf dem flotten Segler, hatte er doch auch den glücklichen Franz an Bord und mit ihm drei seiner Farbenbrüder aus der frohen

Burschenzeit: einen Maler, einen jungen Dichter und einen Feldchirurgus. Wie hell klangen ihre Quartette über das große Wasser, wie kreisten die Becher, wie sprang das helle Lachen über die Wellen, wie fröhlich ringelte der Rauch aus langen Studentenpfeifen in die Höhe um die Wette mit dem Dampf aus dem kleinen blechernen Schornstein auf »Kapitän Pechs« Kabine, der mit schmunzelnder Miene um die schiffermäßig eingepressten schmalen Lippen den unvermeidlichen Rundbart unterm Kinn wohlgelaunt streichelte und zuhörte. Er blickte nicht weniger neugierig aus den kleinen sonneverkniffenen Äuglein, als Fips, der Spitz, der seine stets unruhige Deckpromenade aufgegeben hatte und unverwandt schwanzwedelnd neben dem Steuer stand.

So schnell war dem kurzbeinigen Kapitän die Fahrt zwischen der alten Pommernstadt und der Insel noch niemals vergangen wie unter den Gesängen, Scherzen, dem Pokulieren und Kommerzieren der vier lustigen Gesellen, die wieder jung wie die Studenten geworden waren. Ach, wie schön sangen sie vierstimmig ihre feierlichen Lieder von Freiheit und Schwerterkampf, Liebe, Glück und Jugend, und es war, als füllte Lebenslust und froher Wille die Segel noch praller als sonst. So hätte es immer noch weiter gehen können mit Schaum am Bug und Klatschen und Gurgeln an den Planken: »Mienthalben nah' Bornholm, wenn nur die Piep und der waterarme Grogk nich utgeit,« murmelte Kapitän Yech – –

Lass sie der Insel der beiden Seligen zusteuern, alter Kapitän, aber nicht zu schnell: Hier hat das Schicksal noch etwas Goldenes aufzulösen, ehe sich der Ring für immer schlicht!

Aldebaran sprach gegen die Zeit des Sonnenunterganges mit Else zum Strand wandelnd:

»Sieh', wie die Sonne den Wolken ein blutiges Mal in das Herz reißt. Wie schwül es ist – wie die Natur den Odem einhält, da die Königin zur Ruhe geht, um die Welt der Träume drüben zu erhellen! Die Wellen schütten behutsam ihre Wäscherinneneimer aus und die alten Kiefern lassen die Harfenarme fallen und erröten wie Tempelsäulen im letzten Abendglanze. Wie bleich und müde wird die fahle Himmelsdecke. Wie ängstlich lauscht die Erde und mit ihr jede Kreatur: als streife sie in höchster Lust die jähe Frage: ›Und wenn sie nun nicht wiederkäme? Wer will es wissen, ob noch ein ›Morgen!‹ tagt – –?‹

Ja, Else, in dieser feierlichen Stunde, eh' noch der Feuerball die heißgelaufene Stirn im Meere kühlt – will ich von dir – des andern Braut – den letzten Abschied nehmen! Still ist mein Herz, nur weiß ich nicht, was furchtbarer ist, sein Leid oder seine Ruhe. –

Aber mein Haupt ist gebeugt, gebeugt sind meine Knie vorm Altar des Geschickes. Ich habe der Mächte Willen treu erfüllt.

Ein einzig Mal nur, als Baltharis und Elselein ineinander verschmolzen, griff ich nach des Prometheus Hammer, um einen Ring, der mich an den Fels der Steine fesselt, zu zerschlagen. Ich selbst habe dich gelehrt, dass Liebe Opfer heischt. Ich musste das Höchste bringen:

Verzicht! –

In stillen Stunden, wenn du mich riefst, um deine Träume zu bewachen, da hab' ich wohl gehofft, ich könnte einst dennoch deinesgleichen werden, vergessen Thron und Schloss in jener Welt, wo alles Feuerwolle ist und flammenhaft, wo heißer Odem schon Erscheinung, Gestalt und Offenbarung ist, wo aber die Sekunde Jahrzehnte währt, denn Flammensprühn misst andere Spannen, als die Sanduhr rinnt, – habe gehofft, ich könnte meines Wesens Schleierhauch umwandeln in Fleisch und Bein und vor dich treten als ein Jüngling deiner Art!

Wohl hätt' ich mir so ein Gewand gewählt wie Franz. Und vielleicht war' es dir dann schwerer geworden, dich zu entscheiden, wer von uns beiden sicherer dein Herz auf seinen Händen tragen könnte – nun aber gab es nichts zu wählen – denn anders ist die Liebe zu mir – zu ihm, und keine Brücke führt zu beiden Strömen deiner Seele! – –

Nein! Else! Nein! Sie gehen durcheinander, sie durchweben sich gleich wie ein Ton nachhallt im Wind, wie Strahlen durch die lichten Wolken ziehn – doch beide Ströme trennt das ewige Gesetz. Ich bin Gedanke, vielleicht deines inneren, wandernden Sinnes Heimat und Herd, deiner Träume altes Wiegenlied und Spinngesang – Franz ist dein Schwanenprinz, der Glückgesandte, der Befreier, der kniend die goldenen Gralsschlüssel auf dem Kissen seines Herzens dir zu Füßen legt – – das ist Gebot!

Nun du dein eigenes Glück gefunden – muss deine Märchenwelt sterben und mit ihr *Aldebaran* gehn! Weine nicht, Else: es ist ein Unrecht gegen das Glück. Ich selbst habe es ja bauen helfen. Deine Tränen würden mich schelten, dass ich's schon gut gewebt mit meinen Schicksalsfäden!

Fahr' wohl, Else! *Kein Mensch wird je so hellsichtig wieder wie er als Kind gewesen.* Auch dir wird nun alles sichre Wissen sacht verweben mit dem Nebel des Zweifels und des Verneinens – behalte nur das Grundgefühl: *Ehrfurcht vor den Wundern!* Nicht Furcht haben Götter geboren aus Menschengeist, sondern Ehrfurcht! *Ehrfurcht ist die Furcht, dem, was man tief als Lebensgrund und Ziel im Herzen ahnet, nicht genug der Ehr' zu geben!* Nur solche Werke darfst du lieben!

Leb' wohl, Else! Die Himmelsglocke tönt. Du bist jetzt glücklich – ja im Dom des Menschenglücks auf seiner Höhe – nun sag' mir, Else – einst stauntest du, als ich die Sonne eine große Morgenglocke nannte – *hörst du sie jetzt? – – –*«

Die Sonne sank und im Versinken hörte Else mit wunderbaren tiefen Klängen es über das Meer rauschen:

Für Götterohren ist das Licht Gesang,
Ein Jauchzen rauscht das Firmament entlang,
Und über Wolken geht ein Schrei,
Dass Leben nichts als – Liebe sei!

Da war Aldebaran verschwunden – aber ein großer weißer Schwan stieg mit breiten Schwingen aus den Fluten und segelte in die Höhe wie eine zur Unsterblichkeit entbotene Wellenseele. Rot glühte sein Gefieder und die letzten Strahlen einer schon aus anderen Welten grüßenden Sonne beleuchteten eine Sternenkrone, die das Haupt des Wunderschwanes zierte.

Dreimal in immer höheren Kreisen sich emporschwingend, sah Else noch dreimal über ihm die Krone aufblitzen. Dann breiteten mit einem Male, als jäh die Finsternis hereinbrach, Millionen Sternenbrüder die seligen Arme nach dem wiederkehrenden Aldebaran – und er verschwand im großen Netz der Ewigkeit. – – – – Else war niedergekniet in dem bleichen Sand und hatte die Arme hoch in die Luft erhoben, ihre Tränen rannen reichlich. –

Da tönte es über das Meer:

> Sei gegrüßt du Heimatstrand,
> Weißer Dünen heil'ge Wand!

Sie rieb sich die Augen.

Da kam Kapitän Yech, und diese helle Stimme, die den Chor überstrahlte wie Stahl und Gold, das war ja Franzens Stimme – Franzens, ihres Bergmanns, ihres Erdenbräutigams!

Auch jetzt brauste, aber von der Erde zum Meer, ein heller Schrei über die Fluten und es klang genau so, als wenn Leben nichts als Liebe sei!

Am Abend, als Else ihre stille Stube betrat und gerade unten die vier Sangesbrüder ein Lied anstimmten: »O, mein Lieb!«, da fand sie auf ihrem reinen Linnenkissen ein großes Diadem von eishellen Brillanten, die leuchteten im Dunkel der Nacht und aus dem Geschlinge der Fassungen las sie deutlich: »Aldebaran«.

Das hatte der Getreue an jenem Abend, als er zu Astra stieg, von seiner Königsschwester fertigen lassen. Es war *seine* Brautgabe.

Lange sind Else und Franz ein glücklich Paar. Denn Franz wurde ein berühmter Mann auf Erden und Else eine brave tüchtige Frau. Aber von Wundern konnte sie

nicht mehr berichten, und ihre schönen Märchen hatte
sie fast alle vergessen – zwei Kindlein, blauäugig,
blondköpfig wie sie, waren ihre ganze Wunderwelt, und
ihnen hat sie manch artiges Geschichtchen erzählt. Aber
die geheimnisvollen Deutungen hatte sie – vergessen.

Nur abends, wenn sie manchmal an ihrem Eckfenster-
chen saß und träumte und die Sterne langsam an, zu
leuchten fingen, dann war es, als grüßten sie dort oben
ein paar helle Augen, als würde ihr wieder alles, alles
klar und dann kam es unwillkürlich über ihre Lippen:

»AI – de – baran.«

9 789925 001804